書

善書坊

红柯丝路精品系列

红柯——著

龙脉

红柯散文随笔自选集

陕西师范大学出版总社

图书代号：WX17N1100

图书在版编目（CIP）数据

龙脉：红柯散文随笔自选集 / 红柯著. —西安：陕西师范大学出版总社有限公司，2017.10
ISBN 978-7-5613-9491-5

Ⅰ.①龙… Ⅱ.①红… Ⅲ.①散文集—中国—当代 Ⅳ.①I267

中国版本图书馆CIP数据核字（2017）第214628号

龙脉——红柯散文随笔自选集
LONGMAI HONGKE SANWEN SUIBI ZIXUAN JI

红 柯 著

选题策划	刘东风　郭永新
责任编辑	张　佩
责任校对	高　歌　王奉文
装帧设计	门乃婷工作室
出版发行	陕西师范大学出版总社
	（西安市长安南路199号　邮编：710062）
网　　址	http://www.snupg.com
印　　刷	西安市建明工贸有限责任公司
开　　本	720mm×1020mm　1/16
印　　张	26
插　　页	1
字　　数	360千
版　　次	2017年10月第1版
印　　次	2017年10月第1次印刷
书　　号	ISBN 978-7-5613-9491-5
定　　价	69.00元

读者购书、书店添货或发现印装质量问题，请与本公司营销部联系、调换。
电话：（029）85307864　85303629　传真：（029）85303879

生命情结和历史情结的双重纠缠
（代序）

　　红柯作品的最动人之处，是把大漠孤烟直的边地与特有的民族风情糅合在一起。骏马秋风塞上，杏花春雨江南。地域的不同，形成了艺术创作风格的不一样。

　　红柯是从泥土中滚出来的作家，他的创作风格与他客居新疆十年的生命体验融合在一起，带有边地人民特有的气质，带有那地方特有的色彩、气息和声响。其魅力就在于他用绚烂多彩的文笔，用他特有的道德观和历史视角描绘出一幅幅色彩奇异的新疆地理、风俗、民族生活方式的画卷，使他迥于同在新疆的作家，形成了只有红柯才有的风格特色。民族的风俗民情比自然景观具有更深层的心理和文化蕴涵，它们构成一个民族的面貌。红柯把自然景观同民族风情结合起来，创造出意境深远而文化内涵丰富的民族抒情画卷。自然照耀古人也照耀今人，勾画出人生的背景，涂抹着人类的气质和性格的色调。然而地理环境并不承担文化责任，它只有在与历史的发展进程取得某些联系时，才对人的性格、文化形态起到某种作用。这就让我们不难理解为什么红柯的笔下更多的是具有历史纵深感和异域空间的历史人物，哪怕是那些颇受争议甚至为人们所唾弃的历史人物。当然，如果我们把红柯当作一个民族抒情画卷的歌手是远远不够的，透过民族画卷的背后，我们分明看到作者内心深处的纠缠不清的"生命情结"和"历史情结"，借此高扬生命的伟力，呼唤血性的精神。

红柯的想象力是丰富而巨大的，只能在历史的天空和异域的草原里驰骋。读红柯的散文与小说，有时候很难分清这两种文体的区别，他写西部的小说本身就是一篇关于西部人物风情特别是具有新疆浓郁民族地域特色的散记。散文与小说的区别在于：散文更直接地接近作家的心灵、人格和生命本源，如果说他的小说是重在强悍生命的形象的塑造，那么他的散文则是这些强悍生命的精神、人格、灵魂和情感的居所。红柯的散文更是直接逼近了他的心灵深处，并带着他的血温、情绪和生命气息。他的散文无论是写历史题材，还是写亲情、爱情和友情，都具有小说般的叙述风格。而在语言方面，红柯追求"陌生化"效果，努力打破生活语言的平面化，使人产生新鲜、奇崛的审美体验。

他的散文创作，始终贯穿着对强悍生命的热情讴歌，对生命最原始状态所迸发的力量的崇敬。"血性"与潜在的"退化"是红柯对历史追思的结果，这使得他的散文能远距离透视人生和解剖历史，借历史人物来表达现代人生存的困惑与迷茫。弗洛伊德说过，人类文明的进步是以牺牲和压抑人性为前提和代价的。在《天才之境》里，红柯以绚烂的语言穿透历史的层层迷雾，还原了一个具有强悍生命的天才诗人，文章这样写道："李白出生于此，并且在此度过了他的童年。在儒家的经典之前，他首先解读的是胡人的马群和宝剑，是中亚的群山草原戈壁，是沙之书风之书大地之书"。红柯借李白这一天才诗人，表达了一种对生命伟力和豪迈人生的敬仰。但我们也分明感受到红柯内心强烈的矛盾冲突：一方面热情地讴歌那些带有异域色彩的历史人物和草原骑手，高扬生命力，呼唤血性精神，大自然的豪情和大气在大西北处处展现着。西北磅礴的天地孕育了大气磅礴的生灵，在这种环境里生活的生命也无不心胸宽广若大河滔滔，马和骑手便是大西北所特有的一道风景线。另一方面对以中原儒家文化为代表的汉族所表现出的生命"血性"的退化和生命张力的减弱进行潜在的批评和担忧。"《红楼梦》与《金瓶梅》一样，写的是一个民族在人种上的退化与衰亡。……日本兵一个大队可以抗击中国一个军，台儿庄大战也是四十万中国军队与三万日本兵的血战，除过牺牲与爱国激情以外，生命所应有的剽悍与野性我们太少了。我们的剽悍与野性，全都体现为市井无赖对同胞的踩躏；在民族整体的生命意识里，却没有一种精神。"（《一个剽悍民族的文学世界》）在这些带有"哀其不幸，怒其不争"情感的句子里，红柯以一种近乎偏执的历史情结和想象表达出内心的矛盾、对生命力的天然亲和和对现代文明的潜在拒绝。红柯几乎所有的散文都深深烙上了"退化"的历史情怀。

在红柯的散文集里还有不少以草原和群山为背景，关于亲情、爱情、友情的篇章，这些篇章我们可以从两个方面来进行解读。首先从作品直接给我们的情感体验来看，这些散文读来令人心潮澎湃，荡气回肠。红柯抓住了常人容易忽略的生活细节，用朴素平淡的语言进行"陌生化"处理，给人一种深刻的崭新的情感体验。可以说，红柯的成功就在于将生活苦难诗意化。红柯的作品一开始便显出一种高雅、清新脱俗的气质，里面浸透着边地少数民族独特的气质特点。少数民族性格的豪侠重义、情感的真诚朴素、道德的醇厚以及环境的牧歌性都增加了人生的美丽，给他们的民俗镀上了一层神秘的光景。红柯笔下的人物形象是光辉灿烂的，人性是美丽的积极的，洋溢着健康生命的气息；但从另一个方面来看，红柯对异域生命朴素情感的极致讴歌与赞美，恰恰表明了现实空间的缺乏和内心的渴求，以异域生命所体现出来的生命意志的"血性"精神来观照以儒家文化为背景的汉民族人性的萎缩和退化，以及对现代文明所体现出来的人的"异化"进行潜在的拒绝和批评。

这本散文集中还有不少关于文学的随笔，如《文学的边疆精神》《西部文学的选择及意义》《青海的高车》等。这些随笔亦令人耳目一新，既有个人创作的经验之谈，也有对一些经典作品的重新解读。无论从语言还是观点来看，都不乏点睛之笔，颇可一读。

朱向前

目录

天才之境

天才之境	003
浪迹北疆	008
临终人的眼	010
泥土	011
骑手	013
天赋神境	015
大地之美	017
骑手的墓园	020
热土难忘	022
神话世界里的母亲河	026
黄金草原	030
宇宙星河的投影	033
葫芦神话与母亲河	034
大自然与大生命	037
一个陕西人看西域	040
龙脉	044
泪	048
鲁迅西北行	050
刀锋	053
秦人的剪纸和皮影	056
我的西部	059
血性之城	062
教师生涯	066
获奖感言	069
马年随想	071

我爱燕子……073
走进建国路83号……077
奎屯这个地方……079
创世纪，一座城市的历史……089
李仪祉与张家山……094
名医刘超峰……097
移动的书房尘土飞扬……101
显示本相的野草……104
草原翡翠……106
我的第一篇作品……108
丝绸之路：人类的大地之歌……111

文学的力量

获救之路……119
我爱童话……125
文学与身体有关……129
文学的边疆精神……136
文学的社会价值……139
文学与教育……143
真境花园……146
偏远地区的美……149
真正的民间精神……152
从黄土地走向马背……156
西部文学的选择及意义……160
两种目光　寻求故乡……162
阅读杂谈……166
青海的高车……171
荒漠的另一种读法……174
胡人的贡献……176
我与《西去的骑手》……178
一种反抗……181

谁是骑手	183
神性之大美	185
我抓住了两个世界	194
原始生命力量的诗意表达	215
因祸得福说读书	226
文学与人的成长	229
一个剽悍民族的文学世界	250
丝绸之路开始的地方	254
文学的力量	259
做父亲的感觉	262
对一条河的向往和想象	264
从边缘到中心的伟大复兴	265
国境线上	268
梦江南	270
文学是一种解读	275
走进江南	277
诗酒话茅台	280
距离产生美	285
在萧红的城市	289
浴火重生于西部高地	293

文论散笔

短篇小说的结构艺术	301
短篇小说与神灵附体	306
契诃夫与小说艺术	311
小说艺术的成功探索	314
文学的杂交优势	321
谎言里的真实	324
学者作家化	326
现代派文学的误读	328
《水浒传》与解构主义	331

《水浒传》与虎……333
英雄末路情更浓……335
方言与小说创作……340
西北之北……342
校园文学与文学创作……348
小个子大手笔……351
长安风物的歌者……355
韩天航小说创作初探……360
太阳回落，而人诗意地居住于大地……369
看破上帝的伎俩 痛饮生命的佳酿……377
我们为什么需要小说……380
评点后记……386
成为经典的理由……389
世纪末情绪与《废都》……392
社会公敌……394
意会和感悟在语文教学中的意义……396
流云划过高原……400

后记……402

天才之境

天才之境

李白是独一无二的，是被我们称为天才的那种人物。以至历代的学者不敢碰他，学术界所谓：注杜诗者汗牛充栋，注李诗者寥寥无几。连他的死也别具一格——他是被玉皇大帝请回天庭的，大唐王朝仅仅是他匆匆而过的旅店。

唐朝的诗人们无法跟李白相比，因为他是唯一出生在中亚的诗人。尽管唐朝的疆域囊括了中亚腹地，皇室跟胡人还有某种血缘关系，李靖薛仁贵们也曾跃马天山威震四方，高适岑参们也写下了名垂千古的边塞诗，整个大唐也是因为拥有中亚、容纳异族而称雄天下。从低凹秀丽的中原延伸到第二台阶的高原，一直到第三台阶的世界屋脊，唐王朝沿着汉朝的足迹并远远超越了汉朝，在帕米尔以西闪耀王朝的光辉。人们以投身边塞为荣。抛开世俗的功名色彩，从唐人的心理意识中，我们可以感觉到：中原大地无法容纳他们强悍的生命力，人们下意识地向往异域，这是历朝历代所罕见的。唐人是率直的，没有宋朝人的理性眼光，他们凭直觉行事，往往比理性思维更有效。石敬瑭为了一个傀儡般的帝位，轻易地将幽云十六州拱手让于契丹，而后继的北宋又"实内虚外"地缩颈于狭小的鸽笼，始终处于胡尘的威胁之下。若干年后，在中原人放弃的塞外荒漠，成吉思汗狂风般崛起。蒙古人一经统一，便冲出哈剌和林进军中亚，越过天山阿尔泰山直达世界屋脊帕米尔，成吉思汗旋风就是从那里刮起进而横扫亚欧大陆的。在蒙古人之前，乌孙人匈奴人突厥人汉人鲜卑人就以他们的剽悍勇武，把中亚荒漠锤炼成了英雄之地；成吉思汗凝聚了所有部族的雄性之力，并远远超越了他们，骏马的龙骨一下子穿透了地球上最大的陆地。

  李白出生于此，并且在此度过了他的童年。在儒家的经典之前，他首先解读的是胡人的马群和宝剑，是中亚的群山草原戈壁，是沙之书风之书大地之书；任何经典也无法穷尽中亚腹地的天才之境，任何文字也难以描述这种生命最原始最本真的状态。胡羯之地的精悍之血滋养了诗人的任侠与狂傲。当年，他的父亲杀了仇家，被迫离开中原沃野远走西域荒漠，大概是情急之中对中亚血性之地的向往，抑或是那些粗犷野蛮的异族骑手应和了他的某种梦想吧。总之，那些敢于寄身中亚腹地的汉人，不是背一身血债，就是具有哥伦布气质的商人。他们都是中原汉人的精华，也是最有血性的汉子。李白的父亲绝没想到他的儿子会把西域的粗犷和剽悍贯入文字，一跃而起攀上唐诗的顶峰，那也是中国文学史上最有力度最有生命力的精品。

  有这样的血性汉子为父，又有这样辽阔而强悍的土地做家园——所以他才会一掷千金；所以他才会仗剑走天下，"十步杀一人，千里不留行"；所以他才会把知心朋友送别千里外，又把朋友的尸骨背回来；所以他才会蔑视权贵戏弄杨国忠高力士；所以贺知章一见之下才会惊呼"谪仙人"，以为他是天外来客；而最为人们所称道的是诗人的酒量，那是中原汉人难以匹敌的。

  在胡汉杂居的中亚荒漠，烈性白酒不是用盅而是真正的杯，几乎不用什么菜肴相佐，一把花生几颗蚕豆就能把酒兴提到头顶。牧人劳作的对象不是纤弱的植物而是有活力的动物，是奔驰如飞神力无边的骏马。奔马的神速是在血液的燃烧中产生的，人们很容易把自身与奔马联系在一起，进而渴望一种足以与马血相匹配的液体。只有粮食的精华——白酒才能启动他们剽悍的躯体。他们对酒的看法与中原大相径庭：酒是一种燃料，是大地上唯一可以兑入血液的东西；酒酣之后引发的不是女色而是勇力和豪气,醉酒后最大的快事是飞身上马,把躯体投入速度。胡人也有以酒浇愁的习惯,但他们的忧愁不是仕途,而是对生命和宇宙的叹息。

在李白之前,只有魏晋时期的竹林七贤是酒的知己。那是中国历史上少有的礼乐崩毁个体生命得以弘扬的时期。嵇康刘伶阮籍这些中原才子,最为倾心的也只是低度的黄酒;温一温躯壳里的血液,远远没有达到沸腾的程度,司马氏就把他们灭了。然后是胡人的铁骑,山崩地裂一般涌向中原,以飞矢和马蹄耕耘板结的大地,给苍白的河山以雄性之力。整整两个多世纪,自黄河长江的源头,一群群胡马呼啸而下,一队队剽悍的骑手冲向中原。中原太旱了,江河已经无法挽救她,各拉丹冬山便倾泻以血性之躯,以马和骑手来解燃眉之急。当硕大无比的隋唐王朝崛起于中原时,中原还没有彻底消化胡人的血液,杨坚李渊这些胡汉混合的豪门大姓就匆匆上阵了。我想正是这种尚未消退的胡羯血液,驱动着隋唐王朝走向历史的辉煌。

"天生我材必有用"。李白之用并不是他孜孜以求的仕途,不是管仲张良们的军政大业。上天给他的大任是让他给汉字以魔力;而诗人的激情犹如沙漠中心窜出的一股狂风,横扫中原,给诗坛注入一种西域胡人的剽悍与骄横。匡庐的飞瀑,雄奇的蜀道,浩荡的江水,一下子生动起来;在中原人最为醉心的空灵中,增添了一种惊弦万丈的力度。李白与杜甫与所有唐朝诗人的区别就在于此:想象与力。高适岑参们因为客居西域,边塞诗仅仅是对西域风光的自然描述而已,他们不可能认同胡羯文化;李贺的想象瑰丽而丰富,却是病态的。他们没有西域人的大地意识。在中亚辽阔的土地上,天山阿尔泰山昆仑山以及锡尔河阿姆河额尔齐斯河,都以前所未有的高度与速度横空出世贯穿南北。在偌大的群山河流与戈壁之间,人们只能借重于奔马。那种超常的空间感和速度感是中原人难以体会的。这也是李白艺术生命的所在。他所描摹的中原山水,何尝不是中亚的旷野之力;他对朋友所倾注的真挚与豪爽,何尝不是中亚土人的热道衷肠;而他作品中那些迂腐可笑的东西,又何尝不是儒家道家经典的余韵。

中原文化中，李白最为倾慕的是春秋战国时代的游侠剑客，《新唐书》中说他"喜纵横术，击剑，为任侠，轻财重施"，率真磊落，蔑视流俗，连皇帝都不放在眼里。他赞美神通之人荆轲，也赞美强暴的秦王。荆轲以利刃刺向秦王是一种壮举，秦王以他的大军削平诸侯同样是一种壮举，李白在他们身上看到的是一种大丈夫的气概与强悍。中原文人很少有这种气质。那些执着于生命意识的艺术家们只能留一头长发，可惜那些毛发不能移植到下巴颏上，那种坚实浑圆的男性下巴。须眉男儿的丈夫气概已经成为遥远的古音，成为一种可望而不可即的东西。

没有稠厚而沸腾的血浆，生命何以为命？

没有寒光闪闪的利刃相随，骨头何以支撑躯体？

先秦和汉唐的士子们是以长剑为魂、以笔墨为器的，强悍的双股间夹一匹快马，威风凛凛走天下。当班固写他的巨著《汉书》时，他的兄弟班超操起长剑，把汉王朝的威风和气度一下一下刻在中亚的群山与草原上，笔剑交相辉映，成为他们家族的双璧。当汉武帝一怒之下，捏碎司马迁的睾丸时，秦人司马迁的血管里发出炸雷般的轰鸣，泼在史册上的全是浓烈的血字，秦人吞并六国的气概再次得以弘扬。另一条血性汉子陇右人李陵，干脆寄身胡羯，做了游牧民族剽悍的酋长。强悍的西北大地不是吴越舟楫所能驾驭的，那个沛县无赖尚能抵抗西北劲风，他的后人就难以胜任了，不是嫉恨就是迫害，后来干脆迁都于潼关以外，在洛阳安身。这就是汉朝的结局。所谓楚有三户，可以亡秦，仅仅是一句豪言壮语罢了；吴越唯一的血性汉子项羽之后，那秀丽的河山雌了多少男儿！那是比汉武帝阉司马迁更为惨痛的大动作啊！

李唐王朝就平静多了，继周秦之后，胡汉杂居的西戎之地再次崛起，关陇政治集团远远超越他们的祖先，比汉朝有气魄，至少在文化上如此。白居易写《长恨歌》时，李隆基的后人还在做皇帝，皇帝没生气，也没捏白居易的睾丸。

陇右人李白是否与皇室有血缘关系，我们没必要刨根问底。可以肯定的是，李白身上具有关陇集团的强悍与雄心，甚至超越了那个政治集团。他是单枪匹马的。他把王朝最有生机的部分，与中亚胡人的气魄成功地焊接在一起，从而成为盛唐之音中最绝妙最精彩的篇章。

薛仁贵立马弯弓，仅发三矢，死敌三将，使九姓铁勒罢战而降，军士唱出"将军三箭定天山，壮士长歌入汉关"的豪情；天山，在李白诗中是"明月出天山，苍茫云海间。长风几万里，吹度玉门关"这样的雄浑迷人。

那是个英雄时代，诗人比军人更凶悍；诗人李白的足迹比唐朝将军们的战马更遥远。他的血性父亲带着他，栖居在天山尽头，在阿姆河锡尔河浇灌的河中地带；那是胡马嘶鸣钢刀蔽日的英雄之地，那也是融血性激情与灵感为一体的天才之境。

1999年2月

浪迹北疆

我居住的小城奎屯，是大地的肺叶。在中亚腹地，每一块绿洲都是大地最宝贵的器官。

列车穿越漫长的河西走廊时，列车还是列车；出了嘉峪关，列车的吼叫声一下子消失了，列车成了苍茫戈壁上的一条蜥蜴。这条小虫子在仓皇逃窜，逃了整整一天，到哈密，车站外全是蔓延到天际的黑石头，整个东疆的城镇全处于黑石头的包围之中，苍凉悲壮之感油然而生。

哈密和吐鲁番是绝域里的幻想，让人恍然入梦，总感到世界不真实。那条有名的葡萄沟，沟外砾石一泻千里，沟底下的石缝里却渗出一股纤细的泉水，葡萄藤就从这清水里长出来，朝向威风凛凛的太阳，人们生活在青绿色的树叶底下。

从乌鲁木齐才开始出现大片的田野。天山北麓依次排开昌吉、石河子、奎屯、博乐、伊犁。每块绿洲之间横卧着一百多公里的戈壁滩，伊犁、塔城、阿勒泰之间的戈壁有三四百公里，几乎是内地的一个省区那么大。

绿洲就像大块骨头上的一点肉，欧亚大陆的心脏地带不可能有赘肉，筋骨纵横是理所当然的，没有结实的筋骨，大陆会散架。

我在乌鲁木齐、昌吉、石河子、奎屯、伊犁、阿勒泰这些城市漫步时，最强烈的感觉就是遥远而清晰的咚咚声。红脸哈萨克人高耸在马背上，马蹄一下一下擂击大地，每一下都能把血液喷射到遥远的地方。那是生命中威力最大射程最远的轰击。我置身的地方可能是大地的肺叶，它的肝它的肾它的胃它的心脏。我就在那一瞬解读出荒漠的沉静。

弥漫在戈壁沙漠上的绝不是荒凉，而是沉静！这是脏腑最健康的状态，浮躁和喧嚣这类杂音是摈除在外的。

清真寺是这里最高贵的建筑，远远望去，那简直是连接天空和大地的骨节。

地缘政治学里，欧亚大陆被视为地球的中心岛，控制中心岛就可能控制整个世界。雄踞中亚腹地的天山昆仑山阿尔泰山，就是这伟大举动的操纵杆。成吉思汗的马队就从塔尔巴哈台、从伊犁、从阿尔泰大峡谷直趋东欧大平原，震撼全世界！

在中亚腹地，马蹄铿锵有力，是心脏最地道最纯粹的跳动！

我在黄土高原的渭河谷地生活了二十多年，当松散的黄土和狭窄的谷地让人感到窒息时，我来到一泻千里的砾石滩，我触摸到大地最坚硬的骨头。我用这些骨头做大梁，给生命构筑大地上最宽敞、最清静的家园。

2001年1月

临终人的眼

鸟将亡，其鸣也哀；人将亡，其言也善。在临终人的眼睛里，世界从喧嚣繁杂中变宁静变简单了。川端康成与东山魁夷交谈时，把自己的创作当作临终人的眼，用这种眼光看待文学，写出的字静得可怕，一沉到底，直到生命的本相。文学是生命最后的辉煌。成吉思汗和他的马队东征西伐，在地球上做了那么多大动作，最后化作一册《蒙古秘史》；满族铁骑南下中原，北扫蒙古，西剿回疆，他们所有的辉煌衍化成一部无与伦比的《红楼梦》。文学是生命消失时的产物。本雅明称波德莱尔为发达资本主义的抒情诗人，同时又把诗人和波希米亚流浪汉一起列为捡垃圾的人。历史的进程中，许多生命被碾碎被遗弃，这些生命垃圾是文学家的财富。秦始皇统一中国是符合历史规律的，而司马迁对荆轲的赞美对项羽的讴歌更合乎人性。生命注重的是自身的尊严和高贵，它的光焰往往难以见容于历史，所以那些真实于生命的人总是选择失败。生命是一种个体行为，不可能全方位地去配合历史。而人类正因为有了一批不合时宜的人才显得丰富多彩。保守或者守旧的价值就在于它珍惜过去。在那些岁月的灰烬里，世界不再是群山戈壁草原而是一种精神，一粒砂一棵草也充满着神性，神性的世界必然挣脱物质的桎梏，凌翔于生命的天空。我们从远古开始建造庄园城堡和城市，却不相信地球是宇宙里的飞行物，是长翅膀的神鸟。

2001年1月

泥　土

刚到新疆，在去伊犁的路上，我忽然发现泥土是最可亲的东西。那些小块绿洲夹在辽阔沙漠之间，土就像水一样，一丁点一丁点从沙石里流淌出来，出现浅草小树、屋舍和牛羊马群，还有高居马背的西部汉子。别人忙于吃饭，我啃一块干馕一个大苹果，蹲在沙石和黄土的过渡地带，这里就像两条大河交汇之处，草木庄稼便是它们交合的产物。粗糙的沙石与松软的黄土掺和在一起，沙石便有了生命，仿佛一群活物，游动于天山脚下，培育出一堆堆金灿灿的黄土。好像地球上的土都是从这里产生的。我这位农民的儿子，直到此时才真正触摸到泥土的源头，我该有多么激动！这也许是我远离关中沃野，远走西域的诱因吧。

在戈壁沙漠之间，泥土显示出它原始的风貌，大地之子也只有在这里才能感受到真正的人类气息。沙漠不论是静止的还是流动的，它们一定要漂浮起绿洲之岛。新疆人其实都是彼此分隔的岛民，沙海之间，汽车犹如舟船。新疆人最豪迈的职业是司机，油门一踩，便一泻千里。那些疯狂的司机都是寻找绿洲之岛的人，遥远树影往往是一种象征，是一种呼唤，奔向绿色犹如倦鸟归巢。城市是由林带庄稼地和城区构筑起来的。城市是一种植物，它非长出来不可。在土的原野上，向日葵小麦玉米瓜果长势凶猛，远远超过树木；城市便出现在植物根须交汇的地方，城市是植物群中最大的一个根块。

跟内地人想象的不一样，遥远而荒凉的中亚腹地，干旱的西北之西，城市恰恰是植物最茂盛的地方，泥土最亲切的面孔便是绿色。这也是新疆的独特之处，在这里，钢筋水泥这些现代城市建筑物绝少嚣张气焰，它们是高大的却也是驯服的，只有宽阔林带的动物、植物和泥土的气息才是至高无上的。

2001年1月

骑　手

　　浪迹新疆十年，没有学会骑马，这是多么令人遗憾的事情。唯一值得庆幸的是我上过马背，至今还保留着骑马的感觉。那是在天山大峡谷，我爬上马背，哈萨克朋友给我鼓励，我没有跑起来，不几圈就下来了。尽管我知道纵马疾驰的要领，双腿夹紧马腹，放松缰绳，马背就会裂变成一泻千里的速度。可我的双腿是在关中平原长成的，我是个汉人，我能爬上马背，却无法疾驰如飞。哈萨克人依然把我叫骑手，他们语气诚恳，让人感动。在牧人眼里，只要你跨上骏马，你就是草原骑手。

　　在新疆，男性并不是真正意义上的雄性，甚至算不上生理意义上的男人。新疆人的词汇里，男人总是跟血性跟强悍连在一起，这里甚至没有"英雄"这个词，哈萨克人蒙古人维吾尔人把有血性的人叫巴图鲁，西域土著汉人回民把他们叫儿子娃娃。巴图鲁与儿子娃娃本身就是英雄豪杰的意思，是最勇敢豪迈的人。呼图壁和阿尔泰原始岩画上，最动人最有魅力的就是生殖崇拜。

　　新疆文学青年崇敬的孟驰北老先生是个蒙古人，我有幸聆听过老先生讲演。七十多岁的老人，慷慨激昂，声如洪钟；思维之敏捷，气势之雄壮，连血气方刚的少年也难望其项背。老先生讲解岩画艺术和生殖崇拜时，以手臂比画阳物，台下的少女们完全沉浸在激情中，丝毫不感到粗野和羞怯。那是我第一次领会什么叫境界，什么叫升华。

十多年前，我跟许多大学生一样，热爱诗歌，倾心于徐志摩的康桥和戴望舒的雨巷，朦胧中总感觉有一个丁香一样哀愁的姑娘。于是我的小本子上出现了大量仿制品，有时一天可以写二三十首小诗，那种病态的激情弄得我神魂颠倒。我是从田野的泥巴地里走进大学校园的，父亲当过兵，我的身上有军人的血液，命中注定我不会成为一个纯粹的文人。我突围而去，远走数千公里，来到沙漠群山和草原的世界，笨手笨脚爬上马背，于是笔下出现了兀鹰一样遒劲的文字。每当夜深人静，我铺开白纸，拧开笔帽，那种感觉就像真正的骑手用手指打开剑匣，剑刃的吼声冲天而起，弥漫旷野……

我听见马群悠扬的嘶鸣，新疆的黎明是在骏马的叫声中降临的。

2001年1月

天赋神境

孔子在《论语》中把人的天赋分为三种,即生而知之者,学而知之者,惑而知之者。他认为学问是有局限的:"书不尽言,言不尽意。"所以他述而不作。世界各文明古国的祖先都是如此,释迦牟尼耶稣穆罕默德,他们都述而不作。穆罕默德干脆把《古兰经》当作上帝的封笔之作,意即在他之后上帝不再说话。他们把最完美的智慧归于上帝或上天,人间不可能有,即使有,也是真理的残片。

其实,人类所向往的天赋神境并不在冥冥的苍穹,它就在我们身边,在人类文明所忽略的地方。

独一无二的成吉思汗才智之出众、思想之敏捷、权力之无限为世上帝王所不及。但他是个文盲,他既没有劳神去查阅文献,也没有费力去遵循传统,其用兵方略、法令条文等等全是他自己领悟的结果,是凭自己的脑子创造出来的。志费尼在《世界征服者史》中将他与亚历山大大帝相比较:"说实话,倘若那善于运筹帷幄料敌如神的亚历山大活在成吉思汗时代,他会在使用计策方面当成吉思汗的学生,而且在攻城略地的种种妙策中,他会发现,最好莫如盲目地跟着成吉思汗走。"因为亚历山大的智慧来自整个希腊文明,是亚里士多德教育出来的,属于孔子说的学而知之者。

亚历山大在埃及建有当时世界最大的图书馆,他的枕边总放着两样武器:《伊利亚特》与剑。成吉思汗只有一杆铁矛,从中国印度波斯阿拉伯直到地中海,文明世界全被他摧毁了。因此他才是真正的强者。

无论西方缜密的理性逻辑思维,还是东方非逻辑的感悟性思维,都无法穷尽真正的智慧。智慧远在文明之外,人类根本找不到对付成吉思汗的良策,他让人类出了一次丑,让文明世界显出了笨拙和蠢相。"与你们相比看谁更高贵?"成吉思汗就用这种冷峻的眼神看待文明的废墟。

智慧显出真形,东方文化一下子成了好龙的叶公,西方人则视之为灾祸,都不敢正眼瞧一下成吉思汗,更不用说去研究他的智慧了。在成吉思汗面前,那些红学莎学以及各种各样形形色色的学问显得多么可笑。或许这位人杰神秘如天,地上的老虎们无处下爪。

2001年1月

大地之美

美在名字，地名跟人名一样魅力无穷。海明威——美洲大陆的狮子，大西洋的捕鱼人，非洲的猎人，你很难用另外一个名字称呼他。普希金——俄罗斯文学之父，黄金时代的旗手，罕见的天才，跟稀有元素一样；其先祖有黑人血统，两个大陆就奇妙地合在了一起。这些响亮的名字象征着一片土地和一个民族。铁木真，当他叫铁木真的时候，他是蒙古人的部落首长，也算草原的英雄，巴图鲁，可他要走向世界，他就是成吉思汗了。他的马队不仅仅长于杀伐，马蹄所到之处大地便有了一个个诗意盎然的名字。阿尔泰（金子），可可托海（绿色丛林），哈纳斯（美丽的湖泊），乌鲁木齐（美丽的牧场），博尔塔拉（青色的草原），以及布克赛尔（梅花鹿和马背一样的山），奎屯（寒冷），呼图壁（高僧），塔尔巴哈台（旱獭），面容俊美的少女就叫红果。其子察合台进兵伊犁，大军翻越天山大峡谷，漫山遍野长满野果子树，察合台随口给这美丽的山谷一个响亮的名字：果子沟。中亚以及俄罗斯的许多地名都是蒙古语，克里米亚、喀山、阿斯特拉罕、撒马尔干、哈喇库尔。

中亚的这些美丽的地名不限于蒙古语。奎屯的哈萨克语叫哈剌苏，泉水的意思，汉语又叫鸭子坝。可可托海汉语叫富蕴，产骏马名贵药材宝石黄金。塔尔巴哈台，简称塔城，汉语突厥语的奇妙结合。像四棵树，八间户，五家渠，十三间房，一碗水，榆树沟，大泉沟，水磨沟，干沟，铁门关，地窝铺，米泉，便是纯粹的汉语地名。汉族几千年前就生活在这里。西天山那边有个费尔干纳，汉名即大宛，出骏马，骏马之地还是叫大宛好。赛里木湖是维吾尔语，是吉祥的意思，蒙古语称湖为海子，赛里木湖又叫三台海子，三台是汉语，第三个驿站，与蒙古语结合，三台海子。西部是大草原，即海西草原，叫湖西就拗口了。草原南边挨着果子沟口，是一面长满松林的山坡，叫松树头又叫松树塘，又是汉语了。三台海子往东是精河县的沙山子，有沙包有良田，汉唐时就有汉人农耕，便起了这么朴素的一个地名。汉人老百姓的语调跟草原牧人是一样的，有一种泥土的气息与美。官方语言就显得干瘪无味：辽宁，宁夏，宁羌，绥远，迪化。

新疆是一个歌唱的地域，是充满诗意的地域。汉语在这里显得更纯净一些。河西走廊到陕西是个过渡。清水，马莲井，昌马儿山，马鬃山，柳园，即"花儿与少年"的世界。陕西的好地名都在陕北，米脂，清涧，三十里铺，唱信天游非这些词儿不可。到了关中全是文治武功，长安西安都要安，乾县，咸阳，武功，扶风，宝鸡，都是祈求上天恭喜发财的意思。潼关以东呢？那是所谓发达的地区，也是没有诗没有歌唱的地区。

偏远是不是意味着美呢？我们热爱一个地方，非得那里黄金满地珍宝无数，或者风光美妙沃野千里，或者人杰地灵埋的都是皇帝都是名人可供我们攀附？新疆的美在哪儿？在我的记忆里，美丽的草原都在阿尔泰和伊犁的河谷地带，都在天山深处的小盆地里，那么零散那么少。沙漠和戈壁无边无际，把草原挤在角落里，在我们的视野之内又距我们千里之远。在新疆，一出门就是千里路。你向人打听到某地有多远，人家告诉你：五里。你走了五十里，再问，还有五里。新疆就是这么一个地方。你待在荒漠里，坐在大石头上，你的心静悄悄的。月亮跟灯一样吊在天上，月亮暗下去，星星就出来了，星星就像是从石头缝里钻出来的。你赶紧站起来看你坐过的石头，你看见石头发出光芒，你该叫它石头呢，还是该叫它星星？你肯定要叫它一声什么，这个词你随便叫，叫出来的绝对美妙无比。你压根就没想让它造福于你，你却给它一个好听的名字。

大地之美就是这样显示出来的。

1994年4月

骑手的墓园

伊犁是骑手的墓园。

墓园里只开两种花，玫瑰和蔷薇；骑手的墓园也叫玫瑰园或蔷薇园。成吉思汗的儿子察合台从果子沟凿一条通道，蒙古马把骑手的豪气和天山苹果的芳香带到欧洲；汗王的七世孙秃黑鲁帖木儿又回到伊犁，他的陵墓就叫阿力麻里，苹果城的意思。伊犁的苹果跟玫瑰蔷薇一样呈现一种鲜烈纯朴的美。国界那边，伊犁河下游是闻名于世的撒马尔干，那是瘸子拔都的基地，跟阿力麻里一样，撒马尔干成了废墟，连伊犁将军府也倒塌了。喀什噶尔的维吾尔人骑着毛驴翻越天山大坂，到这里种地，泥土里全是箭矢和骑手的白骨，长出的庄稼发出战刀一样锋利的亮光。骑手消失了，骑手的威风还在。

在庄稼果子和畜群以外，伊犁的原野上生长出淳朴的民歌。那低沉和沙哑中有一种浓郁的忧伤，如梦如幻。伊犁河谷潮湿的蓝色水雾所弥漫的全都是这种生命的神秘莫测与无可奈何。

骑手这种辉煌的生命气象不可能在大地上再现了，所以这忧伤是那么绝望。有时我想，那歌子可能是雪水在石块里煮沸的，只有沉甸甸的石块和苦涩的雪水才能构筑这种美丽的忧伤。

从三台海子，这种忧伤就开始了，蒙古大军在崇山峻岭中凿开条通道，沿伊犁河西进，伊犁河依然流着，蒙古骑手则永远消失了。

生命的全部意义就在这消失了。这种消失不是艾略特说的"嘘的一声",而是冒顿单于飞箭的长啸。

1994年4月

热土难忘

年前写这篇文章,感触很多:内地人过年都是亲友大团聚,同事之间就内外有别了。偏远的新疆还保留着团拜的习惯。这倒不是说新疆人之间没矛盾,有时矛盾还很激烈。对你有意见有情绪就直接找你吵,即使不吵,有误解,也全在脸上摆着,明里一团火,暗中一把刀,韬光养晦那一套在这里吃不开。刚到新疆我很不习惯,中午刚跟人吵架,下午那个人就跟你嘻嘻哈哈像没事人似的。时间长了也习惯了,不再抑制自己,肚子胀就发脾气,以致得寸进尺;那时年轻火气大,跟书记、校长干架。过年时团拜,主任特意拉我跟校长碰杯,一般是三杯。团拜属于公家对个人,同事之间也得挨着门跑。大年初一,摆一桌菜,一箱子酒,两口子,一个人留家里,另一个出击,关系再僵也要去。新疆人是不记仇的。我当班主任时,学生打架,内地哪见过这阵势,棒子刀子一齐上,晚上打架,老师不敢靠近,学生打红眼爹娘老子都不认,你得让学生平静下来再做打算。有学生躺医院里,凶手提着水果之类坐在床边,敌我双方又说又笑。越王勾践那种雪耻精神在这里吃不开。勾践总让人觉得有点无赖。成吉思汗征服世界,灭国无数,那杆铁矛缠满了亡国之主的头发,每个国王只能荣幸地留下一根。这个血腥故事的背后却是另一种温情,国王们的后代全被大汗收为养子,如同己出。大漠人的习惯:斩草不除根。对生命有一种神圣的敬畏。笔者绝没有介入金庸、王朔之争的意思,但金庸先生根本不懂胡人文化,他完全是以汉人文化心理写金人，写契丹人、蒙古人。老先生笔下的杨康在胡人眼里绝对是一条好汉、一个大英雄，胡人崇尚的是生亲不如养亲。《说岳全传》中的陆文龙是让胡人看不起的。大漠绝域，一棵草都不易存活，双方有天大的血仇，对弱小生命的呵护几乎出自天然。血仇大恨决战于此，绝不延续于无限的未来岁月。这就形成现代新疆人的豁达与开朗。西出阳关，大家来自五湖四海，且背景各异，刑徒、受迫害者、流民，种种原因远走西域。背离的岂止是亲人与故土，还包括文化心理、风俗习惯。当地的土著也土不到哪里去。最古老的乌孙人（与塞族人都是哈萨克人的祖先）原籍甘肃祁连山下；维吾尔人唐代游牧于蒙古草原，后迁喀什噶尔，西辽皇帝邀他们返回蒙古，他们已经乐不思蜀，扎根天山不走了。这种民族大迁徙、大冲突、大融合的程度，是中原地区无法相比的。中原地区历史上的南北朝、五代十国，汉人数次南迁，是我们民族心态最开放、最健康的时期。水流则活，生命源于水。天山南北这种人种和民族的动态模式在人类历史上是极为罕见的。

这里也是我国北方少数民族三大史诗的交汇处：北亚草原蒙古人的《江格尔》，天山南北柯尔克孜人的《玛纳斯》，青藏高原羌、藏人的《格萨尔王传》，形成一条英雄史诗带。这些史诗是活史诗，不是书面语，是歌手们世代以口语相传的活人史诗。这是希腊、罗马、巴比伦、印度史诗所没有的。活人史诗的最大特点是世代歌手反复创作，把每一代的民族英雄跟兑酒一样兑进诗行，诗的内容如江河一般不断地开阔着、丰富着。英雄意识、人杰意识不断地激励着这块土地上的人们。在新疆，男子与英雄同义，否则你什么都不是。你也千万不要以为你会沦落为女子，跟孔明羞辱司马懿一样。西域女子比男子更有英雄气概。塞族女王硬是拧下波斯皇帝大流士的脑袋做酒杯；亚历山大大帝远征至中亚草原，被塞族女王打断一条腿，瘸子亚历山大威风扫地，更为严重的是，大帝的心理严重变态——狂暴乖戾，让下属下跪，滥杀无辜，灵魂处于崩溃状态。成吉思汗的背后是伟大的鄂伦河母亲和孛儿帖夫人，还有那个陪伴他纵横疆场葬身喜马拉雅山冰川的美人忽兰。有关樊梨花的故事，在中原可谓家喻户晓，多少中原男儿凭的不是盖世武功，而是白袍将军的风姿打动西域少女的情怀。樊梨花的雕像屹立在塔尔巴哈台山下，岁月的风尘掩不住她的勇武、豪迈与美丽。如此丰饶的生命大地上，新疆女子很少有内地人的娇气。哈萨克妇女生孩子是极平常的一件事，生完孩子劈腿上马。从遥远的中原去新疆，内地人不是坐飞机就是坐火车，火车至少也得卧铺吧。在西安求学的新疆籍女学生，准备一张小凉席子就可以了，她的那些娇气的陕西同学惊讶得如同看外星人，她们实在想象不出六七十个小时的漫长旅途如何用手片大的小凉席子对付过去。笔者在新疆工作时，给同事大谈内地男人如何做饭、如何带孩子、如何打毛衣，他们同样目瞪口呆，跟听天方夜谭似的，那眼神分明在问我：内地男人生不生孩子？如果有这种可能，内地女人绝对有办法让男人就范，把他们送上手术台。大家津津乐道的武则天，身上到底有多少人味？她的上升过程也是母性的光芒泯灭的过程。盛唐气象绝对容得下一个女人的胡闹，称制之初，她解决掉的程务挺、王方翼、黑齿常之等都是唐军的灵魂，却以情夫、无赖薛怀义为大将军，重用来俊臣、周兴这些地痞子、流氓，而她重用的一批有才干的大臣如狄仁杰、张柬之则亲手埋葬武氏王朝，还政于李唐。武则天并没有提高女性的地位，反而展示了人性的丑恶，扭曲了国民的灵魂，给后世一个错觉：女性不可能治理好国家。社会各阶层视女主专权为洪水猛兽，不仅不能使人们看到女性的巨大潜力，反而使女性深受其害。我们民族的母性之床变得更加冰凉狭小，民族生命意识总体萎缩。偏远地区反而健康一些。大漠男性的粗犷背后蕴含着一种大都市所没有的对女性的尊重。胡人自古尊母不尊父，历史上弑父者比比皆是，而母亲则是维系家族和部落的纽带。她们的婚姻有更大的自主性，离婚的妇女不受歧视，女人带小孩改嫁，她的新丈夫会很高兴，妻子多带了一条小生命，他觉得这是天大的好事。汉族的婚姻传统跟其他传统一样都是形式主义，都是给人看的，女子守身如玉就是为了过嫁人这一关。也只有我们内地的汉族有修补处女膜这个现代传奇故事。这是我们文化的悲哀。一个新疆男子，在他醉酒的时候他会忘乎所以打妻子，酒醒后他会伤心地呜呜大哭，让妻子又恨又爱。他毫不掩饰自己，活得不累。十多个民族生活在一起，各取其长，互相影响，新疆汉人大概是全世界的中国人中最健康最自然的一伙了。没有传统文化的重负，十多个民族显示的都是各自的最佳生活方式和智慧，是人性中最辉煌的部分。

什么是现代化？在物之外，在人的皮囊之外，最先是人的灵魂和心态。

新疆人的心态是开放的，不要说中原大地，即使沿海一带也是一种地缘优势而非心灵与精神。读一下韦伯的《新教伦理与资本主义精神》就知道现代化是怎么回事。君不见海外华人闯荡几辈子也难以逃脱家族兴衰的怪圈，笔者以为那正是封建糟粕与资本主义糟粕杂交而成的怪胎，难以产生真正的现代精神。所谓现代化，是否意味着边缘对中心地带的挑战？越是传统文化丰厚的地方，现代化的步子越艰难。死气沉沉的西安与生气勃勃的乌鲁木齐就是很好的对照。人们的想象总是贫乏的，千万不要以为偏远就意味着落后就自卑，你看一看新疆人的眼神就知道自己有多么肤浅！无论是乌鲁木齐还是伊犁，一个乞丐也是昂首挺胸，绝不猥琐。兜里没钱，并不意味着你一辈子没钱，也不会有钱就跳没钱就趴下。中国文化缺少幽默，缺少豁达与豪迈，那是因为你所理解的中国文化太狭隘，哈萨克人的深情远在俄罗斯民歌之上，维吾尔人的幽默与豁达也是卓别林无法比拟的。我写了一大批天山系列小说，我的主人公都是普普通通的新疆老百姓。湖北一读者来信责问我，《太阳发芽》中那个垂死的老人怎么能望着一棵树望了一个夏天。他的意思显然是指一个垂死的人应该大放悲歌。可这个新疆老人没有哀痛，儿子做的棺木在他眼里是一匹黄骠马，是一头狮子、一只老虎。在天山南北，人们的死亡意识就这么达观，这么平常，这么简单。谁都一点办法也没有。那种认为下层百姓就悲哀、就可怜的看法该有多么可笑。悲观与堕落从来都是上流社会的特产，我对此不怎么了解，也不感兴趣。我所生活过的新疆大地，那里的人们就是这样生活的。回归故里四年了，我依然怀恋那片热土，怀恋那里的人和事，不知道什么时候我的笔墨会更有力更完美。

2000年春节前于小城宝鸡

神话世界里的母亲河

藏族首先是一个神话民族，佛教的影响是很晚以后的事情，大地上没有哪个民族把神话保持得这么悠久这么完美。河源，永恒的处女地，人类纯真的孩童状态。

《斯巴问答歌》是藏族的《创世纪》，问答歌中的"斯巴"是人也是神。

问：斯巴宰杀小牛时，砍下牛头放哪里？我不知道问歌手；斯巴宰杀小牛时，割下尾巴放哪里？我不知道问歌手；斯巴宰杀小牛时，剥下牛皮放哪里？我不知道问歌手。

答：斯巴宰杀小牛时，砍下牛头放山上，所以山峰高耸耸；斯巴宰杀小牛时，割下牛尾放路上，所以道路弯曲曲；斯巴宰杀小牛时，剥下牛皮铺大地，所以大地平坦坦。

汉族神话中有夸父逐日的故事，太初天大旱烈日炎炎，老祖宗夸父跟孩子一样追赶太阳，从中原追到西域，越过青海河源，大概在中亚黑海一带接近太阳，伸手要逮的一瞬间，可爱的夸父化为山川大地，身躯五官全都有所归属，跟斯巴刀下的牛一样。我们一直把夸父逐日理解为原始先民对自然的征服，人是自然的一部分，先民刚刚从大自然的母体中脱离出来，跟孩子一样思母心切，民间有"鸡上架，娃娃想妈妈"的古谚，夸父逐日，日落西天，直到跟大地融合。顺着这条逐日的路途，老子李耳，张骞班超，还有玄奘，冥冥中都包含着人类回归大地母亲的夙愿。

也可以把斯巴理解为"世界""宇宙"，世界最初是这样形成的：

> 问：最初斯巴形成时，天地混合在一起，请问谁把天地分？最初斯巴形成时，汉藏混合在一起，请问谁把汉藏分？
>
> 答并问：最初斯巴形成时，天地混合在一起，分开天地是大鹏，大鹏头上是什么？最初斯巴形成时，阴阳混合在一起，分开阴阳是太阳，太阳头上是什么？最初斯巴形成时，汉藏混合在一起；分开汉藏是皇帝，皇帝头上有什么？

相传伏羲演八卦，大约在陇东天水一带，有八卦台、黄河出积石山，到兰州附近刘家峡一带即永靖县，河水曲折如太极图形，岸旁有村庄太极村；这太极八卦的最初形态后演化为《易经》，在夏朝为《夏易》，商朝为《商易》，最后周文王在中原定型为《周易》。从太极八卦到《易经》，其核心便是宇宙万物的开创由来，太极生两仪，两仪生四象，对于人事，糅合汉民族的创世神话。相传创太极八卦的伏羲老祖，与女娲娘娘为兄妹，这是黄河上源中华人文始祖最初的一男一女，今天甘肃陇东一带还有女娲庄、伏羲河、八卦台。原始图画中，伏羲女娲是合为一体的，阴阳分化为男女。斯巴分汉藏，这显然是伏羲女娲的上源，汉藏同源，最先分化出群体，河开始注入人的生命，接着分化出个体男女，建立部落联盟和政权，则是河的支流渭河出陇原入陕西关中的事情了。相传，炎黄两帝是古羌族，汉藏同出于羌，血脉相通，都是河的气息与颜色。

斯巴神话与伏羲女娲可以看作前后两个阶段。

接着是农业的起源，黄河及支流冲积的山谷平原是最早的农业区。史书上大书特书的河之灾难，对于陕西关中平原宁夏内蒙古的河套平原来说是不存在的，这几处沃野类似于地中海滨的古希腊，更多的是丰收的喜悦。神农氏尝百草有《神农本草经》传世，五谷从野草丛中脱颖而出，长满田野。沿河往上，在渭水及黄河的上源，在高原群山间麦子被青稞代替，高寒地带便有相同的神话《青稞种子的来历》。相传古代有一位叫阿初的王子，为了让人们有粮食吃，在山神日吾达的帮助下从蛇王那里盗来青稞种子，蛇王罚阿初变成一只狗，后来阿初得到一位美丽姑娘的爱情才恢复人身。人们只看见青稞种子是黄狗撒下的，为感谢神狗，丰收后的第一个青稞糌粑先喂狗。蛇、葫芦在河源一带的民间传说里象征生殖，先民在自然神祇的笼罩下很艰难地迈向种植业，王子恢复人身依靠的是女性的力量，也是伏羲女娲阴阳两体的演化。

创世神话的产生过程实际上是人从自然母体脱离的过程，自然而然要产生英雄，《山海经》记载的全是这些英雄神话。与之相近的藏族神话英雄是格萨尔王，相传格萨尔是天神的儿子，善于变化，无敌于天下，他可以役使鬼神，大闹阴曹，他可以支配自然，呼风唤雨，乌鸦充当侦探，射出的箭能飞回来。这简直是《西游记》中的孙大圣。相传孙大圣的原型来自印度佛教神猴的传说。《山海经》中人神不分，人是三头六臂长翅膀。至于呼风唤雨，在民间故事中比比皆是，不能以迷信视之，可以设想，人类童年，还保留着原始自然的母腹记忆，大林莽江河湖海狂风烈日云彩全都是鲜活而灵动的，这些自然形态离人类很近，跟伙伴一样可以交流可以役使。中国古典小说也是先志神鬼后志人，《搜神记》后再《世说新语》，《水浒传》中的公孙胜就能呼风唤雨，《三国演义》中的孔明祭东风已经接近神话的尾声了，小说兴而神话衰落，人类丧失了童年时代金子般的想象力。英雄史诗《格萨尔王传》约产生于11世纪，中原正好是宋王朝，这是一个哲学王朝，也是一个没有想象力的王朝，唐人那种激扬的胆略与生命气息，荡然无存；值得一提的雪域吐蕃王朝与唐王朝都是在吸收佛教文化以后登上历史顶峰的。唐末，出身陇右的宰相牛僧孺给我们留下一部颇具奇思异想的《玄怪录》，这大概是河源地区神话对中原最后的影响了。宋王朝是在偏安中，是在马背民族的铁蹄声中，在没有母亲河的滋润下整理文化的,给我们搞出一套畸形的文化。一个民族,在母亲河的孕育下,经历了伏羲女娲大禹治水三皇五帝周秦汉唐以后,应该有一个文化整理阶段,在激情之后沉思下来。我们感激母亲河给我们如此强悍的生命,激情和想象力持续这么久远,从神话时代到唐末五代两千多年。古希腊文明是在亚历山大大帝的长剑保护下行进的,亚里士多德得以从容地整理地中海最早一批文明硕果。宋朝没有容纳百川的气力与胸襟,辽金夏以华夏子民身份登上历史舞台。清朝必须补这一课,乾嘉学派、朴学,远远超过宋明理学,其结果是曾胡李左这些济世之才的出现,尤其是左宗棠,他在19世纪快要结束时跃马天山,古老的西域最后固定在神州的版图之内,河源有了一道牢固的屏障。汉唐时代,人们一直把叶尔羌河塔里木河当作黄河的上源,人们的想象力是那么丰沛。叶尔羌河和塔里木河潜入大漠及阿尔金山,从青海巴颜喀拉山麓钻出来。这是地理学科无法承受的,却也符合神话史诗的气派。

应该讲讲佛教对藏族的影响,前提是吐蕃王朝威震东亚,最凶猛的时期,一直深入到中亚锡尔河阿姆河一带,天山以南喀什噶尔的维吾尔人信奉的是佛教,库车克孜尔千佛洞足以和敦煌千佛洞相媲美,经过长期厮杀武力征服,天山南北才皈依真主安拉。一个毋庸置疑的事实是吐蕃王朝有多么强大!在文治武功之后,毅然弃兵刃而事佛法,蒙古人也是如此,淳朴忠厚席卷世界,显示自己的威风后,进入至纯至善的仁爱宗教中,大起方能大落,落得那么从容自然,这就是人性的尊严和高贵。藏族成为佛教的藏族,万物皆有佛性,打通生死,打通万物与主体人的界限,宇宙天地与人共为一体。其结果,藏民人人都有一双直达生命本体的慧眼,在全球工业化的浪潮中,唯雪域河源圣地处于古朴的神话诗意世界,使藏族成为人类最自觉的生态民族。只要有藏民存在的地方,草木虫鱼飞禽走兽就跟人一样珍贵,被大地母亲宠爱着,黄河上源弥漫着人的气息和一种生命的清洁。

2000年12月

黄金草原

黄金草原已经从河套平原消失了。秦始皇统一中国，蒙恬却匈奴、定河套、取狼毫为笔，农业开始发展起来。曾是草原的地方，有呦呦鹿鸣。包头，蒙古语，有鹿的地方。即使后来以钢铁以稀土闻名于世，鹿的传说、鹿的神话依然存在。

黄河出雪域至兰州，造成一种东向的趋势，留给汉族诸多创世神话，又掉头向北，拐向蒙古。蒙古，柔弱的意思，青草的幼苗状态弱而生机勃勃。在我看来，黄河北向是不想匆匆结束其黄金时代，黄河在持续她的青春期，在延续她的神话。

当中原进入北宋，理学大盛，成熟得有些糜烂，技术王朝的背后显示出生命的苍白。蒙古人悄悄登上历史舞台……母亲河的另一次创世纪。

《黄金史》的开头说：世界上的人类处在不识不知的无为时代，……在那个古老的年代，世界上的人类是化生，他们吃禅食，自身发光，凭法术能在空中飞行，有无限的寿命。

母亲河就这样在大草原上回到童贞状态，回到《山海经》的时代，人长三头六臂，永生长生。崇尚天人合一的中国哲学，在纯朴的蒙古更进一层，"天"即永生，这就是成吉思汗敬畏着的腾格里——长生天。"上帝之鞭"之所以要怒笞人类，因为在12、13世纪，世界各民族从帝王到百姓，以至于文化都处于醉生梦死、臭气冲天的状态，为什么不把成吉思汗看作人类的良医，看作一个清道夫呢？中原的龙是一条，蒙古大军的帅旗是九条龙。在后羿的神话里，天有九日。在夸父的神话里，太阳奔逃如兔子。蒙古人骑马举着九龙旗，以夸父之勇向西向西，直到大海，太阳跳进水里变成一条鱼。我十九岁那年第一次读到童话《海的女儿》，我感到这是人类生命的故事，生命源于水，生命感最丰富的女人，是鱼的化身。原来成吉思汗严厉的背后有一颗慈爱之心，孩子们回到水里去吧。

有意味的是蒙古军远征的行军路线跟九曲黄河一样，几个大弯曲，就把事情摆平了。

大生命，永生不死长生万古的生命，在天为龙，在地为河，唯有黄河，才是上天的首选之河。

蒙古，萌骨，孕于不儿罕山麓的三河之地，最终回到母亲河身边。成吉思汗躺在黄河的大臂弯里，伊克昭盟——鄂尔多斯高原。灵车沿黄河、沿六盘山、沿黄帝问道广成子的崆峒山侧、沿伏羲女娲的葫芦河，止于鄂尔多斯高原。那是母亲河宽阔无比的胸脯，长满子母柳。那可儿亲兵世代守护成吉思汗陵，长明灯七百年不灭，世上哪个帝王有如此忠诚之部队？神话的土壤就这样滋养着黄河。

清王朝之所以能入主中原开创一个伟大的时代，所谓"北不断亲，南不封王"是也。和亲政策，公主嫁到草原，草原壮健的蒙古族女子进入后宫，王朝的血统依靠草原母亲和黄河奶汁的滋润……当叶赫那拉同宗血脉入主后宫时，王朝的脉气散尽了。王朝末年，草原出现一位勇武的僧格林沁王爷，太平军斩林凤祥李开芳，大沽口之战，击沉英法军舰四十多艘，欧洲的许多报纸刊登了这位蒙古族英雄。欧洲文化崇尚英雄，狠揍他，他才尊重你，儒家那套对付不了欧美文化。草原遂有《僧王之歌》。若僧王在世，哲布尊丹巴有天大的胆子也不敢"独立"。平心而论，清末河山破碎，妖孽四起，神州的大梁一为湘人左宗棠，一为蒙古人僧格林沁。蒙古人喜爱这个大英雄，就跟《嘎达梅林》一样，《僧王之歌》也是民歌啊。遗憾的是，我知道内蒙古有这歌我行色匆匆未能找到。湘人左宗棠却让我们文化人争论攻击个没完。辛亥革命的那帮英烈,在神州面临瓜分之际,却执着于华夷之分,反清跟排满两码子事么。清末,中华民族面对的是欧美洋番。这一点,曾国藩很清醒,曾国藩不称王的原因很大程度上是强邻环伺,稍不慎就会遭到灭顶之灾。曾国藩与王国维的精神世界是相通的,都是传统文化的奇葩。在人格力量上,曾国藩是无可挑剔的。历代统治者大多都是当个人利益、家族利益与国家利益相一致时,才肯做善事,做一点点孔孟们巴望已久的"仁政"与修行。孔子游列国时多么沮丧啊,老先生产生过求仁于野的念头。蒙古族确实产生过一大批鸿儒,绝不逊色于中原文化人。当哲布尊丹巴传檄于鄂尔多斯草原时,伊克昭盟盟长阿拉宾巴雅尔王爷向哲布尊丹巴提出六大质问,库伦的大活佛无言以对。日寇入侵内蒙古,草原上便出现三位抗日女王爷,抗战期间,日本兵一直未能打过黄河。日本皇族,司令官水川伊夫中将全军覆没。这是傅作义将军的杰作,击毙水川伊夫,跟八路军杨成武击毙阿部规秀一样值得大书特书。我的祖父曾在傅作义部当兵,苦战于河套,最惨的一战,一个师只剩数人,师长跟几个兵,从死人堆里爬出去。阴山、陕坝、五原、包头、固阳,我小时候经常听这些地名。

2001年8月

宇宙星河的投影

"走马黄河"已经结束快一年了，风尘和激情已经散去，越来越高的是这条大河更本质更内在的东西。我是一个迟钝的人，而且我非常固执地认为反应迟缓是一个人干大事的基本素质；我从小鄙视机敏过人的人，一个浩大的生命应该是缓缓而行的，就像北方的高原和台地。我从甘青宁内蒙古的黄河沿岸所感悟到的河的神韵就是如此，黄河怒吼的时节非常之少；大部分地段是一头牛的样子，是雪域牦牛，是黄土高原的耕牛，是蒙古大草原那种乳汁丰沛的奶花牛。

一条河就这样在蒙藏民族的佛光里宽阔起来。

一条河就这样涌流出老子的宇宙之道。

一条河就这样在穆斯林虔敬的目光里至清至真。

据说宇宙天体就是河的这种形状，黄河莫不是宇宙星河在大地上的投影！

我更相信汉朝人张骞对河的理解，真正的黄河应该是出昆仑入大漠翻阿尔金山，也就是叶尔羌河塔里木河至巴颜喀拉的路线，也就是十二木卡姆、花儿和秦腔的路线，也就是伊犁汗血马到哈萨克人卫拉特人的库兰骏马一直到贺兰山，贺兰本来就是北方胡人的骏马，终归于唐太宗念念不忘的昭陵六骏。

2001年9月

葫芦神话与母亲河

这是神话世界的边缘地带,唯其如此母亲河才在这里显得格外超拔激越,密集型神话大集团奔突而起。黄河在永靖县首次显现出太极图式,在天水一带伏羲氏演绎出八卦——原始文化的母胚;跟《圣经》故事中的《创世纪》一样,黄河上源最初也是一男一女,但比亚当夏娃早三千多年,伏羲与女娲兄妹蛇身人首,根纠缠在一起,上首分为男女,则太极生阴阳两仪。玛曲萨鲁阿妈——混合天地与人、星宿与大地的生命原汁,最初的大地女神女娲开始行走在河畔,混沌初开的天地,充满强烈的生之欲望;女娲娘娘用黄河的胶泥捏出一条一条生命,神以自己的模样——不,是对自己的改进,以梦想为参照给泥土以生命。黄河子弟以后的禀赋完全是淳厚敦实忍耐力极强的黄泥特征——毁了,重新兑水,搅拌出新的生命。连出土文物也是黄土的最直接的结果——陶器,纯粹生存性的器物。黄土造出人之后,人马上用黄土造出陶器,绘以文饰,生命的火花刺刺飞蹿。原始生命在青藏高原结束的地方,也就是黄土高原开始的地方闪射出最耀眼的光焰。后来是西王母,穆天子,炎黄两帝,后稷沿渭河谷创造五谷——农业的神祇。也是在神话的故乡,智者老子西行至此,于是中国最古老的姓氏李姓从陇东天水出现,星宿海——最初的河叫海,人出现在圣土圣水之上,民族之血开始兑入黄河水。

相传伏羲与女娲最初合在一起为葫芦,剖葫芦即为男女,分出两半生命。陇东有葫芦河，隐喻生殖的兴旺。葫芦蛇雀戏牡丹鱼戏荷都是生殖的象征。葫芦的象征意味最浓厚。血性之城兰州以刻葫芦名闻天下不是没有道理的。兰州为古丝绸之路的重镇，原始文化的发源地，原始文化的葫芦崇拜传说很多。兰州风俗的端午节在门前窗户洞里挂红纸粘成的八瓣葫芦，农村妇女绣葫芦荷包，老太太在衣襟上吊木头或玛瑙小葫芦，这些风俗透视出老百姓因葫芦蔓长籽多祈福祈子的生殖渴望；葫芦另一重含义则是葫芦可以尽收天地间邪气而用来避邪。葫芦是兰州人心目中吉祥、祈福祛邪之物。

兰州刻葫芦艺术起自1892年（清朝光绪十八年），神州陆沉之际，民间却勃起神话意味的原始生殖艺术。兰州正处在一个极为特殊的位置上，河西走廊衔接西域敦煌的佛教艺术，甘南藏传神话史诗，陇东伏羲女娲西王母的生殖崇拜，河州大禹王神迹和太极图式，平凉地区崆峒山道教广成子与黄帝问道处，所有这一切都隐含着东方文化最有创造力的原始精神。清末那个大时代，整个东方文化面临着欧美文化的冲击，这就不仅仅是历史上的民族大融合。所谓五胡乱华、胡汉融合都是一个文化整体内的自然调节。清末则不同，是一种五洋乱东亚，一种真正的灭顶之灾高悬于喜马拉雅山之巅，这种灾难不仅仅是中华民族，而且是整个东亚，是在地中海文明以外一个更辽阔更伟大的文明。据说英法联军对圆明园的烧毁主要基于东方文化的辉煌。1840年英国人开始与中国大规模交流，发现中国人意识里的欧洲人是野蛮人，是兽性十足的人，于是被雨果称为欧洲两个强盗的英吉利与法兰西联手摧毁东方文明的标志圆明园……近代百年史就是西方文明对东方文明的浩劫与强奸，并产生一系列怪胎，从中国东部沿海到畸形的大都市，伤痛与耻辱夹杂着麻木。一个民族的复活绝对在她的心脏地带，在她曾经辉煌过爆发过生命强力的地方——除了兰州，还有哪一座城市能有这种幸运呢？古长安毕竟不是母亲河畔的第一座城市，也不是原始文化的中心。清末，屡次受辱的神州，那些民间艺人在丝绸古道的兰州小巷子里不经意地拿起葫芦，用刻刀和笔描述远古的生命冲动。有意味的是，清王朝最后一位铁血将军左宗棠把他的大本营设在兰州，在兰州建立最先进的兵工厂，所用的枪弹几乎都是国产，屈辱半个世纪之后，中国终于有了自己生产的新式火器，而且是在伏羲女娲大禹西王母的故里，在周秦部落和李唐王朝的发祥地。六万多名新式装备的铁血湘军借母亲河的神力远征新疆，在天山脚下，远征军不屑于用火器对付阿古柏，而是用古老的弓箭。英国人包罗杰在《阿古柏伯克传》中写道：天朝的大军与阿古柏大军中各走出一名最优秀的射手，阿古柏的射手抬起火枪扣动扳机的一瞬间，就被飞来的箭头射穿，扑通一声跪地而死。猎手们总是习惯把火药装在葫芦里。左宗棠给兰州古城赋以新的含义，近代工业与古老的神话民俗奇妙地结合在一起。在民间，葫芦合男女阴阳多子生殖，血性男子悬葫芦于腰间装火药装酒，点燃男子胸中之烈火。1892年，左宗棠的大军已经把西域牢牢地固定在神州的版图以内，王朝的元气也快散尽，数年之后，八国联军进北京，官方失去所有抵抗能力。而在遥远的神州腹地，在兰州，民间艺人崔家娃和裁缝王鸿平注定要给穿城而过的母亲河注入一股神力——慷慨激昂金戈铁马的传统戏剧人物，大众心目中的英雄豪杰——走上葫芦；下层民众总是蕴藏着一个民族最纯朴的生命气息和强大的创造力，戏剧与生殖意味的葫芦结合在一起，民族复兴的梦想注定会成为新世纪人类最壮美的神话。这是第一代葫芦艺人。

把刻葫芦艺术推向全国轰动北京的是兰州穷秀才李文斋。李文斋的贡献有二：一是工艺，刮去葫芦表皮，用糯子水混合颜料在上面涂成红黄二色，一半刻画，一半刻字；二是把书法绘画艺术运用到葫芦的雕刻中，提高其艺术品位。民国初年，古董商们把李文斋的作品带到京津，轰动一时，被称为绝技妙艺。李文斋性情孤傲，警察局长索要葫芦遭拒绝，局长就把李拘捕入牢活活整死。李的学生王德山以及受李氏影响的阮光宇父子等一大批民间艺人，将其技艺发扬光大，使其成为兰州古城的一个象征，人们提到兰州就知道刻葫芦。

2001年9月

大自然与大生命

真正的自然在西部，山脉、树和草甚至人的生命在这里才显得真切而细致。西部一直是探险家和余纯顺这样的壮士涉足的领域，对内地人来讲，帕米尔高原、天山、阿尔泰跟月球没什么区别。我在新疆生活的十年里，碰到不少港澳的中学生。香港的面积不及新疆一个乡镇，香港又是一个大都市、金融中心、服装加工中心，大都市所需要的大生命驱使这些中学生走向大自然。商业并不排斥人的生命意识，而是对生命意识的挑战。欧洲第一代商业繁荣是哥伦布、麦哲伦们在大海里锤炼出来的。19世纪末，一个十二岁的瑞典孩子发誓要到中亚细亚去当探险家，在他看来探险生涯是上帝赐给他的幸福，他就是斯文·赫定，他用五十年时间深入中亚腹地进行考查。在斯文·赫定身后，是北欧那个布满森林、湖泊和冰雪的童话世界，安徒生只能产生在北欧。全世界的儿童都喜欢《西游记》，《西游记》记的就是火焰山、大戈壁、大山脉、大沙漠，没有雄奇的西部做背景，孙悟空、猪八戒也只能缩在陶罐里做蛐蛐。

可以在城市的中心造一座公园，在公园里蓄一池子水，再弄一座假山，甚至可以把泰山、华山、黄山、峨眉山加工成旅游胜地。但你能在那里领略到大自然的神韵吗？

在西部你不可能给戈壁围上栅栏，你不可能在天山上加锁链修台阶，阿勒泰市郊的桦林公园也只是在克兰河的出口加一道砖墙，那么湍急的一条河是戴不上笼头的，那么好的天然白桦林还需要你动手动脚吗？

一位朋友曾与意大利留学生同游塔里木，留学生惊奇地发现，大客车上没有内地的中国人，留学生问他："地球上这么神奇的地方，怎么没人来玩？"

不是我们不喜欢玩，不喜欢山水，是我们没有魄力走向宏大的自然。

帕米尔高原天山阿尔泰离我们太遥远了。这些词汇产生在张骞的背影里，产生在《大唐西域记》里。李白的诗篇之所以成为盛唐之音，是因为李白在中亚草原度过了金色的童年，大漠孕育大想象、大激情，李白的黄河是从天上来的不是山上来的。略逊于李白的杜甫，年轻时也曾壮游天下。

封建社会时期中华民族衰落的过程也是大自然意识衰落的过程。宋朝把自己龟缩在长城以内，版图上再也见不到雄奇的山脉和一泻千里的大江大河了，只攥着黄河、长江的尾巴。孕育生命的女性被裹成小脚。盆景、园林大盛。文人画全是纤细的瘦鹤。明清以至近代，文人钟情的全是枯荷、死鱼、葫芦和虾。

何不把长征看作民族自然意识部分的苏醒呢？金沙江、大雪山直到长江、黄河之源，汉唐英雄时代的气息出现在毛泽东的《沁园春·雪》里。蒋介石更像一个南宋的皇帝，郁达夫把蒋比作赵构，蒋居台湾，撰词五十首亦有南唐李后主之风。

岳飞最感人的不是"饥餐胡虏肉"，不是"迎二帝"，而是"还我河山"。《说岳全传》中有个细节，周桐教岳飞学武的同时，带岳飞到大自然里去饱览河山的壮美。河山之美远远超过母亲刺在他身上的"精忠报国"。用高尔基的话讲：大自然培养爱国主义。高尔基非常喜欢普里什文，因为普里什文的作品里有一种把"大地当作自己的肉一样的感觉"，"人是大地生出来的，可是他又用自己的劳动使大地怀孕，用自己美丽的想象美化大地"。俄罗斯文学的这种大地意识是其他民族难以企及的。苏联有一本教科书《学前儿童认识自然》，将大自然作为孩子启蒙的第一课，飞禽走兽，森林草原，不是图片，而是到野外去采集制作标本。

我们对大自然的理解还停留在公园里，停留在旅游景点上，也差不多都在东部地区，就是新疆人说的"口里"，口还没有杯子大，尽管玲珑剔透，却难以产生浩大的生命气象。

2000年1月

一个陕西人看西域

我是个端着望远镜观察生活的人,看远不看近。最明显的例子是上大学时读波斯大诗人哈菲兹的诗,满满抄了一大本子,还意犹未尽,乘胜追击读《鲁拜集》,读《王书》,但印象最深的还是哈菲兹,抒写美酒明月与美人的大师,由此而联想到李白。真正进入李白的世界是从波斯诗人哈菲兹开始的。再后来读郭沫若的《李白与杜甫》,至少明白李白诞生于中亚黄金草原。好多年以后,我来到天山脚下,给学生讲《老子》、《论语》、唐诗宋词,李白讲得最多。伴随着天山牧场骏马悠扬的叫声,看着天山明月冉冉升起,也只能用心领神会来形容当时的心境。

其实李白的祖籍应该是陇西天水,与陕西宝鸡一山之隔,天水白娃娃是很有名的,肤色之白之细腻让江南人为之逊色。贺知章称李白为"谪仙人",面白如玉的缘故。酒量大,那也是大漠草原的习性。李白是地地道道一个西北汉子。话说到这个份上,离我的故乡关中越来越近了。我刚到新疆时,刻意地说普通话,师范专业上课必须说普通话,出了教室自由交流打死我也不乐意说普通话。我生活的小城奎屯,很时髦的一座城市,居民以河南人四川人居多,是一座移民城市。去伊犁出差,在霍城吃午饭,这里的居民基本上都是新疆土著,说的竟然是陕西方言,我的陕西话脱口而出,人家就问我是尼勒克的还是特克斯的,我就说是塔城的,人家深信不疑。

在新疆待久了,才知道土著汉人都说陕西方言,可以追溯到唐朝的玄骞、西汉的张骞，甚至比丝绸之路更遥远。张骞通西域到底是政府行为，民间的交往应该更久远。对我这号说普通话比较困难的陕西人来说，在中亚大地上一下子就有了故乡的感觉。一个陕西人在西域，绝对跟山东人、河南人、上海人是不一样的，那种如鱼得水的体会太深刻了。

秦腔是陕西的地方戏，在甘青宁新叫秦剧。维吾尔族人最喜爱的角色是黑脸包公。西域尚黑，喀喇汗王朝也叫黑汗王朝，春秋战国、秦国军队的军服就是黑色，直到今天陕西的建筑、服装依然崇尚黑色。从秦往西，依次有马秦、大秦，这个神奇的秦与黑包含着一种文化的奥秘。我第一次听到十二木卡姆时，心头一热，竟然听到了秦腔的旋律与节奏，秦腔—花儿—木卡姆有一种悲怆与壮美。秦腔的最高境界不是在舞台上，不是文人化了的戏曲，是在黄土高坡，长天大野，四野无人，只有耕地的牲畜，只有干活的工具，这个农民丢下农具就开始吼起来，都是带血的声音。

岑仲勉先生认为，周朝的祖先最早活动在塔里木盆地的绿洲上，周人在那里开始了人类最原始的农业，受到外族的攻击，周人东迁，来到我的故乡岐山，即周原，周人完成了游牧到农耕的最后转变。接着是秦人，从渭河源头又步周人的后尘来到岐山，走下马背开始壮怀激烈的五百年耕战。秦文化在中国是个异数。张骞通西域有许多伟大的使命，其中之一是寻找黄河的源头，也就是寻祖寻根，张骞一直找到帕米尔高原，从叶尔羌河到塔里木河，再潜入大漠，从青海的山麓出来就成母亲河黄河了。山的那边又是长江源头，不知道跟西域水道有没有关系。相当长一段时间，中国人是相信张骞这一伟大发现的。

我更乐意称西安为古长安，这才符合我想象中的周秦汉唐。有一种说法，作家最好是用三十年时间漫游天下，后三十年安居下来潜心创作。我四十岁前，基本上处于漫游状态，居小城奎屯十年，居小城宝鸡十年，2004年年底迁入西安，也是南郊大雁塔下。雁塔广场的玄奘塑像让我流连忘返。玄奘西天取经的背后，大概也隐藏着与张骞一样的动机。这里有神话时代祖先的身影，昆仑神话、西王母、伏羲氏、女娲娘娘、女修吞玄鸟卵产大业，姜嫄踩巨人脚印感应而生后稷，昆仑山简直就像希腊神话中众神居住的奥林匹斯山。

《史记》记载，刘邦原来没有名字，刘季，刘小三嘛，起兵干大事，才有了正式名字刘邦，还要斩白蛇，还要给母亲一个玄而又玄的神话：梦中感龙体而生高祖。唐太宗李世民直接附会李耳；老子入函关留下著作，现在周至县有讲经的地方，老子继续西行，大概到中亚细亚去了，草原大漠绝对是朴而又朴的地方，也是道家的"昆仑仙境"。玄奘带回来的佛学经典对中国的影响就不用多说了。法门寺之外，还有一座藏传佛教寺院——广仁寺。唐永泰元年（765年），郭子仪平定安史之乱，从泾川回长安，大军中有回纥将领两百多人，住在城隍庙附近，学习唐朝的法令制度与文化，这个地方就叫"大学习巷"，回纥人在这里建立的清真寺就叫"西大寺"，东边化觉巷的清真寺叫"东大寺"，因其教义由回纥人传入就叫"回教"。

让我们为之神往为之心醉的唐代文明，同时也是儒道释的大融合，穆罕默德说："学问远在中国，亦当求之。"这个人类最新的文明刚刚进入长安，唐王朝就一下子垮掉了。关中以及长安的衰败由此开始，元明两代长安就变为"西安"。用布罗代尔的话讲，军事、政治、经济是短时段和中时段，文化是一个大时段，跟大气层一样。《史记》的大手笔就在于太史公的"大文化观念""齐物论观念"，《史记》远远大于汉王朝，远远大于汉武帝，在《史记》中我们感受到的是北方的黄土与南方的水的融合，屈原的浪漫气质与孔子的仁爱精神的融合，中国哪一部作品有如此美妙的生命状态？

长安是大气的，四川人魏长生成为秦腔的一代宗师。八国联军进北京，清室西狩长安，于右任上书陕西巡抚要他斩西太后拥光绪，好多年以后于右任的学生杨虎城"兵谏"了蒋介石，大概算是汉唐遗风吧。清朝末年陕西回民领袖白彦虎起义失败后，率残部五千人逃至中亚楚河，也就是诗人李白的出生地，这些不识字的陕西农民凭记忆将清朝同治年间的关中民间文化完整地保留下来，竟然用陕西方言同化了这一地区的多种民族语言，创立了独特的东干语。"东干"即黄河东岸、东岸子，中原的意思。陕西有个学者王国杰曾多次走访中亚"陕西村"，一口关中方言陕西话就是通行证。文化的纽带就这么坚韧。

选自2005年8月23日《人民日报》

龙　脉

我在新疆生活过的小城叫奎屯，林则徐赴伊犁途中的一个小驿站。天山北路通往伊犁通往不花刺撒马尔干的通道是蒙古人凿开的。整个北亚中亚数千年一直是蒙古人的区域，所有突厥族受蒙古人管辖，地名也多为蒙古语。以至突厥人强大时也要打蒙古人的旗号，那个有名的帖木儿大帝也以成吉思汗家庭的女婿自称，叫自己为伯克，而不是那颜或浑台吉。蒙古的原始意义是萌古，是从弱而壮的意思，他们的王朝取自《易经》首句："大哉乾元"。元，本初，万物之始。只有蒙古人有如此魄力取这么响亮的名字。维吾尔人把他们的汗王叫桃花石汗，意即中国人的汗王。对波斯伊拉克人来说，撒马尔干喀什噶尔已经是中原了。

张骞开凿的西域古道一直在天山以南，经库车、喀什，另一路经克什米尔。这就是丝绸古道。汉唐的文明从这条商道名扬天下。

丝绸之路以前呢？笔者以为还有一条比商业更辉煌的通道。

那是一条神话之路。古希腊神话世界的园地是奥林匹斯山；中国古神话世界则建立在昆仑山顶，西王母是最尊贵的女神。昆仑神话隐含着我们民族母系社会的最初形态，女娲抟土造人的仙境肯定在昆仑山天山。以后的蓬莱神话近于巫，哪有西王母的勃勃生机，传说有十二位美少年侍奉这位女神，武则天后来把这个女性神话变为现实。那么丰盈而充沛的生命世界，不也是健康男子所向往的吗？伟哥小男人以及西门庆似的纯技术，是男性生命力丧失后的标志。中国古代四大美人中，最幸运的是王昭君，起码性生活是和谐的，匈奴传统，可汗死后，可敦（王后）由可汗的弟弟或非亲儿子继承。中国皇帝的后宫，一直存在着无穷无尽的性饥渴，三千佳丽，熬出头时也差不多变态了。位于西域的昆仑神话是最有生命气息的，也是我们民族最健康的地域。

那是一条地理通道。所有的水系几乎都源于西域。老子楚人，悟的第一大道就是水之道，生命源于水，水处下而无不克，以柔克刚。老子的悟性是很前卫的，他来渭水南岸讲经，经道向西，尚水。汉武帝派张骞通西域，最初的打算是寻找黄河的源头，汉朝人以为黄河的源头在青海以西，在帕米尔高原。叶尔羌河是黄河真正的源头。入大漠，出，为塔里木河；入群山，出青海，便是黄河。很有神话色彩。张骞一直到阿富汗，找到了河源，也找到了葡萄石榴核桃苜蓿和大宛的骏马。今天，骏马依然立在昭陵，苜蓿遍布华北西北，石榴繁于临潼。植物和河道就这样与中原连在一起，构成我们的食物链。

这是一条人种和文化的通道。黄帝一直被奉为中华始祖，黄帝却是羌族；周秦的早期部落兴于西戎，即胡人。精悍的西胡之血，顺河源呼啸而下，使商朝永远失去土地，沦为生意人。远古先民下海做生意不怎么光荣，士农工商，农业文明，农的地位很高。唐室是典型的胡汉混血儿。五千年历史，是血液的拼搏与融合的过程，江河就像两条粗壮的大血管，血库在中亚腹地，在塔里木盆地。西方人把这个辽阔的地域视为人类的心脏，祖先把神州呼为中国，即天下之中、国中之国，直接通心脏的意思。血液与文化一脉相承，太极生两仪，所谓太极，大概就是辽远的西域。秦始皇，第一个一统天下的东方大帝，他那史诗般的统一战争，那种天才般的直觉，那道长城很准确地划开了阴阳之道，长城、黄河跟太极图式是一样的，跟银河系的星河形状是一样的，跟宇宙天体是一样的，跟人体尤其是大脑小脑是一样的。中原文化尚理又近阴性，草原胡人文化阳刚而非理性。汉唐元清的兴旺，就在血气阴阳相通。宋明委顿，阴阳失调。

中原板结时，胡人马队就呼啸而下，来壮阳。我居住西域十年，每次过河西走廊，总感到那绵延两千公里的潮润的绿色走廊完全是一个美妙的阴道，没有蓬勃的雄性之力是无法穿越这个生命通道的，同样也无法达到人性的高潮。敦煌就是一次生命的大狂欢，天山南麓克孜尔又是一次大狂欢。天山阿尔泰山的腹地，全是毫无遮掩的原始先民交媾狂欢图，粗壮的生殖器比古希腊的圆柱还要豪迈。汉人唐人把诗写在那地方了，你有什么理由去责备唐明皇与杨玉环呢？你有什么理由去责备武则天有那么多男子？那种大生命，近于天贴于地的生命冲动，我们这些后人就跟个瘪三一样。西域草原人以母性为天，读一下《蒙古秘史》就知道了，成吉思汗的母亲和妻子足以让天下所有女人无地自容。

中国历史上两个少数民族王朝，元，清。元属木，来自草原，野火烧不尽，春风吹又生，宋朝被这繁盛的植物所覆盖，被驱下大海，宋人缺水，没有一点生命气息，陆秀夫负宋帝下海是一种投缘。投海的地方也很有意思，宋朝唯一有生命灵气的诗人苏东坡被流放海南岛，苏东坡乐而讲学，多年后，皇帝老子从这里跳海悟道，太有意思了。明朝属火，阳亢，春宫画遍及全国，西门庆就是明朝人的缩影，《金瓶梅》是一曲哀歌，只有睁眼瞎子把这大书叫淫书，笑笑生，一笑叫笑，笑两下，比哭还惨痛，关于这些明末王夫之黄犁洲顾炎武们最清楚。清属水，起自白山黑水，跟北冰洋寒流一样横扫中原，八旗兵饮马长江兵临南京，只放一箭，嗖！就穿透了南京城砖厚的城门，南明将士全尿裤子了。当年薛仁贵征西，是三箭定天山，射东突厥三员大将，九姓突厥三十万大军哗一下伏地而降。清兵一箭，无南明，一箭毙张献忠，李自成连中箭的资格都没有，几个团练就割下了他的首级。明朝的腐败是全方位的，从皇帝到百姓到起义军全都烂掉了。中原缺水，清如及时雨。这个王朝由西太后收尾也合天道，《红楼梦》宣告中原男儿雌化了，光绪帝身上总有些宝玉的影子，老母如虎，晚清的男子总长不大，女人又是变态心理。所谓武则天淫而不乱，西太后乱而不淫，我倒希望西太后淫一点，大权在握，搞几个猛男，平一下阴阳，心态也就健康了，于国于民都是好的。

丝绸古道是这样进入近代史的：王朝衰落，完全的西域祖邦一半沦落，老伊犁、安集延、费尔干纳、海押立、热海、哈萨克大草原永远失去了。左宗棠的大军收复半个伊犁，老将军把柳树一直栽到乌孙山下伊犁河畔。然后是斯文·赫定，是斯坦因，是普热瓦尔斯基，还有不少鬼鬼祟祟的日本和尚。

那个动荡的年代，民族生命的古道还是有人去光顾的。林则徐在伊犁修了水渠写了诗，徐松跑遍天山南北写出巨著《西域水道记》。王国维先生最大的贡献不仅仅是对殷墟甲骨文的整理，老先生另一大贡献是对西北边疆史地的研究。到了民国，有个叫谢彬的湘人以财政大员身份游历考察天山，写出《新疆游记》，黄文弼先生数次西行，常书鸿几乎把一生泡在敦煌。他们孜孜以求的是西域辽阔大地上所包容的民族复兴的梦想。我之所以罗列这么多名人，仅仅证明，近代对西域的研究，不是那些西方冒险家的专利。自己的家园荒芜了，自己人会去清理。丝绸古道不仅仅是商道。

2000年1月

泪

当骏马的长鬃被风点燃时,我猛然醒悟:这是一团大火!一团坚硬而纯净的火焰!马的筋骨和奔流的血液便是这团大火的柴薪。

1995年秋末,我穿越沙漠到新疆最潮润最美丽的地方——伊犁去办调动手续,当我拿着那封干部介绍信走出州人事局大楼时,世界一下沉寂了,街上川流不息的人群和车辆全成了无声电影。我在倾听自己的内心深处,那里一片空旷。我消失了,浓郁的果香和灰蓝色的伊犁河带走了我的一切:躯体和灵魂。

那是中亚腹地最美丽的秋天,美得让人战栗让人发抖。我在伊犁街头徘徊三天,第四天我乘长途车返回奎屯。我的脸一直贴在车窗上,巴彦岱、清水河、阿力麻里,我一个一个目送着这些美妙无比的地方,那表情就像随囚车而去的囚徒。那个哈萨克骑手就是这样出现的,他的身子后倾,把重量全压在马臀上,骏马的背和颈显得很长,那奔驰的速度和力量就像是从骑手的双腿间喷射出来的。骑手显得那么豪迈,马蹄如夯,击在大地上。公路上的车辆全部没了声音,像汪洋中的小舟,在滚滚波涛中颠来颠去;而马就像一只鲸,威风凛凛,万顷波涛偃仆如草。

骑手与马伴随我一直到果子沟,到三台海子,湖水和马融为一体。那是个神话世界,在群山与沙漠之间,必须有一片清纯的湖水洗涤我们,没有这个过渡,无论人还是畜类,都无法进入伊犁,也无法离开那里。骑手和他的马群沿湖岸远去,我觉察到一种冰凉的玩意儿在脸上恣肆纵横,我伸手去摸,抓在手里的是泪。它的潜伏期这么长,终于在我毫无防备的时候流露出来。

1996年9月15日

鲁迅西北行

　　1924年7月，鲁迅先生应西北大学邀请来西安讲学。那时，陇海铁路只修到河南郑州，入陕西须乘舟横渡黄河，数千年来天下豪俊都是这样进西北的。先生在西安待了二十多天，观碑林登大雁塔，看易俗社的秦腔戏，还能学陕西方言把张秘书叫张秘"夫"。同行的许多教授记者受不了秦腔的大吼大叫，先生却看得饶有兴味，《双锦衣》上下本，连看两晚上。

　　外地人不像西北人那么热爱秦腔，甚至有些厌恶；要惩罚某人就吓唬他：叫你听秦腔。秦腔全是撕心裂肺的怒吼，历来都是《金沙滩》《下河东》《五典坡》这些金戈铁马大砍大杀的世界。先生长于吴越，那里兴的是淡淡的黄酒，软软的越剧黄梅戏，可吴越也是出勾践出龙泉剑鱼肠剑的地方，是唐人为之倾心的吴钩之地。"男儿何不带吴钩，收取关山五十州。"先生在秦腔中听到的就是这种剑的吼声，先生从吴越之地提取这种刚毅，写成有名的《铸剑》，讴歌复仇，倾心血性。绍兴自古乃复仇雪耻之乡，非藏污纳垢之地。南明奸党马士英亡命故里，被拒之门外，绍兴人不认他这个败类，他们只认勾践那样的复仇雪耻之士。

　　先生身上奔流的就是这种铁血精神。

　　先生一生都在鞭挞奴性，弘扬血性。先生把他的文字称为投枪匕首，就是一种强悍的剑的精神。先生所崇尚的汉唐雄风就是铁血与剑。

　　在先生眼里，汉代只有一个文人，那就是司马迁。司马迁的大作《史记》被先生称为"史家之绝唱，无韵之离骚"。《史记》全是孤愤铿锵之言，它礼赞的是"力拔山兮气盖世"的末路英雄项羽，它向往的是"风萧萧兮易水寒"的游侠刺客，它赞美的是箭矢穿石的飞将军李广。《史记》所散发的是一种高尚的灵魂，是一种贵族精神；世俗的皇帝刘邦在灵魂的天国里是十足的奴才小人，刘邦以及后来的刘备、朱元璋统统被鲁迅斥之为流氓，写汉大赋的司马相如之流更为先生所不齿。

先生倾心盛唐，唐朝是中国人扬眉吐气的时代：那是青春与诗的岁月，皇族的身上流动着西北胡人强悍的血液，诗人们个个都是马背好汉，挎长剑骑骏马，出入军阵。大诗人李白就是"十步杀一人，千里不留名"的剑客，崇山峻岭和烈性的酒浇灌了李白的灵魂，宝剑和明月成为他诗歌永恒的主题。更不用说高适、岑参这些统师千军万马的封疆大吏了。连古板的杜甫，青壮年时也曾乘马壮游天下，只是到了安史之乱才把马换成了驴子，柔弱不堪，饱尝苦难。唐人的世界，骏马、宝剑与笔是三位一体的；唐人的血液是纯净的。

鲁迅感叹蒙元入侵，不是鄙视蒙古人，先生鄙视的是赵宋王朝的腐朽与糜烂。金人灭宋，王室过江，江南的青山秀水也被污染了，出产宝剑和英雄的吴越之地成为淫乐的渊薮。用先生的话说就是："中国民族的心，有些是早给我们的圣君贤相武将帮闲之辈征服了的。"异族入侵是方便的事情。

先生把中国历史分为做奴隶的历史和做奴隶不得而反抗争取奴隶资格的历史。

先生把中国文人归结为替皇帝打天下的帮忙文人和替皇帝解闷取乐的帮闲文人。

先生要一种什么文学？那就是投枪匕首，是一种强悍的生命意识和血性，是一种未曾屈服过的纯净的国民精神。

先生曾倾心尼采，尼采的生命哲学凝结着日耳曼人刚健强悍的民族精神。恩格斯就是典型的日耳曼人，《马克思恩格斯全集》中有不少文章，恩格斯赞扬日耳曼人的质朴、贞洁、勇敢；更重要的是日耳曼人是在罗马人的腐烂中崛起的,他们一直保持着森林中的强悍、率真、大胆、勇敢、尚武、爱好冒险。尼采把它提炼成一种狂飙突进的酒神精神。柔弱的中国人缺乏的就是这个。尼采的超人和权力意志,是一个民族最纯净最典范的标准,是人的一个记录,是对生命的高度概括和抽象。

我们的文化中也曾有过这种血性的刚毅。孔子的学说有中庸的一面,也有强悍的一面,《论语》中有"三军可夺帅也,匹夫不可夺志也""士不可以不弘毅"。孔子本人也并非人们想象中的书呆子,而是一个身高八尺能开硬弓的壮士。孔子的后人孔尚任在清朝为官,那是大兴文字狱的时代,他却写了怀念亡明的《桃花扇》,主人公李香君就是一个不让须眉的烈女子;在男儿雌化的年代,这个风尘女子却成了壮士荆轲,血染锦扇。

鲁迅曾跟萧军谈过,他不喜欢绵软的吴语,更不喜欢雌化的江南男儿,他死后宁肯让老虎兀鹰这些猛禽猛兽吃掉也不喂狗,巴儿狗吃了你的肉到处摇尾巴,很讨厌的。这种由生及死的猛士气概,只有汉唐先秦的人才有。

1924年7月,先生走下机械时代的火车,乘舟横渡黄河进入关西,先生一下子感觉到了大西北强悍的气息。孔子周游列国至潼关而返,关西成了孔孟的化外之地;华阴杨震、横渠张载虽有"关西孔子"之称,但他们的儒学完全是西北化的儒学,绝无柔媚的气息。笼罩关中大地的是王气霸气和开天辟地的豪气!关中自古帝王州,周秦汉唐的雄风正是先生孜孜以求的真正的民族血性。那是孔孟和他们的信徒望而却步的地方。先生跃上大船扬帆西进,于是唐诗里的长剑骏马和明月一一浮出,澄清了黄河,荡涤了宇空,高原和风显得清晰而辽阔。

鹞鹰就是这样出现的。

1995年7月18日夜

刀　锋

杨家将最初跟官府无甚牵涉，唐末天下大乱，契丹、沙陀等少数民族越过长城横扫中原，中原的汉族军阀互相征战，王朝更替如走马灯一般，即所谓五代十国。国家已失去对人民的任何保护作用，百姓只能聚族自保。"火山王"杨信和他的杨家将就是这样崛起的。其子杨业入朝为官，先汉后宋，民间有"赵家天下杨家保"的说法。这个家族始终处在钢刀的锋刃上，《金沙滩》《李陵碑》《杨六郎坚守三关口》《十二寡妇征西》，老杨家演出了多少惊心动魄的壮举！太原杨氏抗契丹西夏，代州杨氏抗金，北方最强悍的四个胡人王朝竟然淹没在一个家族的光焰里，那血液该有多么鲜烈！

赵宋王朝一直是内紧外松、内重外轻，又特别鄙视武人，老杨业投奔这个王朝，就注定了悲剧的命运。杨家将凯旋班师之日，就是遭受浩劫之时，这个不懂得明哲保身的家族，看不见皇帝那把刀也是对准他们的，他们始终处于腹背受敌的境地，后者的威力远远超过胡人的铁骑。这大概与他们的胡人血统有关，佘太君穆桂英都是鲜卑人，老杨家又世居边关，只识兵阵，不识中原人的花花肠子。

北宋若有点活人气息，那么南宋则是一具臭气熏天的僵尸了。这个王朝，如鲁迅所说："逃到哪里，气焰和奢华就跟到哪里。"皇帝和一班酷吏，在蒙古兵到来之前，已经征服了臣民的心。蒙元伐宋，如风扫残云，一直把赵宋皇帝追到天涯海角，投水喂了王八。可幸的是赵构皇帝以后，朝堂不再有杨家将的踪影了。那是赵宋王朝唯一没有征服的血性家族，当王朝的臭气冲天而起时，杨氏家族的胡人血液苏醒了。那是一种求生的本能，那时，中国最健康的地方在边远的胡蛮之地。杨家一个分支在大西南的苗彝山寨落脚，成了贵州遵义一带最强大的部落酋长。杨价杨文父子以苗彝为主体，训练出一支骁勇善战的万人劲旅"雄威军"。

蒙古军西征仅用数年的时间，中亚及东欧顿成粉末，征服西南却用了三十五年。杨价杨文父子率一万精兵与五十万蒙古兵周旋，金沙江边九战九捷，打遍世界无敌手的蒙古铁骑第一次尝到了惨败的滋味。成吉思汗的长孙，元宪宗蒙哥被杨文击毙。杨文大概是当时世界上第一个识破蒙古军战术要诀的将军。成吉思汗创建蒙古帝国时，也创造了一套崭新的骑兵战术，那就是闪电式进攻、疾风式撤退，又常常采取大迂回在敌方意想不到的地方出现，再突然向心腹地带冲击。这种战术有个致命弱点就是后勤供应问题。杨文向四川宋军统帅余玠建议，实行坚壁清野，使其掠无功而师劳意疲，相机歼灭。余玠守四川用的就是这套方略。杨文又提醒余玠，大宋之忧不在江汉秦岭，而在吐蕃大理。余玠"伟其论"，而并不完全信服。后来，忽必烈果然从康藏高原大迂回灭宋。

终宋之世，蒙古军也未侵陷播州杨家"雄威军"一堡一寨。1277年，忽必烈派使者以亡宋见告，杨文之子杨邦宪才奉土归元。

播州杨氏始终以土司身份保持独立状态，成了真正的化外之民。最后一任土司杨应龙，不堪忍受地方官的压迫，联合西南苗彝各族于明万历年间发动起义，拥兵十万，明朝调遣刚刚在朝鲜打败日本丰臣秀吉的远征军三十多万，历数年才将杨应龙打败。播州杨氏共历宋元明三朝，六百五十余年，比任何一个王朝都要久远。

明万历年间，用黄仁宇教授的说法，那是中国历史最关键的一段时期，中央帝国这架机器再也转不动了，张居正的改革归于失败，名将戚继光失去了纵马驰骋的锐气，糜烂的气息从京城弥漫到民间。杨应龙以武装反抗显示了家族的血性，从而避免了腐烂的瘟疫。这个血性家族高贵的徽号，开始为兄弟民族所接受。西南地区的羌藏苗彝大都姓杨，西北安多藏区的部落酋长大多也是杨姓。

杨与马是中国少数民族最崇拜的两大姓。强悍的波斯人在中国落脚后，奉东汉名将马援为他们的祖先。这位东汉王朝的开国元勋，在征服交趾凯旋之日，即遭奸臣陷害，他的后人马超已是羌化的汉人。

这种奇特的现象也发生在汉将李广身上。以打匈奴而闻名天下的飞将军李广，世代卫国，世代为皇帝权臣所嫉，他的后人李陵以五千步卒抗匈奴十万铁骑，终因寡不敌众而降匈奴，结果被武帝灭族，李陵于绝望中孤身一人留在匈奴，于是中亚草原出现了一个以李氏为祖先的强大部落，黠戛斯即吉尔吉斯。老杨业撞的竟也是李陵碑，命运昭示于他的正是胡蛮之地。杨业四子杨延辉在契丹生根开花。他们抗击的胡人王朝往往更尊重他们。

民间传说中老杨家本来要做皇帝的，祖先把马误认为龙跨了上去，便落了个四处征战流血流汗的命。变龙为马，也许为汉人所不齿，但在草原民族的意识里，马是天神，马的脊梁被称为龙骨，与马为一体的必是千年万年的王者之族，秦皇汉武唐宗宋祖的王朝全部都衰落消失了，而血性家族的王者之气却万古常新。

散落羌胡不是败落而是一种回归，翻开史书你就会发现，黄帝、炎帝、大禹全是纯正的羌族血统。你不能不钦佩老杨业后人的壮举，他们不会明哲保身，却能保持家族血液的纯净。在中原王朝从皇帝到百姓、从民俗到文化彻底腐烂的时候，他们来到国之边地，与奔马与鹰融为一体。

1995年7月12日夜

秦人的剪纸和皮影

整个陕西的民间艺术我以为主要是剪纸和皮影。这也是黄河之行的最后一站。

作为土生土长的陕西人，我曾在西域闯荡十年，古代的陕西人既有东出潼关横扫山东中原的传统，也有西出阳关漫步葱岭的习惯。客观地讲，陕西是一个大熔炉，从西北进入中原的游牧民族，总是在金黄色的渭河谷地被改变为农耕民族。渭水流域在整个北方太温暖太滋润，史地专家史念海先生数大卷《河山集》把渭水谷地写得淋漓尽致。我读大学时竟不知故乡有如此神奇的学术泰斗。我是在天山北麓伊犁州技工学校的图书馆里读到《河山集》的。在西域看故乡陕西，更客观一些。周秦的先民原本游牧于青海甘肃一带，是青藏雪域与黄土高原最早的古羌族的一支。他们顺渭河而下，过陇右、六盘山、崆峒山，到宝鸡岐山、扶风一带，此处沃野千里，草木茂盛，六畜食而瘦弱，人食而硕壮，原始农业从这里开始萌发。相传，早在三皇五帝时，神农氏尝百草，教民稼穑在这里开创最早的农业。这里在民国年间建立了近代中国西部地区最早的农业大学，这是于右任先生的功劳。伴随着农业、水利勃兴，从关中到塞上宁夏、内蒙古，到四川都江堰，秦人给古代中国建立起最辉煌的水利工程。即使是民国那个混战年代，杨虎城主陕时，李仪祉先生也修通了关中东部的灌溉网。"文革"十年全国人民进入"狂欢的季节"，陕西省委书记李瑞山领着百万农民用架子车在关中西部修筑冯家山水利工程，渭北旱塬变成水浇地。如果说周朝是中国以至东方的古希腊，那么秦就是罗马。周朝始有《诗经》，有礼仪，有儒家孔孟的理想世界，而秦是征战是修筑通天大道与水利工程的技术王朝，也是法律王朝。以致得惠于工程技术与律法的秦在统一天下后，走过了头，只存科技而灭文史。大楚灭暴秦有千千万万的好处，我想最大的不好处，中国历史从此，至少在官方在主流文化中剔除了秦的铁血精神与科学精神。秦人硬是在北方大漠与绿洲间架起一道长城，以咸阳为中心的秦直道，向北过延安榆林，直达蒙古大草原，在这条大道上，自南而北，秦始皇、郭子仪、李自成、张献忠、韩世忠、赫连勃勃、扶苏、蒙恬、成吉思汗，"北方三剑客"傅作义、马占山、邓宝珊，以及王翦、白起、李广和李靖，是一条真正的将军大道。

古长安就处在这个南北大道相交的铁三角上，这些金戈铁马的神话，在关中农业区最早形成皮影戏，沿秦直道也就是后来的丝绸之路，直达欧洲，这一对光影现象的探索成了现代电影发明的基础之一。这是法国人在《世界电影史》的开头话题，中国电影走向世界也是从西安开始。在这条东西大道上，农业向西在汉朝形成河西走廊，在唐形成西域的屯垦绿洲农业，同时西域的苜蓿、葡萄、石榴、西瓜、桃子、杏子落根关中，直到今天，临潼的石榴与库车的还是一样大。这条黄金大道体现着中华民族从马背到民族、到国家的过程；也就是西域以及青海、甘肃的神话史诗原始部落到关中西部的民族的形成，至关中东部咸阳、长安形成完整的国家形态；也是从陶瓷到青铜器、铁器的过程。以长安为中心，在黄河的两翼，渭河畔的蓝田人、半坡人，汾水流域的丁村人，制作了最早的屋宇和工具，骨针、刀斧和房屋的门窗。门永远是关闭自如，窗户在天暖时才打开，自然光直泻无遗。陕西人蔡伦造出纸以后，皇帝用它发诏书，文人以此写诗作画，民间老百姓恪守古老的生存之道，把它贴在窗户上。这是女人的智慧。承载文化的纸到女人手里，与屋宇结合，而女人更伟大的创造是窗花，让窗户开花——剪纸艺术最初在渭北与汾水谷地流行，蔓延全国。关中方言，把窗叫烟隔，是用来走烟的，烧土炕，烟大，需要走烟。房屋直到窗花的产生才有了美的意味。房屋本来是男性的杰作，雕梁画栋也好，飞檐兽脊也好，都是男人的手艺。在民间、民宅，尤其是寒门，房屋基本上是实用的。窗花剪纸的出现意味着在建筑物上有了女人的痕迹，女人仅仅在一个小窗户上轻轻一点，无论是自然的光线还是实敦敦的房屋就一下子有了神性和美质。屋外和屋内，明暗、阴阳，古老的文化意味凝聚在一起。

2002年2月

我的西部

写这篇文章的时候我一直考虑两个问题：所谓体验生活和真正的西部。当年我以诗人的情怀远走新疆，在天山脚下待了十年，诗的火苗在胸中蹿动几下就被大漠风吹灭了，我很难受，让诗人不写诗如同让政客放弃权力，但你又不得不放弃。当时我确实控制了写诗的欲望，让自己彻底息心，做一合格的人民教师，做一安分守己的奎屯市民。小说这个新样式是偶然闯入生活的，悄悄地，跟希特勒的闪电战一样防不胜防，完全非我所愿，又让人兴奋激动。所以我觉得体验生活太目的化，太想当然，对人起巨大影响的是无意识的，是环境，是一种氛围。单位一半人是少数民族，这种磨合就是接受另一种文化的过程。周涛说：要写新疆，除非户口迁到新疆。新疆文化界对那种新闻记者走马观花似的采风很有些看法。把碧野的《天山景物记》与新边塞诗和周涛的散文比较一下，就能看出质地的差别。我很怀念息心无欲的那几年，书架上逐渐多了许多草原民族文化典籍，参加民族同志的婚礼时静静地坐在角落里，观赏歌舞，觉得自己笨，不管哈萨克族人、蒙古族人、维吾尔族人还是土著汉人，都能上去狂欢一通。我很冲动，但只能内化于心中，我的那些西部小说就是梦中惊醒后的回忆，《奔马》《美丽奴羊》《阿力麻里》《太阳发芽》《鹰影》《靴子》，这些群山草原的日常生活用品——闪射出一种神性的光芒。我第一次去阿尔泰招生，当那高贵的灰蓝色山体出现时，我越过饭馆坐在渠边跟傻子一样。那些牧人高大黝黑自尊高傲,那些貌若天仙的少妇们,带着一群孩子,捡牛粪挤牛奶。也是在那一刻,我再也感觉不到偏远与落后有什么关联,因为那草原少妇的神态里所洋溢的美质在告诉我,这块土地多么富饶!只有蠢猪会拿宝藏去衡量一个地区的富裕程度。丽人生活于空旷的高原本身就意味着一种人性。为什么非得让丽人坐在大宾馆里成为一个玩物,才符合广大读者的欲望呢?阿尔泰山的太阳就这样照亮了我。我是一个来自关中的大学生,还存在一个脱胎换骨的过程。我觉得要了解一个地方,最好是生活在那里,一棵树一株草最了解土地,不要以为人有多么了不起,人能保持动植物的底线就很了不起了。

  有了感性的基础再谈理性问题比较合适,我以为真正的西部在兰州以西。陕西历史上曾经是大西北的中心,尤其是汉唐。比汉唐更早的周秦,最早是西戎之地的部落,沿渭水呼啸而下,既是扩张的过程,也是走向文明的过程。唐是关陇大地的顶峰,所谓文化阶段即民族血性的上升阶段;宋明清即文明阶段,在宋朝陕西出了大哲学家张载,完全理性化了。从那时起陕西是典型的中原文化,不再是胡汉文化的交汇地带。文化如同自然,冷暖气流交汇处就要降雨,寒流暖流交汇处就是大渔场。蛮族退向兰州以西,也如同冰川后退,文化的生态就失去平衡。周秦汉唐之所以强,领有西域大漠,肢体完整、头脑清晰,其原因概出于此;宋之所以弱,既失西域,又失黄河以北,残缺不齐的地域只能产生病态文化。欧洲从古到今都有一个以地中海为中心的文化核心地带,和北欧海盗以及东方蛮族相对,文明与野蛮正好构成理性与非理性文化的体系。当日耳曼人进入地中海以后,欧洲又发现了另一个彼岸世界:辽阔的海洋与新大陆。中国历史上也有一个彼岸世界,也有一个新大陆,即西域,比现在的新疆更遥远。通西域几乎是陕西人的专利,张骞、班超,更早的周穆王西巡一直到昆仑山,要会的西王母在伊犁,他们相聚于赛里木湖畔。这虽然是传说,也足见古秦人的胆略。西域呼唤着祖先去冒险。明朝干脆关闭嘉峪关,今天的西安城也不是汉唐气象的西安,汉唐的西安城让董卓和安禄山给烧了,明朝给我们建了这么一个四平八稳的西安城。我们再也不想离开故乡了。客观地讲，满族人对中华民族贡献极大，恢复了汉唐版图，辛亥革命时清政府领有一千三百多万平方公里领土，汉族老大哥没管理好丢了好几百万。我很钦佩那些岭南蛮人，他们在民族衰弱之际，敢走南洋。可中国有个传统，喜欢接受陆地上来的文明，不喜欢那些洋玩意。洋玩意是大海上来的。丝绸之路我们输出去许多好东西，也很健康地接受了许多新东西；包括马克思主义，也是前辈们骑着骆驼越大碛从俄国人那里学来的。以农为本，崇尚土地，包括土地上的一切，这就是西部给予我的启迪，这就是我的西部。

2002年3月

血性之城

  清晨兰州隐约看见郊外的黄河在狭窄的岩石谷地缓缓流动。这是大河的标志。我曾在阿尔泰见识过的青色而沉静的额尔齐斯河，就是这种沉静大气的神态。大雨后的兰州微冷。第一天不想打扰朋友，处女之晨须独享。上午搞到三十本文史资料，下午从古旧书店购到二十本西北史地资料，连夜鲸吞，以后数日，白天采访晚上挑灯。头晕，两天后又清爽至极。离开天山回中原数年矣，兰州海拔两千米，我的脑袋重新适应高地之风，兰州的晚上要盖被子。我就喜欢低温的气候，比如北极、北欧、天山谷地、阿尔泰群山。此行我要采访几位民间艺术家，其中一老者七十四岁，住在白塔山顶，我换了几次车，问路，人家告诉我不远，步行数公里，又攀山数公里。城陡，有树，烈日穷追不舍，高原的特点，再热的天气，树荫及屋里都凉爽，不像内地，老鼠窝里也热。这位七十四岁的老艺人，居高山之巅，俯瞰静静的母亲河做出一件一件绝活。进山门前，我沐浴在蒸腾的汗气里，头发丝里冒白烟。在冷饮店稍作歇息，喝一瓶桃汁，大汗过后，浑身舒坦，身上的肉紧绷绷的，让山风吹涤片刻，以极佳的心情去拜会长者。

  其实我在兰州没有很熟的朋友。临行前单位一甘籍老学者很热心，介绍一大帮兰州的朋友，其中包括水均益他姑水天长。也不用找水天长老人，她单位的同事很热心，政协的何主任倾力相助，离开时我们才谈到水天长老人。甘肃省正在搞旅游节，文化界的人，大都去敦煌了，计划中该找的人都不在。在省作协碰到陕西老乡郭俊卿，越谈越热，老郭河北人，长在西安，我们就乡党上了。老郭又介绍杜芳女士，我在兰州的采访都是杜芳女士安排的，去河州、甘南也由她介绍那里的朋友。兰州另一位老艺术家赵老太太，行动不便，还执意带我拜会另一位民间高人。这些年，文人高喊苦难，有次跟《人民文学》的李敬泽编辑电话聊天，我对作家不大了解，真以为人家水深火热，李编辑在电话那边笑：他们过得很舒服，谁也没有亏待他们。他们却成了气最大的人。远一点，我发现单位里怨气最大的也几乎是得益最大的，也几乎是什么也不干的人。这些民间艺人几乎是一种兴趣和爱好在支撑。民间艺术团体的困境比作家协会比杂志更艰难。

　　陕甘近邻，历史上是一个省，方言及习俗也相近，有趣的是对待文化的态度也大同小异。群众热爱文化，领导冷淡文化。陕西出了那么多大作家，也就那么回事。甘肃的文化可以说是陕西以至黄河文明的源头，黄河在青海更多的是自然形态，大禹治水，开积石山入甘肃，这条大河也进入一种文化，大地湾、马家窑向东入陕西关中形成民族国家，周秦都是甘肃的部落进入关中始建立政权。李唐兴于天水，李白祖籍也是天水，是由父亲带到四川的，天水在李唐之前有李广有赵充国。兰州以东，男子皆瘦高白净，民间有"天水白娃娃"之说，形容男子美俊勇武，雄冠天下。李白，李太白，貌若仙人，没有理由不是甘肃人。我现在告诉你，书法家们的爷爷王羲之的后人也在甘肃，怎么来的？避战乱亡命陇原。还有文房四宝的砚台，洮砚居三大名砚之首。不能光记个端砚啊。那里也是岷洮花儿的发源地，花儿是陇原汉人所创，流布于甘宁青，为回、东乡、撒拉这些13世纪以后的少数民族所接受并发扬光大。在陕西，古文明更多的是青铜器；在甘肃是陶器，是彩陶。陶出于土，女娲、伏羲和西王母的故乡就在这里，他们用土造人，用土造器具。这里是神话的故乡。李唐王朝也出自于关陇集团，甘籍的政治家中牛僧孺写出了最好的唐人小说。这是一块极具想象力的地方。杨六郎守的三关口在六盘山陇山，成吉思汗戎马生涯结束于宁夏，那杆让世人发抖的长矛曾供于兰州城郊的兴隆山下。抗战最艰苦的时期，蒋经国来兰州，在兴隆山下面对成吉思汗那杆铁矛，热血沸腾。蒋经国西北之行一直到嘉峪关，与那里的肃北蒙古族和阿克赛哈萨克头人相聚，饮烈酒食清水羊肉。放眼丝绸古道绵延三千里的左公柳，喊出"十万青年十万血，痛歼日寇，直达喜马拉雅山"。据载，青年军中陕甘籍最多。

哪一座城市有这么一条河！河水稠厚凝重，似岩浆不沸腾，行迟迟而有力，比"静静的顿河"还要静。采访归来，乘车过黄河铁桥，至桥北，落日与铁桥和铁桥下的长河熔炼出一种辉煌的纯金，我大喊一声"停！"在司机和众人的骂声中奔下车，至河边，河水没有涛声，大地在扩胸，可这座城太坚实了，在最坚实的地方应该隆起筋肉，兰州为群山所拥戴，那都是冷峻的石山。当年左宗棠要把他的湘军劲旅拉到大西北，要把他的军帐立在兰州，要在兰州建兵工厂造出让外国兵工专家赞不绝口的新式火器；大帅的另一宏愿是在兰州的黄河上建铁桥，永远结束羊皮筏子的历史。用瑞典探险家斯文·赫定的话讲，左宗棠的功绩远在张骞、班超之上。他在神州陆沉之际，重振民族雄风于西域。民国那些政客们在疆土上有条件的瞎折腾，这是以后的事了。左宗棠用他的胜利把汉唐以及清朝康熙、乾隆对西域的开发最终固定下来，就像拿破仑最终用一部法典总结法国大革命一样。兰州，这座金城，神州的中心，是孙中山《建国大纲》中梦想的国都。章炳麟比孙中山更大气，按章先生的意思，中国最理想的首都在伊犁，都伊犁可走向世界，都长安可走向亚洲，都中原其他地方也只能走向祖国大地大江南北，坐在屋里看星星，看星光灿烂。

黄河在青海是清的，刚出母体，带着胎液，有股类似青草的气息。大禹王为什么在青海甘肃交界的积石山捅那么一下呢？是雄性的一捅，预示着少女走向辉煌的母性，也就是贾宝玉所说的姑娘婚前是水、婚后是泥，从积石山开始，河浑浊而黄，这就为女娲抟土造人提供了条件。在新时代来临之际，作为中华文化集大成者的《红楼梦》，其主人公的这种洁癖是不是意味着男性的退化呢？丰满性感的薛宝钗总是让贾宝玉望而却步。中国在人类历史大变革时期，以这样一个贾——假男人去走向世界，的确成问题。西方是以鲁滨孙这些雄性十足的形象走向海洋的。绵延在男性血液里的原始冲动止于贾宝玉，而兴于湘军，铁血将军左宗棠对兰州的垂青是很有意味的。后来，徐向前率大军远征西域，胡宗南对范长江谈及此事，极为敬佩。再后来是彭德怀的铁拳狠狠砸在兰州铁桥上，数万马家军陈尸黄河两岸，马继援失声痛哭，他尕子哪是彭大爷爷的对手！然后是另一个湘籍将军——王震，从兰州再次进击西域。

大西北需铁血将军，热血男儿。

兰州铁桥下涌动的是稠嘟嘟的处女之血，鲜烈壮美。永恒的男性与永恒的女性之爱包含着呛人的血腥味。

2002年3月

教师生涯

执教快三十年了，老教师了，教一辈子书了，用"生涯"这个词也说得过去。最初很不情愿当教师，教书不就是卖嘴嘛，生长在农村笨嘴笨舌，农民天生厌恶爱说话的人，巧言令色者统统叫水嘴。大学上的偏是师范，大学四年埋头苦读，沉默寡言，以至于同班一位好心的同学担忧我毕业以后怎么办。幸好学习努力成绩不错，大学毕业留校没当教师，在校宣传部编院刊，大学期间发表了三十多篇作品，学校认为我能写文章。一年后，一股神秘的力量召唤我离开关中西上天山，成为伊犁州技工学校一名语文教师，连我都惊奇万分，我登上讲台那么能说，西域对我这个关中子弟的改造可谓脱胎换骨。西域歌舞，哈萨克的阿肯歌手，漠西蒙古人弹唱《江格尔》的江格尔齐，柯尔克孜人弹唱《玛纳斯》的玛纳斯齐，更多的是维吾尔人好几十种的麦西来甫，耳濡目染，我的嗓子洪亮起来。后来有机会去乌鲁木齐文艺单位，一位文学界老前辈告诉我：人应该有个正当职业，当教师当记者当医生当工人当农民都是个职业。我就安心当教师了，再也没有非分之想了。技工学校的一个好处就是可以带学生实习走遍天山南北。回陕西后依然教书，先在宝鸡文理学院，现执教陕西师范大学，创作纯属业余。

对一个人影响最大的应该是中小学老师。小时候我很顽劣，到处打架生事，小学三年级时闯了祸，还浑然不觉，几位女生指责我给班主任惹了多大麻烦，我一下子就愣了，觉得对不起老师，也结束了我的打架生涯，开始疯狂读书。初中快毕业时已经是粉碎"四人帮"恢复高考的1977年了，我整天读闲书，不好好上课，还到处乱投稿开始做作家梦，班主任庞老师在校园里堵住我提出严重警告："考不上学回家种地当农民戳牛尻子，你还有心写文章！"我暂时放下那些乱七八糟的闲书，拿起课本，好好学习，一年后考入岐山中学。可以想象我上高中肯定不是尖子班重点班，肯定是普通班的最后一个班，文科班。岐山中学最大亮点是有图书馆，有阅览室，我不但读到许多世界名著还读到了北岛顾城舒婷的朦胧诗。专门考大学肯定在高二，高一不好好学习全看闲书。教语文的王兹祥老师特意提醒我大学中文系不出作家，这让我大吃一惊，王老师还特意安排我每天下午最后一节课在黑板上抄几首唐诗，供全班同学学习，我手里就有了一本王老师的《唐诗三百首》。从《唐诗三百首》开始，我购买了余冠英的《诗经选》《汉魏六朝诗选》，马茂元的《古诗十九首探索》，傅庚生的《杜诗散绎》《中国文学欣赏举隅》等。高考我历史成绩最好却阴差阳错进了中文系，有王老师的忠告在先，我冷眼旁观读汉语言文学专业。

教师跟农民一样，不用扬鞭自奋蹄，上不好课迟到早退学生首先骂你。好教师认真备教案，但讲台上不翻教案，学生评价某位教师说那是念教案的老师你就知道学生对他有多么蔑视。语文老师不带教案，分析任何一篇课文都如同庖丁解牛；数学老师不用教具，随手一扬一个标准的椭圆。你就体会到什么是艺术。更重要的是一颗爱心。我总是把这几本书介绍给每届学生：《论语》、卢梭的《爱弥儿》、夸美纽斯的《大教学论》、苏霍姆林斯基的《睿智的父母之爱》。技工学校的学生不自信，我就抛开教材，采用《曾国藩教子书》《唐诗选》《孙子兵法》《论语》，告诉他们如何走上社会去给名牌大学毕业生当领导。宝鸡文理学院偏居一隅，我就告诉学生在渭河边读《红楼梦》跟在北大读没什么区别。我的陕西师范大学的研究生在北京竞争一个重要岗位，竞争对手全是经济学博士，我就告诉学生找哈耶克和凯恩斯的代表作反复读，最终打败了经济学博士。

职业等于融入社会融入整个生活，创作说穿了是一个隔离，教师这个职业给我的另一大收益就是源源不断的文学激情与灵感。从大学毕业至今，我每年几百节课是完成了一个教师基本的工作量，没有一天创作假，所有的节假日全用来写作，发表长篇十五部，中短篇小说集二十部，学术随笔两部共计八百万字，2012年至2014年就发表了《好人难做》《百鸟朝凤》《喀拉布风暴》《某》等四部长篇，2013年上海文艺出版社出了我六部长篇，"天山—长安"丝路文学世界初成规模。

获奖感言

2013年冬天，写完《故乡》不久，八十四岁高龄的父亲就病了，在西安一家医院的重病监护室我和妻子日夜照料父亲。妻子白班我夜班，过了两个多月。重病监护室不让支行军床，当年参加中国青年出版社"走马黄河"考察活动时黄宾堂送我们的那个野营床垫有了用场，往地板上一铺就可以眯瞪一会。重病监护室的另一位甘肃乡党跟我轮流享受这个天蓝色硬海绵床垫。春节过后，送父亲回周原岐山老家，我开始西安岐山两头跑。一个月后父亲去世，我也病倒了，送医院抢救，上了手术台，见识了医生抢救病人的场面。2008年，我写《生命树》时母亲去世。记得安葬母亲后，离开村庄时突然发现故乡开始陌生遥远，没有母亲的故乡就给人这种感觉。2014年春天，父亲去世，就安葬在母亲坟墓旁边。1986年秋天，我西上天山居小城奎屯，1995年年底回陕西居小城宝鸡市，2004年年底迁居西安市，三十年间基本上沿天山—祁连山—秦岭这条丝绸古道奔波，故乡近在咫尺，父母离世，我却成了故乡的弃乡人。记得1995年离开新疆时，重庆《红岩》的赵晓铃老师问我离开陕西远走新疆的原因，我一下子感觉到何为命运。我的祖父作为一名抗战老兵曾在蒙古草原八年，我的父亲役于青藏高原六年，我注定西上天山十年。我的故乡关中西部渭北高原曾是周秦的故地，在《西去的骑手》《大河》《乌尔禾》之后，从《生命树》开始，故乡渭北高原开始出现，《喀拉布风暴》打通西域关中，《百鸟朝凤》《好人难做》《阿斗》专写关中周原。《故乡》应该是给父亲的悼念之作。感谢《时代文学》和《小说选刊》，感谢山西祁县的读者，专门为《故乡》召开研讨会，学生从网上发现这个消息让我很欣慰。感谢评委对《故乡》的肯定，获奖的这几天正好是我回故乡祭奠父亲去世一周年的日子，也是告慰他老人家的一份厚礼。谢谢大家！

马年随想

布罗茨基在诗中写道：黑马来到人间，寻找骑手。2013年对我有特殊的意义。我于1981年考入宝鸡师院，1983年发表第一首诗《红豆》，1985年大学毕业时发表诗歌三十余首，散文小说各一篇，1986年秋西上天山，1988年发表最后一首诗《石头与时间》，完成了诗歌到小说的裂变，也完成了一个关中子弟到大漠骑手的转变。1995年年底从西域回到关中，1996年短篇《奔马》由《人民文学》重点推出，1997年《人民文学》干脆以"红柯小说"为专栏发表《美丽奴羊》与《过冬》，由此拉开天山系列六百多万字文学世界的序幕。李敬泽专门写了《飞翔的红柯》，1998年我的第一部小说集入选"21世纪文学之星丛书"，崔道怡老师以《飞奔的黑马》为题作序。1999年陈思和老师主编《逼近世纪末小说选》收入我的短篇《鹰影》，李振声先生把《鹰影》与鲁迅的《铸剑》做对比。长篇《阿斗》出版后，李星老师首先联想到王小波，湖南师大杨经建教授与他的研究生董外平博士则把《阿斗》看作《故事新编》遥远的回声。2013年我的文学生涯满三十年，上海文艺出版社推出"红柯作品系列"，收入我历年代表性长篇六部，包括天山系列的《西去的骑手》《大河》《乌尔禾》《生命树》，幽默荒诞长篇《阿斗》，描写故乡关中西府的长篇《百鸟朝凤》；《收获》与重庆出版社推出长篇《喀拉布风暴》。2012年《当代》与人民文学出版社推出的写关中西府的幽默长篇《好人难做》与《阿斗》《百鸟朝凤》，打通了关中与西域。关中西域的精神内涵刚猛炽烈有大生命意识，礼失求诸野。我曾写过《文学的边疆精神》《龙脉》《大自然与大生命》，在我的意识里，西域与关中密不可分。

我爱燕子

燕子是飞禽走兽中唯一一个被我们善待的候鸟，天上飞的，地上跑的爬的，水里游的，包括矿物质，能啃下肚的我们都吃，包括朝夕相处的狗，包括为主子效犬马之劳的能干之士，走狗烹，当狗一样上案板。我们是农业民族，又不信教，天地君亲师相当于世俗宗教，家在中国兼备住所与寺庙的功能，含有精神因素。古老的传统，屋檐下一定有燕子筑巢垒窝，再豪华的宅子没有燕子光顾都不吉祥。这大概是我们的食谱中没有燕子的原因。我们善待燕子，燕子也信任我们。这也大概是我们与飞禽走兽唯一的情感纽带，属于转型时期古老传统的"剩余的力量"，属于随风而逝的东西。燕子属于村庄，最远抵达小城小镇，燕子无法进入高楼大厦，燕子没有在钢筋水泥上筑巢垒窝的能力。传统中国给我们留下了"小燕子，穿花衣"这样的民谣；留下了刘禹锡"旧时王谢堂前燕，飞入寻常百姓家"这样的诗句；情诗里边都是"青鸟不传云外信，丁香空结雨中愁"，青鸟不会是燕子。我这个关中子弟在西域大漠在西天山赛里木湖边听到哈萨克族歌手唱《燕子》时，在大学校园里已经听过许多以"燕子"为题的歌曲包括情歌，但都无法跟哈萨克民歌《燕子》相比。

哈萨克民歌接近蒙古民歌也接近俄罗斯民歌，游牧民族自古逐水草而居，从大兴安岭到地中海整个亚欧大陆中心地带以及北方之北西北之西都是其活动的空间，那种大地意识那种忧伤与深情如雷电穿身感人肺腑。

哈萨克人与柯尔克孜人至今保留着完整的哭嫁歌，新郎那边来一帮歌手唱的都是欢乐颂，竭尽全力把新娘的未来描绘成人间天堂，把公公婆婆描绘得比亲爹亲娘还要亲；新娘的娘家人都是闺蜜和亲人，带着哀伤连唱几十首与男方的欢乐颂相抗衡，婆家再亲也比不上亲娘，洞房再好也比不上故乡，未来生活的种种艰辛尽在其中。当年跟哈萨克同事第一次参加哈萨克传统婚礼马上就联想到唐诗中灞桥折柳送别的美妙诗句，我生长在关中农村，周秦故地，古老的周原至今也是古风犹存，见识过许许多多迎亲嫁娶新娘离家时的哀伤，也只是几声哭号而已，都没有哈萨克民族这么系统而完整的套曲。这是一个深情的民族。我曾执教的伊犁哈萨克自治州技工学校一半师生是哈萨克族蒙古族，毕业前夕，汉族学生吃散伙饭也就一个礼拜，哈萨克学生都连哭带唱一个月。哈萨克人也有喜庆的一面，舞曲《玛依拉》、丰收劳动舞曲《黑走马》，他们跟维吾尔人一样风趣幽默。我在《大河》中写过哈萨克族的哭嫁歌，在《乌尔禾》中插入维吾尔族的《黑黑的羊眼睛》，最打动我的是哈萨克情歌《燕子》。直到我回陕西老家十多年后才将它写进长篇《喀拉布风暴》。自从1987年在赛里木湖边听到《燕子》我就相信爱情是一种信仰，我在天山脚下看完了《红楼梦》，中国古典小说四大名著或五大名著的其他几部就黯然失色了。《红楼梦》是中国古典文学中唯一把爱情当信仰的一部杰作，曹雪芹回应了把政治诗写成爱情诗的屈原，对中国古典文学做了一次总结，也做了一次校正，刘再复认为五四新文化运动引进西方的德先生赛先生时也应该把《红楼梦》作为精神资源是有道理的。欧洲划时代的文艺复兴是以古希腊罗马这些本土资源做引子完成了从神到人的转化。

我小学三年级看《三国演义》《水浒传》，上高中看《红楼梦》翻了十几页看不下去。西北高原一个乡村少年，带一帮小伙伴东征西伐，跟邻村的同龄人频频决战于高原的深沟大壑，满脑子英雄梦，最合胃口的书就是《三国演义》《水浒传》《隋唐英雄传》，最低也应该是《封神演义》吧，《红楼梦》里一帮嘻嘻哈哈的红男绿女，贾宝玉不男不女纯粹一个二腻子嘛，上大学为了完成学业硬着头皮看完《红楼梦》，还一点感觉都没有，要说印象的话只记得凤姐如何收拾色鬼贾瑞，直喊痛快，为此专门看了王朝闻厚厚一大卷《论凤姐》。王朝闻会雕塑，懂艺术，写的论著让人心服，我一直对不懂艺术而研究文学艺术的专家学者持怀疑态度。我至今给学生也是大讲特讲凤姐，现代女性，尤其是美丽的女子，踏入社会到处是狼，应该有点凤姐的手段，完成从林黛玉、薛宝钗到王熙凤的转型。我们不可想象，林妹妹遇到性骚扰该怎么办，薛宝钗都无法招架，凤姐的优势就显示出来了。《喀拉布风暴》中的西安美女陶亚玲就是一朵带刺的玫瑰，西安人望而却步，西安自安史之乱后就衰败了，半城神仙只是歌里唱的，现实生活中有多少赵高李林甫杨国忠的徒子徒孙，陶亚玲这样的绝代佳人只有新疆人孟凯配得上。

我们有悠久的红颜薄命传统，美丽的女子嫁武大郎大家才心理平衡，英雄美人从来都是悲剧。伟大的屈原真给一位情人写下那么美妙的诗篇，中国古典文学会是什么样子？盲人荷马的情人是谁我们不知道，但我们知道《荷马史诗》中的海伦和等待奥德赛十年之久的坚贞的妻子潘奈洛佩，无论是与人私奔引起战争的海伦，还是智慧贞洁的潘奈洛佩都得到了荷马和整个西方文学史的尊重。底色很重要，那是一个民族心灵与精神世界的开始。曹雪芹在古老中国开始衰败的时候给我们构建了如此瑰丽丰盈的精神平台，完全可以视为中国的但丁：中世纪最后一位诗人，新时代第一位诗人。曹雪芹把小说艺术提升到诗，诗就永远结束了。在天山脚下在各民族情歌的海洋里，一个关中子弟重新读《红楼梦》就很容易读出新意，贾宝玉把女人当水把男人当泥，就意味着男人的世界是密封的瓶子还是小里小气的坛坛罐罐，水做的女子在小容器里会成为赵姨娘曹七巧，女人最美的状态应该是河流是湖泊是大海。西北之北西北之西的沙漠戈壁因为有维吾尔人的《百灵鸟》《黑黑的羊眼睛》，有哈萨克人的《燕子》就成为瀚海。爱情一旦产生就跟风暴一样势不可挡成为一种信仰，燕子就远远超过凿空西域的张骞；燕子沟通的是中原与西域各族人民的精神与灵魂，相当于圣经故事中引导挪亚方舟找到家园的鸽子。

　　写这篇文章的前一天,在西安小寨我和一位美丽的西安女子一起宴请两位新疆朋友。这位美丽的西安女子婚姻不幸,终于熬过来了,找到了自己的幸福。我们一起喝了五十二度的西凤酒;我快十年不喝白酒了,内地就不是喝美酒的地方,她的幸福和新疆来的朋友感染了我,我开了戒。刚刚出版的长篇《喀拉布风暴》里专门写了爱情,燕子既是爱情的象征也是这本书的主题曲。

走进建国路83号

我相信任何一个走进西安市建国路83号陕西省作家协会大院的人都有一种敬畏之心，一种敬仰之情。这里曾经是柳青、王汶石、李若冰、胡采工作生活的地方，也是诞生了路遥、陈忠实、贾平凹这些文学大师的地方，他们给中国当代文学写下了光辉灿烂的一笔，陕西文学无愧于陕西周秦汉唐历史文化博大精深的传统，也无愧于延安革命文艺开天辟地勇于创新的传统。美国意象派诗人庞德曾经说过：古典的就是现代的。庞德不懂汉语，任直觉能译唐诗。欧美意象派主要是受中国古典文学尤其是唐诗的影响而成。长安就是唐诗的胜地，就是《诗经》《史记》的胜地，古典与现代、传统与创新在陕西文学里体现得淋漓尽致。陕西作协可谓功莫大焉。美国学者布鲁姆提出有名的"影响的焦虑"；在陕西，丰厚的传统文化与生机勃勃的延安革命文艺不是焦虑而是珍贵的精神财富。所谓大树底下不长草，在陕西，大师们是导师，他们给后来者打造了陕西文学这个金字招牌，是我们这些后来者的一种巨大的文学资源。我于1986年西上天山之前，大学求学期间开始发表作品，主要是诗歌，在《青年诗人》《当代诗歌》等发表过三十余首，最让我自豪的是其中一首小诗发表在《延河》上，我也是得到了陕西作协的恩惠喝了一口《延河》水西上天山的。习总书记讲话中提到创作是中心任务，作品是立身之本，作家要扎根人民、扎根生活。这也是我们陕西文学的优良传统，柳青扎根长安就是最好的例子，后来的路遥、陈忠实、贾平凹都是如此。我本人西域十年，也是得之于柳青的文学经验和有名的文学六十年一单元。

扎根生活、扎根人民这个传统之外，陕西作协历届领导对新生力量的扶助也是一大优良传统。我1995年年底从新疆回陕西，离开新疆时，新疆文学界的师友们就告诉我陕西多好多好，有一句话我印象极深：陕西小说全国一流，你红柯写小说在新疆出不去在陕西就容易出去。1996年春我到陕西作协转交手续，京夫老师接待我，1997年春我就有幸参加省作协在延安召开的座谈会，当年《延河》给十几个青年作家开专号，年底我与黄河浪参加全国青年作家座谈会，第一本小说集《美丽奴羊》也是作协推荐入选"21世纪文学之星丛书"的。1998年省作协为我们五位作家召开研讨会；2000年获冯牧文学奖，陈忠实老师打电话给我，还写了《互相拥挤，志在天空》一文。贾平凹主席主办的《美文》也邀请我参加笔会，我写了大量散文，这要归功于《美文》。对我们这一代作家，陕西作协都给予了极大的支持。

作为陕西作协的一员，我们为这个大家庭倍感自豪。我第一本书《美丽奴羊》的内容提要有一句话："这是一个陕西人眼中的西域。"从1983年发表处女作到现在天山—关中丝路文学系列十二部长篇、十二部短篇小说集中的大多主人公都是西域陕西人，我作为陕西作协一员值得骄傲，作为陕西人更值得自豪。

奎屯这个地方

一

奎屯位于天山北麓准噶尔盆地南缘,东边是石河子,军垦第一犁从那里开始,新疆建设兵团有许多的第一犁,真正的第一犁应该在石河子。奎屯的西边是乌苏古城,北疆人口最多的县,小说《玉娇龙》以及许多史书都写过这个地方,现在已经撤县设市。奎屯就夹在石河子与乌苏之间。内地很少有人知道奎屯,我总是加一句在石河子的西边,或者乌苏的东边,或者克拉玛依的南边,人家似乎是听明白了。我现在居住在陕西宝鸡,也是一个外地人很少知道的地方。外地一个朋友来看我,在电话里说:你在哪个宝鸡,地图上有两个宝鸡。我懵了半天才明白,宝鸡市的东边有个宝鸡县(现已改制为宝鸡市陈仓区)。古老的游牧民族总是在歌曲或史书里给一个地名后面加这个地方。大漠空旷辽远,碰到一块小石头都要捡起来,日积月累堆成敖包,祭奠神灵,也做路标。西北方言里,对每个人的称呼前面都加一个"我儿×××",那个在亚欧大陆掀起最后一股草原风暴的帖木儿大帝,给西班牙国王的外交信函是这样开头的:"吾儿菲利普三世",以示重视和亲近。与奎屯相比,宝鸡的典故太多了。明修栈道,暗度陈仓,宝鸡也叫陈仓;唐玄宗逃亡四川途中在宝鸡的无名小庙里住了一宿,庙就叫卧龙寺;最有影响的说法是炎帝故里,一个很响亮的说法。

奎屯就没有这么多说法，天山以北至阿勒泰，自古是乌孙人蒙古人的牧场。

奎屯最早的名字应该是哈拉苏，乌孙是哈萨克人的祖先，哈萨克人给这块土地起了一个美丽的名字叫哈拉苏，翻译成汉语的意思是黑色的泉水。新疆的地理常识，那些源自冰川雪峰的河水都是灰白的，叫阿克苏，白水的意思；源自大地清澈见底，又是草原黑钙土，就叫布拉克或哈拉苏，芦苇遍地，泉眼密如星辰。

1986年我们一家定居奎屯时，还能看到一大片的泉水，在市区东北角，差不多是一片芦苇荡，当地人叫鸭子坝，显然是汉人的叫法，泉眼汇聚成湖水，长满苇子，大群的鸭子游来游去。长满芦苇的地方肯定有造纸厂，造纸厂的污水、臭味跟湖区是那么不协调。鸭子坝还是很吸引人的，三三两两钓鱼的人散布在水边。

奎屯是蒙古人喊出来的。成吉思汗的大军从阿尔泰山和果子沟分两路西征，又回兵征讨反复无常的西夏，大军途径奎屯，正值隆冬，领略了欧亚大陆无数寒冷的地方，大军沿着天山北麓过精河，过乌苏，有个蒙古兵就叫了起来，"奎屯，奎屯"，译成汉语就是指"寒冷"。处在准噶尔盆地最宽阔的地方，毫无遮拦，南面高大的天山在这里裂开了一道山口，正对着塔里木北缘的古城库车，寒流全聚集在这里冲向塔里木。阿尔泰草原和准噶尔大漠的马背民族总是挥兵南下，一次次征服温暖的塔里木；有三个达坂通道，东疆吐鲁番过铁门关干沟是一条道，伊犁喀什河上游冰大坂直插阿克苏是一条道，最险要的山口在奎屯库车之间，蒙古兵翻越这条山道的次数很少，他们感受到的寒冷是实实在在的。从那时起，蒙古人再没有离开过这里，厄鲁特人、土尔扈特人、准噶尔人都是蒙古人的分支，他们都在这个地方感到了世所罕有的寒冷。1986年我成为奎屯市民，我也领略了中亚腹地的寒冷，这感受在内地是从来没有过的，太阳穴发疼，额头像要裂开了，气都出不来，寒冷是很有力量的。各个民族在不同时期对寒冷的感受沉淀下来就有了奎屯这个地方。

那个蒙古兵是很值得纪念的。据说蒙古大军每个人两匹战马，换着骑，一口气从不尔罕山跑到地中海，又旋风般回旋中亚进军中原，没有人喊累，没有人怯阵，可是这么一个蒙古兵在天山北麓的山口用纯朴的蒙古语大喊"冷啊冷啊"，也就是"奎屯奎屯"，他的叫声感染了大军，千军万马也在喊冷，马肯定跟着主人一起喊，马比人累多了。大军就在寒冷的奎屯住了一宿，按蒙古人的规矩，在头盔里煮羊肉，饱饱地吃了一顿，到黄河边，征服了西夏，成吉思汗的黄金之命也到了安息的时候。好多年以后，林则徐流放伊犁，夜宿奎屯，日记中有："奎墩，居民百余，闻水利薄地不腴。"奎屯市和农七师的地方史志里记录最多引用最多的是林则徐的日记，西公园里有林则徐的雕像，感念林公在日记里写过这么一笔。我曾在一篇文章中写过这么一段话：热爱一片土地，不一定非得人杰地灵，珍宝满地，新疆这样的地方不多，林则徐日记里写得明明白白，地不腴，不是一个土地肥沃的地方。

二

20世纪50年代开始的屯垦活动选择的都是荒无人烟的地方。屯垦开始于西汉，汉屯的规模两万人，有两万中原人在天山南北从事西域最早的农业，那时西域的土著居民是乌孙人和匈奴人。维吾尔人的祖先回鹘人，公元5世纪开始从蒙古高原西迁塔里木，直到清朝中期，塔里木的维吾尔人翻过冰大坂到达伊犁河谷，就是塔兰其人，即种地的人。唐屯垦的规模是五万人；清朝更大，十二万人，天山南部的疏勒、阿克苏、库尔勒，天山北边的昌吉、呼图壁、玛纳斯、沙湾、乌苏、精河、伊犁都是汉唐清代土著汉族群居的地方，也是农业大县。清末阿古柏割据新疆的十多年间，北疆的农业大县基本控制在汉族民团手里，武功盖世的徐学功是当时最有名的民团首领，左宗棠收复新疆采取的战略是先北疆后南疆，就是因为北疆有许多汉族武装力量的配合，又是西域重要的农业地区。当时的行政划分，东疆哈密一带，归甘肃巡抚管理，我们今天很多行政区域的划分是学当年斯大林的，孰优孰劣暂且不说。新疆建设兵团的二十万大军，最有屯垦经验的三五九旅老部队，去了条件艰苦的南疆，在沙漠里建起了一座新城阿拉尔，绿岛的意思。北疆也一样，军垦第一座新城石河子，地处农业大县玛纳斯、沙湾之间。石河子，天山大峡谷流出的一条河，看上去满河床全是石头，就叫石河子，几百公里只有几户人家，王震就把兵团司令部设在石河子。石河子的城市规划是全中国最好的，是和张仲瀚的名字连在一起的，所有的建筑全部都掩映在宽阔的林带里，相距的空间很大，未来五十年一百年的建筑空间都留出来了。直到今天，石河子依然是一座人工森林里的城市，兵团司令张仲瀚与国民党起义将领陶峙岳都是儒将，兵团人亲切地称张仲瀚为我们兵团的父亲。将军出身于冀中富豪之家，投身革命，屯垦西域终身未娶。笔者在新疆的十年间，亲身感受到军垦老兵和兵团文化界人士谈起张仲瀚时的崇敬之情。

兵团的最后一个农业师——阿勒泰农十师师部所在地，也是最边远的垦区——北屯，北屯原名多尔布拉克，很荒凉的一个地方，张仲瀚就给这里起了一个很大气很诗意的地名北屯。以石河子的模式，天山南北出现了阿拉尔、五家渠、奎屯、北屯、可可达拉等一系列新城。像凉州户、军户、八间户、十三间房、兰州湾、广州湾、沙湾、西湖、三工、二工从地名都可以听出来，都是汉唐清朝的屯垦点。

奎屯是从石河子分出来的。兵团司令部迁乌鲁木齐，兵团最大的师农八师留在了石河子。农七师师部在沙湾时，师长刘振世政委史骥带着部下，沿玛纳斯河寻找落脚点，玛纳斯河七拐八拐消失在沙漠里。古尔班通古特沙漠比南疆的塔克拉玛干沙漠要好一些，属于固定沙丘，沙丘上还生长着红柳梭梭骆驼刺。古尔班通古特是蒙古语，意思是三墩苡苡草，来自于大地深处的绿色喷泉，茂密的叶子呈喷射状态。政委史骥师长刘振世一班人马从炮台到大拐小拐到车排子，在车排子他们发现了另一条河，奎屯河。一条源自群山的河流总是要在大漠浇灌出大片绿洲。从此，农七师就跟奎屯河连在一起。

准噶尔盆地的地势南高北低，师部就选在奎屯河出山的地方，河的东岸。每个师都有第一犁的地方，农七师的第一犁就在师部的所在地，今天的一三一团。从地窝子开始，兵团人必须经过人类原始阶段的洞穴生活。师长师政委可以坐小车，史骥刘振世的车子大概是美式吉普车或苏联的"羊毛车"，巡查辽阔的垦区，数万将士的作业区泥浆泛滥，蚊蝇飞舞，战士们发明了许多土法子，带纸帽子，只露两只眼睛，身上涂满青泥。师长和政委也学战士们的样子，脑袋上扣一个纸帽子，奇形怪状的一群人在万古荒原上开天辟地。确是开天辟地。有个六十岁的老兵，怀揣两只小鸡，精心喂养，最后发展成了一个三千多只鸡的养鸡场，他就成了第一任场长。有个锡伯族军官，家在伊犁，带回几斤玉米种，第一批玉米就长出来了。被苏联专家宣布为棉花禁区的地方，人们种出了棉花。第一个果园，第一个花园，第一个种羊场，第一个糖厂，第一个煤矿，相继出现在大地上。我的成名作《美丽奴羊》里所说的羊，就是紫泥泉种羊场培育的优质细毛羊，澳大利亚与土著哈萨克羊杂交而成，雍容华美，如同贵妇，学名美利奴，词典里可以查到，因为是音译，写小说的时候我就改成了美丽奴。许多司空见惯的事情，在兵团人手里就有了创始的意味。坎土曼，人拉木犁，二牛抬杠，原始农业也仅仅一两年，地开出来了，苏联的拖拉机、康拜因联合收割机也过来了，原始与现代就这么迅猛，这么直截了当。新疆是一个奇特的地方，远远超出内地人的想象，毫不客气地讲，也是一种庸常的想象。去年我看到一个报道，一个维吾尔族小孩自己组装了一辆汽车，家境并不富裕，父母却想尽办法满足孩子的愿望。愿望源自于想象力。内地的孩子，包括大人，哪有想象力啊。我的小说总是被误读，我不得不多说两句。新疆的大企业，如十月拖拉机厂、八一钢铁厂、八一毛纺厂、八一棉纺厂、八一糖厂、八一盐厂、红星造纸厂，这些名称一看就知道是兵团人建的，全部无偿给了地方。从农耕到工矿，从荒原到地方，一代人就完成了。建于20世纪50年代的农七师师部大楼，砖木结构，俄式建筑，楼梯地板都是厚木板，墙壁是砖和白灰，红黄色，三层，宽大的门廊和圆柱，周围的林带有二百多米宽，简直是一座森林，高大的杨树把天地紧紧拉在一起。这座俄式大楼一直保存到1993年，被拆掉了，林带也砍了，新建的师部大楼十层，有电梯，林带变成了广场，建有音乐喷泉，有钢塑军垦第一犁雕像，我们一家在音乐喷泉前照了不少相，遗憾的是没有在那栋俄式大楼前留个纪念。我还记得第一次走进那栋俄式大楼的情景，木质地板咕咚咕咚，好像在牛皮鼓上走动。在此之前，我有过一次脚踩木地板的经历。那是1986年，乌鲁木齐市人事厅的大楼就是木质地板，内地来的大学生看到什么都好奇，人家就告诉我，这里以前是盛世才的督办公署，我的想象力一下就被激活了。后来在八一钢铁厂所在地头屯河，人家告诉我这里是当年马仲英跟苏联红军血战的地方。后来在伊犁河谷，在尼勒克草原，我看到跟紫泥泉种羊场一样的尼勒克种羊场，草原人用羊毛扎了一个比马还要雄壮的羊，矗立在种羊场的门口，我也知道尼勒克有一个更诗意的名字，婴儿。可我的想象力到了极限，我无法抒写尼勒克。这个地名最早出现在我的记忆中，是快上初中的时候，也是我对文学最初的冲动，很不好意思，我的文学启蒙书是《革命烈士诗抄》，我读到了维吾尔诗人穆塔里甫的诗，我写出了第一篇好作文，写的就是穆塔里甫，我平生第一次受到了老师的表扬。从穆塔里甫我知道了普希金，上大学的时候我才有可能把古波斯诗人哈菲兹的诗抄了一大本子。穆塔里甫是尼勒克人，二十多岁就被盛世才杀害了，纪念他的文章最后一句是："阳光照进了诗人静静的墓地。"这个句子刻在我的脑子里，我一直在想象照射在墓地上的阳光是什么样子。尼勒克草原和那美丽的羊就成了我心灵的秘密。还是从紫泥泉开始吧，孕育了优质的羊群，孕育了绿洲和城市。1986年的奎屯新城只有三栋楼房，农七师师部大楼、奎屯市市委市政府大楼、红旗商场，以这三座高大建筑为中心，伸展出五公里长的两条大街，北边靠近一三一团场的是农七师师部，南边靠近乌伊公路的是奎屯市政府。向外延伸，是军垦战士建起来的面粉厂、酒厂、农机厂、烟厂、棉纺厂、纸厂，都是砖房；再远一点就是土块平房，还能看到零星的地窝子，窗户贴着地面，一条斜坡通下去，很清晰地记录着一座城市的历史，从洞穴时代里开始的半个世纪的历史。整个奎屯河两岸，下野地、车排子、克拉玛依市及周围的油田被包围在农七师的垦区里，最北边的垦区一三七团在乌尔禾，蒙古语下套子，就是抓野兔的地方，有名的魔鬼城就在乌尔禾，这里是准噶尔盆地的底部；再往北，地势又高起来，就是具有北欧风光的阿尔泰草原了。农七师最兴旺的时候，一直西扩到博尔塔拉草原，后来从农七师分出农九师，额敏河流域就是农九师的范围，也是有名的粮仓。

1992年，北疆铁路通车，奎屯电视台、广播电台做了整整一个月的宣传，通车的那一天，各单位用车拉大家去看剪彩仪式。那些当年屯垦开荒的老兵，那些支边青年，那些听从党的召唤西上天山的女兵，一辈子都没有离开过这块土地，他们的孩子，第一代第二代都没有离开过这里。火车意味着一个多么遥远的梦想。1986年，我去伊犁州技工学校报到的时候，唯一的一栋住宅楼马上要竣工了，单位照顾内地来的大学生，让我住到了最高层五楼，领导和教师都住高层，独家小院的红砖平房没人住，几年后我申请到独家小院，院子里有菜地有啤酒花有菜窖。从1992年开始，数年间，几百栋大楼拔地而起。市中心的沙枣树、白杨树、榆树全被拔掉了。市政府西侧的林荫道四五十年长起来的老榆树，还有西区到五公里路口的林荫道，抗拒大风，树干如同螺纹钢，有些树贴着地面横长出来，千姿百态，但都很粗壮，可以看出准噶尔的风是什么样子。

新的树种长起来了。进口的草皮长出来了。沙枣树、杨树、榆树在城市的外围抵挡风沙，整个垦区的条田上依然是沙枣树、杨树和榆树。

1994年，奎屯栽种了五公里长的新疆玫瑰，半人高，宽十几米，我每天早晨就沿着这条玫瑰大道长跑。哈萨克妇女采集玫瑰花制作玫瑰露，我们家用玫瑰花烙饼子吃。1998年，重返奎屯时，玫瑰又被砍掉了，换成了草地。

三

新疆最好的地方是伊犁河谷和阿尔泰山，欧洲湿润的海风可以吹到西天山和阿尔泰山，有丰沛的雪水和众多的河流，植被从西往东逐渐减少，到东天山几乎全是大戈壁，吐鲁番哈密就是戈壁滩上的小块绿洲。

维系绿洲的是天山的雪水。地理学家把天山称为中亚大漠的湿岛，翻开地图就可以看出，新疆的城镇和绿洲大多分布于天山两侧，北疆多于南疆，山的阳坡长草阴坡长树，冰川和积雪靠近北部。水量最大的额尔齐斯河伊犁河除外，准噶尔盆地从东往西依次排列着乌鲁木齐河、头屯河、呼图壁河、玛纳斯河、奎屯河、古尔图河、精河，绿洲就分布在山麓和盆地的边缘地带，再往下，河水干涸，绿洲消失，沙丘出现。

人对自然的依赖不仅仅是水，还有风。欧亚大陆中心地带几乎全是风暴眼。地理学家还有一个说法，陕西甘肃山西一带的黄土是大风从中亚腹地吹过去的，在更遥远的年代，新疆是大海。我在乌鲁木齐黑山头亲眼见过岩石上的海浪波痕。听起来跟神话似的。有水就有绿洲，人类要在绿洲上生存还必须有一个条件，要有宽阔的林带抵挡大风，否则庄稼根本长不起来，连房子都会被风刮掉。兵团人当年住地窝子的重要原因就是风大，等树长起来了，房子也有了。没树的地方照样是好草场，高草长在天山谷地，山麓和盆地的边缘地带属于荒漠草地，属于春季放牧的地方。地理学叫早春短命植物区系，主要分布在天山北麓，伊犁河谷有一百六十多种，西天山次之，有一百二十多种，由西向东减少，至奎屯减少至五十多种，到东天山就只有十几种了。这些短命牧草只有一年的寿命，牧畜度过春荒，就转到山地夏牧场去了。绿洲有自己的植物带，矮小短命的牧草分布在绿洲的外围，属于旱生植物，也就是旱地荒漠地向绿洲的过渡，再深一层就是中生植物，生长在中等潮湿的沙土地带，再下去是湿生植物，生长在过度潮湿的地带。绿洲农业首先要在这几种植物的过渡地带栽种树木，外围是榆树，里边是杨树。农田也是林带隔开，一条一条跟棋盘一样。西域的屯垦都是从栽树开始的。不了解新疆自然条件的人听到屯垦开荒，首先想到的是破坏生态，是烧荒。绿洲农业首先是绿化环境。1986年我刚到新疆，带学生去植树，都是手指粗的小树，我问校长，这么小的树能活吗？校长说浇上水就能活。奎屯河的水确实能浇过来，问题是得有人看护这些树。内地这么小的树，孩子们折断当玩具，大人会拔回家当柴火烧。我的忧虑纯属多余，新疆孩子打架拼刀子流血，也不会去伤一棵树，从他们的父辈，对树对植物就有一种敬畏与崇拜。十年后我离开奎屯时，那些小树都长成高大的树木了。地域影响人的观念。公元5世纪从蒙古高原西迁塔里木的维吾尔人，在他们伟大的传说里，他们的祖先乌古思汗是在树洞里诞生的，哈萨克人、吉尔吉斯人、蒙古人的习俗，女人不生孩子就到树林里住几十天，祈求树精降灵于身，可以生养健康勇敢的孩子。

天山冰川的退化，气候变暖，其主要因素不是对绿洲的开发，而是整个地球自然条件的变化。学者王宏昌认为，西北干旱的原因主要有两点：一是对横断山区森林的过度采伐，影响了西南季风的湿度；一是欧洲森林的减少影响大西洋湿润气流的湿度，来自海洋的气流经过陆地时必须得到森林湿地的补充，否则就影响内陆的降水量，气流相对陆地的影响是远时空的。几个世纪以来号召"返璞归真，返回自然"，常常片面地赞美封闭的大自然，认为只有原始的才是纯真质朴的，因而排斥一切现代文明，其实现代文明并非一概排斥或违背大自然的本性。绿洲经济的发展就是对自然的人性化的利用。

维系奎屯绿洲的是奎屯河，在新疆它是不能跟伊犁河额尔齐斯河相比的，甚至不能跟玛纳斯河、呼图壁河相比。这条河太独特了，从天山腹地乔尔玛呼啸而下，狂暴如同野马，汛期常常出现冰块堵塞河道的现象，不能用雷管也不能用其他机械，只能用十字镐沿途敲打。农七师有一个水工团，这个团几十年就专门护理这条暴戾的河。职工们腰间系一根绳子，下到河面敲打河冰，很悲壮的一项工作，从20世纪50年代到现在，有七十一位职工葬身冰河。我的小说《雪鸟》写的就是水工团破冰人的故事。我的另一个小说《乔尔玛》也是写这条河，奎屯河发源地乔尔玛水文站，只有一个职工，默默工作了一辈子，一直单身，河就是他的女人。我写了三百多万字的西域小说，写奎屯的还不到三万字。过于沉重的东西，笔是难以表达的。

四

1949年9月25日，新疆国民党十万军队在陶峙岳的率领下宣布起义，即"9·25"起义，编为二十二兵团，石河子农八师是胡宗南的嫡系，官兵来自江浙一带，后来又来一批上海知青，石河子至今是一座江南味很浓的西部城市。

奎屯的农七师前身是二十二兵团二十五师，官兵大多来自甘肃河南，后来又来一批四川支边青年，奎屯居民就以河南人、四川人为主，文化气息较石河子微弱，但发展极快，大街上一看都是20世纪90年代以后的新建筑。

西北五省区我都走过了，新疆的城镇，生态环境最好，树多，穿过戈壁沙漠，老远看见绿色海洋，就知道那有人家。

创世纪，一座城市的历史

新疆有许多古城，楼兰、交河、龟兹（库车）、于阗、伊犁、喀什噶尔……那都是汉唐时代张骞通西域、玄奘西天取经的必经之路。甚至比张骞更早，民间交往往往早于官方、早于朝廷。我曾写过一篇《龙脉》，大意在丝绸之路之前，就有这种交往。《山海经》《穆天子传》里不但有昆仑神话，还有周穆王天池会西王母，多少有点创世纪的意思了。今天的乌鲁木齐是清朝才出现的一座城。汉唐天山南北往西就叫西域，西域的重心在伊犁。从伊犁后撤乌鲁木齐时，西域已失了一半，就叫新疆了。乌鲁木齐是一座年轻的城市，20世纪50年代，天山南北又出现了一批新城，二十万大军铸剑为犁，不与民争地。在荒无人烟的戈壁滩上开出一座座新城，也就是被后人誉为创世纪的壮举，如阿拉尔、五家渠、北屯、石河子、奎屯……我这里讲的就是奎屯。我曾在《收获》2003年4期发表过一篇《奎屯这个地方》的文章，内地很少有人知道这个地方，人们知道石河子、克拉玛依、伊犁，甚至独山子，就是不知道奎屯，我总是要解释半天。我几十年都活在小地方。我离开奎屯迁居陕西宝鸡，宝鸡这个地方也是除了陕西很少有人知道，外地朋友竟然问我在哪个宝鸡，地图上有个宝鸡市还有个宝鸡县。当时就把我给弄懵了。居住在宝鸡跟所有宝鸡人一样以为宝鸡有多么牛皮！后来宝鸡市干脆把宝鸡县划成一个区，陈仓区。2004年冬迁居西安后就不再特意强调自己的地理位置了。我在宝鸡上过四年大学，又工作近十年。我专门写过一篇《宝鸡，火车下的蛋》，还写过一部长篇《阿斗》，宝鸡是三国古战场，又是阿斗投降后的封地，《阿斗》算是一个交代。奎屯也是我生活十年的地方，大学毕业就从陕西关中远行至天山北麓这座小城，在那里成家立业，写了不少关于奎屯的小说，还意犹未尽。奎屯这个地方最早起于13世纪蒙古大军西征，从不儿罕山一直打到东欧大平原的蒙古军在地球上兜了一个大圈子，回师征西夏途经天山北麓，奇寒无比，蒙古战士忍不住叫起来"奎屯，奎屯"，就是汉语"冷啊，冷啊"的意思。这么一喊，一个地名就出现了。蒙古人给大地起的名字可以成为一门学问：乌鲁木齐——优美的牧场，阿尔泰——金子，阿克苏——白水，乌苏——清水，伊犁——大头羊，阿里麻力——苹果城，哈纳斯——美丽而神秘，可可托海——绿色丛林，乌尔禾——套子。在蒙古人之后，哈萨克人给奎屯另一个名字：哈拉苏。无论是对蒙古人还是哈萨克人，奎屯最早是一片牧场，跟戈壁滩交错一起的草地。奎屯的左邻右舍乌苏与沙湾，汉唐就是屯田垦区了，清朝时已相当繁华。《玉娇龙》里就有乌苏古城。奎屯南边的独山子清朝末年就是一座油矿了，也是新疆最早的工业。奎屯仅仅是一个小驿站。林则徐充军伊犁，途经奎屯住了一宿，在日记中写了一句："奎墩，居民百余，闻水利薄地不腴。"奎屯设市后各种版本的地方史志都从林则徐这一句日记开始，蒙古人哈萨克人的口语正式化为文字了。奎屯人还在西公园为林则徐修了塑像。林则徐说得很清楚：地不腴——不是一个土地肥沃的地方。我曾在一篇文章中写过这样一段话：热爱一片土地，不一定非得人杰地灵、珍宝满地，新疆这样的地方不多，20世纪50年代开始屯垦的地方都荒无人烟。军垦第一座新城是石河子，天山大峡谷流出的一条河，满河床石头，就叫石河子。建设兵团司令部最早设在石河子，后来迁乌鲁木齐市光明路。石河子是兵团司令张仲翰亲自负责设计的，完全可当作全国城建的楷模。奎屯垦区是从石河子分出来的。石河子是农八师，奎屯是农七师。农七师师部最早在沙湾，政委史骥、师长刘振世领一班人马沿玛纳斯河寻找落脚点，从炮台到大拐小拐到车排子，发现了另一条河，奎屯河，农七师从此跟奎屯连在一起。建设兵团每个农业师都有军垦第一犁。农七师的第一犁就在师部所在地一三一团，最远的是一三七团，也就是我在长篇《乌尔禾》写到的乌尔禾小绿洲。

1986年秋天我落户奎屯的时候，奎屯只有三栋楼：农七师师部大楼、奎屯市市委市政府大楼、红旗商场。市区的主要树种就是白杨和新疆杨，红旗商场前边还有银叶金果的沙枣树。我执教的单位伊犁州技工学校位于西区，与市三中为邻，以林带相隔，南边隔一条碎石马路是伊犁教育学院，西边也是碎石马路，一条林带一条小河，河西岸是水工团，往北一公里就是一三一团。当时还能见到地窝子，我还记得第一次在地窝子旁边与一位中年农工聊天时的那种震撼。后来我联系上叔叔婶子，他们是1958年来新疆的。在农五师九十一团一个叫托托的地方，我待过一段时间，我的《玫瑰绿洲》写的就是托托，当时叔叔婶子还住土坯房。从奎屯市中心的现代化大楼，到市区的砖房，再到郊区的土坯平房，再到地窝子，真正的创世纪。后来我读到了原农七师政委史骥的回忆文章，史骥与刘振世当时可以坐小车，大概是美式吉普或苏联的"羊毛车"。两位首长巡查辽阔的垦区，数万将士的作业区泥浆泛滥、蚊蝇飞舞。战士们发明了许多土法子，戴纸帽子，只露两只眼睛，身上涂满青泥。政委师长也学战士的样子，戴纸帽子。一群奇形怪状的人在万古荒原上开天辟地。夜宿地窝子，即在地上挖坑，压上树枝芦苇再压上土。炕桌凳都是从土上凿出来的。婚房也是地窝子，很容易走错，每个连队都闹过这种笑话。顶多一个尴尬笑话，日后相处很好。

那个年代不可能再演绎什么新花样。我的长篇《乌尔禾》就是这样开头的，海力布走进了王卫疆父母的地窝子，但读者读不到庸常的"武侠武打"。军垦第二代大多出生在地窝子里。从地窝子开始出现土坯房。砖房、楼房出现的时候已经有城的气象了。农七师师部大楼就是20世纪50年代的俄式建筑，砖木结构，楼梯地板都是厚木板，宽大的门廊和圆柱。周围的林带有几百米宽，简直是一座森林。这座俄式大楼一直保持到1993年，被拆掉了。新建的师部大楼十层，有电梯。林带变成了广场，有音乐喷泉，有钢塑军垦第一犁。但我们一家更怀念那幢俄式大楼和周围森林般的林带。中国的城市中心很少有这么茂密高大的树，几百亩大。从这座大楼开始往东依次是客运站、州医院、棉纺厂、发电厂、造纸厂、砖厂、东果园，往西依次是汽车营、烟厂、酒厂、农机厂、面粉厂、西公园。1975年奎屯设市，农七师师部南边出现新的大街和市政府市委大楼，市政府广场直对乌伊公路和独山子矿区。1992年北疆铁路通车，奎屯广播电视台宣传了整整一个月。通车那天，各单位用车拉大家去看剪彩仪式。那些当年的军垦老兵、支边青年、听从党的召唤西上天山的女兵，一辈子没有离开过这块土地，他们的孩子也很少有离开的机会，火车意味着一个遥远的梦想。1992年开始，数年间几百栋大楼拔地而起，市区的杨树沙枣树榆树换上了新树种和进口草皮。郊区和垦区的条田上依然傲立着榆树沙枣树和杨树，以抗风沙。1993年，奎屯栽种了五公里长的新疆玫瑰，半人高，我每天早晨沿着这条玫瑰大道长跑。哈萨克妇女采集玫瑰花制作花酱，我们家用玫瑰烙饼子。1998年重建奎屯时，玫瑰又被砍掉了，换成了进口草皮。

奎屯与乌伊公路与独山子相隔。乌伊公路已建成高速公路，与乌苏以奎屯河相隔。乌苏已设市，被经济学家誉为新疆的"金三角"。1995年年底我们全家迁居陕西后，我又多次重返新疆。2010年6月底又去了一次，从伊犁河河谷尼勒克进入西天山腹地唐布拉草原，再往前就是独库公路奎伊公路交汇的地方乔尔玛了。那也是奎屯河的上源，乔尔玛不但有当年修筑独库公路牺牲烈士的陵园，还有农七师水工团的一个水文站。奎屯绿洲就靠这条奎屯河。奎屯河不大，却很暴烈，汛期常常出现冰块堵塞河床的现象，不能用炸药也不能用其他机械，只能用十字镐沿途敲打。农七师水工团的职工腰间系上绳索，下到河面工作。从20世纪50年代到现在，有七十多位职工献身。我的小说《雪鸟》写的就是水工团破冰人的故事，发表在《山花》2000年第4期。奎屯河乔尔玛水文站，只有一个职工，默默工作，单身，河就是他的女人。我就写了《乔尔玛》，发表在《人民文学》1995年第5期。还有上千名军垦老兵，跟这位水文站职工一样终身未娶，没有女人，只有大地为伴。长篇《乌尔禾》里的海力布就是这样的老兵。乌尔禾是奎屯最偏远的一块"飞地"，我的天山系列长中短篇五百多万字，写奎屯的仅二十多万字，过于沉重的东西，文字难以表达。

李仪祉与张家山

前几天朋友自驾车邀我去泾阳张家山。出城向西北三十里出现了青色的山脉九峻山，山势峭拔险峻，形同笔架，也叫笔架山。泾阳城正北三十里的嵯峨山也是五峰并立，形同笔架，叫北笔架山。肥沃的关中平原上，泾阳县就坐落在两架笔架间，文脉旺盛，文曲星灿若星汉。汉唐不说，近代就有于右任、吴宓、冯润璋、李若冰、雷抒雁等。这里还有中华大地原点，还有中共关中分区干训班遗址。唐太宗李世民的陵寝就在笔架山。

我们要去的张家山是九峻山与北仲山的交汇处，泾河由此出谷。渭河由西而东入黄河冲刷出的关中平原，泾河由北而南入渭河。泾渭分明的本义就是，渭河挟沙带土泥汤翻滚，泾河流经草地山脉水清见底。沿河道进山，河滩一片片水洼，碧蓝剔透如宝石。过两三架山一道水坝拦截河道，绵延几十公里的张家山水库被堵在群山中。水坝东侧建有水电站，泄水闸把水放进山体东侧的水渠里出山进入平原，也就是山下几百万亩灌区。

这里还没有开发成旅游区，保持着原生态。路边几十辆车都是西安和县城来的自驾车。游人们都在小商店买矿泉水，都把水倒光，去接石崖上喷出的泉水。河道边石崖上不但奇树横生，更多的是泉水四射，花草丛生。这就是大西北的魅力，美妙之处必藏于偏僻深洼处。

这里更吸引人的是古代水利遗址，完全是一座天然的水利博物馆，秦郑国渠，汉白公渠，唐三白渠，宋丰利渠，元王御央渠，明广惠渠、通济渠、青龙渠,民国李仪祉先生修建的泾惠渠。中学时就听过地理老师讲李仪祉以及关中八惠,其中渭惠渠、梅惠渠就在我的老家宝鸡。大学时就开始收集李仪祉的资料,包括《李仪祉水利论著选集》《易俗社秦腔剧本选》。实地考察亲临现场,那些书斋里的文字全都复活了。李先生呼之欲出,如在眼前。

泾惠渠的修建可谓民国乱世的一大壮举,更是陕西的一大善举。当时陕西连年大旱,饿殍遍野,许多村庄空无一人。李先生到处募款,修建泾惠渠。工料奇缺,只能拆庙补救,乡绅们反对,李先生亲自动员劝解:"相信我李仪祉,我是为咱陕西干实事。"1932年夏,泾惠渠一期工程完工放水,灌田二十万亩,农民初获灌溉之利。时疾病盛行,灾荒频仍,泾惠渠活人百万。两年后灌区浇地六十万亩,农民连续两年获得大丰收,男女老幼都穿上新衣,集市百货充盛,成为战乱年代一大奇景。

泾惠渠后,李先生又修建渭惠渠、洛惠渠,时值日寇入侵,器材缺失,先生抱病亲临工地指挥,劳累过度病逝,渭惠渠当年完工放水。先生是蒲城人,泾惠渠在泾阳,先生遗嘱安葬于泾阳县王桥镇泾惠渠畔。2011年陕西省水利厅在这里修建了李仪祉纪念馆,与此相连的是陕西水利博物馆。

李先生除修建关中八惠陕北永定河水利工程之外,还在苏北运河上修建三个现代化船闸。李先生一系列治淮治黄计划,在那个战乱年代大多泡汤,1949年后才逐一实现。李先生当年从德国学习水利工程回国,一边实地考察修水利,一边在南京筹建河海工程专门学校,自编教材,自制灌区模型,现在水利科学上的许多专门名词都是当时李先生所用的。秦人善治水,中国古代三大水利工程郑国渠、都江堰、灵渠都是秦人所建。李仪祉先生用现代科学手段发扬光大中国古代的治水传统,被誉为"中国现代水利先驱""亚洲近代水利科技先驱"。

笔者执教三十年,给学生介绍的经典美文中总要列入一些学术大师和自然科学家的文章,竺可桢、茅以升、王国维、顾颉刚、李仪祉、史念海等，让学生从中体验汉语的美妙与魅力。《易俗社秦腔剧本选》中收入李仪祉的剧作《李寄斩蛇记》，还有其父李桐轩的《一字狱》，其兄李约祉的《庚娘传》。其父李桐轩是易俗社的创始人之一。易俗社，顾名思义是"移风易俗""开发民智"。鲁迅先生1924年来陕西讲学，专门到易俗社看秦腔，并题词："古调独弹"。我们由此也能理解李仪祉先生爱国悯人的人文情怀其来有自。

李仪祉先生水利著作中的诸多篇章《议整理秦岭山下各水》《治河略论》《沟洫》让我联想到，史念海先生把自己的历史地理学著作统统叫《河山集》，王国维研究边疆史的著作则命名为《流沙坠简》。受此影响，我小说名字都有真实的历史地理背景：《美丽奴羊》就是新疆科学家用进口的澳大利亚羊与哈萨克土羊相配而成的中国细毛羊；《阿力麻里》就是当年蒙古察合台汗国的国都，在今天的伊犁霍城县境内；《库兰》是哈萨克人对野马的称呼；《乌尔禾》就是准噶尔盆地最低洼处农七师一三七团所在地，成吉思汗当年打猎的地方；《生命树》则是用西北民间剪纸艺术生命树与哈萨克神话生命树对应基督教生命树，比美国电影《生命树》早两年，西方至今没有以"生命树"为题的长篇小说。

名医刘超峰

七八年前有幸随陕西省有突出贡献专家考察团赴海南、广东考察,就有幸结识了凤翔人刘超峰。刘超峰是中医专家。当时我身体强壮,来西安不久满口西府方言,在西安很扎眼,在专家考察团里也如此,凤翔人刘超峰就不好意思撇那软绵绵的西安话,返璞归真,跟我这个岐山人西府乡党谝在一起。方言土语跟家乡饭一样很容易拉近人的距离,我们就成了乡党加朋友。我在南郊陕师大教书,他在市中心繁华地段的省中医医院坐诊。相当长时间我不用手机,三年前开始用手机,先是当电话用,后来能发简短短信:"您好!""谢谢!"之类。朋友熟人的联系方式登记在本子上,有点像特务的密码本或黑社会的联络图,就按图索骥给刘大夫打了个电话,算是联系上了。

能跟大夫打电话肯定是身体出问题了。五十岁前,疾病离我那么遥远,很少打针吃药。记得上大学时,食堂一个变态炊事员使坏,全校学生拉肚子,跑医院打针,我平生第一次知道打针要在屁股上打,就坚决抗议,要求换男医生男护士。我还专门写过一篇随笔《文学与身体》。我从初中冷水浴长跑三指撑地双脚挂一米高台阶俯卧撑一百下,没有午睡,熬夜到一点,凌晨四点起床。我喜欢这种斯巴达式的强力锻炼,精力极其旺盛。2002年秋天在鲁迅文学院高研班学习,吃早餐时女同学笑我染指甲油,多年的冷水浴长跑俯卧撑手指甲红亮如玛瑙。几十年我一直是业余写作者，职业教师，每年上几百节课，五十岁时，已出版发表十部长篇小说，二十部短篇小说集、散文随笔集，共八百多万字，超负荷工作与持续几十年熬夜，2008年冬天母亲去世，身体偶有不适我没当回事。2013年秋天父亲病重住院，我侍候两个多月，基本掌握了骨折瘫痪老人大小便翻身换床单那一套护理技术。父亲去世，我也病倒了。从西京医院出院后需要中医调理，就想到了刘大夫，开始与刘大夫近距离接触。既是患者也是作家，对医院对中医有了更多的了解，了解更多的是刘大夫高超的医术和那些惊心动魄的病例。

张翠侠老太太，八十多岁彬县人，两月前因恶心、呕吐不止、不思饮食、衰弱、便结，诊断为不全肠梗阻，右侧大量包裹性胸腔积液。由彬县县医院转到陕西省中医医院刘超峰主任的科室，给她使用了中医名方小柴胡汤、B超引导下抽取胸腔积液、抗结核、支持治疗等，病情很快得到控制并出院。但胸部CT却表现为心包弥漫钙化，说明她二十年前的持续性房颤心动过速、心房纤颤是心包炎的并发症，由此引起心律失常，多种抗心律失常的药都无法控制，心率每分钟170—180次。儿子在西北政法大学工作，接母亲到西京医院住院治疗无效，又经交大二附院教授治疗也无效。儿子只好带老母亲去临潼疗养院疗养，没有办法之际，焦心的儿子想到了祖国医学，开中药时与刘超峰大夫相遇。刘大夫给老太太把脉开药，用中医名方生脉饮丹参饮，两周后病情好转，心率降到100以下，连续吃中药，也避免了手术。张翠侠老人生活恢复正常，八十六岁时老人一针一线绣了一面"医德高尚"锦旗赠送给刘大夫。

西北工业大学的郭钟颖老人今年八十三岁，她以教师的职业习惯给刘超峰大夫写了十几封感谢信，字里行间充满了感激之情："你就是我的救星""你使我获得了第二次生命"。十几年前，郭钟颖心力衰竭，心率过缓，心率每分钟只40次左右，在省医院及交大一附院前后住院三次，不停地发病，对生活完全失去了信心。经同事介绍，郭钟颖抱着一线希望到省中医医院找刘超峰大夫，吃中药两三个月后心衰得到控制，心率由40升到

60。病情完全逆转，能正常生活。吃了两年中药后，刘大夫为了病人服用方便，改变剂型，药方做成药丸长期服用，七十八岁那年，郭钟颖老人回了一趟汉中老家兼旅游，回来就立即给刘大夫打电话，"我回汉中了，十几年都没能回故乡了"。"真为你高兴！你的身体现在很好！"刘超峰大夫至今还记得郭钟颖夫妇到省中医医院看病的情形，郭钟颖的老伴曾担任西北工业大学副校长，从来不用公车，每次看病都是老头推着轮椅送老太太，由西北工业大学走到省中医医院，也不插队，一切按程序来完成，就跟现代化工业一样准确无误。

　　刘大夫以高超的医术给这些老年患者带来幸福的晚年，给那些年轻的患者带来的则是生活无限美好的希望和前景。西安文理学院的张博年仅二十多岁，患大动脉炎，一侧颈动脉闭塞，一侧颈动脉、锁骨下动脉、双侧的髂动脉都有狭窄，特别是累及心脏的冠状动脉，每天几十次心绞痛，数次昏厥，硝酸甘油每次吃三十多粒，跟吃豆子一样，到西京医院、北京301医院住院都治不好，无奈之下经人介绍，抱最后一搏的心态到省中医医院找刘超峰大夫。"你这里是我的最后一站。"刘大夫心里咯噔一下，感到了患者强烈的绝望同时又有对生的强烈期望。他更感到了病人对自己的无限的信任。他安慰患者，细心诊查，反复推敲处方用药，一服中药后，心绞痛大减，硝酸甘油从二三十减到十几粒，再次见刘大夫先深深鞠躬，"你就是神医！"后来连续吃药三四次，病情好转，母亲跟张博一起来医院感谢刘大夫。不久，张博开始上班，生活恢复正常。

　　正常坐诊时间以外更多的是突发性抢救病人，跟警察一样，随叫随到。有一次一个住院患者突然呼吸心跳丧失，刘超峰后来回忆当时的状态，跟军人打仗一样，电击二十七次，凭毅力硬把患者从死亡的深渊拉了回来。"哎呀，这种事情太多啦，医生这个职业就是把病人从死亡线上拉回来，能拉多少拉多少！"这个农家子弟骨子里还保持着农民收获庄稼的心态，上天有好生之德，死神与病魔凭什么剥夺人的生命？十年前对一位急性心衰病人的抢救更具传奇色彩，当时已中午下班，刘超峰有一个饭局，在城墙根一家饭馆，刚坐下医院就来电话，一位心衰竭患者突发急性左心衰，刘超峰急忙赶回医院。病人收缩压在40毫米汞柱到30毫米汞柱之间，已经休克，常规抢救无效，刘超峰当机立断，用硝普钠给病人扩张血管，减轻心脏的前后负荷，几分钟后病人血压回升正常，抢救成功。刘超峰成为省中医医院第一个让心脏病复苏过来的医生，也是最多的医生。几十年的从医生涯，刘超峰救治的病人遍布全世界。最经典的病例是西安外国语大学一位特聘的美国教授——普鲁修。他精通六门外语，来中国前在朝鲜任教，也是任期结束，突然心衰发作，包专机回美国治疗，这次又是回国前心力衰竭住院，经刘大夫细心调理，每天喝两大碗中药汤剂，最终康复出院。美国教授对中医钦佩万分，与刘大夫合影留念，当时《陕西日报》做了重点报道。

刘超峰，1980年考入陕西中医学院，1985年毕业分配到陕西省中医研究院（省中医医院）。1997年中医师带徒，师从中医专家雷忠义先生，1991年省中医医院大内科分出心血管内科，由刘超峰主持，2004年作为"西部之光"访问学者到北京中日友好医院师从中国心血管界著名专家柯元南教授，2007年被评为陕西省有突出贡献专家、陕西省中医医院十佳医生，2014年被评为陕西名中医、三秦津贴学者。

写这篇文章时中国药学家屠呦呦荣获诺贝尔医学奖，中医这门古老的科学享誉全世界，笔者与刘超峰同为关中西府人，我们的故乡可是黄帝当年问医道于岐伯的地方，也就有了后来的《黄帝内经》。

移动的书房尘土飞扬

1985年大学毕业参加工作至今的三十年间,四次搬家,主要搬的是书,牧民转场似的,沿着丝绸古道,沿着秦岭—祁连山—天山,从关中到西域,又从西域到关中,有点"八千里路云和月"的意思。有时候看着地图连自己都吓一跳,从小城宝鸡到西天山伊犁河谷,拿尺子在地图上量也好长一截儿。

大学毕业时我的个人藏书有一千多册。小学时开始藏书,农村穷学生有穷学生的办法,借书不还耍赖,从村子里的乡亲到亲戚家,其中最珍贵的当属《史记选注》;给村子里一个老奶奶家干活,老人家的儿子在外地工作,"文革"前的高中生,不少好书塞在屋梁上,我拿走大半,《水浒传》《三国演义》,"三红一创"《革命烈士诗抄》,包括高中语文课本《文学》。我父亲在外工作,母亲在家种地,六个子女,我算是强劳力,每年喂一头大肥猪,交给公家可以卖近百块钱。父亲给我的奖励就是每月回家给我两毛钱,加上母亲让我买日用品找的零头一分两分攒下来,也相当可观。1981年上大学前,我购买的书有《金蔷薇》《月亮宝石》《呼兰河传》《诗经》《围城》《这里的黎明静悄悄》《汉魏六朝诗选》《梅里美小说选》等。上大学条件好多了,师范国家全管,每月生活费中有四元零花钱。班上的农村同学大多都是早饭两分钱的咸菜吃一天,挤出来的钱用场很多。最近读《路遥传》,路遥延大上学时女朋友林达每月工资支持，让人感动。我们宿舍率先咸菜吃一天的是一位当过中学民办教师的老兄，长我们六七岁，可以推测这位老兄上大学前的艰辛与刻苦。大二开始发表作品。每首诗七八元稿费，最多的一笔一百二十元，短篇小说的稿费是当时县处级领导一个月的工资。

1986年，毕业留校一年后西上天山。一千多册书装在二十几个纸箱里，随车托运。三天后抵达乌鲁木齐。去碾子沟长途汽车站，一箱一箱的书提着爬上车顶。那时年轻力壮，提几十斤一箱的书跟玩似的。乘客们很吃惊：口里（内地）来的大学生这么多书。几天后到伊犁，这些书保存在州劳动局干部处的办公室。工作单位在千里之外的小城奎屯，劳动局的领导让我先去奎屯报到，说单位的车会把书给捎过去。9月份开学不久，我的书到了。新疆辽阔包括住房，我有了自己的书房。大学时代我的一千多册书全装在纸箱里，塞在床下，定期翻阅。毕业留校，三人合住，总算有了一个简易书架，大半的书还得蜗居纸箱。西上天山，火车还好，公路就很差了，常遇沙尘暴。每本书里都夹满了呛人的尘土，从中天山环绕的乌鲁木齐到西天山的伊犁河谷，再从伊犁河谷到奎屯。怎么抖都抖搂不净，灰尘跟虫子一样，书中至今留有西域大漠滚滚的灰尘。一月前因讲课急用，翻阅袁珂先生的《中国古代神话》，大学时购买的，跟着主人颠沛流离，伤痕累累。

西域十年，利用技工学校的便利条件，跑遍天山南北，收集各民族神话史诗传说民歌，1995年冬天回陕西时藏书五千册，卖掉家具电视自行车。最后一次拿出两千多元，专门找熟人去自治区出版社，买走所有民间艺人的音像资料，那些老艺人都不在了。好多年后，我再次购买新录制的《十二木卡姆》，刀郎、哈萨克柯尔克孜卫拉特蒙古艺人的资料，比前辈艺人差远了。当时单位派车送我们全家到乌鲁木齐，朋友们帮忙托运几吨重的书，我已不再年轻，累得满头大汗。最珍贵的几十本书包括三个版本的《蒙古秘史》《江格尔》以及各民族神话传说，没有托运，我随身携带。这些真正的西域经典内地很难找到，已经融入我的生命，难以割舍。

宝鸡十年，2004年年底迁居西安时还是这种模式，那些珍贵的经典，随身携带。这次叫了搬家公司，工头带一帮人上我家瞅一眼，"没多少家具嘛"。工头想打发走一半人，我说不急，搬几箱试试。2004年年底已经一万册书了，我整整打理四十多天，瘦了一圈。妻子在物理系工作，从实验室弄来装仪器用的高质量纸箱，每箱可以装四五十本书。这些能干的民工背了几趟就叫苦连天，书的重量绝不亚于石头沙子。满满一卡车书，夹带着大漠烟尘浩浩荡荡进了古城西安。

显示本相的野草

在新疆养成的习惯,爱在野外走动,我生活过的小城奎屯夹在大山和大漠间,很容易走进戈壁或者农七师的条田。回陕西后待在陕甘宁川交界的小城宝鸡,这是一个夹在秦岭和黄土高原之间的城市,一家三口常常登秦岭上北塬。关中是绿色的,庄稼树木和草都很旺盛,小时候割草,寸高的草也能刮下来。现在没人割草了,路边和坡地全是草。草木绿而模糊,看着看着就看出西域大漠与中原的差异,草和树在大漠是极清晰的,轮廓很分明,很容易成为画家和摄影家捕捉的对象。那么辽阔一个空间,草木很容易显示出自己的本相,过于贫瘠的土地,就需要很发达的根系,胡杨、梭梭、骆驼刺的根,跟一张大网一样沉在大地深处,又像是钻探机,穿透力极强,沙里澄金一样汲取水分。有些红骆驼刺生长在无水的旱地,用叶子吸收空气里的水分。红骆驼刺的叶子跟红宝石一样,叶片练出这种功夫不是宝石是什么。昆仑山下与塔克拉玛干死亡之海相接的地方,有一种植物只活几小时,发芽后直接结果,省略了长叶抽茎开花这些过程,抓紧一分一秒让生命成熟。在人迹罕至的地方,生命才有这种大气象。探险家风餐露宿野人似的来到这里,就是为了让生命清晰起来。壮士余纯顺在这里进入生命的天堂。当一个地方成为旅游景点的时候,那地方就失去了生命的魅力,那是庙会啊。那里的一草一木跟动物园里的动物一样被修改被驯化被关起来,就像宋朝的女人被统统裹了脚。《杨门女将》里的那些巾帼英雄都是胡人女子,都是大脚,她们有一股野气,那也是宋朝仅有的一点亮点,还不时遭权臣陷害。

新疆把嘉峪关以内不叫关内叫口里,口里的东西都嚼了又嚼没滋没味了,不新鲜了。包括野外的植物,都是顺顺溜溜的,泥土很滋润雨水也足,植物不费什么劲就能活。营养过剩,就发胖,就长出一副肉乎乎的样子,不管是树还是草都是一个模样,没有野劲。在内地很难看到原野或者天空,天空就是一个灰蒙蒙的罩子,太阳跟灯泡一样,随时都有可能断丝。

能引发地火奔流的野草没有了!

能让大火反复冲杀的野草没有了!

在天山牧场,我躺过一个夏天又一个夏天,哈萨克人把夏牧场比作天堂,有一首曲子叫《夏牧场》,那简直就是在歌唱情人。躺在金色草地上,与大地有一种切肤之感,你会翻个身把脸埋在草丛中,你的泪会流下来跟清泉一样叩响大地。即使在牧草中奔走,草穗和草叶热烈地冲上你的胸脯冲上你的嘴唇和眼睛,你整个人就跟草一起燃烧成大火。牧歌里的野花被比喻为火焰,在草原上,野花是女人也可以是男人,那是男人唯一可以成为花朵的地方。

2001年4月

草原翡翠

《千字文》不仅仅是一本儿童启蒙书，也是我们民族的创世神话，类似于基督教文明的《创世纪》，同样都是开天辟地，"神说有光，就有了光""天地玄黄，宇宙洪荒""金生丽水，玉出昆冈"。昆冈就是昆仑山，不但是众神的住处，也是玉的产地。新疆玉石是我国玉石中的佼佼者，其中又以和田玉最负盛名。《穆天子传》《海内十洲记》和宋应星的《天工开物》都有详细记载。和田玉深藏昆仑和喀喇昆仑的群山峻岭中，古人难以登山采挖，只能在山下河中拣捞，数量有限，但不至于破坏玉石的矿源。民国初年开始有商家在深山采玉。近几十年开始机械化生产，和田玉还能持续多久就不好说了。

相比之下，天山以北的玉石发掘很晚。整个新疆以天山为界，自然风情与人文风土截然不同。天山以南是黄色的瀚海和零星的绿洲，是农业与手工业，和田玉如同月光如同羊脂。北疆是青色的，是草原与马背民族的世界。一方水土养一方人，一方水土也滋养一定的物性，北疆的玉石散发着草原气息，可以想象牧草与苍穹、森林与湖泊的气韵！阿尔泰山位于北亚草原与中亚草原的过渡地带，也是中亚唯一一条流入北冰洋的河流——额尔齐斯河的发源地，是我在小说《金色的阿尔泰》《哈纳斯湖》《大河》中反复抒写的那块宝地。阿尔泰蒙古语为金子，产金子也产宝石，即猫眼宝石，我在小说中写成吉思汗时，把猫眼宝石与大汗的眼睛融合在一起了，因为古书记载成吉思汗长着一双猫眼。所以阿尔泰必有宝石。在金子与宝石以外，近年又发现了玉石，阿尔泰的布尔津、富蕴、青河等地都有色如湖水的宝石，最名贵的是丁香紫玉宝石，色如紫丁香，质地细腻，是玉雕的好材料。还有青河石，翠绿透明，也是上品。

  天山不可能没有玉。碧玉是高档的玉石品种，过去主要靠外国进口，近几年在天山北麓石河子、沙湾玛纳斯河流域发现了碧玉石，还找到了古代曾开采过的原生矿。玛纳斯蒙语是巡逻者的意思，历史上这里属于准噶尔蒙古人的牧场，从大兴安岭、阿尔泰山、天山一直到高加索山、乌拉尔山，疾风般掠过大地，最终安居在天山怀抱。可以想象这些蒙古战士跃马扬鞭的雄姿，战袍上佩戴的是来自天山的碧玉，一如他们信仰的长生天，天地合一的生命原色。

我的第一篇作品

至亲莫过于父母，但父母真正进入儿女的心灵也是不容易的。我是三十岁以后才觉得父亲是个了不起的人，对母亲的感激要早一些。

看过路遥《人生》的人都记得高加林蹲在街头卖馍馍的狼狈相。1980年我高中毕业高考落榜，上补习班的学费是十块钱。母亲挨门挨户借也没借到一分钱。不是母亲人缘不好，是村民们难以忍受这个全村最穷的人家竟然供六个孩子上学，而且还要上大学！母亲实在没办法，总不能卖粮食断火吧。那就只好让猪受点委屈了，满满一架子车猪饲料，也不是什么好饲料，连麸皮都不是，是草糠，但我驾着车走到街口就迈不动腿了。母亲知道我想什么，接过架子车一个人上街了，一车草糠卖了十元钱。

在补习班的一年里我变了个人，沉默寡言，上学连正街都不走。我家在县城西关，学校在东关，我总是一个人从城外绕个圈回家，从前那个咋咋呼呼的淘气鬼变得跟绵羊一样。有一天晚自习，大家去图书馆偷书，嗜书如命的我冲动啊冲动啊终归没有动。大家都有所收获，同桌很慷慨地借给我一本法捷耶夫的《青年近卫军》。我连夜啃这块"砖头"，一直读到深夜。书中写到主人公去参加游击队与母亲告别，接着就是一大段对母亲温暖的双手的描写，好几千字，跟散文一样。我则再也读不下去了，因为我的母亲还没睡，还在厨房里忙着。

长这么大我从来没有注意过母亲什么时候吃饭什么时候休息。我合上书去看母亲到底在忙什么。母亲在做醋，跪在大笸篮跟前翻醋，一边翻一边自言自语，我印象中母亲总是自言自语。后来母亲到新疆给我带孩子，妻子下班回来听见婆婆在房子里独白，声音很大，又不像是跟小孙子说话，吓了一跳。我十七岁那年就真正意识到母亲那跟旷野长风一样无边无际的独白。然后是那双手，被无数艺术家所描写过的劳苦大众的树皮一样的手，眨眼间变成实物。就是母亲的这样一双手，使我的阅读首次受挫，《青年近卫军》成为我第一本没有读完的书，我开始思索书本以外的亲情。也许是机缘，第二天语文老师的作文，让大家写自己的亲人。我几乎没有费什么劲就一气呵成千字文《手》。语文老师王滋祥是岐山教育界最有声望的教师，给予我的作文以最高评价。我还记得王老师在黑板上唰唰几笔写下"学以致用"，他告诉他的学生这就是学以致用。感谢上苍，在我迈入大学校门之前得此教育。

母亲上过中学，嫁到我们家后，最终还是当农民，成了真正的劳动人民。外祖父既是地主也是商人，"文革"前当过宝鸡商会会长，给志愿军捐过飞机，是渴望进步的开明人士，把女儿嫁给了根红苗正立过战功的解放军战士——我的父亲。父亲没文化，在粮站工作，一个月回家一次，农民母亲要管束我这个儿子相当困难。我的童年那么散漫，常常带村里的伙伴去北山就是那个有名的封神演义里的岐山，呼啸山林，抓野鸡，摘野果，最惊人的一幕是野鸡窝里蹿出半丈高的蟒蛇，火焰一般，把我们这些北方野孩子吓软了。最自豪的就是我们村的儿子娃会跟随我把四周村庄人口众多的同龄儿子娃打得落花流水，那些战术全都是我从《三国演义》《水浒传》《地雷战》《地道战》《南征北战》里学来的。受伤孩子的家长找上门来，母亲给人家赔不是。

在学校我的全部精力用在读课外书上，从来不看课本，更不做作业。回家对付家长的办法就是在小说封面上再加封一层报纸，写上语文、算术、政治、农基等等，姐姐会在父亲回家的那天告状，我理直气壮地说这是课本嘛。当兵出身的父亲就望着母亲，母亲则冲着姐姐微微一笑：他的课本比你的厚,他比你会念书,你念不过他。念过中学的母亲当然知道儿子的小伎俩,母亲对儿子的信任是无条件的。节假日干农活,我总是快收工时才突击完工,大半时间在野地里看小说。西北农村不但缺粮食,也缺柴火,冬天的主要任务就是在高原的深沟大壑砍柴火,我总是带上书,在沟里点一堆火,带上馍馍,看书到下午,再突击砍柴,速度极快。这种野外读书的习惯一直保持到大学,每到周末,我就带上馒头加咸菜和一瓶水,到郊外草地上从早晨到黄昏,好像校园就读不成书。

这种旷野意识注定让我毕业留校一年后告别故乡西上天山。我从教三十年,对学生很宽松,因为我认为自由宽松的环境可以让人的天赋和才能自然脱颖,超长发挥。

我公开发表作品是1983年大学二年级快结束的时候,但我一直把《手》这篇作文看作我的处女作。

母亲勤劳温暖的双手让我刻骨铭心,母亲给我的自由的童年让我受益终生。

丝绸之路：人类的大地之歌

张骞"凿空"西域之前，先秦时代就有周穆王西上昆仑山会西王母的故事，《穆天子传》有详尽的记载。周穆王与西王母相会主要是以中原的丝绸换西域的玉石，玉出昆冈，昆仑玉历来都是玉中上品。丝绸之路也叫玉石之路。可见，在张骞出使西域之前，中原与西域就有贸易往来，这条文明交流的大道最早是一条商道。直到1887年德国地理学家李希霍芬在他的巨著《中国》中提出"丝绸之路"这一术语；1910年，另一位德国汉学家艾伯特·赫尔曼正式使用这个术语并且以此作为他的书名——《中国与叙利亚之间的古代丝绸之路》。自此，"丝绸之路"被人们广泛使用。

在丝绸之路（玉石之路）的商道之外，留给我们更多的是文化的意义。首先，这是一条古代中国的神话之路。记录周穆王西域探险活动的《穆天子传》与《山海经》一直被看作中国远古神话故事集，也是中国古代仅有的两部相对比较完整的神话故事集。中国古代神话基本上都保留在先秦时代，给先秦画上句号的司马迁的《史记》与西方历史学之父希罗多德的《历史》，在记录历史事件历史人物的同时也记录了许多荒诞不经的神话传说，而那些历史人物也常常人神不分。汉武帝董仲舒独尊儒术以后，神话退出中国主流文化，散落民间。五四新文化运动以后，茅盾写了《神话研究》，袁珂倾其一生研究整理中国古代神话。最动人的就是昆仑神话。在古代中原人的意识里母亲河——黄河,源自昆仑山,张骞出使西域的另一使命就是探寻河源。张骞考查的结果与传说中的河源高度一致,源自昆仑山的叶尔羌河、玉龙喀什河、喀拉喀什河、阿克苏河注入塔里木河,与源自天山的孔雀河汇聚在罗布泊,罗布泊潜入地下几千里又从青海巴颜喀拉山冒出形成黄河呼啸而下,九曲十八弯,每个拐弯处都形成肥沃的平原,越靠近大海,平原越辽阔越肥沃,这就是古老的中原。

  不但黄河源自西域昆仑,大西北黄土高原的黄土也源自西域大漠。还是那个提出"丝绸之路"这一术语的李希霍芬,同时提出中国北方黄土高原的黄土属于次生黄土,原生黄土在昆仑山下,随风满地石乱走的大风吹荡黄土几万里,积淀形成陕甘一带厚达几百米的黄土层。笔者天山十年,作为一名技工学校的教师带学生实习跑遍天山南北,穿行于群山达坂戈壁沙漠荒原绿洲之间,见识了山前坚硬如岩石的原生黄土巨石乱石沙砾沙丘荒漠,直到有人类气息的可以生长万物的次生黄土。笔者专门写过一篇短文《泥土》,亲自体验到泥土是有生命的,万物生而有翼,万物有灵,万物有神性。笔者甚至相信,庄子笔下那个展翅九万里扶摇直上的鲲鹏大鸟,就是地理学家李希霍芬在中国的大地上以德意志民族的严谨考查证实了的黄土。笔者一直对岑仲勉先生的观点——周人来自塔里木盆地深信不疑,作为周人之后,笔者一直相信当年公刘率周人不是从邰迁豳,而是从塔里木盆地东北边缘的敦煌迁邰又迁豳,古公亶父率部族从豳迁岐,改掉戎狄习俗,完成从游牧到农耕的转变。周人早在塔里木盆地就开始了人类历史上最早的绿洲农业,周人几经周折落脚岐山,只是顺风顺水而行罢了。《诗经》里的《公刘》《绵》《皇矣》《大明》《生民》就是周人的民族史诗,完全可以跟他们祖先生活过的西域大地的史诗《玛纳斯》《江格尔》相媲美。这些民族史诗都有浓厚的神话色彩。对中国人来说,昆仑就是神仙的居所,跟古希腊神话中众神群聚的奥林匹斯山一样。有意思的是,中国古代伟大的巨著《诗经》《离骚》《史记》《红楼梦》都有神话色彩。鲁迅先生在"五四"那个大时代，先高声《呐喊》，然后陷入孤独的《彷徨》，最后只能在先秦那个大时代重述神话——《故事新编》。笔者受此启发，西上天山十年，居宝鸡十年，迁西安十年，三十年间沿天山—祁连山—秦岭古丝绸之路奔波。笔者的天山—关中丝路文学系列中的六部长篇都有神话故事，《西去的骑手》写英雄与马，《大河》写女人与熊，《乌尔禾》写少年与羊，《生命树》写哈萨克创世神话与陕北剪纸艺术生命树，《喀拉布风暴》写骆驼与地精，《少女萨吾尔登》写天鹅与天山雪莲，刚完成的新作《太阳深处的火焰》写大漠红柳与关中皮影。笔者的故乡岐山就是《封神演义》的原发地，这些助周灭商的神仙们的神迹在古老的周原都有据可查，土行孙洞、黄河阵、闻太师断魂崖就在笔者村子附近。《玛纳斯》研究专家郎樱教授把中国北方草原称为活的史诗带，兴起于关中的周人史诗《穆天子传》、神话《封神演义》把北方草原民族史诗带与丝绸之路紧紧拉在一起，丝绸之路就是中国神话史诗之路。

　　张骞西域十三年，以惊人的毅力把神话变为现实。自张骞之后，丝绸之路高僧商贾源源不断，长安成为国际性大都市。周秦汉唐不是一个纯粹的农耕时代，神农氏、炎帝、后稷这些中国最早的农艺师在秦岭渭河谷地，开创了中国的原始农业，关中成为古代中国最早的农业区，成为天府之国，建都立国之后，很快就从土地走向大地，沿秦岭向东向西向北向南：北达大漠；南至岭南；东到大海；向西，与秦岭一脉相承的祁连山天山从来都是亚欧大陆腹地最好的天然牧场，匈奴离开祁连山时那么悲伤——"失我祁连山，使我六畜不蕃息；失我焉支山，使我嫁妇无颜色。"天山被草原民族视为上天所赐的汗腾格里，笔者写过一篇文章《龙脉》，把秦岭—祁连山—天山连在一起，称之为"龙脉"，龙脉下的大城—王城—圣城，才能成为长治久安的长安，才能成为散出光芒万丈具有无限生命力的丝绸之路的起点，才能把这种洪荒之力和生命的伟力喷射到西域直达地中海畔的罗马。从土地走向大地走向旷野，才是生命的大气象。土地是精耕细作的庄稼地,一片片农田以及封闭的村庄。笔者大学毕业后离开关中老家西上天山,在大漠瀚海间的岛屿般的人类生活的绿洲上突然意识到大地的真正含义;初到西域,曾让我这个关中子弟感到恐惧的戈壁沙漠荒漠已经成为我生命的一部分,我这个农家子弟的生命里慢慢融入了飞沙走石,在农田之外、在泥土之外的沙子石头也是人类生活的一部分。大学时我那么喜欢惠特曼和聂鲁达是有道理的。《草叶集》《伐木者醒来》《大地上的灯》《马丘比丘之巅》就是人类的大地之歌,充满一种野性的力量与崇高之美。刘大杰在《中国文学发展史》中论述唐代文学时写道:岑参最初的诗歌就是王维那种静谧的田园山水诗,而他到了西域大漠,诗风大变,完成了从中原静态的田园山水诗到草原大漠血气飞扬的动态生命的大转变。祖籍西安的台湾学者蒋勋认为唐朝在中国历史上是一次生命的"野宴",整个王朝从皇族到民间的生活方式都有浓厚的游牧民族气息。长安城有数万波斯阿拉伯粟特商人,加上日本留学生,是真正的国际大都市。皇室本身就有鲜卑血统,文武百官胡人很多,皇帝既是中原天子,也是草原的可汗,被称为"天可汗"。出生于中亚碎叶西天山的李白,五岁时随父迁居中原,见识了完整的天山—祁连山—秦岭这条巨龙一样的龙脉。笔者在《天才之境》中专门写李白,李白来自天界,来自昆仑神坛,贺知章初见李白称之为"谪仙人",天降李白就是给汉语注入宇宙天地的神力,拥有真正的盛唐之音。文化就是中国人的精神家园。杜甫属于耶稣受难式的苦难歌者,李白则是融天地万物于一体的大地歌手,李白最后的诗歌《菩萨蛮》"何处是归程?长亭更短亭",被奥地利音乐家马勒谱成交响乐《大地之歌》。唐以后中国的重心移向东南,从大地萎缩到土地。周秦汉唐诗酒血性的大生命转变成茶时代,你很难想象驰骋于大地上的歌手与骑手放下葡萄美酒和烈酒端起指甲盖大小的茶盅会是什么样子。

公元840年,助唐平定安史之乱的回鹘汗国内讧加上天灾被叶尼塞河流域的黠戛斯人摧毁,回鹘人离开蒙古高原南迁西域。十年大迁徙中,融合了沿途的各个民族，完成了从游牧到定居的转变。丝绸之路已经开通两千多年，丝绸之路沿线的手工业种植业商业十分发达，落脚丝绸之路百年后的喀喇汗王朝经济文化高度繁荣，公元11世纪诞生了两个文化巨人马合木德·喀什噶里和玉素甫·哈斯·哈吉甫。马合木德·喀什噶里在《突厥语大辞典》里把中原称为上秦，把西域称为中秦，西域以西为下秦，从长安到罗马的丝绸之路统称为秦。喀什噶尔（喀喇汗王朝的国都）就是玉石集中之地的意思，喀什就是玉，昆仑产玉；长安南郊蓝田也产玉，而且是女娲造人炼石补天的地方，是六七千年前半坡人建村立寨造陶器的地方，是一百一十万年前公王岭蓝田猿人直立渔猎从猿到人的地方；玉在古代中国是一种精神和气质，丝绸之路之前的玉石之路完全是中原与西域的心灵沟通与精神交流之路。《突厥语大辞典》把突厥语提升到与阿拉伯语、波斯语并列的位置，为明末清初王岱舆刘智马德新这几大回儒的学说打下了基础。玉素甫·哈斯·哈吉甫与北宋大儒张载是同代人，张载的"为天地立心，为生民立命，为往圣继绝学，为万世开太平""民胞物与"的思想，与玉素甫·哈斯·哈吉甫的《福乐智慧》高度一致，福乐智慧就是追求幸福的智慧、人生的意义，治国理念以人民的幸福为宗旨。《福乐智慧》是献给喀喇汗王朝的治国策。喀喇汗王朝的国王自称桃花石汗，意即中原的国王，一直与中原的宋王朝保持朝贡关系。宋辽夏三足鼎立的时代，西域与中原在文化上遥相呼应。《福乐智慧》被称为西域的《论语》。

西域尤其是塔里木盆地，一直是中华文明、印度文明、希腊文明、伊斯兰文明的交汇之地。罗布泊的太阳墓地有最初的塞族人、吐火罗人、大月氏人，后来的吐蕃人、汉人、匈奴人、蒙古人，各个种族各个民族融合一体。清末民初，西方探险家们云集塔里木盆地，把塔里木盆地看作人类文明的摇篮，最有名的斯文·赫定的众多著作中有一本名为《丝绸之路》，其中写道："中国人重新开通丝绸之路之日就是这个古老民族复兴之时。"1933年，斯文·赫定建议民国政府修建内地到新疆的铁路，加强与新疆的联系，这种真知灼见让笔者大为感动，斯文·赫定也因此成为《西去的骑手》与《喀拉布风暴》的主人公之一。我们永远忘不了寄身西域大漠的学者林则徐、洪亮吉、徐松、谢彬、黄文弼、袁复礼、杨镰们，以及倾其一生治边疆史的大师冯承钧、韩儒林、向达、常任侠们，他们是中华民族近现代的张骞、玄奘。

文学的力量

获救之路

我不像作家

有一种人像作家,有一种人不像作家,我属于后一种。上大学时,我写了一首长诗,一位同学打量我半天,问我:"你写诗?"他跟看天外来客一样打量我。这位同学是写诗的。20世纪80年代大学校园几乎全是诗人。我一点也不像诗人,我很难受。我还写,我大概是那时陕西大学生中发表诗歌最多的人,但我对诗人的头衔敬而远之。我那些诗朋歌友总是把发表的佳作贴在吉他上去女生楼招摇。我承认我热爱女人,但我不喜欢把文学与女人扯在一起。我甚至有些逆反心理,我可以告诉你我大学时代的装束:一头乱发,衣着陈旧,全是中学时代的旧衣服,跟个清教徒一样从菜金里挤钱买书。同龄人很难从外表上把我与文学联想在一起。我在文学人的想象之外从事写作。

我对时髦的东西总是浑然不觉。我穿破烂衣服上大学。我的诗朋歌友以诗咆哮校园,我同样难受。我本能地远离这些。好多年后,我告诉我的学生一个最简单的道理:当一个东西像什么的时候,它肯定是假的,像高仓健像海明威像福克纳,这个"像"恰恰解构了它的原型。

我是这样开始写作的

阅读很容易导致写作。我的阅读生涯开始得很不体面，小学三年级时与同学玩，打伤人家眼睛，成了方圆几十里的坏孩子。在此之前我是一顽童啊，我的顽劣让家人吃尽苦头，猛然成了众矢之的，就只能沉在小说里。一个出身地主同样受人歧视的同学跟我成了好朋友。地主家有书，我就去他家看书。那么多书，我一眼看中的是《三国演义》《水浒传》，一直到初中看的全是战争书。高中时才开始读外国小说。我的顽童气质就这样潜入疯狂的阅读之中。碰到伟大的《红楼梦》时，一点不觉其美。很不好意思，中国几乎所有的文学人都是《红楼梦》的正宗子孙，我不是，我已经脸红了。忏悔必须忠诚，我无法撒谎。后来在大学里读《伊利亚特》《奥德赛》《列王记》《伊戈尔远征记》《高卢战记》，我读得津津有味，我的同学却读不下去。读战争书，总让人热血沸腾。我读那么多文学名著，没有哪一本文学书让我流泪，包括希腊悲剧，也只是让我挺直腰杆。读《拿破仑传》时我泪流满面。我平生另一次流泪是在我离开新疆的时候，在西天山美丽的果子沟，当赛里木湖出现时，我泪流满面而不觉，为叱咤风云的英雄为中亚腹地那辽阔的热土。我喜欢贝多芬的音乐，但老贝对英雄乐章的更改让我一下小看他了。艺术家的天分只存在于艺术天地，面对整个世界他就显得滑稽可笑。

现在回想起来，我的阅读是很任性的，任着我的性子，在书中给性格以自由。我的顽童生活结束得太早，我很盲目地跨入书海，又很盲目地跟文学结缘。上高中时我读了波兰作家显克微支的《十字军骑士》，日耳曼条顿骑士团，波兰立陶宛的英雄时代，那种冷兵器的拼杀与史诗般的壮美很合我的口味。我反复读这部书，自己编了一个故事，有五万多字，以手抄本的形式在同学中流传。一句话，我对文学动心了，要不是一位好心的老师提醒，我差点忘了考大学。跟所有农民的儿子一样，我做梦都想跳出农门，而浪漫情怀常常使我忘乎所以。幸运的是，我踏入大学校门之前，我的中学语文老师告诉我：想当作家就别上中文系。我带着这个忠告上了师范学院中文系。我的志愿填的全是历史系。我喜欢历史，我考大学的复习资料不是课本也不是参考资料，而是范文澜的《中国通史简编》、吕振羽的《简明中国通史》，考分也是全县最高的。我对历史著作有一种狂热，几乎在文学书籍之上。我还记得在高考前一礼拜，那白热化的日子里，我从县文化馆借来《第三帝国的兴亡》，光笔记就是一大本。我是提高警惕进入中文系的。另一个原因，很不好意思，我高考语文只有七十五分，是我们班最差的。这所大学没有历史系，我被分到中文系。我对大学是很感激的，它使我有了生存保障，更重要的是有一座图书馆。我几乎把文科类的书都翻了一遍。中文专业的课程，除汉语外，我都是在图书馆读原著自我消化完成的。我的同学大都记笔记背笔记。我这人很笨，从中学起就听不懂老师讲课，老师给我开小灶我更糊涂，我是没法让老师教会的学生，我只能在开讲之前，提前看一下，我一旦被动，就永远学不会了，我一直是老师眼里的笨学生。上大学时多少有点自信，我又很固执。书本太枯燥了，我的阅读欲望又那么强烈，泡图书馆便发现了另一番天地：比如勃兰克斯的《十九世纪文学主流》、贝尔的《艺术》以及艺术家传记成了我文学史与真理的教材，这些大作，文笔优美、情趣盎然。也有偏颇的时候，我们这一代对"文革"有印象，大学时什么都"逆反"了，不看正统的书，把鲁迅也撂一边了。参加工作后，我补了这一课，现实生活让我重新理解鲁迅，反复咀嚼这干瘦的老头子。我的散文曾写过鲁迅，这是后话。我的现代汉语只能勉强过关，而古汉语却是班上最高的，当教师后才明白是怎么回事，后边要专门讲这个问题。我最早发表的作品是诗歌，从《宝鸡文学》到《延河》到《当代诗歌》《青年诗人》《现代诗报》，发了三十多首。我的第一篇小说写在大三最后一学期，快要放寒假了，正上古典文学课，我从庄子开始进入另一种状态，老师与同学都消失了，我一直写到下午，取名《父与子》，写老人与土地，这是个意识流小说，发表在兰州《金城》上。在此之前我作练笔写过四五篇小说，时而萨特时而卡夫卡时而略萨时而川端康成。后来我不怎么读小说了，大量读哲学，从叔本华、尼采读到施蒂纳，读历史、宗教、文史资料，那时我已经读了不少新疆的资料。这么一隔，重操旧业，反而写得很顺手，处女作就是这么写出来的。

文学与语文

我一直尊重别人的忠告。毕业前夕，一位搞文学的朋友告诫我："你要注意，教师这个职业不利于创作。"毕业有幸留校编院刊，一年后远走新疆，又当了教师。所幸我打了预防针，更幸运的是这是一所技工学校，没有高考的压力，我可以保持一定的自由度。规矩是让人望而生畏的东西，我天性如此。我在这所边陲技工学校里，完全抛开陈旧的教材，自己编教材，以《老子》《论语》《曾国藩教子书》和古典诗词为主，夹杂《孙子兵法》《周易》。教学经验告诉我中国的现代语文教育是怎么回事，我写了论文《汉语的超语言性与语文教学》与《意会和感悟在语文教学中的意义》。中国传统语文没有语法，而是一种内在法则，古人只讲词分虚实，文无定法，传统语文只求悟性，所以感悟能力才是语文教学目的所在。所谓开发智力，学生本身有潜能，教师点到为止。教师越"显能"，学生受害越大。此文发表在1994年4月上海《语文学习》上。至此我才明白，我为何学不好现代汉语，而对古汉语一触即通。大学四年，早自习我全用于学习英文与《古文观止》。教师这个"二道贩子"职业，根本不容许你有任何个性，你让全国语文教师写文章，你就会明白什么是"八股文"，什么叫文笔枯燥干巴巴。我有幸待在技工学校，技校生考分最差，同时也是受现代语文教育之害最浅的学生，这反而成全了我，我可以从事我的语文教学实验。后来我到大学教书，大学生半年后才能跟上我的节拍，与技校生相比，他们显得多笨啊！一个文学人，首要的是语言，用语言的子宫孕育生命。我很早在外在的世界失去自由与自在，我沉迷阅读与写作，在语言中获救，我如此执迷于语言，是与我的天性与成长结合在一起的。

我之所以把文学与语文扯在一起，还有一个原因，我写诗的日子里，发现我的同行们把世界上那些大师们的作品摆在一起，跟车间加工产品一样进行排列组合，而且发表起来很容易。这个发现使我一度中止写作，我觉得文学这行当很恶心。我1985年大学毕业直到1988年才重操旧业。那时我已经是个相当优秀的语文教师了，从语文的感悟中我重新燃起对文学的热情，我在工作中发现了文学的尊严。

感悟大漠

新疆十年，彻底改变了我。一个关中子弟，一下子置身于边塞，不是旅行观光，是落户为民，当初没想过返回故乡。1988年我写了最后一首诗《石头与时间》，发表在《绿风》"处女地"专栏，表明我是天山部落的新骑手了。我很喜欢以这种方式与诗歌告别，我是个笨人，反应迟钝。最初几年写的都是陕西，《红原》《刺玫》这两个中篇了结了我对故土的思念。我一边感受伊塔阿大漠的壮美，一边读突厥学者的经典与鲁迅。我在现实中抗争愤怒，只能在鲁迅的书中燃烧自己。1990年冬天，我带一帮学生去石河子实习，那年雪真大，闹地震，我在旅馆里写了第一个长篇《惊魂未定》（未发表）。后写了中篇《沙蚀》《杂种》《乌拉乌拉的银月之夜》，发表在武汉、重庆的刊物上。后来又写了《永远的春天》《枯枝败叶》，构成批判现实的校园系列小说。大漠开始在我身上苏醒，从《老人河》《野啤酒花》，到《司机的故事》《表》，我发现了短篇这种魅力无穷的形式。

对历史的酷爱，导致我写了一批文化批判小说，1992年写长篇《百鸟朝凤》，1998年发表于《当代作家》。这是一部奇特的书，从孔子、朱熹、秦桧、岳飞、崇祯、袁世凯、溥仪写到改革开放，金兀术、成吉思汗写到佛门，一气呵成，不知是如何写成的。1994年写《阿斗》，也是个长篇，发在1998年第1期《莽原》上，写孔明与阿斗，是个反智小说，反讽荒诞黑色幽默。还有几部这样的长篇没有整理出来，我现在执着于短篇，以后再说吧。

回到我们美丽的新疆。那些宗教创始人几乎都是在大森林大沙漠里悟道的。佛院与南亚林莽，耶稣、穆罕默德与西亚沙漠。我初到新疆就一下子被自然的伟力击倒了，我相信天、相信因果报应。我在那里生活十年，离开时还感到那么新鲜。天山南北给人的感觉就像天地之初，地球刚刚诞生一样。我的观念全变了。我不相信生命为人所独有为地球所独有，科学告诉我们生命在地球上存在好几百万年了，而地球的历史则是几百亿年，这可能吗？地球半途杀出一个程咬金？地球之初就没有生命吗？生命肯定是在宇宙大爆炸时与星球们同步产生的，生命作为一种潜能隐藏在自然中，到她该出时她就出来了。我很幸运二十四岁那年来到大漠，我一下子感受到婴儿般的喜悦。1995年冬天，我回到陕西，但我的精神气质已经是个新疆人了。巨大的空间给我的想象以更大的自由，我在《奔马》《美丽奴羊》《过冬》《鹰影》《树桩》《靴子》《阿力麻里》中找到了自己。有意思的是，我的处女作是写老人的，后来写过一个中篇《老人河》也是写老人的，不为人注意的《过冬》依然是个老人的故事。

我种过地，我钟情于大地，钟情于中亚的神奇。在给《小说家》写擂台赛中篇时，我把伟大的成吉思汗与绿洲的创造者——兵团人联结在一起，我不由自主地加入那个现代神话里，我也几乎是不由自主地领悟到我的生命，小说结尾时我才感悟到好多年前我为何取名红柯，我总是在行动之后很久才恍然大悟。这个中篇叫《金色的阿尔泰》，发表在《小说家》1998年第4期上。

1998年12月

我爱童话

1979年秋天我考入县重点中学，破天荒有了借书证，可以借阅校图书馆的藏书，疯狂读书，一个月后借到了《安徒生童话》，随手翻到《海的女儿》。

中学图书馆都是下午两节课后开放，我在校园一处僻静的角落里读完了《海的女儿》。图书馆工作人员给我书的时候说了一句："碎娃看的书你也想看？"我不好意思在稠人广众之下看娃娃书，就在无人处一口气看完《海的女儿》，然后是很长时间的沉默。一个乡村少年十七岁才读到童话！我们村属于城郊，从小学到中学都在城里上学，常常跟吃商品粮的城镇户口同学比高低，课外书就是竞争项目之一。初中时曾有同学把我告到学校，说我看了许多"坏书"，包括封建迷信的《玉匣记》，1975年"文革"后期，看"坏书"很敏感，校政教组长张老师没让我写检查而是让我把读过的书写个单子交上来，我吓坏了，写了好几页，大概上千册书吧，我都做好被开除的准备了。张老师隔二见三让我交几本书，再还给我，我松了一口气，同时也在同学中威信大增。但我跟大多农村同学一样有个致命的缺陷：没上过幼儿园。当我带着《安徒生童话》进教室时，城里同学很自豪地瞥一眼："我们幼儿园都读过了。"我在同学们的嘲笑中读了《安徒生童话》《豪夫童话》《格林童话》《贝洛童话》。上大学后，挤生活费疯狂购书，旧书店书摊处理的降价书是我的首选；20世纪80年代初,五分钱一毛两毛都能买到经典名著,很快就购齐了叶君健先生任溶溶先生翻译的童话,都是小册子,有精美的插图和封面。

好多年后我大学毕业留校一年又西上天山,接触西域各民族神话传说和西域各兄弟民族,那种人类纯朴天真的品质再次沐浴滋养了我这个关中子弟。2001年我有幸参加全国作家代表大会,吃自助餐时与任溶溶老前辈相遇,当时我不知道与我同桌吃饭的这个可爱的老人是任溶溶。西域十年养成的习惯,爱吃肉,盘子里全是牛羊肉,我刚落座,一位老者笑呵呵坐我对面,盘子里一只红烧肘子,主动告诉我:"我也爱吃肉。"我们互相鼓励大快朵颐。老人还鼓舞我再来一个红烧肘子,我就放开肚皮再添一个红烧肘子。用完餐起身时我看见了老人胸前的代表证——任溶溶,那情形跟好多年前在关中渭北高原小县城中学图书馆第一次看到童话一样惊讶震撼,任何语言都是多余的了。我目送着这个可爱可敬的童话老人远去,咖啡色小圆帽,活脱脱一个老小孩,生命如此美好!后来又买到任溶溶老人翻译的《夏洛的网》。

我的大多作品都有童话色彩,特别是天山系列的几部长篇。《西去的骑手》写英雄与马,尕司令马仲英身上凝聚了西部草原群山大漠的顽蛮单纯豪勇剽悍,与枭雄盛世才的阴鸷相映成趣。《大河》写阿尔泰人与熊,陈晓明干脆称这部书为现代童话。《乌尔禾》写少年与羊,草原民族都有放生羊的习俗,一位少女在远方正期待着一只羊,羊成为少男少女情感的纽带,同时也酿成苦酒,却是值得的。《生命树》中的树,构成整个宇宙天地,每个叶子都有灵魂,不同于《圣经》与基督教的生命树,是中国大西北各族民间传说的大自然与大生命,天地大德曰生。新作《喀拉布风暴》写神奇的地精骆驼与爱情,爱的苦恼甜蜜艰难干绝望中透出某种童话色彩。2007年我在上海大学文学周讲座讲小说的可能性,讲得性起即兴发挥就发现了《红楼梦》中的童话色彩,林黛玉进贾府时十二三岁,那帮少男少女基本上是一群孩子,大观园是个孩子世界,对抗成人世界,鸳鸯火锅似的,成人世界的阴谋诡计刀光剑影污泥浊水与孩子世界的天真无邪相对应，对成人世界的描写曹雪芹并没有超过《三国演义》《水浒传》《金瓶梅》，但这三部书没有神话没有孩童的天真无邪与生命朝气，熊熊火焰中没有朝阳没有霞光。单纯不是不丰富，不是不深刻，林黛玉想法很简单很清楚做不了贾家大少奶奶，婚姻无望，只求爱情，就没有薛宝钗那么委曲求全，豁出去了，只求跟贾宝玉爱一场，那么决绝通透，通透不是通圆，儿童一样透明，这就是林黛玉痛苦中的喜悦。薛宝钗没有这种喜悦。复杂中没有单纯什么都不是，没有一以贯之的精神。这种一以贯之的精神就是人类从远古文明之初时刚刚睁开眼睛打量宇宙天地的童年的目光。《易经》《山海经》《圣经》以及人类各民族的创世神话都有这种童年目光的品质。勃兰兑斯在论述安徒生时说，安徒生在丹麦的确不是一流作家，丹麦有许多比安徒生更重要更伟大的作家，但安徒生属于人类属于世界，安徒生的童话能被普遍地接受。安徒生没有直接为全世界读者写作，而是从故乡出发，他的作品更像坚固的城堡而非闹哄哄的市场。

　　我很幸运上高中时抓住了童话的尾巴。执教二十八年我总是把全世界最好的童话神话儿童文学介绍给我的学生，让他们走上社会之前系统地经受童话神话儿童文学的熏陶，进入成人之前最后一次给童心保鲜，永远不要丧失一颗金子般的童心。在未来的生活中可以有机心，有阴谋，有污泥浊水，但必须有童心这条底线。梁启超有感于古老中国少年老成，小小少年就极有城府，阴险诡秘，儿女情长多风云男儿少，所以大声疾呼《少年中国说》。《老子》确有大智慧，但负面的东西也多，阴气太重，馊主意损人点子不少，司马迁在《史记》中把老子韩非放一起列传是有道理的，老子也是中国兵书战策之源，兵者诡道也。老庄并列，庄子其实跟老子大不相同，庄子近于卡夫卡，外冷内热，有一种大悲愤大绝望后的反抗，曹雪芹鲁迅得庄子真传，绝望中有大悲悯。卡夫卡的作品中全是一系列反抗者，全是不顺从命运摆布的人。神话与迷信的区别就在这里，神话教人不顺从命运，迷信让人认命让人顺从命运。中国神话秦汉以后式微，曹雪芹以《红楼梦》接通了古老的神话。神话童话儿童文学的另一要素就是想象力，孩童时代就应该强化生命所固有的想象力，想象力是创造力，是生命强大的一个标志。阴谋诡计成为一门学问恰好是一个民族衰败的先兆，《三国演义》盛于明清也算生逢其时。我小学三年级就读《三国演义》，后来去西域，心迷阿凡提，受此启发，反思《三国演义》发现了阿斗的可爱，三国那个大争之世，人人都想当皇帝，没有皇帝梦的人都不配活在三国那个时代，只有一个阿斗想过和平日子，更有趣的是降魏后封在我的故乡陕西岐山渭河南岸秦岭脚下孔明升天的五丈原东侧，我就写了长篇《阿斗》为其立传，当然是小说家言。我喜欢一群阴谋家中的这个孩子，可否把阿斗当作贾宝玉的前身，时代的弃儿，多余的人，恰好是古老中国失传已久的神话或压根就没有的童话和儿童文学。

文学与身体有关

文学与腿相连

强调环境对人的影响很容易被人误解为内心世界不发达,苏格拉底要我们内省,雨果说心灵比宇宙广阔,乔伊斯、普鲁斯特把人的内心世界跟吹气球一样吹得快爆裂了。人们走向内心是一种内敛,希腊人从小半岛扩张到地中海沿岸,在那个时代算很遥远了。荷马的《伊利亚特》就是一次远征,然后是《奥德塞》的归乡之路。在归来的英雄眼中,家园变得遥远起来,目光变了,英雄们搞不清这些。这个重任落到苏格拉底身上。苏格拉底发现了心灵。西方人每次对心灵的观照都是为了扩张身体做准备。希腊人内省的结果就是亚里士多德的高足亚历山大远征。爱尔兰是个关在笼子里的国家,大海和英国一直笼罩着它,跟倒插杨柳一样都长出一大团葱茏的垂柳。《尤利西斯》是一种血液的退潮,它是《西方的没落》的回声;《追忆似水年华》是法兰西自由精神的回缩;我们再也看不到野心勃勃的于连·索黑尔,于连的头被砍掉了;包法利夫人一直找不到合适的男人,男人们在回忆小甜饼,一声火车的长鸣都要沉思半天,老是失恋。遥想莫泊桑,短暂的军事生涯唯一的战果就是在地窖里破坏女同胞的处女之身,这个女人从此沦为娼妓。老莫再次见到她时就迎来了文艺的第二个春天:《羊脂球》。我总觉得西蒙在《农事诗》《佛兰德公路》中所写的那场溃败和不幸的军官是莫泊桑。一个隐秘的心灵很久以后才能揭示出来。这种极端个人化写作体验出来的却是辽阔的外部世界,地图在缩小,地理格局在变化,几代人走向海外又回来了。跟老祖先尤利西斯一样依然走在回乡路上。

大三那年我终于从疯狂的阅读中停顿下来,从小学三年级读《水浒传》《三国演义》,这种热情持续了十多年。我对文学书产生怀疑,狗改不了吃屎,书还在看,都是些行动的书。传记,尤其是军事家的传记,怪不得柏拉图《理想国》里要放逐诗人,普鲁塔克《希腊罗马名人传》里没有文学家。人类的古典精神里有一种朴素的行动意识。读完史传读文史资料,读《爱因斯坦文集》,威尔斯的《世界史纲》,李约瑟的《中国科技史》。对自己越来越不满意。从小学读到大学一直在家门口,有时在小县城的街道上我突然害怕起来,生老病死跟钉子一样钉在这里。我的新疆之行就是这样开始的,从关中一下子西行八千里进入中亚腹地。十年后回故乡讲课,有人递条子:既然新疆那么好你还不是回来了吗?我告诉他:我眼里的陕西跟你绝对不一样。从天山顶上看陕西,岂止是空间感?西域是草原游牧文化,十三个民族跟十三种水源一样滋养出各色各种的生命,绝不单一。单一的民族国家容易产生偏狭的心态。日本跟英国都是地球两大洋的岛国,日本绝对小人心态,统治朝鲜要断人家龙脉钉铁桩子,还有培养笑的学校,连笑都不会了,如此发展极可能出现亲嘴性交的训练中心之类。英国就不同了,罗马帝国征服过,诺曼底人征服过自己,又征服过半个世界就大气一些。西方文学的意识流也好荒诞也好是在鲁滨孙的冒险之后产生的,西方的人道主义是在他们当魔鬼当腻了想换一种活法的时候活出来的。弗兰克在集中营里勉励犹太同胞要活出意义来。人生本来是空白的,活一下动一下意思就出来了。曹雪芹谈人生如红楼一梦,关键要去做梦。如果人生来什么都有,抑或在摇篮就沉思,那才真正没意义。孙悟空一筋斗十万八千里,取经的路还得一步一步走。生命是一种过程,一种体验。辽阔的空间和杂异的文化风土不停地改变我们，世界多极，文化多极，自己的内心也在裂变。环境一次次把人的生存压到极限，也就把生命的本相压出来了。我二十四岁那年远走新疆，给人的感觉是腿指挥大脑，就连十年后回陕西的前半年脑子里也没想过啊，说走就走了。人生是走出来的，文学与腿相连。

一 种 职 业

文学的边缘化不仅仅是时代与社会生活，对一个文学人也是如此。你得有一个职业，有个具体的赖以生存的手段。我很喜欢哲学家斯宾诺莎，磨镜子，一种普通的手艺。当我快要毕业的时候我对教师这个职业感到害怕，干了一年报纸编辑，去新疆后又当了教师，而且是技工学校的教师，学生捣蛋啊，他们又不上大学没有什么压力，他们会把不喜欢的教师轰下台。给他们上课你要讲得有吸引力。

一个好教师应该这样，登上讲台三五年后进教室两根粉笔就可以了，他绝不会去翻教案。我现在在一所大学教书，我带一大黑包，里边装着三五本教案，那是让同事看的，以示谦虚，我从来没打开过。这是一种功夫。对教学进度计划也感到意外，一个好教师要那么刻板地上课吗？同样一个问题今天讲跟明天讲就不一样了，因为你今天课后又看了一本新书或思索出新的东西，你会在明天的讲授中加进去，教师心中的教案是活的，是一个开放系统，随机应变不择地不择时地生发出新东西，学生学的就是有生命的鲜货。一本整整齐齐的死教案是让领导看的是让检查团看的。领导偏偏喜欢这种教师。一个教师整天忙着填表格、订计划就会成为形式主义者。

我很怀念新疆那段无拘无束的教学生活，登上大学讲台，才发现大学生比技校生笨好几十倍。因为大学生是僵死的语文教学方式的苦果，有关中学语文大讨论的文章很多，笔者就不多讲了。内行都知道在旧模式里很优秀的人很可能是新环境里的大傻瓜。在大学我带好多课，每周六至九节，有中文系的，有外语系、体育系、经管系的。一般是，中文系学生的写作水平都低于其他专业。尽管中文系不培养作家，但中文系绝对要培养写作能力。而编写作教材的专家没有一个是作家。我以为创作与写作是这种关系，写作是大众化的，创作是创造性的写作，是写作的提升。我写过一篇《学者作家化》的文章，学者不管研究什么，其著作应该是美文。写作教材更是如此。《金蔷薇》是帕乌斯托夫斯基的教案啊。大学的写作教师应该取得作家协会资格后评职称上讲台。一门实践性强的课程与个体经验有关。编辑是个职业，教师是个职业，医生也是个职业。古代的作家在当时都意识不到自己是作家，职业本身就是一种写作资源。

体育与文学

文人总意味着弱不禁风，我们的文学传统如此，文化传统也如此，对身体有一种莫名其妙的歧视。搞文学之前也把自己搞成残废。屈原憔悴是为政治不是为文学；司马迁发愤是汉武帝要阉他，他没办法。读《金瓶梅》总觉得西门庆在受刑，那简直是渣滓洞，那些淫具跟刑具有什么区别，咽气前那段惨绝人寰啊！日本兵冲锋前吞冰片把自己弄疯了，说是武士道，或者进入瑜伽状态取肝取肺。三岛由纪夫自己取不出来，让人帮忙切下脑袋，血腥的三岛骨子里跟老师川端康成一样是柔弱的。川端康成要诚实一些，开煤气就行了。东方的文人老是跟身体过不去。我很羡慕古希腊的诗人们，埃斯库罗斯跑完马拉松扔完铅球铁饼，手捧大作，一边展示强壮的身体一边朗诵作品。对人体的崇拜促使产生奥林匹克精神，也产生雕塑绘画，对文学的影响便是灵与肉的搏斗，跟两页磨盘一样挤压出气势磅礴的作品。灵魂如同河流在辽阔的奇崛的地域才能变成激流。火柴棒燃不成篝火。文学的物质基础不是金钱而是身体。这就是中国古典文学缺少力度的原因。贾宝玉的问题说到底还是身体不行，大观园的男人都弱。中国作家很少有像托尔斯泰、歌德那样八九十岁还那样激情热血沸腾。汪曾祺老人的小说很喜欢过一阵，后来去新疆见识了蒙古族的孟驰北，老汉作品不多，名声不响，我听过他一次讲演，口若悬河，才思敏捷如同少年。哪像个老人，简直一匹烈马。周涛写过一篇《蒙古人孟驰北》，我以为是周涛最好的文章。

梭罗提一把斧头只身去密林中的湖畔，伐木盖房种地。这几年人起来了。我买过两本徐迟译的《瓦尔登湖》，1983年在宝鸡书店削价一半的处理品，1991年在奎屯书店依然是削价一半，两本花八毛钱。我一边读梭罗一边弄我的菜地，在奎屯我有一块菜地，天山雪水浇灌，茄子、西红柿、豆角、辣子，品种不少。

中学时正值青春期，弄得人很害怕，受几个爱体育的朋友影响长跑、冷水浴。大学时晨跑五公里，从山脚跑上山顶。在奎屯时，冬晨零下三十度，一身秋衣，跑回来脸上全是热冰。奎屯有一条长满半人高玫瑰花的大街，夏秋季节，在五公里的花海里奔跑，呼吸的全是花香。后来长跑少了，冷水浴还坚持着，筋骨在冷水里拉紧后，写出来的字就是不一样。

写作需要一种紧张与敏感。饱满状态的身体就是这种状态：一触即发，把突如其来的灵感淋漓尽致地发挥出来。

拒绝信息垃圾

地球被信息的网络捆绑起来，我们感到窒息，知识不停地爆炸，我们得捂上耳朵；铺天盖地的广告出现在电视和大街上，我们得闭上眼睛。我们跟江湖艺人手里的猴一样，一个铜锣在头顶嘡嘡嘡地敲。现代人的烦恼是没有一块安静地方。必须学会拒绝，拒绝不必要的知识垃圾信息垃圾。与自己生命无关的知识和信息是有害的。

我们的生存越来越紧张，我们总想什么都要，美其名曰适应现代生活。身上所有的信号系统全方位打开，门户开放，心灵和大脑成了跑马场。20世纪初，伍尔夫告诉女人们："要拥有一间自己的房子。"这句话同样适于男人。这是个拥挤的世界。拥有自己的房子以后，再把各种媒体请进来，把各种图片贴满墙壁，就像里边住满了各种各样神气的巨人，我们小心翼翼跟仆人一样，晚上做的梦也不是自己的，身上像插了许多电线，开关在鬼手里。我很羡慕古代人的房子，院子里全是树，最多贴个门神灶神，那是通天的，富裕的人家有几本书，那是手手相传，木版石版刻印，话很精简。岁月之河是慢悠悠的，属于自己的时间和空间很多很大，就很容易让生命显出本相。现代高科技把时间空间处理得神乎其神，就是没有人自己。看《动物世界》时，想掉眼泪，多么自在的生命啊！生命在动植物身上那么真实，因为它们的信号系统简单，生命在人身上，就像住进了黑店。太初有道，这个道就是生命之道。人越活越没道理。

　　我在奎屯第五年时，有朋友从沿海来，他觉得我很痛苦，偏远地区的人很容易让人同情，他说他在这里一天都待不下去。我只告诉朋友一句话：我俩同龄，你看上去比我苍老十多岁。回陕西以后，一位老同学又是另一种方式，他非常忧愁地告诉我：你要跟商界打交道人家会看不起你。我为什么要让不相识的人看得起我？上中学时我就懂得活人对得起自己就行。对得起自己同时也就对得起父母对得起伟大的时代了。当我拥有两室一厅的房子时，我告诉了所有的朋友，一起分享快乐。其实我们这个学院是陕西高校住房最宽敞的，有结婚证就能住上房子。与我同资历的人都住得比我好。可我自我感觉好啊。因为我常常听到别人这样劝告我：跟大家多来往。一个有自己房子的人最怕就是这个。我是反向思维的人，总是从别人的话里听出最真实的赞美。与远方的文友们保持一种友谊，就是一种温暖。大学时就学会了如何品书，用很挑剔的目光跟古董商一样只买自己喜欢的书。在偏远的奎屯，我只订两本杂志：《世界文学》和《读书》，回陕西后待在高校，《世界文学》就不订了，更大原因是这本杂志失去了1995年以前的活力，以前的《世界文学》多好啊！《读书》自1996年也是大萎缩，今年再订一次，估计也快要失去我这个订户了。我告诉我的学生：以帝王的气概去读书，稍有不快交刀斧手侍候。一辈子就这么点时间，一半睡眠一半成长，再走些弯路，再给父母尽点责任，再承受一些小人干扰，三下五除二属于自己的时间有多少？时间不就是生命吗？我觉得最科学最美的图式是太极图，开放与管制结合得极完美，给自己一个这样的心理模式，简单实用。这在喧嚣的现代尤为重要，也是一个写作者最基本的心理素质。简朴宁静，才能专注，聚精才能会神，这不是意志而是一种能力、一种才华。

1999年9月

文学的边疆精神

写小说的同时我也写随笔,主要是总结一下一些零碎的想法。好几年前我写过《浪迹北疆》,把天山当作亚欧大陆的心脏。我喜欢听大地健康的跳动声。在《天才之境》中我想象李白在中亚度过的金色童年,诗人的想象力是在草原大漠里孕育出来的,还有那酒量。在《龙脉》中,我直感到,中原与西域的交往绝不仅仅是一条丝绸之路,远在人类之初在神话时代就开始了,《山海经》为证。据说古巴比伦王国一个王子来到中国做了国王。西部的音乐呢,回鹘古乐、十二木卡姆,与花儿和秦腔一脉相承。很感谢郑振铎先生的巨著《文学大纲》,大二时从该书中读到古波斯四大诗人,我一下子就喜欢上哈菲兹的诗,抄了满满一大本,这位苏菲派诗人简直是李白的知音,是个大酒仙,歌颂明月、玫瑰、美人与酒。比大学更早一些,大概是初中吧,读到民国时新疆的维吾尔族青年诗人穆塔里甫的诗,跟普希金的诗相似。后来我干脆落脚新疆,读到了《玛纳斯》《福乐智慧》《江格尔》,也读到了阿拜与纳沃依。遗憾的是没有阿拜的诗集,也没有《突厥语大辞典》的汉译全本。但这足以使我这个来自陕西关中的大学生大开眼界,所谓中华文明,汉文化只是其中之一,在天山南北有丰厚而伟大的中华文明。我是个性情中人,我对我的学生这样讲:不要以为莎士比亚有多了不起,《罗密欧与朱丽叶》与中亚大诗人内扎米的《莱利和梅季侬》相比就逊色多了;中亚另一个大诗人纳沃依的爱情诗足以使欧美现代诗相形见绌。

这就是黄金草原，包括那里的戈壁沙漠。荒漠有大美，有人类更高贵的一种精神。从先秦到汉唐，到明清，我们的祖先总是向往西域，东土西天，这就是古代中国对西域的概念。即使那个关闭嘉峪关的明朝，也有一部神游西天的《西游记》。历史上版图更小的宋朝，竟然在辽金夏这些北方马背民族的冲击下潜心于哲学。早已与中原隔断的西域，也崛起一个喀喇汗王朝，也称黑汗王朝，汗王自称桃花石汗，意即中原的国王，黑汗王朝给我们贡献的也是一部哲学史诗《福乐智慧》，哈斯·哈吉甫与朱熹、张载二程一样思考宇宙人生。

这些年来我不停修订着对西域对大漠的思考。对漠北蒙古、对成吉思汗，最初我直感到一代天骄是人类另一种文明，另一种文化。成吉思汗不但识弯弓，他更识大地人心，在他的征伐中透出一种古朴的人道与怜悯。民国时有一个叫万耀煌的中国将军，在美国西点军校讲学时把成吉思汗与春秋时代的兵学大师孙子相提并论，自《孙子兵法》诞生以来，只有成吉思汗用其天才与智慧完美地实践这部东方兵学圣典。所以波斯人志费尼在《世界征服者史》中说：如果亚历山大大帝再世，也只配给成吉思汗当学生。亚历山大大帝的智慧来自亚里士多德，来自整个希腊文明，是孔子所说的学而知之者。成吉思汗是孔子所说的生而知之者，是天才，是纯粹的东方式智慧，不立文字直抵人心，抛开任何逻辑直达事物的本相，也就是我们今天所说的洞察力感悟力。来自于不儿罕山的天之骄子，其寝陵位于鄂尔多斯高原，黄河从三面环绕这块宝地，黄河在这里不再咆哮，静悄悄的、宁静而宽阔，成陵也正好与秦直道相邻，与关中汉唐时代的帝王陵墓遥遥相望。关中的皇陵都是一座土山，伊犁大草原的古乌孙古突厥王陵也是土山为陵。成吉思汗的寝陵不是一座土山而是一座高原，黄河在其额头上闪闪发亮。大汗降生时就以通体发亮、手握血块让世人惊骇。蒙古人的马蹄子把黄金草原把帕米尔高原把喜马拉雅山与中原紧紧连在一起。中国人最有血性最健康的时期总是弥漫着一种古朴的大地意识，亚洲那些大江大河，那些名贵的高原群山就是我们豪迈的血管与肢体，奔腾着卓越的想象与梦想。

边疆一直是我们古老文明的摇篮。

中国文学有一种伟大的边疆精神与传统。这是近百年来我们所忽略的。我们总是把目光盯着所谓的发达国家，却忽略了自己家园里的另一种高贵而美好的东西。

自《奔马》《美丽奴羊》《阿力麻里》《魔影》等短篇之后，我总是告诉朋友们，西域有大美，红柯愈写愈觉其笔力笨拙，大家以为我是故作谦虚。在此我还是这种说法，大漠之美，非人力而能为，正因为如此，我才诚惶诚恐地把更美的东西一再推后。美是一种敬畏，如长生天，覆盖于我们的头顶之上，我常常发出浩叹，在《金色的阿尔泰》后，我写《库兰》，写《哈纳斯湖》，写长篇《西去的骑手》以及刚刚完稿的中篇《复活的玛纳斯》。因为在我的前方有一座文字的珠穆朗玛峰——《蒙古秘史》，人类永远不可企及的大书。我想起我对书最初的敬仰，我是从读《三国演义》开始文学之梦的，好多年后读到《蒙古秘史》，这两部书诞生的年代也差不多，大概是明朝吧。满族好汉努尔哈赤以《三国演义》为行动指南，把成吉思汗家族的历史又重演了一遍。

2001年12月

文学的社会价值

中国最早的文学作品《诗经》是古代民歌总集，也是古代人民生活的百科全书；由孔子删定整理，是儒家的"六经"之一，古代的教科书。孔子说："不学诗，无以言"，"诗言志"，诗表达人的心声，不读诗，就无法与人交流沟通对话。孔子又说："诗可以兴，观，群，怨"，用今天的话说就是读诗使人精神振奋感情激动丰富，可以培养想象力，可以提高观察社会观察生活观察世界万物的能力，可以锻炼合群性加强人与人之间的沟通交流对话，可以学到讽刺批判社会的能力，这种批判不是破坏性的而是建设性的。孔子这种"诗教"理念成为中国古代的文化传统，同时也推动了诗歌艺术的蓬勃发展，使古代中国成为"知诗达礼"的"诗礼之邦"。中国古代文学史几乎是一部诗歌史，诗几乎等同于文学，小说戏剧在古代中国没有地位，近代受西方文化影响才有一席之地。

欧洲文明有两大源头：希腊、希伯来。古希腊的神话戏剧《荷马史诗》，希伯来人的《圣经》，其中《旧约全书》记录希伯来人的历史传说宗教信仰，也是优美传神的文学经典，有《创世纪》，有更感人的《雅歌》。中国古老《诗经》的开篇就是爱情诗《关雎》，闻一多先生把《诗经》的年代称为中国人"歌唱的年代"，情歌成为《诗经》最精彩的篇章。《圣经·雅歌》被称为"歌中的歌"，主要内容还是情歌，名为神人相爱，实则是尘世间的男女之爱，最典型的是所罗门王迎娶牧羊女的"诗剧",全诗七篇,牧羊女入王宫不爱权贵还想着山村里的牧羊少年,所罗门王称她为"完人",放她回到山沟中的情人身边。这个恋情小歌剧产生的时代与中国先秦时楚辞的《九歌》年代相近,题材风格也相似。《诗经》之后出现第一个伟大诗人屈原,专写香草美人,心怀大爱激情,在《诗经》的写实风格之外开创浪漫主义之风,代表作长诗《离骚》近于歌德的《浮士德》。中国古代的诗人们都有屈原的影子,历经磨难而精神不灭。《圣经》中有关生命树和智慧树的故事同样可以在中国找到相应的传说,中国西北哈萨克族传说的生命树长在宇宙间,每片叶子都有灵魂,而中国西北高原的汉族民间剪纸艺术中的生命树,则欢聚了许多动植物于一体,互相转化,最终把人也容纳进去,众生平等,形成罕见的永世不灭的大生命,体现出中国人"上天有好生之德""天地大德曰生"的热爱生命珍惜生命的文化信仰。2010年我写了长篇小说《生命树》,内容就是哈萨克族和汉族的生命树传说。

柏拉图设计的"理想国"要把诗人驱赶出去,因为诗歌是违反真理的,诗人逢迎人性的低劣部分,摧残理性。与柏拉图同时代的中国的老子庄子则主张"绝学""弃智"排斥一切艺术。他们真的要毁灭文学艺术吗?他们反对的是那些人为造作的假艺术,追求的是天然本真的艺术,追求超越功利的"本色之美",追求言外之言。黑格尔在《哲学史讲演录》中说:"语言实质上只表达普遍的东西;但人们所想的却是特殊的个别的东西,因此,不能用语言来表达人们所想的东西。"艺术家既有言不尽意的痛苦,又有获取"言外之意"的欢乐,庄子甚至比西方美学诗学所追求的暂时抛弃功利考虑形成审美注意走得更远,而要走到"喜怒哀乐不入胸次"的静虚境界,台湾徐复观教授的《中国艺术精神》对此有很好的论述。柏拉图本人的著作尤其是对话,文笔生动富有戏剧性,不仅是严谨的哲学著作,也是杰出的文学作品,用朱光潜先生的话说:"柏拉图的对话是希腊文学中一个卓越的贡献。"柏拉图对文学创作灵感的定义精确而传神。何谓灵感?柏拉图说:"灵感是神灵附体。"也就是说作家艺术家超常发挥才能写出杰作,人性中包含某种神性的因素,古希腊文明令人赞叹,温克尔曼黑格尔把古希腊称为欧洲人的精神故乡。托尔斯泰的《战争与和平》应该算是对《荷马史诗》的回应,《伊利亚特》写了战争,《奥德赛》写勇士返乡渴望和平的家庭生活。托尔斯泰把安德烈公爵与少女娜塔莎的爱情置于1812年的卫国战争背景下,小说开始娜塔莎一身白裙子天使一般活泼可爱,小说结束时娜塔莎二十五岁了,一身黑裙子,含蓄内敛,恰好是《安娜·卡列尼娜》女主人公的开始。这个光辉灿烂的形象感人至深,半个多世纪后英国女作家多丽丝·莱辛发誓要创造出英国的《安娜·卡列尼娜》,这就是后来那部有名的《金色笔记》。英国学者克莱夫·贝尔在《艺术》中提出著名的"有意味的形式","意味"指的就是一种难以言传的人生感情。诗人里尔克甚至认为"艺术乃是万物的一种朦胧的意愿"。给这种难以言外的神秘而朦胧的人类精神赋以形式,是所有作家艺术家孜孜以求的目标。克莱夫·贝尔在那本小册子《文明》中给文明下的定义是:人类达到美好的一种特殊手段。文学就是其中之一,对非功利的价值的肯定,对无用之用的认可,对精神价值的推崇。中国历史上三个轴心时代,先秦思想,魏晋风度,"五四"精神,正好体现在鲁迅的一系列作品中。《故事新编》几乎是先秦神话故事重述,尽取《山海经》《穆天子传》的精华,使这些零散的碎片排列组合神光四射。《呐喊》中的狂人疯子不由使人联想到竹林七贤的狂态和魏晋时代的旷达放纵冷峻坚硬,没有魏晋的积累哪有盛唐的辉煌?《彷徨》则散发出"五四"那个新旧巨变时代的纠结绝望与孤独。欧洲文艺复兴发现了人的伟大,人走出神的阴影,一战前后,欧洲开始第二次对人的发现,尼采、波德莱尔发现了人的渺小、人的阴暗与萎靡,直到卡夫卡、贝克特,人,孤独压抑变态荒诞。但这些病态的后边,依然可以感受到人性的温度:《审判》中的K先生、《城堡》中的土地测量员都是反抗者,不屈从外在的压力;《变形记》则直接挑战亲情,格里高尔改变了外形,内心并未改变,亲情却崩溃了,人的精神世界更复杂更内在更深沉。康定斯基在《艺术中的精神》中告诉我们：美是心灵的内在需要。《红楼梦》中的林黛玉爱耍小脾气爱使性子，当她与贾宝玉心心相印精神契合时就温顺平和多了，林黛玉流那么多泪，那都是滚滚的热泪，没有婚姻没有未来没有结果的一场爱情而已。这种超越世俗功利的情感生活让《红楼梦》与中国明清小说拉开了距离，曹雪芹跟但丁一样成为中世纪最后一位诗人、新时代第一位诗人。《红楼梦》为五四新文化运动做了前期准备。有意思的是中国古典文学第一位作家屈原与最后一位作家曹雪芹都在作品中运用了神话，鲁迅也用了神话。卡夫卡的小说中不但有《圣经》的影子，更有神话色彩，《变形记》最早是古罗马诗人奥维德的神话作品，后来罗马作家阿普列尤斯又以《变形记》写了人变驴又恢复人形的荒诞长篇小说，卡夫卡同题另写，写出现代人的荒诞生存。

高科技、电子图像新媒体给人类带来财富带来便利也带来巨大的生存危机，人性破碎分裂，更高的神性人性成为人类的梦想，神话进入文学有望恢复人性的完整，从人类之初从本源发掘资源与现代接轨，或许给人类的精神生活带来生机。从1998年开始，我的主要作品都有神话元素，中篇小说《金色的阿尔泰》中的成吉思汗与夸父逐日，长篇《西去的骑手》中的英雄与马，《大河》中的熊与女人，《乌尔禾》中的少年与永生羊，《生命树》中的树与神龟，《喀拉布风暴》中的地精与骆驼，《少女萨吾尔登》中写雪莲与天鹅的同时再次运用夸父逐日神话。神话与迷信不同，迷信让人丧失意志顺从命运，而神话则与命运抗争，提升强化人性。

文学与教育

2016年我执教整整三十年，10月28日第一次踏上江南的土地到苏州甪直镇参加第三届叶圣陶教师文学奖颁奖仪式。获奖者除曹文轩、叶炜、余一鸣和我几个大学教师外，大多都是中小学教师。我曾经是新疆伊犁州技工学校的语文老师，我引以为豪的是1994年第4期上海《语文学习》杂志"全国优秀青年语文教师"专栏发表了我的有关语文教学的论文，我的个人简介中有一句话就是"像叶圣陶那样做教师"。几十年后我来到叶圣陶当年从事教育与创作的苏州市吴中区甪直镇，苏州人出于对叶圣陶的热爱，把当年叶圣陶执教的实验小学遗址修建成叶圣陶纪念馆叶圣陶公园。叶圣陶陵墓旁边有一片庄稼地，有蔬菜有庄稼，还有一个稻草人，一下子让人想到中国第一部儿童文学作品《稻草人》。更让人惊喜的是讲解员告诉我们这块庄稼地就是叶圣陶当年进行教育实验的重要环节之一——生生农场，叶圣陶曾亲自带学生浇水施肥种庄稼种蔬菜，孩子们吃的都是自己的劳动成果。

叶圣陶1917年到苏州吴县第五高等小学执教，开始教育改革实验的前两年，1915年法国人史怀泽在非洲丛林行医，几只河马与他所乘坐的船并排而游，史怀泽一下子顿悟到了生命的伟大和神圣，"敬畏生命"的思想油然而生，将伦理学范围由人扩展到所有生命，这已经接近关中大儒张载"民胞物与"的思想了。在中国江南小镇叶圣陶跟孩子们一起种田，《稻草人》不再是文字不再是纸上谈兵而是行动是实践，我相信任何一个童年时代与泥土亲密接触过的人都有一颗善良的心。苏霍姆林斯基告诫那些工农家庭的家长让孩子劳动，劳动胜过一切；夸美纽斯《大教学论》中也是如此；欧美国家的孩子们童年时代都在乡间度过。我相信任何一个从事语文教学的教师手头上都有叶圣陶父子的《文章例话》、叶至善三兄妹的《花萼与三叶》。我执教伊犁州技工学校十年间，校长信任我，我可以自编教材，讲解以《论语》《曾国藩教子书》古典诗词为主；技工学校大半时间带学生实习，尤其是驾驶班，都在野外活动，使学生们对群山草原戈壁大漠烈日豪雨暴风雪沙尘暴都有切肤之感。其间我读到史怀泽的《敬畏生命》，与大漠的切身体验相结合，结束了诗歌创作，转向更辽阔的小说世界。万物有灵万物生而有翼敬畏生命成为我的创作理念。长篇《生命树》中的王蓝蓝、吴莉莉，《喀拉布风暴》的张子鱼、叶海亚，《大河》中的女兵，《少女萨吾尔登》中的张海燕都是中小学教师，《乌尔禾》中的王卫疆是技校毕业生。我的第一本散文集《敬畏苍天》，既是我对西域大漠万物有灵的回应，也是对史怀泽《敬畏生命》的致敬之作。回陕西二十年间，执教于宝鸡文理学院与陕西师范大学，我主讲两门课——"文学与人生""文学与体验"。"文学与人生"的核心内容就是：童年以神话童话科幻儿童文学为主，重在幻想与想象，我所有的作品都有童话色彩；青少年以诗歌为主，诗歌重在情感。想象力是创作力，而情感就是动力，这两种能力要在幼儿园中小学时期完成，有了这两种能力，进入大学才有可能有逻辑思维，进入以经验为主的小说。散文是老年人的，重在智慧。"文学与体验"以生命体验为主，生命有原创次生之分，我们今天的文学缺乏的就是原创，首先是生命的原创性，次生生命盛行的时代，体验尤为重要。

　　叶圣陶教育思想的核心理念就是：只有做学生的学生，才能做学生的先生；教是为了不教；千教万教，教人求真，千学万学，学做真人；教师不是教书，是教学生；教育的目的是育不是罚。我这个把天山当成第二故乡的关中子弟在天山脚下读到叶圣陶的名言——"对于一个有思想的人来说，没有一个地方是荒凉地带"，西域大漠就成了我文学世界中的"真镜花园"；叶圣陶另一句名言——"你，本身就是一首美丽动人的诗"，正是这句话，使我在天山脚下从容不迫地从诗歌转向小说，所有的小说都含有诗意，也正是这句话让我把叶圣陶与中亚古代的大诗人萨迪哈菲兹鲁米联系在一起。2016年10月28日的苏州之行，又让我把叶圣陶与史怀泽连在一起，把生生农场与丛林诊所联系在一起。叶圣陶叶至善叶小沫叶兆言们就这样给美丽的苏州添上了浓墨重彩的一笔。叶至善许多著作中专门有一本《诗人的心》，解读古今中外优秀诗歌，其中竟然有亚美尼亚民族史诗《沙逊的大卫》，让我再次联想到中国的三大史诗《江格尔》《玛纳斯》《格萨尔王传》，我立即把这个快要绝版的《诗人的心》介绍给陕西师范大学出版总社。从这本书中，我看到一颗纯真的诗人的心，一个时代的良知和良心。

真境花园

这是一部写"兵团人"的书,也是写草原大漠的书。最初的念头是初到天山那种强烈的震撼。西域一文人曾说过,欣赏大荒漠是需要勇气的,我深以为然。1986年我到天山北麓一个叫奎屯的小城后,好久处于这种强烈的震撼中不能自拔。我生长在陕西关中,也就是所谓的"八百里秦川",在我的印象中,故乡的农民很辛苦,而新疆的"兵团人"一下子改变了我对土地对庄稼的观念。中亚大漠,除伊犁河谷等地外,大多都是不毛之地。开天辟地以来,这里只长草不长庄稼,有些地方连土都没有。"兵团人"的第一代是这样创业的:一个师一个团开进万里荒漠,除了大地与苍天外什么都没有。他们在地上挖一个大坑,盖上苇子即地窝子。从地窝子开始,到地面以上的土平房、砖房,直到楼房林立的一座座新城:五家渠、石河子、阿拉尔、奎屯、北屯……这是真正的新城。地球上从来没有的一座座城市,在一代人手里建起来了。如今你在天山南北碰到的兵团老人,个个都是海明威笔下那个桑地亚哥的形象,太阳把他们晒成黑人,脖子上全是肉瘤子。"兵团人"的孩子,常拼刀子流血,但是绝没有一个人毁树,人们对绿色有一种本能的热恋与珍惜。他们的祖先是三五九旅的老兵,是陶峙岳将军的部下,是上海的支边青年,用他们的话讲,是献了青春献一生,献了一生献子孙。"兵团人"就是这样一种特殊群体,一边种地一边守边关。中苏关系最紧张的时期,这些庄稼兵沿边境线一字摆开，以玉米、棉花、大西瓜与坦克大炮相对峙，那个庞大的邻国终于解体，而"兵团人"的庄稼则茂盛如森林。

"兵团人"对西域的开发简直就是"创世纪"，几十万将士开进荒原，然后在山东、湖南等地招女青年参军，西上天山，组成家庭，从地窝子开始诞生第一代荒原新人；"荷马史诗""女娲造人""亚当夏娃"，你去想象吧。1990年秋天，我站在新疆建设兵团第十个农业师所在地——北屯，我一下子感受到想象力的贫困，真正的生命与人性的辉煌，离文学相当遥远。

这部书的另一半内容是写草原大漠的，我一直认为成吉思汗是一种文化。人们习惯于把他归为"粗人"，毛泽东也说他"只识弯弓射大雕"，蒙古人自己的书只有两个，一个是民间史诗《江格尔》，一个是记述成吉思汗家世的《蒙古秘史》。历史学家把元朝的迅速灭亡归咎于没有接受汉文化。拒绝文化本身是一种文化，当世界复杂的时候，这个纯朴单纯的民族，一下子显示出惊人的力量。且不说西征时灭掉的花剌子模、阿拉伯、波斯的文化有多么辉煌，专以宋朝而论：程颐、程颢、朱熹、张载、陆九渊等人博大精深的哲学思想充实宋人的脑袋；司马光的《资治通鉴》为帝王和官吏总结历史兴亡的经验，提供治国方略；范仲淹、王安石这些实干家雷厉风行搞改革；欧阳修、苏轼这些文人在"唐宋八大家"里就占了六家；杨家将、岳飞、包公、秦桧、俊男陈世美这些大智大勇大忠大奸也全出在宋朝；武林高手兵书战策更是空前繁荣，金庸先生不少大作也取材于宋朝……毫不夸张地说，宋人的脑袋是历史上最聪明最复杂的。宋人太复杂太聪明了，成吉思汗便用最简单的办法来对付。他的思维是在大草原大荒漠上诞生的，千里荒原和雄壮的群山轮廓分明，一览无余，缺少江南奇山异水那种曲折变化。西征所经之地也是俄罗斯大平原、阿拉伯大荒漠、喜马拉雅山系和世界屋脊帕米尔高原，这些大起大落的地形，形成了他狂飙般的思维。一句话，蒙古人的崛起是人类的一种辉煌。我一直认为，成吉思汗的伟大在于他越过了阿尔泰山，从蒙古草原走向世界，阿尔泰使他具有了世界意义。如今大汗的龙兴之地长满了茂盛的庄稼，英雄之路并没有荒芜。中亚荒漠中，还有什么比绿洲更美好？古代的中亚哲人无论是萨迪的《果园》《蔷薇园》，还是哈斯·哈吉甫的《福乐智慧》，他们所吟唱的真境花园不也如此吗？

1998年8月

偏远地区的美

在谈《跃马天山》之前，先谈谈帕乌斯托夫斯基的《金蔷薇》。此书购于1980年秋天，高中补习班的日子里，那日子真不好过。帕乌斯托夫斯基笔下那清凉幽远的秋天支撑着我。1981年考入大学中文系，疯狂地写诗读书，读到大三忽然对文学书不感兴趣了。读古德里安的《闪击英雄》，读《拿破仑传》、山本五十六、隆美尔、麦克阿瑟、《高卢战记》，同时也读到了落满灰尘的《文史资料》，读尕司令马仲英以及辽阔的西域大地。诗不能再满足我了，我读古典的现代的形形色色各种流派各种主义包括当时并不时兴的《凡·高传》，最后我又回到《金蔷薇》，帕乌斯托夫斯基的那个幽远的秋天一直埋藏在心里。那时宝鸡的诗歌正热火朝天。我参加完第二次盛大的诗会，就像帕乌斯托夫斯基笔下的农艺师普里什文一样，离开热热闹闹的场合，服从心灵的需要，远方，天山在呼唤我。

文学从来都是宁静的。有些人拥向都市，有些人走向荒野。我落在天山脚下的小城奎屯。我曾在一篇散文里写过初到新疆的感觉，那是一种巨大的震撼，跟旅游不一样，我是三证齐全的奎屯市民。大漠就展现在阳台下边，不远处是雄伟的天山。我沉静了很久很久才看到地平线，看到大漠和畜群。文字跟实际相差太大，让人的想象难以容纳。我家住五楼，最高的一层，天山就像一幅画挂在窗前。地理学家把这座山叫中亚荒漠里的

"湿岛"，它容纳整个冬天的积雪，夏天雪水呼啸而下，浇灌天山南北的绿洲，有水就有生命，一棵草一棵树在这里都显得那么高傲豪迈。游牧民族呼这神奇的山为天山，天是东方人的上帝，皇帝贵为天子，中原人把所有珍贵的词汇都给了皇帝，而游牧民族把群山呼为天山，把骏马呼为天马，即使成吉思汗也以汗为号，本能地敬畏苍天。汉唐那个大时代，西域就是"天"所在，即西天，先民从西天取的岂止佛经，周秦的祖先就是西戎的马背部落，昆仑神话、《山海经》以及西王母的传说，把我们民族最具想象力的东西全都搁置在那个辽阔的空间里。也只有在中亚度过金色童年的李白能抒写出盛唐之音，"黄河之水天上来"，那个"天"就是想象激情与勇气的结果。左宗棠收复新疆，也仅仅是古西域的一半，湘军在神州陆沉河山破碎之际拼死力显示出我们民族的一点血性。大西北几乎是剽悍勇武的代名词，这里需要的是铁血气质，是强者。弱宋难以西向，淫逸的明朝干脆关闭嘉峪关。欧洲的探险家包括日本的野心军人云集西域，有一个叫马仲英的回族少年不堪忍受军阀的压迫，起义失败后远走新疆，差点夺了盛世才的宝座，数千骑兵在大漠里忽如疾风，来去无踪，越死亡之海塔克拉玛干跟玩儿似的。我站在哈密郊外，站在头屯河边，我在想象那气吞山河的远征。这些回族好汉们在20世纪给我们上演了一部古典游牧英雄的神话史诗。

　　这也是西域的传统，历史上汉人、唐人、匈奴人、契丹人、乌孜人、塞族人、蒙古人、满族铁骑，轮番着上演出最壮美的一幕。蒙古人的壮举就不用说了。塞族人也就是哈萨克人的祖先，那个美丽而骁勇的女王，一怒之下把胆敢辱骂她的波斯王掀下马背，枭其首制为酒杯；最值得西方人骄傲的那个一手持剑一手拿《伊利亚特》的亚历山大大帝被女王打成瘸子，病死军中。西方古书一般不记录这一段。所以，当你看到美丽的草原少女挤牛奶时，你千万不要以为如此美丽的少女生活在大漠有什么遗憾，遗憾的是我们，我们总习惯于让美丽的少女跟灯红酒绿结缘，这样好像才符合"美学原理"。

偏远地区的美是一种大美,需要健康的心态,需要想象力。我对马仲英的抒写既是一种历史也是一种想象。长天大野,骏马烈风,美在这里仅仅体现为一种力。

2000年3月29日于宝鸡

真正的民间精神

诗歌是知识分子产物，不管民间艺术对诗歌产生过多少影响，它最终为知识分子所融化，民歌与诗歌的反差极大。小说则是老百姓的声音，街谈巷议，道听途说，略萨干脆说小说是一种谎言，是真实的谎言。故事、传奇在民间的流传往往比在文本中更生动。小说的诸多因素在人群中在大地上跟植物一样鲜活，采摘下来就有枯萎的危险。

我曾在技工学校待过十年，我带学生实习时发现那些工厂的老师傅比工程师更能干，一台锅炉，工程师对着图纸总玩不转，老师傅贴耳朵听听就找出毛病来。我就告诉学生，实习就是学这个，学书本上没有的东西。那时我刚读过葛兰西的《狱中札记》，葛兰西把经验作为知识，把手工作坊的师傅当知识分子。我就如此照搬。这个发现对我影响极大，知识是有限的，知识形成的力量更有限。文字呢？文字的局限性更大。古人是明智的，书不尽言，言不尽意。佛陀、孔子、苏格拉底、穆罕默德凭的是真正的口语而不是书面语。

更重要的是在西域大漠，我体验最深的是生命的渺小和局限。1988年，妻子去内地生孩子，我一个人待在奎屯，下班后骑上自行车奔进东戈壁，精疲力竭时躺到地上，躺了好几个小时。新疆的大地和蓝天呀，我感到恐慌，我跟一只兔一样奔到河沟里。那是干涸的河沟，有一个洞穴，我钻进去蜷成一团。原来我是在躲避那辽阔的空间。缩进这个浅浅的洞穴里，地老天荒真的回到了太初年代。如果这个洞穴里躲的是一只动物，它的生命绝对高于我。如果我死在此洞，这里会长出一丛野草，干河沟的一片草丛跟人群中奔走的红柯哪个更好？

于是动物植物成了我膜拜的生命景观，牛、羊、马、雄鹰和树构成小说的主题。中亚细亚大地，它们的生命远远高于人类。1997年发表在《山花》上的《鹰影》，鹰的投影就是孩子，孩子通鬼神，民间都这么说。成人的生命是麻木的。年初与李敬泽老师进行过一次对话，他把我的小说总结为"肯定性"小说，我肯定的就是我小说人物身上的原始的东西、动物性的天真和纯朴。

写人的纯朴和率真，而总是缺少人的奸邪。有长有短。

我的爱情小说非常之少，《阿力麻里》也仅仅是少男少女的初恋。我崇拜大地、对人类持怀疑态度。《红蚂蚁》中，一对男女无法完成爱情，红蚂蚁完成了。求爱、求欢、性，其最美妙的因素离人类太遥远了。禽兽的求欢求偶绝对高于人类。

早年的阅读生活中，我总是把梅里美放在巴尔扎克之上。资本主义的黄金时代，雨果、巴尔扎克、司汤达几乎奋不顾身扑向时代的洪流；而梅里美则是远离尘嚣，专心于西班牙的走私贩子、土匪和吉普赛人，写这些与世道"格格不入"的人，用蛮荒之地的血性与个性来反衬巴黎的苍白与无聊。

人类总要保留自己鲜活的生命。来自民间的小说与戏剧从来都是货真价实的。大地与民众的声音在这两种文学样式中体现得最充分。

小说在西方如此发达，一则是神话史诗的发达，二则是从远古的《荷马史诗》中就有一个好的传统，那些战争中的英雄各现其性，荷马很少强加自己的意志。在我看来这就是一种可贵的小说精神。中国的诗歌完全是主观的、写意的，山水也是文人的化身。我有一本《昭君及昭君诗》，尽收历代文人的诗作，几乎都是借这个远嫁匈奴的丽人，浇自己的块垒。一个丽人在大草原上嫁了三个男人，起码性生活是和谐的，文人你难受什么呢？丽人伴书生，书生的小鸡鸡还没有蚕豆大，丽人幸福吗？小说则不然，尤其是明代"三言二拍"，都是一些商人、妓女、手艺人生活的真实写照，冯梦龙们很自觉地让这些人物自由生长。诗人不可能这样子写。明代小说家是很了不起的。《金瓶梅》是一部孤愤之书，笑笑生的愤怒绝不亚于司马迁，史传体例可以直露些，纯粹的小说则隐于人物之中。《红楼梦》得惠于《金瓶梅》极多，遗憾的是曹雪芹太精细，丧失了小说的野性与力度。

小说是放纵的、野性的。文人弄小说首先要走进关汉卿冯梦龙的世界，去体味大地和民众的心理。民间文学、民间艺术有一种超拔的想象力和生命意识，这是我在北方各民族地区十多年考查的结果，农民的脑袋上卧一只雀儿，手指上开花，少女的双腿与蛇鱼相连，而牧民的帐篷和毡靴上则绣着龙蛇和云的纹影。总之，各民族民间的东西很少有文人的厌世心态。一位哈萨克族同胞告诉我，飞机失事前让乘客留一句话，汉族人基本上是对财产做交代，哈萨克人呢，在纸上写道：造飞机轮子的人真他妈浑蛋！这种在死亡面前表现出来的豪气让人肃然起敬。

那些星星点点散落在沙漠上的绿洲，很适合《一千零一夜》这些珍珠般的小故事，以及《蔷薇园》《果园》式的诗文片断。文学与大地的形态相吻合。中亚大地上的诗意的美所对应的短篇小说在相对独立中总是多出一些东西，预示一个故事；中亚大地的长篇小说则是许多精美的小故事——犹如花朵组织的辽阔草原。阿克苏地毯，波斯地毯，只有去过草原的人才知道草原就是地毯，花儿以颜色不同而星罗棋布，很整齐的。再往前走，草原消失，进沙漠，在沙漠深处又出现草地和鲜花。读那些哈萨克族、蒙古族、维吾尔族古典名著就如同走遍天山南北。河流突然中断，群山突然中断，绿洲突然消失，但美与生命在延续，在沙暴烈日和大风中谁也不会相信没有出头之日。

我去新疆前，一首诗都是几千行，我刚动笔写的时候也是二十万字的长篇。到新疆后，这种写作欲望持续高涨而文字不再冗长，形成片断。短篇就相当于那些常常中断的河流吧,从泉水到河床,形成一片绿草地,又潜入地下。中断只是不外露。

小说家的胸中一定有这种辽阔的大地意识,消失一些河流,又让另一些河流涌出地面。空间感对小说是极重要的。草原和沙漠的人民并不需要沙枣红柳去做标志,大漠是一种心灵世界,是一种生命气息。从大兴安岭到阿尔泰山再到青藏高原,则是《江格尔》《玛纳斯》和《格萨尔王传》的世界,即史诗带。《荷马史诗》是比不上这条辽阔的地带的,而且是代代传唱的活史诗。这么强大的民族神话史诗资料数千年来为汉族文人所忽视,小说在中国尚处原始阶段,当一种文学样式真正体现出民族的梦想与生命时它才有可能走向成熟。

1985年,我在校园里读到白彦虎、马仲英的传奇时,那种震撼是很要命的,它颠覆了我的诗歌世界,我又不满足于欧美所有的现代派文学。太初有为,我开始了对民间文学、对各民族史诗的阅读。一年后,身体力行,落脚西域,亲自感受远古异族的史诗世界。《美丽奴羊》引起轰动后,大多数选刊选本都把开头弄错了,小标题"屠夫"与第一句连读,是"屠夫/很牛皮",结果成了美丽奴羊很牛皮。《中国文学》本来要往国外介绍,后来因为小说写得太血腥而作罢。其实这是一个真实的故事,这种羊是新疆军垦科学院几十年的结晶。我只是写成小说罢了。血腥的屠夫被羊之美所征服,成佛了嘛。这种草原的刚烈与强悍是内地人无法接受的。这恰恰是我孜孜以求的。

2001年7月

从黄土地走向马背

　　1985年大学毕业时，我在毕业留言册的第一页贴上自己的毕业照，写下一行小字：苦涩而快乐的四年。那是我的青春疯狂期，疯狂地读书，常常读通宵，一个人在教室里开长明灯，一夜一部长篇，黎明时回宿舍眯一会儿，跟贼似的轻手轻脚，但钥匙开门声还是会惊醒有失眠症的舍友。几乎没有午睡。星期天，带几本书，几个馒头夹咸菜，跑到长寿山幽静的山沟里，躺在草坡上，随夜幕而归。疯狂地买书，20世纪80年代好书多啊，一个清贫的农村学生不可能从家里获得多大资助，每月的生活费压缩到临界点，挤出的菜票卖给同学，假期的生活费可以买一捆书，毕业时购书千册共十五箱。这种清贫的青春期是我最快乐的回忆。疯狂地写诗，我们有诗社，编印一本《长寿泉》的诗刊，一群诗疯子聚在一起，做梦也写诗，有一节课写出十首小诗。处女作发在《宝鸡文学》一张报纸的诗歌专栏上，然后是《延河》《当代诗歌》《青年诗人》等，全是婉约风格，是戴望舒、徐志摩那种雨中丁香般的哀愁，也有些泥土味的小诗。那是我早期的文学训练。另一种感人的生活是体育，每天早晨长跑五公里，从山脚跑到山顶，晚上上床前五十个俯卧撑。最痛快的是冷水浴，到水房去一桶凉水从头而下，身上起一团白雾，寒冬端一盆白雪在宿舍里擦身体，白雪球在皮肤上吱吱响，舍友在被窝里发抖，我的皮肤却是一团火。现在长跑少了，冷水浴还保持着，几天不淋一次冷水浑身不舒服。大三时基本上不看文学书了，猛读人物传记读文史资料，最早与新疆有关的回族军人马仲英让我心头一震，这位十七岁带兵打败冯玉祥所有名将的少年，后来跃马天山，差点夺了盛世才的江山，在乌鲁木齐郊外硬是把七千多苏联哥萨克砍倒在戈壁滩上。1985年购得马坚翻译的首版《古兰经》，中亚黄金草原开始吸引我。也是这一年，短篇小说《父与子》发表在兰州的《金城》上，大学生活结束了。照片上的我外表平静内心疯狂。那身挺不错的西装是借同学的，我四年校园生活不修边幅，凉水冲过的头发刺猬般竖在头上。

上海一位朋友问我的文学入门书是哪一本。我告诉她是《金蔷薇》。此书购于1980年，高中补习班。我很感谢这本书，在我进入大学前它告诉我真正的写作是什么，我把它称为我的防毒面具，它使我避免了中文专业枯燥的干扰。帕乌斯托夫斯基笔下的普里什文，放弃农艺师的职业带着背囊和书到辽阔而僻静的北方去了。

1986年秋天，我放弃高校的编辑工作带着十五箱书西行八千里来到天山北麓的小城奎屯市。这座夹在天山绿洲与戈壁间的小城非常安静。初到的那几年，我的大部分精力是教好书，在成为受学生欢迎的语文老师后，我重新拿起笔。远离故土，思乡心切，中篇《红原》《刺玫》是写陕西的，发表在《当代作家》。更多的篇章写校园，都是批判现实的小说，差不多有七八个中篇，发在《红岩》《当代作家》《绿洲》《湖南文学》上，也有些荒诞色彩。还有一类是先锋实验小说，发在上海的《电视·电影·文学》上。

我所在的单位是伊犁哈萨克自治州直属的技工学校，我主讲语文应用文写作，兼上烹调美学、商业地理、旅游地理、商业心理学、市场营销学、公共关系学等等。对一个学文的人来说这些杂乱的学科很有用。同事都是学工的，汽车车工钳工锅炉工宾馆服务，这些实用性强的科目天长日久使我感受到一种科学的准确与务实。

文学是一种生殖，人与大地产生血缘关系才能获得一种力量。1988年儿子诞生了，这是个新疆娃娃，意味着我在中亚腹地的大漠上有根了。黑茬茬的胡子长起来了，头发开始曲卷，我常常被误认为哈萨克人，嗓音沙哑，新疆男子都是这种大漠喉音。照片上的我是剪了胡子的，妻子一定要我收拾一下，收拾后的模样还是个半胡半汉。妻子自己差不多让中亚的阳光晒成棕色，只有儿子是白净娇嫩的，这里的牛奶好啊，一层厚厚的黄油一口气吹不透，每天一公斤，沙暴和阳光对孩子构不成威胁。新疆就这样进入我的血液，在对故乡的怀恋之后，在对社会辛辣的批评之后，我的心静了下来。因为群山草原和大漠是宁静的。我开始漫游在草原古老的典籍里。我的一半同事是哈萨克维吾尔和蒙古族人。每年下去招生，可以去伊犁塔城阿尔泰。边远的山区牧场，从来没有走出大山的牧民，没有我们"文明人"所想象的烦恼和自卑，那种睿智而沉静的眼神所显示的高贵粉碎了一切文明社会和大都市的"杞人忧天"。中原文化仅仅是中华文明的一部分，还有辽阔的为人所忽视的部分。让草原让大漠进入我的文字，这种过程很艰难。我开始向北京投稿，散文和小说在《北京文学》发表。就在这时，《人民文学》的李敬泽老师建议我先把短篇写好，他看中了我中篇中的一个片断，我将这个片断写成《表》。这是一种技艺的磨炼。李敬泽很满意，认为是1996年最好的短篇。《人民文学》不好用，他推荐给河南的《莽原》。我修改《表》的时候，一个极偶然的机会可以调回陕西。当时《绿洲》的虞翔鸣老师也要调我去《绿洲》。我十年未回故乡，父母年迈该尽人子之责。

对天山的怀恋是永恒的，哈密的黑戈壁让我灵魂出窍，再往西才知道秋天多么美丽。我是秋天进疆的。回故乡则是寒冷的冬天，故乡真冷啊！没有暖气，还有各种莫名其妙的冷，往人心窝里搅。那是1995年冬天，全家在学院招待所龟缩一个月，我写下了《天才之境》，发表在三年后的《北京文学》上。1996年开始上课，每周九节课，当班主任，同时带毕业班实习，我一个人带二十多名学生在秦岭脚下一个叫天王的小镇实习。听课、指导实习生，还要乘班车数小时赶回学院上课。感觉就像拉大锯在锯我杨红柯，因为我是一棵树啊，是很适用锯板子的。1996年的春天就这么寒冷，我听见遥远天山的奔马嘶鸣，一个闯荡西域的汉子沙暴都奈何不了他，什么没见识过？《奔马》就是这样产生的，寄给李敬泽老师，他以最快速度在《人民文学》重点推出，《小说月报》转载，胡平老师收入《1996年全国优秀短篇小说集》。

天山就这样在我的心灵世界崛起，《人民文学》1997、1998、1999年连续三年特别推荐，1997年年底已有二十多篇选入"21世纪文学之星丛书"。1998年全国的主要文学期刊同时刊发我的天山系列小说。

很感谢《绿洲》的老师们，他们给我机会让我重返天山。照片上的背景是1998年秋天，西天山北麓赛里木湖畔的海西草原。在《金色的阿尔泰》里我情不自禁地把我自己写成一个中亚大地树上的小树枝，那个念头最早萌发在三台海子赛里木湖畔。我多次从湖边经过，湖的北岸是乌伊公路，去伊犁的必由之路。美丽的土地将有一个有意味的形式，这就是短篇小说。我最好的短篇《美丽奴羊》收入八种权威选本，被三家选刊转载；《阿里麻力》收入《人民文学50年佳作选》和《中华人民共和国五十年文学名作文库·短篇小说卷》，收入该卷的陕西有三个人，王汶石、贾平凹和我。西域天山系列中短篇被选载的有十多篇，我的文学梦想是重现神话般的大漠世界，这仅仅是开始。

2000年1月

西部文学的选择及意义

把长城视为中国理性文化与非理性文化的界墙，就像弗洛伊德把人的大脑分为意识与潜意识；非理性的潜意识总是突破边墙，来矫正理性的意识世界。对中原汉族来说，这种矫正是被迫的、痛苦的。

1644年，清朝作为最后一支异族力量入主中原，华夏文明继汉唐后再次辉煌。清朝融入中原，关东被纳入理性文化，非理性文化的最后地域便是长城外的西北荒原。

这便是西部文化人的选择：主动地承受本土非理性文化，重建我们的精神家园。这种重建不是刘小枫先生给我们请来的耶稣基督，斯宾格勒在《西方的没落》中已经论述了基督文化的衰落，尼采已经喊出上帝死了，乔伊斯在《尤利西斯》里已经描绘了白种人生命的萎缩。用西方理性构建东方理性，绝不可能产生奇迹。日本就是一例，日本经济起飞了，但川端康成、三岛由纪夫却自杀了。我们不谈三岛的政见，他之所以自杀，就是因为日本文化被欧美文化压垮了。武道和神道具有浓厚的非理性因素。我们也不遗余力地介绍了西方非理性文化，从叔本华、尼采到福柯，它们的意义仅仅是借鉴而不是越俎代庖。苏童、余华、格非们，用其神来之笔写了不少先锋作品，我不怀疑他们的探索精神，我怀疑他们的化解功能。在理性文化极为浓厚的江南，能产生一系列非理性形象吗？兰陵笑笑生也想写出一个汉文化的叛逆人物，他巡视半天，只能贡献给我们一个流氓无赖西门庆，这种人确实属于理性文化的异己，但他们本身构建不了文化。

所有科学中，文学最贴近生命。文学的本质是提高生命的质量，最大限度地拓宽生命的自由度。非理性文化的核心便是生命意识，这是它与理性文化的最大区别。理性讲的是秩序与逻辑，它可以训练我们的思维，使我们的思想规范化，但它绝不是人的目的，它仅仅是手段。理性与非理性的互补不是平分秋色，而是有主次之分。20世纪80年代崛起于新疆的"新边塞诗"的意义就在于：它突破了过去对西部边地风土人情的牧歌式吟唱，探索生命的意义和人的尊严，它更大的意义还在于，彰显了西部游牧民族非理性文化中那种生命意识。这种生命意识注重的是人的高贵、人的血性、人的无所畏惧，它所显示的那种无序状态和生命张力是中原文化所罕见的。现在，一座座城市在天山南北崛起，中亚腹地出现了新的市民群体，但这一群体市民不是现代意义的市民，他们生活中保留了好多游牧民族的习惯。"新边塞诗"之后，中亚腹地只有周涛的散文在熠熠闪光。西部小说一直沉默着，它的崛起是必然的，真正的本土化的现代派文学将是它的未来，非理性文化的复兴和建设是它唯一的选择。

1994年5月

两种目光　寻求故乡

最初对世界文学的概念并不是来自歌德，也不是大学教材，而是郑振铎先生的《文学大纲》，当时正读大二。20世纪80年代文学热，更热更猛的是欧美现代派文学，疯狂地写诗，疯狂地吞食现代派，袁可嘉先生主编的《外国现代派作品选》出一集抢购一集，中科院编的海明威、福克纳、卡夫卡研究资料汇编也是大量抢购。很偶然地在图书馆碰到郑振铎先生这本《文学大纲》，相当于一本世界文学史，让我在对欧美文学的狂热中冷静下来。特别吸引我的是有关波斯文学的介绍，大概有二十多位古波斯诗人，我知道了菲尔多西、萨迪、哈菲兹、鲁米、尼扎米。我太喜欢萨迪与哈菲兹，就把他们的代表作抄下来。这两个诗人都出生在伊朗设拉子古城，这是我最向往的地方。萨迪说："一个诗人应当前三十年漫游天下，后三十年写诗。"2015年正是我大学毕业三十年，西上天山十年，居宝鸡十年，迁居西安十年，三十年间沿天山—祁连山—秦岭丝绸之路奔波，跟游牧民族转场似的"逐水草而居"。刚读到诗人席慕蓉的一篇文章，席慕蓉认为文化需要碰撞才会有新的火花，背井离乡的遭遇给生命与原乡营造了一段反省与观察。我曾在一篇创作谈"距离产生美"中也谈到这种体验，在新疆写陕西，天山顶上望故乡，回到陕西站在关中又回望西域瀚海。15世纪波斯学者约萨法·巴尔巴罗说："希腊人只有一只眼睛，唯有中国人才有两只眼睛。"

《哈菲兹诗选》的序言中，翻译家邢秉顺先生把哈菲兹与李白相比较，两个古代诗人都是伟大的酒徒，都喜欢写美酒月亮鲜花与女人。李白就出生在中亚塔拉斯河畔的碎叶城，我专门写过《天才之境》。执教于伊犁州技工学校时，带学生实习沿阿拉套山西天山奔驰时就想到山那边李白度过金色童年的群山与草原。李白晚年诗歌中最感人的是"何处是归程？长亭更短亭"，是对故乡的反复追寻。李白与杜甫相比，杜甫最拿手的是律诗，平仄对仗毫不含糊，李白的强项则是参差不齐自由不羁的歌行体。童年对一个作家很重要，李白五岁离开中亚之前，西域大漠草原群山已经给他幼小的生命打上底色。只有去过那里的人才会知道，戈壁沙漠与绿洲紧密相连，没有过渡，天堂地狱眨眼之间，犬牙交错你中有我我中有你，不可能产生中原农耕地区整齐划一的生活方式与生命节奏，李白那种放浪不羁自由奔放的天性只能以歌行体来表达，最终打破诗的形式创造出最早的词，唐宋词选的前几首词都以李白的"平林漠漠烟如织"开头。杜甫幼年在姑姑家，瘟疫突起，姑姑把阳光充足的房子让给杜甫，亲生儿子住在阴面的房子，表哥染病身亡，杜甫活下来，命运注定要让这个大难不死的幸存者长成大人以后再次进入更大的灾难——安史之乱，成为中国古典文学中最有耶稣基督精神替人类受难受罪的伟大诗人。杜甫也流浪，杜甫是背着大地爬行的耕牛，是移动的土地；而李白是风吹过草地沙漠戈壁，吹过长天大野。在西域听蒙古长调听牧民们唱《天上的风》我就想起李白自由洒脱的诗句。李白杜甫，一个把宇宙天地当家园，一个把土地当家园。

　　我执教的陕西师范大学有许多我敬仰的学者，历史地理专家史念海先生，上中学时就听历史老师反复提及，后来到了新疆，在学校图书馆找到了先生的大作《河山集》，天山脚下读《河山集》，光书名就让我感慨万千。还有王国维的《流沙坠简》，这已经不是学术专著，而是极具中国色彩极具美感的艺术珍品。我开始抒写天山系列时，全都采用真实的地名与历史地理背景。美利奴羊17世纪产于西班牙，18世纪引入法国德国，19世纪进入澳大利亚，澳大利亚人把美利奴羊打造成世界品牌，新疆的科技工作者引进美利奴羊并与哈萨克土羊杂交创造出中国新疆美利奴羊，1985年培育成功，1986年秋天我西上天山，1997年4月《人民文学》推出我的小说《美丽奴羊》，1998年我的第一本小说集《美丽奴羊》出版，收入十七个短篇。

2015年9月我有幸参加中澳文学论坛，在西悉尼大学讲演时开场白就提到澳大利亚民族文学奠基人劳森，很多人都知道怀特、库切还有《凯利帮真史》的作者彼得·凯里，知道劳森的人不多。我当年受劳森的影响写出第一本小说集《美丽奴羊》。《劳森短篇小说集》1981年秋天购于宝鸡一家旧书店。在西悉尼大学还见到了澳大利亚女作家亚历克西斯·赖特，赖特的最新长篇《天鹅书》正在翻译成中文。有意思的是《天鹅书》与我的最新长篇《少女萨吾尔登》都写了天鹅，天鹅保护一个苦难的民族，保护灾难不断的男人们。据说古代印度香音国的飞天翻越喜马拉雅山昆仑山降临敦煌，逐渐地由沉重的男身变成轻盈灵动翱翔蓝天的女身，到了唐朝飞天完全中国化达到顶峰。舞从敦煌来，进入长安成就了大唐乐舞，最典型的就是《霓裳羽衣舞》和《胡旋舞》。跳得最好的就是杨贵妃和安禄山，羽衣就是飘带，飞天最动人的就是飘带和手指的动作。20世纪80年代甘肃歌舞团的艺术家们根据敦煌壁画上的飞天创作了手指舞。17世纪从伏尔加河东归天山的卫拉特土尔扈特蒙古人把整个民族的遭遇全凝聚在萨吾尔登歌舞中，也主要是手指舞。其中的《少女萨吾尔登》一点也不亚于飞天歌舞，相比之下飞天过于悠游自在，飘飘欲仙，而萨吾尔登更接地气，沟通人与动物植物，人与宇宙天地万物血肉相连，轻盈灵动中有凝重的历史有大漠烟尘。长篇《生命树》采用的是哈萨克生命树创世纪神话和西北汉族剪纸艺术中的生命树以对应基督教犹太教《圣经》中的生命树，我的《生命树》出版于2010年，美国电影《生命树》拍摄于2011年，2012年在中国放映，西方至今还没有一部以"生命树"为题的长篇小说。长篇《西去的骑手》中我写到了维吾尔族诗人穆塔里甫，小学五年级时在《革命烈士诗抄》中读到穆塔里甫的诗，写作文，平生第一次受到老师表扬，好多年以后我成为伊犁州技工学校的教师，来到穆塔里甫家乡尼勒克草原。尼勒克在蒙古语中是婴儿的意思，穆塔里甫发表诗歌时的笔名卡依那木-乌尔戈西，卡依那木就是波浪的意思，回荡在《西去的骑手》中的主旋律就是波浪。我的大多长篇小说都采用西域民歌来结构全篇。叶嘉莹教授认为欧美语言分轻重音，而汉语则是四声八调形成的旋律与节奏。丝绸之路、关中长安就有这种优势，西域大乐直接影响了唐乐舞和唐诗的节奏与旋律，盛唐之音是一种国际视野的大综合，就像先秦诸子百家，秦地无一子，但司马迁以一部《史记》总结了先秦诸子百家，包括怪力乱神的原始神话和传说。传统中的中国古典文学就是诗歌和散文，诗的顶峰是唐诗，散文的顶峰是《史记》，"文起八代之衰"的韩愈其古文运动，学的就是太史公的《史记》。以《燕子》为题的民歌世界各地都有，草原民族更多，在我心目中，哈萨克民歌《燕子》是最好的，哈萨克歌手叶尔波利演唱的《燕子》无人能比，《燕子》理所当然地成为长篇《喀拉布风暴》的主旋律，沿着丝绸之路进入关中进入西安，跟秦腔跟眉户连在一起。中国历史上的民族大融合，最集中的地方就是关中，关中既是游牧民族进入中原的桥头堡，也是中原农耕民族伸向西域走向世界的桥头堡，更是民族融合的熔炉，长篇《乌尔禾》中，朝鲜战争归来的战斗英雄陕西人刘大壮变成了蒙古神话传说中的"海力布"，向世人展示，人可以接近神灵。人性与神性既是欧洲文艺复兴以来的中心话题，也是中国古典小说的关键词。《金瓶梅》写人的肉体；而《红楼梦》写人的精神人的心灵，是一部通灵之书，理所当然地成为中国古典文学的集大成者。曹雪芹跟但丁一样既是中世纪的最后一位诗人，也是新时代的第一位诗人。

2015年9月中国文学博鳌论坛发言稿

阅读杂谈

抄书的感觉

领冯牧文学奖时想起阅读生涯中的这一幕,从零碎的笔记到整篇文章。1975、1976年的中学语文课本(初中)几乎没什么好文章,同学中间传阅的美文让人惊叹,手痒,就熬通宵:从头到尾抄在本子上,以示不忘。莫泊桑的《项链》,契诃夫的《宝贝》《淘气鬼》,普希金的诗,吴伯箫的《菜园小记》,冯牧的《澜沧江的蝴蝶会》,等等。

抄一篇文章跟读一篇文章的感觉是不一样的,有一种雕刻感,印象极深。抄《项链》时我总想到农村妇女用凉水润头发的情景,总觉得路瓦栽夫人不是虚荣而是爱美,后来听老师讲此文,讽刺挖苦,博得同学种种笑声,心里很不是滋味。所幸的是我讲这课时是在新疆伊犁州技工学校,校长对我的要求是只要学生爱听,怎么讲都行,也就是说不必拘泥于大纲。我这样告诉我的学生:一个小职员的妻子戴首饰去跳舞是很正常的,穷人美一下就付出这么大的代价,面对灾难,她有勇气去承担,好多男人做不到这一点。契诃夫小说那湍急的河流和河岸上两个淘气鬼所形成的声音一直萦绕在我耳畔,文字可以产生音乐之美。《菜园小记》那么质朴,泥土和泥土上的菜畦跟大地上的花园一样,让人想到早晨的露珠。很有意思的是我到新疆时也有一个菜园子,天山雪水浇灌茄子辣子西红柿,地头是高大威猛的向日葵，凡·高捂着耳朵看守菜地。奎屯市最壮丽的建筑不是音乐喷泉不是商场火车站，是那条东西十里长街的玫瑰花。新疆人用玫瑰花做花露，我们异想天开用花烙饼子，中篇《刺玫》就是这样写成的，在这篇小说里，玫瑰的嫩芽泡在坛子里是很精美的菜。这显然是一种想象。

《澜沧江边的蝴蝶会》差不多也是云南的象征了，就像萧红的文字与黑土地，一方水土养一方文气。那满天飞舞的蝴蝶缤纷灿烂，繁复瑰丽，读普鲁斯特沃尔夫就是这种华贵典雅的感觉。阿勒泰草原也有一条迷人的蝴蝶沟，深隐于金色草原，跟花边一样绣在我们版图的边境线上，还有什么比这更好的首饰来装饰大地？大地母亲不是一个抽象的概念，是个生命体。父亲是二野十一军的一个老兵，西南剿匪进军西藏，最后在云南密林守国门，西南多山，退伍后的父亲回到北方平原走路一拐一拐大幅度摇晃，他所讲述的西藏云南最早勾起我的梦想。抄写《澜沧江边的蝴蝶会》则是一种行动中的阅读，最终导致我后来的边疆之行。总有一种隐秘的东西潜伏在命运当中，人是无法把握它的。

上大学时抄过《草叶集》，抄过《世界文学》里的外国诗歌。整本抄的有三本书，王弼注《庄子》、刘熙载的《艺概》、波斯大诗人哈菲兹的诗选。《庄子》将我引向自然；《艺概》与我购买的贝尔的《艺术》完全取代了大学里的文论与写作教材；哈菲兹的诗把我引向遥远的金色草原，这是个可以跟李白媲美的诗人，歌唱爱情与美酒，歌唱圆月，酒香玫瑰弥漫天地，而诗句又朴实自然。把朴实与奇崛结合最好的不是后来的博尔赫斯，而是哈菲兹。博尔赫斯艺术的上源有三个，阿拉伯的《一千零一夜》，《堂吉诃德》，《加乌乔传奇》。《一千零一夜》最早的故事是从波斯文译为阿拉伯文的。那是个诗的国度，菲尔多西的《王书》，海亚姆的《柔巴依集》以及哈菲兹的诗，对西方对中亚的影响更强烈。中亚草原更多的是接受了波斯文化、中国文化、印度文化的影响，而不是阿拉伯文化。伊斯兰教是禁酒的，而哈菲兹把酒捧上了天。我们的古人李白在中亚度过他的金色童年，贺知章呼他为"谪仙人",即天上来客,李白把我们的母亲河写成"黄河之水天上来",唐僧取经于西天,古代的中国人总是把西域当成"新大陆",中国传统文化中"天人相应"的天,是否有西天的意思?西王母,昆仑神话,中原的理性思维与西天的非理性的胡人文化构成完整的中国古典文化,西天乐土,天地同构。美酒与爱情完全是永恒的文学命题,存在于东西方文化的中间地带是很有意思的。《王书》《柔巴依集》是我购买的,很喜欢,终不如亲自清抄哈菲兹抒情诗那么亲切,有切肤之感。

整段整段做笔记的有柳鸣九的《福楼拜评传》,黄仁宇的《万历十五年》,叶嘉莹的《迦陵论词丛稿》,叔本华的《作为意志和表象的世界》。后者是读《爱因斯坦文集》时知道爱因斯坦把叔本华的书当枕边书,先抄后买,又知在叔本华与尼采之间应该有个施蒂纳,写过《唯一者及其所有物》。今天,高呼私人写作主体写作的作家,应该去拜拜这位老爷爷,谁也私不过施蒂纳。喜欢卡夫卡的应该读读毕希纳,这个短命天才也是个极少主义者,一生所著薄薄一册,有小说有戏剧,连写的传单也是大师级的。

远离故乡十多年后,回母校执教,在图书馆里发现许多书的第一读者还是杨宏科,感慨很多。大家都不怎么读书了,应付考试很容易的,弄一本《外国文学名著内容提要》考硕士博士都可以了。即使好学者,遇美文,复印一下也行。一笔一笔录一篇文章在今天是一个笨拙的举动,而我常常考虑的是,聪明管多少用?据说《三国演义》是智谋大全,日本人研究《三国演义》如同咱们的红学。中国也有老不看《三国演义》的说法。桂圆在南方有"状元果"之称。古今中外的智者绞尽脑汁所求者也就是个聪明。笔者曾写《阿斗》,一个七八万字的中篇,其实也是《三国演义》的读后感,与原著不同的是站在阿斗的角度,孔明纯粹一大笨蛋、一大蠢驴。

其实在人类文化中适当存在一些大家很瞧不上眼的笨拙是很有必要的,科技革命不能再革命的时候,也会有手工作坊存在。说简单了,阅读是一种心智活动,动眼、动心也动手,可以全方位地捕捉一篇美文。

童话产生巨大的想象力

很不好意思，我上高中时才发现世界上有童话。那是新时期思想解放运动刚刚开始的时候，县中学阅览室里有各种文学期刊，朦胧诗就是那时读的，图书馆里有托尔斯泰巴尔扎克，理所当然读到安徒生和格林兄弟。最初读《海的女儿》，发现安徒生在叙述人类的起源，生命源于水，源于海洋，生物老师的理论在童话世界找到论据。那条美人鱼不就是人类之母吗？《小克劳斯和大克劳斯》有点魔幻现实主义的味道。《打火匣》是这样开头的："公路上有一个兵在开步走———一二！一二！"一百年后的海明威也只能写出"一个戴钢丝边眼镜的老人坐在路旁，衣服上尽是尘土"。"山口的路硬，光溜，大清早还没有扬起尘土。"据说这是海明威手持板斧费好大劲劈出来的，可见这一百年里英语污秽到什么程度，海明威跟清洁工一样除去污垢，恢复语言本来的干净面孔，也只能接近安徒生。海明威拼着老命才写出一则童话《老人与海》。像《老人与海》这样的作品充满了安徒生的一生。童话也远离人类，《海的女儿》预示了这一点。我一直把童话看作文章的最高形式，因为那是生命黄金时代的梦想和尊严。契诃夫与安徒生的精神气质那么相似，他们都有一种人类罕见的善良厚朴和优雅，晚年的契诃夫，所写的戏剧都带有童话的色彩。中学时代我是一个分币一个分币攒好长时间才能购一本书，我怀揣六角多钱，在书店里反复挑选，那时我不知道帕乌斯托夫斯基其人，《金蔷薇》中那篇《夜行的驿车》，写的是安徒生，冲着安徒生我下决心买下这本书。果然不出所望，帕乌斯托夫斯基给予我整个文学童话，以及后来购到的《面向秋野》，我从中知道了巴别尔、格林和普里什文，童话存在于大地，童话从来没有消失，是人们的视力出现了问题。过去眼镜在中学极少见到，现在普及到托儿所了，童心泯灭在儿童身上这有多么可悲。梁启超曾感叹中国少年老成、油滑、有城府，儿女情长多风云男儿少。历史上的早婚早孕更多是让青年

"入世"，早早熄灭梦想与青春。我们的传统文化里很少有像安徒生格林贝洛豪夫那样纯粹的童话。我也一直钦佩那些写童话的作家，在中国搞童话几乎是在开荒。欧洲文化是从整套整套的神话传说开始的，希腊神话、北欧神话，冰岛古老的《埃达》，尤其是北欧，森林湖泊湿地本身就充满神秘色彩。童话所产生的巨大的想象力给欧洲的科技文化带来多大好处。我教过十几年书，我以为在小学阶段，语文课本应该全部采用童话和神话传说，想象力只能在人生的黄金时代培养。中学以文学教育为主，陶冶情感，有了想象和情感这两个翅膀，理性思维才能健康发展。

我们总是把欧美文学大师玄奥化，比如纳博科夫，《黑暗中的笑声》是童话方式的开头："从前，在德国柏林，有一个叫欧比纳斯的男子。他阔绰，受人尊敬，过得挺幸福。有一天，他抛弃自己的妻子，找了一个年轻的情妇。他爱那女郎，女郎却不爱他。于是，他的一生就这样给毁掉了。"简洁明快，如同初春的早晨。我写一篇小说后总要读一下纳博科夫，清清脑子。纳博科夫喜欢逗你玩。毛姆不逗你玩，毛姆把小说写得明明白白，以至于研究者猛扑上去只知味道不错，却说不出所以然，没办法用他作论文，所以毛姆沦为二流作家。《月亮与六便士》我看了多少遍，总感到那是现代人的艺术童话。19世纪末当科技革命第一次冲击艺术的时候，艺术家们从埃及从日本中国这些东方古国的古典艺术中找到一种原始的美，今天高科技以更迅猛的方式直压过来，生活对心灵的要求更精粹，而心灵却在枯竭，滋养心灵的除了神圣的艺术还有什么呢？艺术本来就为心灵而设。文学史有一个规律，大艺术家的顶峰之作都接近童话。沈从文的《边城》《长河》就是例子。所谓返璞归真，老人与儿童是相通的。刚看法国电影《第八天》，让弱智人校正高智商的现代人，到底谁弱智，答案不言而喻。

2001年4月

青海的高车

《高车》是诗人昌耀留在大地最有诗意的雕像，是一种神圣的生命哲学。还记得上大学，读这首《高车》时的震撼。20世纪80年代，诗歌多么辉煌，20世纪80年代大学校园里流行的都是欧美的现代诗和北岛顾城舒婷们的朦胧诗。昌耀相当长时间没有个人专集，没有铺天盖地的喧嚣与喝彩。那时我也是诗疯子一个，偶尔在一本杂志上读到这首《高车》。好几年后，当我置身于西域大漠时，我才感悟到真正的诗，真正的文学跟生命一样是不可模仿不可复制不可吵吵闹闹不可咋咋呼呼不可糊弄人的，跃动于宇宙天地间的生命庄严而肃穆。离开宝鸡赴新疆前，正好是宝鸡文学界举办第二次诗会，诗人渭水弄来一箱《昌耀抒情诗集》，黑白封面，有一小提琴手，这也是我掏钱买的仅有的几本中国书之一。我买过好多书，除过古书，极少买本国人的书，即使如日中天的朦胧诗也只读不买，穷学生一个，又极疯狂傲慢，能正眼瞧的也是大师级作品了。购得此书和《古兰经》后，我悄然西行，这本诗集在我身边待了三年，乌鲁木齐一位同学来我家，只"借"此书，再不还了。我也不是毛头小伙了，不再看重任何形式主义，那本诗集的黄金般的诗句正闪耀在中亚的空气里，就成全我的朋友吧，让诗人的气息吹荡乌鲁木齐岂不更美！

我也告别诗歌。这种文体式的告别没有任何遗憾。如昌耀所言，诗美不在于分行。我在小说中寻找西部的生命气息与内在的原创味的"诗"。

有过宝鸡文学界那几年的经历，我更喜欢独处一隅，远离文坛。美跟风景一样不能存在于旅游区，发现意味着失真。我不信宗教，但我喜欢"清真"二字，即清洁又本真。中国文化中有一种不拘泥于形式的大宗教观，如生死轮回，如清静无为而又无不为，对水的崇拜不就是一种清洁的精神吗？

西部开发，什么时候开发？先秦神话时代的周穆王西王母是不是一种开发？在张骞班超这些政府行为之外，又有多少民间行动悄然进行，遍布中亚、近东几乎包括地中海以东所有的大漠草原与群山。中国文化中的精神因素，更多的是一种西部大陆精神，而不是海洋精神。我一直以为中国是一个文化概念，而不是单纯的种族或民族概念，真正意义上的中国是在先民们凿通西域之后形成的。宋朝为何只尚理性而鲜有感性的生命冲动？为何给女人裹小脚？因为宋朝是残山剩水是病态之躯。近百年历史风潮屡屡起于沿海，整个西部一直沉默着。伊藤博文说救中国者湘人，含义很多，不单单指湘军突起扫平洪杨，也不单单指左宗棠远征西域，疏通淤塞的神州血脉，另一位湘籍铁腕将军王震跃马天山，横扫大西北，这些征战之后，注定有一个文化巨子役于西部，大概连昌耀自己当初也没想到，带一身朝鲜战火的烟尘赴青海意味着什么？古老而庄严的高车就这样出现在高原上，大木轮子在秋天寂静的草原上默默无语，从青海往西往北，辽阔的高原开始迈动双脚。当20世纪五六十年代的诗人们放歌"拖拉机开进小山村""小河流水哗啦啦""红旗飘飘，战鼓隆隆"时，诗人昌耀已经"横身探出马刀，/品尝了/初雪的滋味"，"从地平线渐次隆起者/是青海的高车"，是古老的汉语发出的血性之声，是西部大地生命意识的苏醒，文化的种子比原子裂变更迅猛。

原创型的诗从来都是本土性的，不是学院式的，不是从书本来到书本去，不是矫情滥情，用假嗓子取悦流俗。

原创型的诗也不是技巧，不是技艺，不是各种奇怪的主义和口号。在昌耀面前，前朦胧后朦胧通通都是鸟朦胧。

这是个大诗人，古今中外大诗人大艺术家都是孤寂的，而那些三流四流的小诗人总是招摇于市，小日子过得美滋滋的，小脸蛋红润润的，活脱脱一洋买办，大诗人跟照妖镜宝莲灯一样让世界上的赝品成为泡沫。

连诗人的死都是富有诗意的，当我在报上读到诗人临终前的《一十一支红玫瑰》时，直觉告诉我这是一个古老神话时代的英雄、一个盖世英豪，他掐住死神的咽喉，用滚烫的血浇铸诗句。

当我从廷成兄的电话里得知诗人仙逝的消息，我正在写帕米尔高原的爱情小说，冰山与鹰飞翔在大地上，没有谋面又何妨，诗心是相通的。

大地无语，神在其中。

2001年10月

荒漠的另一种读法

中亚腹地大概是地球上最独特的地方，它的荒漠令人敬畏，令人胆寒。人们居住的绿洲只是大洋里的岛，渺小得近于虚无，它们是为荒漠而存在的。数千年来，荒漠总是周期性地释放它的能量，胡人马队飓风般冲出戈壁杀向中原，来一次五胡乱华，来一次胡汉大融合。大乱大融合的结果，便是中原的强大和繁荣。整个世界文明史也是如此，那些文明古邦的身边总伴有一块住着蛮族的荒漠。在西起罗马帝国边界，东至中国万里长城这一绿洲文明的北方，伸展着地球上最辽阔的塞外荒野，那就是野蛮人的领域。

亨廷顿教授认为，蛮族对绿洲文明周期性入侵，是由于中亚腹地干燥的气候。抛开气候原因，决定因素还是人。游牧骑士是世界上最好的轻骑兵，他们当中常常出现强悍的军事领袖，把单个精悍的骑手团结起来，形成一股势不可挡的洪流，冲向低凹柔弱的绿洲。这种运动的中心就在阿尔泰山和兴安岭以外的荒漠地带，公元3世纪的匈奴、7世纪的东突厥、13世纪的蒙古人，他们共同构筑起强有力的独特的荒漠野蛮文化。14世纪以后，这种荒漠文化衰竭了，欧洲出现文艺复兴。新的资本主义文明出现在古希腊罗马的废墟上。人们陶醉于文明人的胜利，不再担心匈奴人、蒙古人的马队，中亚细亚的万里荒漠悄无声息，不再爆发强悍的生命洪流。

当荒漠沉寂下来时，文明世界的人发生了故障：在劳伦斯的笔下，人丧失了性欲；在卡夫卡的世界里，人不再成为人，人被异化成自己的陌生人；在蒙克的画中，人惊惶不安发出号叫，人不再完整了，曾经与绿洲文明相伴的荒漠野蛮文化彻底消失了，如同摘掉人的右脑，人成了单向度的人。

当成吉思汗马队出现时，欧洲人把他们当成天外来客，用一位俄国历史学家的话说："我们不知道的部落来了，没有人知道他们是什么人，他们是哪里来的——只有上帝知道他们是什么人。"上帝派成吉思汗来，是"由于我们的罪恶，他把他们接来惩罚我们"。

在创世纪的故事里上帝就认为人有罪，人不完整，蛮族的冲击也许是上帝的意思。荒漠沉寂后，人唯一的未知领域在地球外，在外星人身上，他们也许是新型的成吉思汗。

1996年3月

胡人的贡献

西晋末年，中原王朝腐败不堪，士人清谈玄学，百姓萎靡不振，汉族人完全背弃了三国时曹操、关羽、张飞那样的勇武与剽悍。三国人物的英雄主义却在胡人中生根开花，匈奴鲜卑羯氐等少数民族，一下子涌现出刘渊石勒破六韩拔陵这些豪杰。当他们的铁骑从西北荒原驰骋而来时，经济、文化、人数占绝对优势的汉族惊慌失措，鸟兽般散入江南，苟安江东，中原大地任胡人纵横。那铿锵的马蹄、苍劲的胡笳和密集的箭矢将中原的柔弱之风一扫而空，以至于形成这样一种规律：每当中原王朝羸弱不堪的时候，胡人的铁骑便从西北荒漠、蒙古草原、东北林海呼啸南下，来"乱华"。每乱一次，历史便辉煌一次。

华夏文明开创之初就与胡人有缘。兴起于关陇西戎之地的周部落，一举剿灭文化高度发达的殷商；后来的秦国也是秉承西戎文化，扫平六国；数百年后，李唐王朝又从这里兴起。西戎之地何以如此强大？按王国维的说法是"六艺之书行于齐鲁，爰及赵魏，而罕流布于秦"。秦王扫六合，说穿了是关西西戎文化与关东诸子百家文化相冲突。西戎文化崇尚非理性，不尚文德，勇武刚烈，质朴善战。陈寅恪先生论及唐朝强盛的原因时也认为："李唐一族之所以崛兴，盖取塞外野蛮精悍之血，注入中原文化颓废之躯，旧染既除，新机重启，扩大恢张，遂能别创空前之世局。"这就是非理性的游牧文化对儒家理性文化的矫正。

游牧民族生产方式落后简单，不需要精耕细作的农业，也不需要精打细算的商业，他们的生活无法预测也无法计算，他们凭的是随机应变的冒险精神，是强悍的体魄与迅捷的直觉。他们只把握世界的轮廓，从不拘于细末小节，他们的思维属于速写而非素描，反而能抓住世界的要害，能切近生命本身。他们一日三餐只吃奶酪和馕饼，炖肉的锅里只放盐巴，可他们天性那么幽默，舞姿那么奔放，歌喉那么婉转，这是从简单生发出来的生命的丰富。天总是把世界简单化，傻子总是把事情复杂化。我们汉族那么精明，鬼点子那么多，吃喝拉撒那么丰富，有八大菜系，有麻将蛐蛐斗鸡，大小便的夜壶也花样翻新，可我们的生命多么简单多么荒凉多么苍白。

看《望长城》时我突发奇想，以西戎之力统一中国的秦始皇，在他登上历史顶峰的时候，却把胡人隔在砖墙以外，就像穷人暴富反而变本加厉欺凌穷人。一道边墙隔开了理性与非理性，我们的文化一直残缺着。可胡人总是越过边墙入主中原，统一中国的战争总是从北而南，刘邦虽为楚人，但承的是秦地之势，朱明王朝也由燕王朱棣重新组合，当年红军长征时唱的一支歌也是"东方不亮西方亮，黑了南方有北方"。陕北高原是羌戎之地，这里的土著英雄李自成乃西夏党项李元昊之后，张献忠乃蒙古人之后，我们为什么不从人种学上考察一下长征的意义呢？不到长城非好汉，长城外是中华民族屡兴不衰的生命本源：所谓龙兴之地，兴的不是六艺诸子，而是非理性的生命世界。

这是胡人对我们的贡献。

1995年2月

我与《西去的骑手》

最早接触马仲英的资料是在大学三年级的时候,上到大二,古今中外的文学名著都读腻了,包括当时风行的福克纳卡夫卡马尔克斯和略萨,阅读的兴趣就转到人物传记上,差不多一年时间读完了二战时的名将传记,印象最深的是古德里安的回忆录。我需要更刺激的读物,在图书馆的角落里翻到马仲英的资料,为之一震。大学毕业留校一年,我悄然西行,来到马仲英当年跃马天山的地方。在那里生活了整整十年,一个内向腼腆的关中子弟在西域脱胎换骨,头发曲卷、满脸大胡子,回到故乡时,故乡的亲友以为来了一位草原哈萨克人,而故乡在我眼里也陌生起来。

记得1986年我去新疆时,途经哈密,列车暂停,我从站台向四周遥望,我以为自己到了月球上,我已经做好打道回府的准备。到乌鲁木齐,看到了楼房和树,开始喜欢上西域,继续西行,至奎屯安家落户。

新疆对我的改变不仅仅是曲卷的头发和沙哑的嗓音,而是让我了解到了有别于中原地区的大漠雄风、马背民族神奇的文化和英雄史诗,我总算知道了在老子、孔子、庄子以及汉文明之外,还有《福乐智慧》,还有《突厥语大辞典》,还有足以与李杜以及莎士比亚齐名的古代突厥大诗人。理所当然我在这里搜集到了更多更生动的马仲英的资料。

不管新疆这个名称的原初意义是什么,对我而言,新疆就是生命的彼岸世界,就是新大陆,代表着一种极其人性化的诗意的生活方式。这是我和我的一家数年后才明白的道理。1995年冬天，我从伊犁办完调动手续，车过果子沟，我突然泪流满面，因为从户籍关系工资关系上我已经不是新疆人了。我的儿子生在新疆，长到八岁，随我回到内地，你可以想象这个自小跟淳朴可爱的哈萨克族、维吾尔族、蒙古族儿童一起长大的孩子回到内地有多么狼狈！内地哪有什么孩子，都是一些老奸巨猾的小大人，在娘胎里就已经丧失了儿童的天性。内地的成人世界差不多也是动物世界。回内地一年后，那个遥远的大漠世界一下子清晰起来，群山戈壁草原以及悠扬的马嘶一次一次把我从梦中唤醒，从短篇《奔马》开始，到《美丽奴羊》《阿力麻里》《鹰影》《靴子》《雪鸟》《吹牛》到中篇《金色阿尔泰》《库兰》《哈纳斯湖》，不知不觉中西域的世界由短篇而中篇，马仲英又奇迹般复活了。1997、1998年我的短篇似迅猛的沙暴拔地而起时，我就告诉朋友们，这仅仅是大漠之美的一部分，西域那个偏远荒凉而又富饶瑰丽的世界，有更精彩的故事和人物，愈写愈觉我辈之笨拙。

马仲英盛世才显然是中短篇难以完成的，在牛羊马驼靴子雄鹰之后，必然是更刚烈壮美的长篇世界。这就是我孜孜以求的长城以外的英雄史诗，关东与关西以至西域大漠。

新疆的风土又是这样独特，湖泊与戈壁、玫瑰与戈壁、葡萄园与戈壁、家园与戈壁、青草绿树与戈壁近在咫尺，地狱与天堂相连，没有任何过渡，上帝就这样把它们硬接在一起。在这样的环境里产生着人间罕见的浪漫情怀。中亚各民族的民间故事里几乎全是穷小子追求美丽公主的故事，中原的汉族农民连这样的梦都没有，《天仙配》还是天上的仙女，而中原的公主却一批一批被送往草原大漠。一句话，西域是一个让人异想天开的地方，让人不断地心血来潮的地方，这里产生英雄史诗产生英雄传奇，这里甚至没有男人或男性一说，也没有什么江湖好汉绿林好汉一说，统统叫儿子娃娃，儿子娃娃即英雄好汉，牧人叫巴图鲁。这就是为什么从古到今来这里的中原人都是中原文化的异类，更多的是平民百姓，秦腔与十二木卡姆你很难分出彼此，叶尔羌河出昆仑入大漠为塔里木河，翻过阿尔金山就变为黄河，陶渊明在这里就显得很不真实。天真淳朴没有心计，单纯而直趋人心。

在西域，即使一个乞丐也是从容大气地行乞，穷乡僻壤家徒四壁，主人一定是干净整洁神情自若，内地所谓人穷志短，马瘦毛长，仓廪实而知礼节在西域是行不通的。大戈壁、大沙漠、大草原，必然产生生命的大气象，绝域产生大美。

马仲英身上体现的正是大西北的大生命，甚至包括阴鸷的盛世才，前者是鹰后者是一条老狼。一条西北汉子、一条东北汉子，来自中原以外的血腥的骑手。

2001年9月

一种反抗

在生活中我乐于做一个循规蹈矩的人,我是个内向的人,我只在朋友中谈笑风生,我敬畏各种人类生活的准则。我以为文学是人生的反向延伸。愈是在生活中没有个性的人,愈能在精神领域构筑丰沛的想象和奇异的境界。记得当年上大学时,我写出一批诗,我的同学不理解:你也能写诗?就是说我外表不像个诗人。诗和才华从我脸上举动上看不出来。我喜欢这种反差。

我很看重自己的元气。我有幸很早与体育专业的同学相识,从中学时起就喜欢慢跑喜欢冷水浴,上大学时,三九天我站在水房,一桶冷水从头而下,身上就起一层白雾。或者端一盆雪,用雪球擦遍全身。后来去新疆,零下三十摄氏度,穿薄秋衣长跑。我写出最好作品的时候,也是我身体最好的时候。我认为体育与文学有内在联系,必须保持元气。我是个有限论者,语言有局限性,才华也有用尽的时候,我总是爱惜这一切,绝不分散精气。让充沛的精气从笔端喷薄而出,不要让它从下边流掉。这跟过日子一样,不怕没钱,只怕锅漏。先反抗分神,把生命之光聚在一处。我以为一个明智的人必须有三点自律性:一是聚光性,一生只干一件事;二是变不可能为可能,可能性很大的事也不是什么好事;三是简化功能,把复杂问题简化,简单是一种美。

文学是生命艺术,生命最大的敌人是僵化,是机械,是肤浅。当照相机诞生时，美术界一片恐慌，但很快产生了前后印象派，以写意为主的新画派出现了。再高明的拍摄手段能拍出凡·高的向日葵吗？当电视电子技术普及全球时，一个作家首先是反抗这种高科技，然后了解它，最终征服它。用什么？就是古老的文字，写那些让电影电视导演眼红而又望洋兴叹的文字。真正的文字是其他艺术手段难以穷尽的。中国小说四大名著中，《三国演义》文学性最差，拍出的电视就好看，《水浒传》次之，《红楼梦》世世代代难以穷尽。世界电影经典之作《苔丝》就不如哈代原著有魅力。不可想象把《追忆似水年华》《波浪》《尤利西斯》拍成电影是什么效果。我看重这些差异性，执迷于文字本身的魅力，也执着于与别人区别开来。有评论家说：现在有些杂志，从头至尾就像个人写的长篇小说，换言之即流水线作业，从热门书流过来的支流。老汉吃豌豆，拉的还是豌豆。能不能拉出些新东西？当我们大谈米兰·昆德拉的"用优美的文字表达别人的思想就是媚俗"时，我们可能陷入比媚俗更可怕的局面，即用别人的语言表达了别人的思想。创作与写作的区别在于创作是化学反应，写作是物理反应。

十多年来我一直从事单调的教师职业，从中专教到大学，面对浩如烟海的文学名著、美学专著、写作理论，我感到害怕，我就突围。我这些年写下的那些文字就是我冲杀的结果，我不知道我冲出去没有。但我热爱工作，有研究中国语文教学和草原文化的学术论文，学生爱听我的课，从教书第三年起我就不再看教案，让每一节课都有新东西。我不敢当那种老汉吃豌豆式的教师。

1999年1月

谁是骑手

西部有许多故事，可以写成中篇长篇。从一开始我就清楚这一点。1996年我的短篇《奔马》由《人民文学》推出，至1999年此类短篇差不多有百万字吧，大多被转载。我自己最清楚我写了什么，我曾说过：大漠之美，愈写愈见我辈之笨拙之渺小。这绝不是客气和谦虚。在写短篇的时候，更多的故事纷纷躲向后边，它们用怀疑的目光审视我：红柯，你能行吗？不要以为作者有多么了不起，也不要以为主体意识如何如何，当你给你所写的东西号脉时，它跟一匹马一样也在捉摸你。骑过马的人知道，你上马背的一刹那间马一下子也把你掂量出来了。你双腿夹马腹的力量，你拉缰绳的力量，你看马的反应吧，你很快就明白什么叫下马威，什么叫马善被人骑人善被马欺。写《库兰》就是一例。

好多年以前，我在遥远的新疆就萌动这个念头，写库兰野马，写世纪之交的西域风云。那也是个大时代，要知道新疆在左宗棠之后很出了一些有意思的人物，如杨增新、金树仁、盛世才、马仲英，还有白俄，还有民国历史上有名的"北方三剑客"——傅作义、马占山、邓宝珊。不要以为民国的甘青宁地区只有马家军，与邓宝珊的传奇故事相比，马家军就逊色多了。邓宝珊是甘肃人，《库兰》中的杨飞霞就是邓宝珊的上司，《库兰》没写邓宝珊。西域的许多故事一直折磨着我，我常常发出浩叹，在斗室中乱转。直到1999年冬天，临近新千年的时候，蓦然听到悠长的马嘶……回陕西快五年了,时空模糊了一些东西又把另一些东西突现出来。至少,有那么一点胆量,如同端着望远镜看一只猛虎,可以从容地观察。在中篇《金色的阿尔泰》之后,在《跃马天山》之后,《库兰》的分娩期到了……短篇很难容纳这部史诗般的故事。

　　说实话,动笔时我不知道主人公是谁,我是个空间感比较强的人,我一心一意写出伊塞克湖、伊犁河谷、阿尔泰山大戈壁、迪化古城,辽阔的大漠奔驰一群野马,那些风云际会的人物终归会被骏马撇到岁月的风尘后边。阿连阔夫这个人物,刚开始我打算下手狠点,写着写着,这家伙身上的某种特质打动了我。对于书中的人物,在我封笔之后交《当代》杂志,我就失去了发言的机会。我始终认为完美的作品是作者与读者共同努力的结果,读者包括专业读者和社会各层读者,这可以使写作者保持一种艺术的纯正与良知。旁观者清,写作者时时需要批评家的批评。《库兰》之后,将有更多的西部故事奔涌而来,我感到惊惶。材料在挑战作者,就像库兰野马,谁是骑手?连马自己都不知道,它知道的只是奔跑出一种迅速,所谓岁月如流是也。

2001年2月

神性之大美

李敬泽：有个问题我们一直没有谈过。春节时，重读那些小说，我忽然意识到，红柯是个彻底的"肯定性"的作家，人的形象光辉灿烂，令你睁大双眼惊喜赞叹。早期作品里，这种肯定常常既是美学的，也是伦理的，美且善。我觉得这很有意思。在我们的文学中现在很少有人表现出这种肯定性态度，现在红柯来了，大家都觉得很新鲜，但我们必须追问，这种肯定与我们的生活有何关联？或者说，你在小说中表现的信心恰恰反证了你对这个世界缺乏信心？

红柯：应当回忆一下，我当初是怎样走上文学之路的。我几乎是一边上学一边务农，抽空看小说是一大享受。模仿着写作，似乎是生活中唯一的亮点，包括许多梦想，它们能提供一种抗拒现实的力量。我想一个充满浪漫情怀的人，对生活几乎是远处肯定近处闭眼睛的态度。没有梦想的生活是很可怕的，文学说到底是一种浪漫，关键是这种浪漫强调的是什么。

李敬泽：这有个"说服力"问题。永远会有人告诉我们世界已经或将要充满爱，世界多美好，但我们不信，我们又不傻，我们现在都太精了。你的说服力从何而来？我觉得不仅是"真诚"，在文本之外谈"真诚"其实没多大意义，关键是你的小说、你的艺术世界有没有一种自洽性，我们进去一看，噢，是这样，它自成天地。

红柯：浪漫情调靠的是想象力，而想象力的关键是说服力，也就是要令人信服。想象力必须有一种现实基础。新疆的十年就构成这种基础。我是农民出身的大学生，在新疆落脚的地方是天山北麓的奎屯，农七师师部所在地。这是一个只有四五十年历史的移民垦区，全国各地的人来到这里，一代人就把荒漠建成良田，把中原农业区几千年的历史一下子跨越了，人们彼此之间形成了一种不同于中原地区的新型关系，要比中原地区有人情味得多。我在关中生活二十四年，又在奎屯，从农村到城市到西域，反差极大。我小说里的人物，是有垦区这个大背景的。说到底，这里的生活很合我的口味，很接近我的梦想。我在陕西时写诗，在这里，是一种内地没有的诗性的世界，这就很容易进入小说。语言方式、结构、立意都是诗化的，个人与环境的融合与认同就足以形成一个自在的世界。

李敬泽：你的很多小说背景是新疆，但我觉得这一点被不恰当地强调了，好像我也说过红柯写新疆什么的，那是昏话。你的新疆肯定不是那个新疆，这就像唱着《达坂城的姑娘》去达坂一定会失望一样。你那个新疆哪儿也不在，它对我们所有的人，对你自己都是"异域"，是没有达到的"新疆"。

红柯：确实是这样，不但对内地的人，对新疆人、对我自己都是如此。我曾给当地一所大学文学社当辅导员，学员们的习作都是西部"荷塘月色"，西部"陶渊明"。西部有大美，戈壁之美、群山之美、大漠之美。我自己生命中某种潜力也不由自主被发掘出来。在关中时，我是一个内向腼腆的人，不敢大声说话。这种地域，这群人，你整天跟他们打交道，你慢慢就变了。而西部的文学人，几乎都沉湎于中原文化格调中。我当时接触到的写西域的小说，几乎都是对那些老兵，那些在大漠里开天辟地的人，极尽嘲讽挖苦之能事，他们的婚姻，他们粗犷的一面成为20世纪80年代西部文学的富矿。人生而平等包括人性。我觉得中国太多知识分子对历史对现实对人性的思考，出发点就成问题。苏联有个作家叫巴别尔，写过薄薄的一个小册子《骑兵军》，这个戴眼镜的人对骑兵军的描述要人性得多。我所努力达到的新疆应该是发掘出那些老兵的生命之美。被忽略的角落，粗糙、野蛮，其中有没有美呢？我也清楚这一点：随着全球网络化，西部大开发，我所津津乐道的西部美能持续多久？在美消失的时候，保留点，算是我的梦想吧。我所抒写的新疆，绝对是文学的新疆，我对"新疆"的向往一如新疆土著对中原的向往。

李敬泽：这种"异域"的感觉是你的说服力的基本材料，你告诉我们那是远方的事。这里有一个诡计，就是把地理上的"远方"转换成人心中的"远方"。所以你没有办法写日常生活，比如写你的城市、你的学校、你的日子，你总是需要一个"异域"，如果不是新疆，也会是时间上的"异域"，比如历史。实际上你的小说的背景不是新疆就是历史，好像也写过校园，那不成功。你必须一上来就做"绝缘"的工作，把小说世界从我们的生活世界中分隔出去。

红柯：文学绝对有诡计与魔法，这是一种更高意义的"真诚"。正如你所言，我对身边的事情有一种漠视。原因很多，一是我比较信服审美的距离说，没有距离，无从下手；二是个人性格如此，我是端着望远镜生活的人。即使写我所经历的事情，那一定要在很久以后，经过时间的过滤。我觉得记忆之可贵，在于它能忘记，它删除许多东西，同时保留实现一些东西。我上大学时，记过日记，后来就不干这傻事了，该记住的打死也忘不了，记不住的烫脸上还是忘。小说是一种虚构，需要陌生化，我的招式就是绝缘。其实也是在掩饰自己的缺点，我是一个反应迟钝的人，在心理上需要一个准备过程。

李敬泽：写作是在坩埚里炼制出一个世界来。它的难度就在于此，各种元素都得配齐，缺一种这个世界就不会从坩埚里跳出来。你要有"异域"，就有了"新疆"或"历史"，然后还要有语言，必须给我们一个语言的"异域"，一种富于想象力的语言，对日常语言的冲击和震撼。

红柯：的确如此，陌生化，绝缘的基调就是另一种声音，写作就是写语言，一种独特的说话方式。语言把思想变成现实，变成一种物质。我在大学教写作课，第一课就讲中文有什么特点，我觉得这个很重要。接着就有一个问题，语言的实质是什么？语言的背后是思想，对世界有了看法，这个看法是独特的，不是学别人的，是自己生命里的东西。比如说新疆，对我是一种极其强烈的震撼呀。其实，我在新疆相当长时间写的都是陕西，以及校园生活，批判现实的。新疆文学界不少老师把我看作是一个具有反社会倾向的人。也正是这个时候，另一个"新大陆"跟冰山一样悄然浮出水面，一个辽阔的地域，其丰饶之美，绝对不能靠小聪明呀、灵敏呀来表现它，它需要一个生长期。1994、1995年，我在西域生活差不多十年的时候，这个奇异的世界终于突现出来。新疆的朋友在电话里说："红柯，你写的东西跟以前一点也不一样了。"以前我写的几乎全是中篇，十三部，愤世嫉俗气恨恨的一个人。这就是我给新疆朋友的文学印象。还记得最初的小说《表》是个中篇，你提醒我可以用短篇试一下，其实我当时很懂。大面积的语言冲击应该从《表》开始，找到恰当的语言方式。作家的文学个性也就出来了。

李敬泽：这种猛烈、绚烂的语言几乎是自己冲出来的。我看你的原稿，很少修改，不斟酌，奔马一样。这不是一种"准确"的语言，如果你写一朵花或一座山，我们其实不能在你这儿仔细地看清它，相反，事物本身消融在那种猛烈的词语效果中——我是说，一方面，这仅仅是一种纯粹的令人惊愕的语言经验，另一方面，也许事物的"神性"就是由此呈露出来。你觉得这种"神性"在吗？

红柯：高尔基、蒲宁、安德烈耶夫三个人，在酒馆观察一个人，蒲宁最认真，高尔基尚可，安德烈耶夫最差。我就是那个最差的人，我读这则故事时有做贼的感觉。我确实是一个不仔细的人，走路极快，到目不斜视这种程度，妻子从跟前走过我都不知道。我走在路上，我自己也不知道我的眼睛在看什么，大地上的一切都是一个符号，不相撞就可以，绝对专注的一个人。我觉得这种行为方式或习惯，有助于更内在更本质地去把握世界。我很赞同你所说的事物的"神性"，我孜孜以求的文学梦想就是让灰尘和草屑发出钻石之光。因为太本质化，就比较看重语言的流动，就是你说的速度。我觉得兵书战策更适合于文学之道，兵者诡道也，始终处于运动状态。

李敬泽：我常常觉得你的小说是一部诸神记，那里的人高大、天真、醉醺醺的，他们的愤怒甚至残忍里都有一种神性，像《荷马史诗》里那样。那不是人的弱点，是神的一种属性，就像天要打雷、下冰雹，这不是"天"的弱点。

红柯：大漠几乎没有弱者的地位，历史上乌孙人、匈奴人、回鹘人、汉人、唐人、蒙古人、满族铁骑，民族和种族之外，又是佛教、儒家、伊斯兰教、古希腊文化的交汇点，毁灭与生存，在这里显得更醒目。西域大地从本质上选择的是强悍的生命，中国两大民族史诗产生在这里，《玛纳斯》《江格尔》。从先秦时代进入西域的中原人，也几乎是中原的异类，诸民族总是在不同时期上演各自的创世神话。我从当地土著居民以及兵团农工身上深切地感受到这种特质，这在中原地区很少见。

李敬泽：话说到这儿，我觉得早期作品的美和善是一种错觉。整体来看，你那个世界里既无所谓美也无所谓善。马仲英是善吗？不是的。站在草原上，你能说得清哪片云彩是美的，哪片云彩是丑的吗？你这个世界不是按照这个秩序组织起来的。

红柯：草原大漠绿洲形成它们自己的生存方式。生存在这里就是一种至真至善。中原文明到这里被改变了，伊斯兰文明从麦加到波斯一变，到哈萨克大草原和喀什噶尔又一变，完全被新疆化了。电影《一代天骄成吉思汗》，完全是中原人眼里的草原英雄，孛儿帖被掳掠归来已是孕妇，在影片中大肆渲染，草原人的世界里是不会歧视一个怀别人孩子的妇女的。所以，用哲学的，伦理的，一句话用既成的理论框架审视大漠和草原是很牵强的。认同西域有大美，就让大漠的一切自现其性。

李敬泽：我宁可说这个世界的基本元素是"快""力""大""血"，诸如此类。我觉得，在写作的最佳状态中，你的世界观常常很单纯，像个13世纪的蒙古战士。

红柯：我几乎是本能地抗拒复杂的东西，这基本上是我的生活观念。我过了三十岁就信天，所以一接触草原人长生天的观念，如同醍醐灌顶。而中原文化，尤其是陕西，一个庄稼汉都充满帝王的韬略，每根毛发都在算计中。我是用心观察世界的人，生活在我身边的人，那些工于心计者老天总要跟他过不去。我早年读《杨度传》，最大的印象是杨度先生是台电脑，上天总让电脑失灵，我总是用史书和实例不断地强化我单纯化的世界观。

李敬泽：世界观单纯的作家有力量，也有弱点，对人性的幽微复杂不太敏感。

红柯：确实如此，我比较单纯。但这种单纯的东西往往能抛开枝节直达事物的本相，把握住人性的纵深领域而不是旮旯拐角。

李敬泽：不过维持这种单纯也有难度。看《跃马天山》，我觉得那是蒙古武士与一个现代中国知识分子的奇怪混杂。这篇小说有一种知识分子气，我倒不是一闻见知识分子味儿就昏厥，但作为知识分子的红柯在你那个世界里确实是杂质，处理这个题材时你没有越出知识分子的一般视野，跟写"反右""文化大革命"差不多。在我的想象中，盛世才也是草原上的一种动物，比如食腐肉的鹰。

红柯：《跃马天山》是长篇《西去的骑手》的一部分，约占四分之一，主人公马仲英与盛世才交叉平行发展。两人都是一代之雄，一个英雄，一个枭雄。如果用一般知识分子的写法，会把这两个人写成大坏蛋。这次对话，正好是我修改这个长篇的时候，这些意见对我来说非常珍贵。

李敬泽：所以回到一开始那个问题上去，我觉得你肯定的不是善和美，而是一种生命力、一种生命意志，这不是善，也不是审美之美，而是一种终极大美，就像上帝创世，无区别无判断，无所不美——这对我们来说是真正的精神上"异域"。我知道你不太喜欢张承志，但我想你再往前走也许会和他有一种意外的共鸣。

红柯：生命力、生命意志这种终极大美，这种创世精神是西域最本质的东西，也是中原文化所缺少的。但这也是中国文化的一部分，忽略不等于不是。我觉得不是和张承志共鸣，而是跟中亚大漠的生命气息共融，用这种精神写我的故乡陕西，绝对是另外一种样子了，我在想象那该是一种什么样的文字。目前我注重的还是新疆，是那些普通的劳动者，是大地与人民，而不是宗教。

李敬泽：对人的形象的肯定是人文主义传统，但你的肯定不是从这儿来的，似乎是草原气质、神话精神和尼采式"超人"的混合，资源来路比较偏僻，比如，民族史、草原史、中亚史……

红柯：可能与我的阅读有关。大学时差不多把现代派都读了，比较热的书都读了，1983年读的《万历十五年》，1979年读《围城》，布尔加科夫的《大师与玛格丽特》读于1988年，纳博科夫的《普宁》读于1985年。大二大三时就很少读文学书，大量读边疆史、神话。后来直接移居边疆，走出书斋。我待的是一所技工学校，除我之外，全是学工科的，我从我的同事那里学到不少东西。

李敬泽：这是一种属于个人的"传统"。传统浩瀚无边，我们进去冒险，碰到某些偏僻的、沉睡的，甚至死的东西，把它唤醒，让它重新在我们身上活过来。某种意义上，写作者是在写一本前人写过的书，重写一遍。而你的传统是被现代性所遮蔽的东西，世界资本主义体系至今不能消化中亚和草原。

红柯：我把这块地域看成一种特殊的文化，粗糙坚硬的外表下，有一种真正的人性和真正现代性的东西。世界资本主义体系说穿了是西方十字军东征的延续，未被波及的地区可能是东方世界的希望所在。

李敬泽：看过你写的一些散文，你喜欢谈历史。对你的"史识"我可不以为然，我觉得你常常是信口开河。我感兴趣的是，你有一种"退化"的历史情怀，在小说里也是如此，比如《跃马天山》《库兰》，似乎人正在退化，血渐渐凉了，硬的渐渐柔软，这构成了大历史。

红柯：文艺复兴以来的历史本身就是人性退化的历史。工业化、电气化、信息化、网络化过程中的人，基本上变成了虫子。不是大自然中的虫子。

李敬泽：就是在这一点上凝聚了你与这个世界的紧张关系，所以我说你的信心其实是没信心，肯定其实是否定。

红柯：确实是一种紧张的关系，但我对紧张的反应是一种反抗，否定正是有信心，没有信心没有梦想的否定真正是彻底的否定。

李敬泽：好吧。但我觉得你有一种危险。你是草原上的马，而不是草原上的狼，不够狠。这无关善恶，而是说生命意志中绝对有这种东西，非常狂暴的一面。你的危险是走不到这一面，深入不下去，总在太阳底下，不能进入黑夜。比如写马仲英，你提到了斯文·赫定，实际上我觉得斯文·赫定对这个人看得比你深，他注意到马仲英杀人如麻的毁灭性力量，而你把这个东西回避掉了。也许你难以直视这个问题，你直视它，你的人文知识分子的禁忌就起作用了，你不能像成吉思汗那样对待它。所以，严格地说，你身上有自己那个"野"的传统，但我们共同的大的文化背景也在起作用，这两方面是冲突的，对你的作品来说这是有害的冲突。

红柯：我一般没有过于具体的写作计划，我更多的是写我的梦想，对草原的抒写，我从写羊开始写到马写到鹰，我迟迟不敢写狼，因为狼是草原最具象征力量的代表。我一直在寻找突破口。马仲英这个人物，之所以打动我，激起我的写作欲望，有两点，一是在头屯河消灭苏军一个骑兵师，与苏军坦克部队大战两天两夜。那是1934年，山河破碎。他身上体现了大西北所具有的强悍的生命力。二是"西北五马"之残暴，史所罕见，马仲英是五马中的叛逆者。我看重的就是这点。盛世才则有高超的政治手腕，兵不满一万，在各方的势力夹缝中生存，活活一只荒原老狼。《西去的骑手》十六万字的长篇中就表现得比较充分了。我与世界的紧张关系也恰恰表现在对盛马的某种肯定上，不是全部肯定而是肯定他们身上的某种东西，试想这两位在西域风云一时凭的什么？凭的就是不同于内地文化的那种秉性，马仲英与马氏家族格格不入，盛世才在东北在南京待不下去，远走西域，干出一番事业，那种残酷的雄性之力，一般知识分子是难以接受的。也恰恰是在意识到马仲英毁灭性力量的同时，斯文·赫定在《丝绸之路》一书中对马仲英是很欣赏的。新疆不少作家写过这两个人，我看过一些，那真是写"反右"写"文革"的笔法，我写的正是被他们有意忽略的部分。

李敬泽：现在谈一个问题，写作的意义。我知道很多作家最善于谈这个问题，他们所谈的写作意义常常比他们的写作看上去更有意义。但我不记得你什么时候谈过这个问题，于是它就真是个问题了，不仅对你自己，更重要的是：你的那个世界在21世纪的此时此地的世界中有何意义？

红柯：许多刊物让我谈这个话题我都回避了。一个青年作家，尚在发展中，谈这个问题似乎有点那个。现在我不能不谈了，我自己的生存方式是这样的：作为作家在生活中越平淡越正常越好，这样才能养精蓄锐在文学世界中"奇异""个性化"。写作对我而言，就是我的生存方式，以至于是一种生理特征，每月都有一次高潮。对我们所处的这个时代来说，浪漫主义、梦想、神话等这些大生命气象越来越重要了，尤其是对实用主义传统极为深厚的中国读者。当下世界，多关注一些万古不变的东西可能更有意义。

与李敬泽的对话
2001年1月

我抓住了两个世界

一

姜广平（以下简称姜）：我很喜欢《金色的阿尔泰》，这篇小说的最后一句话很精彩。

红柯（以下简称红）：你是说："我说了话，我写了书，我抓住了两个世界。"

姜：不错。我觉得这两句话可以概括你的全部写作。

红：这是《福乐智慧》里面的话。我觉得我还没能抓住两个世界。你有点夸奖我了。

姜：你在很多文章里都说了，《福乐智慧》《热什哈尔》这些书可以与《论语》的智慧相比。

红：没错，西域的东西与我们的文化是异质的，很少有人关注他们。

姜：那你为什么关注呢？应该说，在新疆的汉人很多，新疆的土著作家也很多，像你这样的新疆移民肯定也有很多。但我觉得你走进了新疆，而其他人却是生活在新疆也没能走进新疆。譬如，你的《哈纳斯湖》，让我觉得你对一个民族源头的东西非常了解，简直是这方面的专家了。

红：确实如此，但可能没有你说的那么好。新疆有我的很多朋友，也有很多文化人，他们都比我更优秀，但他们可能是因为太了解他们自身的生活习惯,反而不再对新疆有一种冲动与兴趣。我现在也在反思这个问题。我记得我刚去新疆那个学校报到时,当地人就认为我是新疆本地人。

姜:这可能就是你与新疆的缘分。

红:我现在也感到奇怪。那个学校里有一半是少数民族的。他们都认为我是哈萨克人。我说我是陕西人他们不相信。

姜:我看过你一篇文章,你说你十年以后回来时像极了哈萨克人。这固然可理解成一方水土养一方人,但是否也可说明新疆那个地方对外地人的认同与接受比其他地方要好呢?

红:问题其实不在这儿。在新疆,你如果是外地人,人家一眼就会看出来。外地人与新疆人在说话方式、生活习惯、情感特点上有很大的差别。我可能从小在生活方式与思维方式方面和新疆这个地方的人有点相近。小时候我妈说我特别笨。我知道我特别固执。我对那些聪明人看不上眼。我们家乡有许多聪明人。

姜:笨不笨、聪明不聪明在作家身上可能要用另一眼光看,作家可能还是要笨一点儿。我的一个作家朋友说过,作家其实不能太聪明。

红:我到新疆后,适应很快,也就一两年的时间我就适应了。我觉得新疆人的那种思维方式更贴近我。

姜:你在所有的小传或简介里都没有忘记"远走新疆,在天山生活十年"这一句话。

红:是这样的。这一段经历对我来说很重要。

姜:重要到什么程度?

红:新疆这个地方是偏远了些,但它靠近欧洲,靠近苏联,它很自然地就有一种科学精神,与内地很不相同。

姜:有什么不同?

红:那地方的人有个好处,你没有做出来,他肯定不认;但你一旦把事情做出来,他就很服你。新疆人就是跟你打过架了,也很快就会忘记。我从新疆一回来,确实有好多不适应了。

姜：这是不是说你被新疆同化了？

红：不，还是你刚才说的，走进新疆了。

姜：我觉得你现在有了两个新疆，你的新疆与现实中的新疆。我看到一篇评论，里面有一句这样的话："我们在'嘉峪关'之外等着红柯的到来。"有人想在新疆之外的地方等着你。那时候等到的还是红柯吗？

红：你这句话问得太好了。我在新疆，待得挺好的，出来干什么？我为什么要去口里（新疆人把内地叫口里）呢？

姜：是啊！

红：新疆是我的写作资源，有人担心我离开新疆这么多年了，总有一天，这一写作资源会枯竭。陕西也有朋友持这样的观点。我不这样看，我和你的观点是一致的。这十年，我走进去了。

姜：你营造了一个很好的文学世界。不是所有人都能真正地理解你的文学精神。

红：写作是一种非常独特的心智活动。每一个作家都不一样。不能拿一般的文学理论去要求所有作家，更不能拿这些所谓的理论去套作家。在作家面前，理论总是捉襟见肘的。新疆我可以写一辈子。

姜：你1996年以后全部写新疆了。

红：是这样的。

姜：我有一个感觉，那就是你的新疆很大程度上可能还是纸上的新疆，你在你的文章里也说过，你在新疆时读了很多书，其中就有很多是关于新疆的书。我觉得你如果不读关于新疆的书可能你的新疆就不成立了。你是如何将你的理性与新疆的灵动性整合在一起的？

红：这个问题可以这样讲，新疆那个地区虽说是少数民族地区，但它那里有很多汉人。汉人在那里的生活是超出人的想象的，过得很不容易。你想，那个戈壁滩，没有水，可是他们就这么慢慢地开荒开渠，把那儿整好了。新疆那个地区，从蛮荒进入文明很晚。那里的自然条件与社会条件把人都整得变形了。他们的劳动强度是我们内地人所不可想象的。

姜：你从这一点发现了生命的原初状态？

红：对。新疆解放以后，有二十多万的老兵进了新疆。现在从内地进疆的人总是对他们同情啊可怜啊什么的，话语中有很多优越感。他们不了解新疆人。那些老兵没有多少文化，脾气也大，当时年轻的二十多岁，年纪大的也有四十岁左右。他们非常苦，与进入城市的部队差别太大了。

姜：新疆兵团、团场史就是从那时候开始的？

红：没错。想起在我进入新疆的那一段时间，1984，1985，1986，去了很多大学生。这些大学生，没有想到新疆那么苦，于是就有点居高临下了，吃了一点儿苦就叫苦连天。写文章说自己在新疆卧冰雪吃炒面，我怎么怎么地苦。这很容易引起当地人的反感。新疆人吃过多少苦？你吃的那些苦算什么？

姜：这种心态下是很难融进新疆的。你的情况怎么样呢？

红：我在奎屯那地方，我那单位就只有我一家人是内地来的，想喊想叫也没有人听你的。再说，我对生活的要求非常低。

姜：怪不得你能发现新疆。上帝偏爱对生活要求低的人。其实对于这个问题我也考虑过很长时间，作家要有真正的人文情怀不容易。作家真正的人文情怀应该体现在这种地方。我觉得很多知青题材的作品也有点不是味，有点居高临下。那些作品我不是很喜欢。有些人说着说着就矫情起来了。譬如梁晓声，譬如张承志，还有丛维熙。我不喜欢他们。

红：噢？

姜：他们的知青作品总在抱怨。你抱怨什么？你抱怨一声就是文坛上一篇很了不起的作品，可当地人没有对不起你，当地百姓对你们是很好的。你没有必要显示出比当地人高贵。难道人家注定要生活在风霜里面你就注定是高贵的都市人？这没道理。

红：好像是没多少道理。

姜：接着说我们的话。你刚才说内地的人对他们不理解，可是我想知道你是怎样走进他们的生活，走进他们的心里的。

红：我是农民家庭出来的。我上大学时还干农活哩，我并没有觉得我是从大地方大城市来的。我很能理解这些新疆人。天下的农民还不都一样吗？我就开掘他们的心理。所以你看我的小说有很多是想象的，里面老头特别多，小孩子也特别多。

姜：这一点我感觉得到，你有很多短篇其实就是激情驱动下再辅以你的一些想象而成的。

红：我觉得更多的还是一种体验。那种激情也是体验中得来的。

姜：这种激情与想象也大概就只有你这种生活经历的人才能从体验中获得。

红：我完全能够体验这些新疆人。

姜：但你的小说里为什么那么多人物都没有名字？

红：我的短篇里面真的很多没有人名。新疆那地方地广人稀，每一个人似乎都不需要叫名字，一声喂就知道是在叫谁。

姜：那种背景下，人是什么呢？

红：在新疆那个背景下，人就像一块石头一棵树。人的很强的自主性与社会性在新疆那个背景下可能比较淡了，人的自然属性强了。

姜：这样一说，在这里人没名字倒有可能有了更丰富的意义。你对新疆的观察实在太深刻太细腻。名字这个问题能说明你对生活逼近的程度。这是不是你小说中那些新奇想象的直接来源？

红：我的想象其实比较丰富。这与我的个性有关系。我的朋友也这么评价我。

姜：想象是支撑起小说世界的不可缺少的东西。

二

姜：你的小说里有一种很强的生命意识的东西，没有生命的东西像房子、电话、石头什么的，你赋予了生命，有生命的东西如牛啊，羊啊，马呀的，你则给了他们神性。你对人怎么考虑的呢？

红：关于人的问题，莎士比亚有一句话。

姜：人是万物的灵长。

红：我是反对这一句话的。你到草原上看看，一只老鹰，一棵树，一朵花，还有山，阿尔泰山，那山上的白桦林，看到这些，人会感到自惭形秽的。在那种情形下，人可能还不如一块石头，会产生庄子《齐物论》里的感觉。看到草原上的马，飞翔的鹰，或者天上的百灵，人是会羡慕它们的。

姜：这里就不是人文情怀的问题了。这里人与物合一了。物与我们人应该是平等的。

红：对啊，不是让万物来敬人，而是让人敬万物。动物也好，植物也好，沉睡着的东西也好，都在进行着互相的交流。

姜：《雪鸟》里面的雪变成鸟，也有生命了。

红：生命是我关注着的，一直关注着。

姜：读完了《金色的阿尔泰》后，我在读书笔记上写下了这么一段话：红柯的写作几近于神。那个跳到河里，额尔齐斯河就下落了许多的营长是个通神的人物。就是这个通神的人物，在诉说时让人们不由自主地仰起头，仰望着白桦树。这时树便说，我们听了很多很多，你们想说的时候就叫红柯吧。红是美丽的意思，柯则是小小的树枝；那树枝轻轻摇晃，捕捉大片大片的风：“我说了话，写了书，/我抓住了两个世界。”你的名字一下子与那片土地有了某种灵通。你注定应该写那片土地，就像你注定是一个叫红柯的作家一样。

红：阿尔泰山其实并不高，但非常华贵，那石头的颜色能让人想起欧洲，想起挪威啊，瑞典啊，想起安徒生的童话。那么纯净，我看着看着，都发呆了。

姜：你写了营长，还写到了成吉思汗，透着英雄史诗的味道。

红：对，成吉思汗，他统一蒙古以后越过阿尔泰山时在阿尔泰山待了一段时间，然后才进入欧洲的。我就在想蒙古大军在这里的时候应该是怎样的。

姜：这里有关于生命的话题，生命似乎在遇上挑战时才有种爆发力量。还有你那名字的解释，有点意思。你在这篇小说的最后，竟然那么自然地写到了你的名字。看来你用红柯这个名字早有预谋。

红：哪里会想到这么远，我是不由自主地写到的。小说写到最后，我一看，怪了，我怎么把我的名字都写进去了。

姜：我一开始认为这是你的有意。

红：哪里会呢？我上大学的时候就用这个笔名了。原来的名字我觉得有点俗，杨宏科，五子登科的意思。当大官发大财，用这个名字搞写作就太俗气了。于是就写成红柯。到了新疆后，新疆的朋友告诉我，这个红字还可以解释为美丽，那个柯字是小树枝的意思。去年我走马黄河，到了甘肃南部藏族自治州，那里还真有红柯这么个地名，是个小镇。

姜：看来你一定得写小说，有很多东西只等待着红柯，否则哪里会有这种感应一下子就写到这儿了。红柯几近于神，这不是一句恭维的话。

红：说笑了。

姜：张承志也写过阿尔泰。《荒芜英雄路》里写过。

红：他心目中的英雄和我心目中的英雄可能不一样。我心目中的英雄是劳动者。这是我的英雄情结。

姜：张承志可能多少有点精神贵族的味道，和张贤亮差不多。这让人多少难以接受。你的小说有一种很可贵的平民情怀。有了这种平民情怀，也许才有了敬泽说你的彻底的肯定性。

红：有彻底的否定才会有彻底的肯定。我有我的否定性。

姜：读你的作品要花太多的力气，你的小说里有着某种神和气。这是我很长时间以来都没有的一种阅读感受。所谓用意不分乃凝于神，不这样用劲便不能达到你的小说的内在精神。这也可能与你写的那些东西几近于神有关。

红：我的小说主题一般不是很明确。我对文气很讲究，我的小说里大都憋着一股气。我要把这个气搞得很圆很饱满。但我对小说技术性考虑不多，真的不多。

姜：但我们不能说你没有技术。庄子说，进乎技矣。你的小说超过技的境界了。

红：过奖了。

姜：先锋时期的小说，技术痕迹太重。这种状况现在好多了。你目前的小说，则又别开生面，在粗粝的背后有一种精致。

红：这可能是你的偏爱。

姜：不过要读出这一特点来确实要花点功夫。这可能与你的写作内容有很大关系。一开始，我读你的小说，更注重于崇高精神的挖掘与寻找，譬如，你的小说里写到吉鸿昌的死。后来，读到你写给我的信。你告诉我，《西去的骑手》在西北脱销，穆斯林中复印传阅者竟然很多。我就在想，你写的那种精神是不是一种宗教精神。

红：在那地方待长了，就有了感觉。我觉得宗教与自然总是有着很大的关系的，譬如伊斯兰教，它产生于沙漠里。人与自然如果非常接近，就很容易产生宗教。我的小说好多都是写大自然的。往深处再发展，某种宗教情绪就出来了。

姜：其实我们也可以将宗教看成是某种审美情绪的。

红：对。

姜：《圣经》《古兰经》这些经书也可以当作文学作品读。

红：我是把《古兰经》《圣经》这一类书看成是很好的文学作品。我大学时代就开始读了。那时还读佛经。

姜：《西去的骑手》是不是在写一种宗教的辉煌和宗教精神的失落？

红：可以这样理解。读者这样理解我也没办法。不过，我觉得这里面的宗教要看成是一种大宗教。不能具体到什么伊斯兰教啊，基督教啊，应该是一种大宗教。

姜：《西去的骑手》里，马仲英这个人物身上凝聚着的是不是一种宗教精神?

红:我是想写出一种西北精神。马仲英是河州人,虽是回族,但因为那地方靠近藏区,受藏族佛教影响较大。这个人本身就有那么一种源于宗教的精神。以这一人物为主人公的书,就不可能不带上点宗教色彩。

姜:那个马仲英怎么就沉睡了那么多年,是不是就是有意在等待一个叫红柯的作家去将他唤醒?你把马仲英这个土匪一些内在的东西揭示得很好。

红:土匪可能只是一种一般的看法。实质上马仲英这个人物身上有着一种特殊的东西。这个人身上有着一种回族精神。我觉得近代以后,回族的东西比我们汉族的可能要好些。有血性。

姜:《复活的玛纳斯》,你将一个战神写成了土地神,你还是写出了人的最基本的渴望,写没有人住过的地方出现的开天辟地的事情。这种写作内容我只能说是接近神的。

红:是这样的。这样一展示,宗教情绪就出现了,虔诚也来了。

姜:你的很多小说都有着史诗般的恢宏。你对在文学世界里构建史诗有什么想法?

红:我是这样看的。西北是一个广大的区域,新疆、甘肃、宁夏、青海,还有陕西部分地区,我得为它找一个根。当代很多文学作品都写了西北,但我觉得这些作品都没有找到西北的真正的根,不对劲儿。

姜:你认为西北的根是什么呢?

红:可能是一种民族的梦。而这民族的梦可以追溯到的最初的东西可能就在民族史诗与民族神话里面。

姜:但也得那个民族有史诗与神话呀。

红:不错,是这样的。譬如很多人都喜欢马尔克斯,但我看了一半就看不下去了。我看马尔克斯还不如看印第安神话,你说是不是?

姜:对,看马尔克斯最多也就是复制出一个马尔克斯,再不可能有新的东西。所以,我看莫言也好,余华也好,我觉得他们没有能写出最终与最源头的东西来。

红：终极关怀应该是对本源的探寻。

姜：你作品中的男儿气与血性，是与新疆这个地域有关系的。它必须要有这样的表现形式。

红：我生活在一个伊斯兰教氛围较重的圈子里。儒家文明、佛教文明与欧洲文明是断裂的，不相容的。这中间的过渡地带有一个伊斯兰教。伊斯兰教是东方民族与西方民族的连接点。

姜：你刚才说，宗教其实体现了人与自然的关系。《哈纳斯湖》也是在讲人与自然的事，讲这块土地生长着人群也生长着庄稼和爱情。你对人与自然的关系的思考在《库兰》这篇小说里也得到了充分的表现。

红：《库兰》中的野马其实凝聚着我的这样一种思考："库兰"在这里面是一种自然的象征，在天地万物中，不管是哪一个人、哪一种东西，中国人也好，俄国人也好，都会由盛转衰，都有可能衰落，只有大自然永远不会衰落。大自然、大戈壁、大沙漠、大群山这些东西里面所蕴含的东西永远不会消逝。

姜：说穿了，人无法改变自然。可能很多读者看这篇小说只看到了现代文明中的人对抗自然的悲惨结局。

红：是这样的。我总在想，在人与自然中，当自然要改造人的时候，人就活得很好；而当人要改造自然的时候，人就可能活得很艰难。

姜：你这观点好像有点消极。

红：人定胜天这种说法我很难接受。

姜：我很想知道你的《老虎！老虎！》是从哪里得到的灵感。是从自然中获得的吗？我觉得这里面更多的是伦理。

红：老虎是自然当中的一种东西。它与现代文明是有着冲突的。

姜：你这篇小说可供探索的东西是比较多的。

红：我从乌鲁木齐出差回来，经过大山，我经常发现天山里有很多原始壁画。壁画里有很多东西，也有老虎。那岩画有几十公里，可以说是世界一绝。

姜：看来在中亚腹地汇聚过好几种文明。

红：是这样的，好几种文明交汇在一起，像展览馆一样的。

姜：老虎有什么寓意呢？可不可以理解为情欲与欲望？

红：可以这样理解。

姜：这里的老虎虽然与你笔下马呀狼呀什么的都是同质的，但又是与那些东西异质的。明显异质。这一篇小说是你新疆特色的小说中又另具特色的东西。

红：是这样的。我自己也觉得与以前写的不一样。譬如说，这里面的老虎怎么与《狼嗥》中的狼相比呢？

姜：你的题材比较硬，譬如大戈壁、大沙漠等，石头、大山等，但描写却很温情，你是怎样处理这种硬与软的艺术矛盾的？

红：这个我可以举个简单的例子。譬如，对成吉思汗有人总觉得很残暴。但据我所掌握的资料，还有我的想象，以及我所接触过的很多活生生的蒙古人，我觉得这个人其实非常人性，非常仁慈，我觉得他可能是所有君主中最仁慈的一个人。这就是一种发现。

姜：伟人的伟大之处总不是一下子能发现的。发现不到因而就写不出，或者写不像。

红：我在大漠中接触过很多当兵的人，这些人，我的直感，他们的外表看起来很粗糙很粗野，但内心世界非常柔和。

姜：《乔尔玛》的主人公好像就是这样的。

红：在大漠或者在北方在西北生活的人，你很容易从他们的身上找到高贵、怜悯和非常柔和的东西，那真是一腔似水柔情啊！

姜：你这样一说，我便非常向往那地方了。

红：看起来非常粗粝的外壳，但你要是突破了它，你就会打开一个丰富的内心世界。那些蒙古民歌、哈萨克民歌、西北花儿，一唱起来，会让你的眼泪情不自禁地流下来。

姜：你还会唱吗？我倒想听听！

红：唱不来，但我喜欢听。

姜：听说你开始准备学那些民族语言了。

红：是的。有机会，我准备去进修。

姜：民族文学到了你这里有了新的生气和新的生命色彩。你的探索和写作让人肃然起敬。

三

姜：在《跃马天山》里你写到茅盾，你说："沈先生不可能成为阿拉贡，不可能成为卡尔维诺，他再也写不出《子夜》和《白杨礼赞》了。"

红：是啊，《子夜》与《白杨礼赞》是他的顶峰之作。《白杨礼赞》是写在去新疆的途中。

姜：那么你对茅盾的这种判断，除了这一点以外，还有没有其他理由？

红：我现在想，茅盾当时其实处在一种彷徨状态。有一段时间，他在牯岭，很寂寞也很苦恼。

姜：我觉得他不可能再像一个粗朴的生命一样回到生命的本质状态。他们那一代作家的生命中附加了很多过重的东西。

红：我执着于表现一种大生命。

姜：新疆还是注定等着你去写，就像有人说马仲英在等待你的唤醒一样。你的生活体验与人生经历决定了你的这种选择。

红：是这样的。这一点自信我有。

姜：但这样说来，这个新疆不就是你的新疆了吗？又回到很多人说过的一句话了，这个新疆还是红柯的新疆。敬泽在与你对话时说过的，你那个新疆哪儿也不在，对我们，对你自己，都是异域，是没有到达的"新疆"。在我看来，可能永远也到达不了了。

红：这一点怎么看呢？新疆很多本地作家写的新疆也和我不一样。

姜：有一个问题我还是忍不住要问：你估计你的新疆资源会枯竭吗？

红：这个问题我想过，但现在有很多东西也还没有想透。对这个问题我是这样看的，材料大家都看到，这是一种客观的东西，但怎样写是作家的事。写作说到底还是一个观念，就是一种思维方式，一种价值观。还不是语言那种东西。

姜：但我觉得你所谓的价值观可能更好地体现为一种审美情绪。

红：对，就是审美情绪。

姜：审美情绪的差别决定了你与其他作家的区别，也决定了都以新疆为写作资源的作家的区别。

红：我没有资格去谈别的作家，但我一看到一些也写新疆的作品，就觉得不对劲儿。

姜：我觉得你有意识地阅读过很多新疆的典籍。你其实做一个这方面的学者也是完全可以的，新疆学的学者。你是如何把你的劳动世界的阅历与在书本里的经历结合在一起的呢？

红：这与我的单位可能有关。我大学留校时是在宣传部做编辑的，这种工作决定了我要看一些理论方面的书，也喜欢这方面的书。此外我还看过很多哲学书。这些书让我将两者联系起来了。

姜：你刚才说到其他写新疆的作家，使我想起了王蒙与艾青。王蒙写新疆是比较多的。你觉得你与他的区别在哪里呢？

红：王蒙写新疆的，我看过好多。我觉得王蒙写新疆比我好。他把维吾尔族的语言学会了。这一点很可贵。我到现在没有学会那地方的民族语言。我现在还在学。

姜：一走进语言可能就走进了某种文化的内核了。可是我觉得他写的还是没能达到你的深度，新疆底蕴也似乎不足。

四

姜：你的小说为什么不着意于故事呢？

红：这个可能是刚开始有意识与无意识使然，也可能与我以前写诗有关。从写诗到写小说，使我不刻意于故事。

姜：这与新疆题材有必然关系吗？

红：应该说有一点儿关系，新疆那个地方嘛，草原啊，群山啊什么的，都带上了点浪漫气息。那地方应该产生诗歌，小说倒是它的弱项，诗歌和散文在全国却处于领先地位。

姜：从一种内在精神讲，走进新疆这样一个与内地异质的文化体内，必然有一种断裂的阵痛。这种阵痛在你身上具体是从什么时候开始的？有着什么样的表现？

红：我有过你说的那种断裂的阵痛。1988年，我在新疆发表了最后一首诗后，我就不写了。我还记得那一首诗有点金斯伯格的《嚎叫》那种意味。

姜：1988年以后，你就不在诗歌上"嚎叫"了？

红：对，从1988年到1990年，我两年没有写东西，可能就是你所说的阵痛阶段。

姜：那时候你不写作？

红：不写作。

姜：干什么呢？

红：读书。大量地读书。

姜：阅读对你的帮助是什么？

红：它可以帮助我在写作的时候和别人拉开距离，绕开别人写过的东西。别人写的我不想写或者写出新意。

姜：作家的阅读这个话题我曾经问过好几个作家，现在我愿意再一次提起。你能告诉我在开始进入新疆题材后，你都阅读了哪些书吗？

红：为什么要问这个问题？你想知道什么？

姜：写作资源。你的写作资源。你提到过二战名将古德里安的传记对你有过影响。你还说过你的写作与你的阅读很有关系。我断定你在走进新疆题材时，已经绝少读文学作品了，不知这样的判断是否正确。

红：我的阅读兴趣和一般的作家不一样。

姜：这一点我已经感觉到了。这个时候读什么书为主？

红：杂志我只读《读书》和《世界文学》。其他书籍都是从《读书》上看到书讯后邮购。商务印书馆的，三联书店的。我在新疆的时候买书不容易，就只好用这种方法来买了。我对西方现代文学比较关注。还有民族史诗，此外还看过一些很怪的书。读大学时，我偏向于读民族史诗，什么《罗兰之歌》《熙德之歌》等等。我买了很多这方面的书。从1983年起，我就读尼采、福柯、康德等哲学家的书。我比较喜欢哲学。庄子的书我甚至全文抄过。手抄本我现在还保留着哩！萨迪的诗我也抄过。外国古代诗歌我也抄过好几大本。

姜：很多作家读书，大都喜欢读文学大家的书。确实有很多作家就是这样走向文学写作的。你有点不一样。

红：哎，对对。我告诉你，我到大学二年级的时候，全世界古代名将的传记我基本上看完了。你刚才提到的二战名将古德里安，他的传记就是我在大学时读的。

姜：这对你写作的《西去的骑手》很有影响。还有，你在《库兰》《跃马天山》里对那些大场面战斗描写的控制应付自如，我想，应该得益于你的这种阅读。

红：是的。我比较喜欢描写战争的书，但老托的《战争与和平》却没有看过。

姜：《库兰》的材料来源是什么？

红：它的基本材料还是很真实的。督办金树仁啦，伊犁镇守使杨飞霞啊，真有其人。几个俄国人的名字也是真实的。他们的事新疆现在还有人在说。很多当事人都活到了中华人民共和国成立以后。

姜：那里面的宗教力量如何理解？如何理解里面的神秘色彩？

红：这可能与西藏的情况有点相似。在依靠大自然求得生存时很可能会产生这种现象。

姜：我还以为这篇小说又是从哪里阅读过来的呢。

红：这与阅读有关，但又无关。

五

红：我的成长是与《人民文学》分不开的。《美丽奴羊》中很多作品都是在这本杂志上发表的。一开始，我与崔道怡老师还没见过面，我将很多作品，包括我最初写的一些先锋作品都寄给了他。他最后帮助我选定了现在的篇目。人都是关于新疆的。

姜：这本书不错，确实精致。《美丽奴羊》这一篇小说也确实是扛鼎之作，是一篇让人兴奋的小说。

红：《美丽奴羊》由三篇组成：《屠夫》《牧人》《紫泥泉》。《紫泥泉》里面的事是真的。真有一个科学家培育出了那种羊，雍容华贵，双眼皮，与我所描写的一样。我当时寄稿子的时候是将那羊的照片夹在里面寄去的。

姜：《阿力麻里》我也很喜欢。《玫瑰绿洲》有点魔幻了。你想表现什么呢？

红：这里倒是有着人文关怀，一个新疆人到南方发了财，他死了，可是灵魂也都要回到故乡来，回归土地。这篇小说受了现代派的影响。我读过很多现代派的小说，我其实是从现代派小说走向文坛的。

姜：这篇与《老虎！老虎！》有点相同。

红：对对对，是有点接近，变形、荒诞都有了。

姜：大漠、西域、新疆里面有现代派吗？

红：那里与内地不一样，有些东西让人感到很玄妙。譬如克拉玛依北面就有一个魔鬼城。沙漠更让人觉得心惊，到处有驼马的枯骨和死人的骨头。自然的变形在这里太大了，它会让一个人感到渺小与恐惧。

姜：《乌拉乌苏的银月之夜》里面的故事好像在内地也有可能发生。

红：这篇小说是我写"文革"的，写知青一代的。我觉得"文革"将知青这一代人的人性扭曲了，将性与权力一下子揉到一起了。

姜：《鹰影》是一篇相当出色的作品。这里面的鹰与《金色的阿尔泰》里的鱼有着某种相通的东西。

红：陈思和对这篇小说也是非常激赏的。

姜：我觉得这么多年来，你一直用一种相同的审美精神统摄着新疆题材。你的新疆小说有一种唯美主义的色彩。

红：是这样的。我1996年写新疆时，觉得比较有把握。

姜：但语言的感觉现在肯定与最初写作新疆题材时不一样了。我觉得还是你现在的小说语言更好。像《西去的骑手》，特别是《哈纳斯湖》《复活的玛纳斯》更接近新疆的底色。

红：我开始是写诗的。写小说以后在很长时间里也都是用着诗歌的意念。

姜：诗好像更能成全作家。当代小说家有很多人得益于最初的写诗。而且就是到了现在，有很多人都一定要强调有过写诗的经历。譬如韩东、鲁羊、刁斗、朱文他们。但我觉得与你谈这个话题好像不太妥当，你没有像刚才我说的这些作家从诗歌里找语言感觉或节奏，你的小说里即使有诗也不是写诗的经历带来的。

红：那是什么呢？

姜：我认为还是新疆，是新疆题材。或者还可以说，是你逼近现实的力量。你的小说语言有力量。就像《美丽奴羊》里《紫泥泉》中那个有力量的科学家，将上海女记者给抢过来了。你近来的语言越来越细腻，越来越有神采。语言细腻，但风格豪放。

红：我觉得还是与我的阅读有关系。很多有关新疆的书籍，风格确实与我们汉族的很不一样。刚开始读的时候，可能你会觉得那些东西很粗糙，感觉上也很别扭。那哪里是什么小说语言，差远了。

姜：这一点我从你的小说文本里体味出来了。是很不一样。特别是当地的口语与民歌花儿，三字一顿的情况很多。那语言是粗犷得很，原汁原味。

红：一开始你觉得这语言好像没有加工，一琢磨意思便全来了。

姜：最初我和很多评论者的看法差不多，觉得红柯的成功多少得益于新疆与西域题材，红柯刁得很，以地域作为取胜的筹码。可一走进红柯营造的西域世界，我的这个观点被自己打破了。

红：题材这东西说到底只是工具。像我刚才所说的，小说说到底是写观念。

姜：就说你的语言，我觉得似乎毕飞宇与你的很为相似。

红：这我不觉得，我们是两套语言体系。

姜：我说的不是什么体系，是风格。或者这么说，是语言质地。你与他的小说语言都有一种直接呈示的质感，能捧在手上，能让你看见，写什么是什么。

红：这种语言我其实琢磨了很多年了。书也看得多，什么书都看，才弄出了这么点东西。

姜：已经不少了。大多数作家一辈子都想弄，可一辈子也没能弄出这么点东西。有很多作家的语言花哨得很，搞得很华丽。你看到了吗？看到了，但实际上什么也没有看到。你的语言不同，开始可能什么也看不到，一琢磨，可了不得了，看到了吗？没看到。噢，不，有了，看到了。小说的语言最重要的就在这儿，看到了，有了。

六

姜：现在我们可以回顾一下你创作的历程了。

红：按理说应该有三个阶段。去新疆之前是学习探索阶段。虽然也写小说，但这时候主要是以诗歌、散文为主。1985年才发表小说。去新疆以后，1986年到1988年，也只发了一些诗。到1990年差不多有五年时间，写的也不是很多，发表也难。就像刚才我们谈到的，我有意识进行一种割裂，与过去断开。当然，这种状况现在没有了，几种文化融合在我的精神世界里。从1990年到回陕西这前后，大概有八十万字的作品，有校园的，有批判现实的，有先锋的。这些作品与现在的很不一样，但我觉得现在看来那些作品还有价值。先锋、荒诞、幽默都有，有些艺术前沿的东西在里面，但当时的文坛对于我不是很注意。

姜：这可能是当时先锋作家很多，没能及时关注到你，可能也属正常。正式写新疆是从哪一年？是不是1995年？

红：应该是1996年。写是1995年，发是在1996年。

姜：从1996年到现在，这方面的作品共有多少字？

红：总在两百万字左右。

姜：这个数字是一个惊人的数字，写作的人都知道这个数字意味着什么。怎么会写这么多？你不是还得工作吗？

红：新疆那地方很悠闲，人际关系也比较融洽。日头长得很。

姜：太阳好像总是不落下去。这我知道。

红：回陕西后就不行了，生活节奏一下子快了许多，似乎把人逼到了背水一战的状态。但这么一逼，把人生命里那些最本质的东西给逼出来了。那种毁灭性的感觉倒使1997、1998、1999这三年进入了写作的疯狂状态，写得很猛，但身体上也有点难受了。

姜：我听一些作家讲，写作到了一定的程度就不是脑力劳动而是体力活儿了。

红：直到1999年下半年，我就开始不多写了，每年保持十万字左右。

姜：你在80年代作品可能发得不是太好。

红：对。

姜：我记得你有一部叫《百鸟朝凤》的长篇的。

红：对，那是写我们老家的。这里有我的一点儿思考。1990年前后，我被少数民族的文化征服了。我于是心有不甘，写下了这部书。我觉得我们的文化应该比它们高。这是一个磨合期了。后来，我才心悦诚服地认为，人家的文化好多地方要比我们好。

姜：这样说来你对新疆的文化也是逐渐接受的，慢慢接受的。

红：是这样的，是一个慢慢接受的过程。

姜：写完《西去的骑手》后，你的状况是怎么样的呢？

红：到新疆待了那么长时间了，捕捉了新疆的很多题材，开始写中短篇的时候我想把一些小的材料先弄几篇，好的大的材料尽量往后放放。最初写些羊啊，骆驼啊，牛啊，慢慢发展到写人。

姜：听说你准备写新疆百年。《西去的骑手》《复活的玛纳斯》等作品在新疆百年中占什么位置？

红：如果将我的新疆题材的作品比作一条河流的话，这两本书应该是写到新疆中流了。

姜：写新疆之前呢？

红：写新疆之前写校园生活比较多。

姜：你对现实主义怎么看待？

红：我对主义不是太感兴趣。这个时候我对主义真的不感兴趣了。现实主义、浪漫主义和现代主义什么的，我觉得这都不是我的事，是评论家的事。作家一般不管也不讨论这些东西。第二个是我在写小说时对什么小说、诗歌、散文、戏剧、电影什么的界限也不太感兴趣。

姜：在你的写作感觉中，你认为它们是相通的。

红：是的，我认为它们是相通的。

姜：你为什么抛掉了先锋？

红：对这个问题，我觉得我还是很欣赏庞德的一句话：最古典的就是最现代的。我在1994、1995这两年对自己所读的很多中外民族史诗与古典文献又做了一次深刻的思考。从原始到现代人类，我更看重那些不变的东西，永恒不变的东西。

姜：如人性、情爱这些东西？

红：还有邪恶、良知这些东西。至于情爱，我觉得我考虑过，但我的爱情作品不是很多。

姜：我听你讲，你也是从先锋小说开始走向文学的。我想问一下，你与先锋的差别表现在什么地方？

红：差别可大了。这样说吧，先锋小说是从国外移植来的，这是一种学习。我对你也说过很多次，大学里读小说都读厌了。那时有个直感，只是不便于说出来。我觉得，一个民族文化它的发展过程都处在学习阶段，刚开始是被动学习，以后是主动学习。被动与主动是两码事。先锋小说，我的理解，很长时间里，它只是一种被动学习。它的借鉴大于创造。20世纪90年代后，我觉得应该是创造大于借鉴。这也是时代的要求。

姜：一个民族应该有自己的东西，否则，它拿什么向世界发言。

红：是啊，中国近一百年来不能永远这样被动地学习下去。

姜：你对你的写作做过什么样的预期？

红：我这样考虑的，民间史诗与民间文化是最早刺激我形成这种鲜活的创作风格的。所以，我希望能够从民间传说与史诗当中激活出一种真正新的东西。这是我的写作理想。

姜：对你这样的理想，我感到非常欣慰。很少有作家能像这样去考虑自己的写作。我觉得一个作家还是要有非常个人性而又非常民族化的东西。现在的很多作家写什么性，写阴暗，写情变，我觉得没有多大意思。

红：一个民族应该有一种自己的憧憬，一种信仰。一个作家也应该有自己最基本的追求。

与姜广平的对话

原始生命力量的诗意表达

对大自然怀有敬畏之心

马季：你一直生活在西北吗？请谈谈童年生活对你写作的影响。

红柯：我一直生活在西北，在陕西关中农村，到上大学都在关中，大学毕业后又到新疆伊犁州工作十年，调回小城宝鸡又是十年，2004年年底迁入西安。我的家乡在宝鸡岐山，其实岐山大部分都是平原，山地只有一小部分，我们村挨着县城，离山也只有几公里。岐山就是周文王、周武王以及姜子牙在《封神演义》里"凤鸣岐山"的地方。小时候我是孩子王，带一帮小孩爬遍了那座有名的山。农村孩子能做的事情我都做过。父亲在外工作，母亲管不住我，很自由、无拘无束。稍大一点，就是家里的强劳力了，腰里扎一根绳子，手持利斧于悬崖峭壁砍柴火，破坏了许多生态，没办法，过冬要烧柴火。也养成了亲近自然的天性。这种劳动的习惯持续很久，大学毕业时手上的茧子还厚厚一层，跟人家握手差不多就是熊掌。好多年以后，写东西主人公基本上是体力劳动者。

马季：写小说之前，你曾经写过诗歌，是吗？能谈谈你的早期创作吗？你比较喜欢哪几位作家？

红柯：最初的创作是诗歌，发表了二三十首，当然也有散文小说，1983年开始，《延河》《青年诗人》《当代诗歌》《金城》，算是学艺阶段吧。中学阶段读了三千多册书。什么书都有，不仅仅是文学作品。一个农村穷小子勒紧裤带买书，这书肯定有点意思，算一下我买的第一批书，有《梅里美小说选》《月亮宝石》《呼兰河传》《金蔷薇》。我记得《呼兰河传》的序是茅盾写的，我随便看了最后一页，写那个长着大倭瓜小倭瓜的后院，悲凉之情一下子弥漫开了。还有一本傅庚生先生的《杜诗散绎》，也是中学时购买的，印象极深。中学时数理化就不行，早早下了学文科的决心，课余读了范文澜、吕振羽、郭沫若的中国通史，特别是范文澜的本子，写唐代文化那一章，特别是写李白那些文字绝了！那个年代，小县城有好几个读书的地方，学校有图书馆，县文化馆里有阅览室，工人俱乐部也有阅读室，押两块钱就可以借阅。每个单位有图书室。这几年我爱逛旧书店，买到好几本陀思妥耶夫斯基的书，盖有宝鸡石油机械厂的大印，书卡上填满了十几年前工人们的名字，不知道现在大学生们、硕士博士们还读不读陀氏？

马季：你的小说画面感极强，生命形态跃然纸上。对你来讲，西部的生命形态究竟意味着什么呢？

红柯：我写过一篇散文《大自然与大生命》，蒙古长调、喉音艺术还有成吉思汗，从大兴安岭到乌拉尔山到高加索山到帕米尔高原到天山阿尔泰山，那是一种什么样的空间意识？在新疆生活过的人多少有这种感觉，天地辽阔，视野就不一样，人就不那么嚣张，就有敬畏之心。我在大戈壁上，在秃山上行走，植物太少了，如果有一棵植物，其姿势神态就有画面感。不仅仅是眼之所见，那要扎多么坚实的根呀，那就是生命力。在这种地方产生的情感该有多大的穿透力。今年7月又去了一次新疆，不停地给同行的人指点公路两边，一边是戈壁一边是绿洲，没有过渡，直截了当，完全是跳跃式的地质结构，用文学语言来讲就是诗。诗是跳跃性的，为什么草原民族那么抒情，游牧于大地，时而瀚海，时而群山，时而草原，全是动态的，全是活性因素，潜移默化，一年两年、十年八年，自然而然就成为生命的一部分。

我是个行动大于思维的人

马季：刚刚发表在《花城》的《乌尔禾》是你的第几部长篇小说？这部小说是否延续了你一贯的叙事风格？有新的变化吗？经历了几年的长篇小说写作，有何心得？

红柯：《乌尔禾》应该是我第六部长篇。乌尔禾位于准噶尔盆地腹地，克拉玛依与阿尔泰之间，很小的一块绿洲，地图上的一个小黑点。稍有文学常识的人都知道，什么材料做什么活：木头是木头的加工手艺，石头是石头的方法，金属是金属的方式，其性异也。我很欣赏古人所谈的"随物赋形，不择地而生""兵无常势，水无常形"。差异最大的时候，常常有人问我那篇小说是你写的吗？人家以为有好几个红柯，查实是我之后，也正是我之所愿。善用兵者隐其形，变化是有的。《乌尔禾》之前的几部长篇写的事情离我较远，当然其内在神韵绝对地吸引了我。从素材上讲，《乌尔禾》离我就近了一些，我曾经是新疆伊犁州技工学校的教师，技工学校大概是所有学校中最有生活气息的部门，很贴近生活了。去年在《上海文学》发表的八万字的中篇《军酒》、今年在《青年文学》第10期发表的《可可托海》、将于《中国作家》明年第1期发表的《上糖》包括《乌尔禾》，都是写我熟悉的技工学校生活的，长中短篇有四十万字吧。长篇在某种程度上是体力活，我曾写过一篇散文《文学与身体》，写长篇总是我身体最好的时候。记得写《西去的骑手》时在新疆，寒冬季节，穿薄秋衣，长跑五公里，再冷水浴，身轻如燕，血气偾张，写出的文字很合乎主人公的气质。《乌尔禾》是我迁入西安时动笔的，中短篇少了，就有精力打造长篇了。

马季：你的前一部长篇小说《大河》，讲述熊与人类杂交从而给人类生命注入原始强力的神话传说，是否在表达对生命永恒价值追寻的渴望？

红柯：《大河》原名《额尔齐斯河》，出版时李敬泽建议我改一下，就成了《大河》。我是很喜欢河流的，尤其是在干旱的西北。有一年去云南，看着云南那么多河，都是大河滔滔，羡慕死了。小时候，陕西修水利工程，一条北干渠把我们村劈为两半，我家后墙外就是大渠，常常在里边游泳，但我从内心不喜欢水泥板铺的单调呆板的水渠。姨姨的村子有天然的河流。在河中游泳是另一种感觉，淤泥、水草、密林。后来去了新疆，见到了奎屯河、伊犁河、额尔齐斯河。我对伊犁和阿尔泰是那么一往情深，我总是把我的小说背景放在这两个地方。额尔齐斯河是流入北冰洋的河流，穿越草原与森林的极为清澈的河流。其实小说中的熊的故事是我小时候在老家陕西一个同学讲的，后来在新疆读到这个故事时，发现那个同学随心所欲加了许多内容。小时候听到的故事，十几年后你又奇迹搬到了故事发生的那个地方。上天有好生之德，草原民族一个核心的词就是惜生，就是珍惜生生不息的永恒的生命。

马季：你的小说对大自然的"融入"是显而易见的，这个大自然包括了所有生命。诗意的产生，正是缘于"融入"过程中的感受，我这样理解是否确切？

红柯："齐物论"吧，多少年后我都怀疑庄子不是中原人，是一个草原游牧部落的智者。其实，先秦那个大时代，就大在生命意识、生命气象。庄子骨子里很热，热得要命。洗冷水澡的人都知道，冷水淋过后，身体有多么热！文学是什么？写生存、写存在、写生活，也写生命呀，以作者的气质各取所需吧。

马季：对大自然的尽情描述，对生命现象的大胆歌颂，一直是你小说的基本特征，从《奔马》《美丽奴羊》到《金色的阿尔泰》，"重塑浪漫精神"是你的人文诉求吗？

红柯：我是个行动大于思维的人，做了许多事情后也不会去想为什么要这样做。上大学前非常幸运地购到《金蔷薇》，在上大学中文系的写作课文艺理论课美学课之前，我读到《金蔷薇》。以后的好多年里，我一直教书，到现在我还是业余作者。我的职业是教书，每年有许多课要上。我没有详细的创作计划，大概有一个方向，率性而为，比较随意，很少刻意去做一件事。我教写作课,我告诉学生写文章的一个原则就是提纲不要太细,粗粗一个轮廓即可,或者不要提纲,也不要想得太透,必须给自己动手时留下空间。陶行知先生说过:做就是劳力上劳心。做创作归根到底是一种做,要动手的。动手的事情,就不要有那么多的"道理"。你写出来了,写多了;读的人读出了浪漫,读出了写实,这是对的。

想想西部的花儿,各民族的几大史诗、神话、传说,不想浪漫都不行,回避不了的。

西部有大美

马季:野性而博大,苦难而崇高,我尝试着解读你作品所表达的西部精神,希望能听你谈谈非虚构的西部。

红柯:非虚构的西部我可以理解为民间社会。我觉得我很幸运,我1983年开始发表作品,但我一直没有在文艺单位工作。大学毕业在宣传部干过一年编辑,算是新闻工作者吧;到新疆教书,又是个技校教师,上学时也不脱离劳动。我一直接触的是质感很强的人。回陕西后虽在高校工作,但与单位同事没有任何交往,上完课就回家,或者回农村老家。2002年以前我对文学人很少接触,2002年上鲁院,平生第一次知道了世界上有一群这样的人。回到你所提到的非虚构的西部,讲个笑话,阿尔泰布尔津县一个老汉去了一趟北京,回来后对家乡人说,北京什么都好,就是太偏僻了。其实这也不是笑话。偏远地区的概念本身就是文化人捣腾出来的,偏远地区的老百姓、民间社会跟那个地方的文化人是两个完完全全不同的世界。我说我很幸运,是因为这个道理是我这几年才琢磨出来的。人跟树一样,长高了长粗了,从深深的大峡谷里长出来,长几十年,很坚硬了,只冒出一个树冠。我同情早熟的生命。西部有大美,就因为西部有健康的民间社会。十几个民族、世界几大文明交汇于此,大概是地球上最有活力的地方了。我在二十四岁到三十四岁这个人生最美好的时候生活在这里,实在是一个幸运。前边谈过，我是个行动大于思维的人，1994年，我已经在新疆生活八九年了，有一位编辑问我离开陕西去边疆的更深的诱因，我才开始想我为何来西域，我才意识到我的祖父抗战时曾在内蒙古待过八年，我的父亲曾在藏区待过五六年。2000年走马黄河到甘南，有个藏族小镇就叫红柯，我半路返回。我过了三十岁就比较迷信了，一个人不能去与自己名字相同的地方。在大漠习惯了，天离人那么近，静静的准噶尔大地上，我常常感觉到苍天跟帽子一样扣在头顶，天灵盖跟窗户一样会自动开合，灵魂飘出去，如在梦中。那时我才相信佛陀于南亚森林，耶稣于地中海之滨，穆罕默德于戈壁石穴，甚至我们的孔子于黄河边悟道都是极真实的。我上大学时读了《圣经》《奥义书》，1986年去西域时买了马坚译的《古兰经》，给学生讲课的教材也是《老子》《论语》《庄子》。伊犁州所属的伊塔阿地区基本上是新疆自然条件最好的地方，伊犁是中亚名城，塔城是粮仓，阿尔泰是《江格尔》所歌唱的"宝木巴"圣地，而我的家乡，陕西岐山，是《封神演义》之地，是"凤鸣岐山"之地，也是汉族历史上神话色彩最浓的地方，我又那么喜欢野外生活，这些非虚构因素综合起来就是我的想象力的基础了。

马季：在当代作家中，你的审美世界是独特的，地域文化当然是一方面，主要的还是人文精神，西部只是一种途径和表现方法。对此，你有何看法？

红柯：最早评价我创作的是李敬泽。1997年他写了一篇文章《飞翔的红柯》。其中就讲新疆绝对是红柯想象世界的新疆。多少人在写新疆，就有多少个新疆。文学本身就是作家创造的第二现实。也正如你所言，西部是我表达文学梦想的一个途径与通道。想象必须有所依托，必须有根。飞机上天应该有跑道，但也不能一味地跑，那样子就成汽车了，就上不去了。扎根的目的是昂首蓝天，是头顶的星空，康德说的吧，我们心中的道德律以及头顶的星空。

美是不实用的,是一种无用之用

马季:在《哈纳斯湖》《西去的骑手》《库兰》等一批作品中,你尝试开掘"英雄史诗"的精神内涵,这个宏大的精神,除了描述"西部地域历史风情"之外,对今天的物质世界意义何在?

红柯:可以这样理解,物质世界本身是艺术的原材料,艺术本身就是加工,就是一种工艺,即古文论"文心雕龙"这个大题目。文心才能雕龙,不是雕虫,不是小技,材料无优劣、无大小,关键是成形后的气象与神韵。中国小说志人志怪,《搜神记》,搜的都是外在神,到《世说新语》就讲神韵了,就不单单讲故事了,不是好故事了,是人物的精神世界,是魏晋风度。什么是风度?人的内在气质呀!所以说中国历史有三个伟大的时代,先秦思想、魏晋风度、五四精神,思想也好,风度也好,精神也好,都是很内在的东西。我在戈壁滩第一次碰到白骨时心中一片荒凉,在内地挖地时也碰到过白骨,可在茫茫戈壁滩上就感觉不一样了,太本质化了。自那以后我对本质这个词有异样的感觉。《伊利亚特》说到底不就是一个苹果一个水性杨花的女人,还毁掉了一座城市,打十年的仗,死那么多人,这太本质了。荷马,这个盲人给这些白骨长上了肉,注入了血液,就不再是非虚构意义上的特洛伊战争了,就是史诗了,就是一种希腊民族的精神了。越是技术的时代,越是物质的时代,精神的诗意的因素相对就稀薄,就弱小,这才是文学存在的最充足理由与意义。美是不实用的,是一种无用之用,是非功利的,无用之用是为大用,是世界的大气层。

马季:挽歌式的壮美,如泣如诉,形成了你作品的基本色调,而以合理的生活方式去保证人的生命质量,又回到了尊重生命这个母题。那么,诗意的存在,是你想要表达的人生境界吗?

红柯:文学就是一个人看待世界的眼光,我所理解的西部我所写的那些文字,是一个陕西人眼中的西域。西域是西部之西,西天了,唐朝取经的地方。我在那里生活了十年,如我所见如我所思如我所想。我思规定了我做,主体与客体不是对抗性的,是共生共荣的。

马季:借助神奇故事传递古老传说的永恒魅力,运用象征、隐喻表达穿越时空的人文精神,追寻自然、历史、文化与人的统一。你的小说在朝这个方向努力,是吗?

红柯:刚开始没有这种意识,写了许多作品后,慢慢就有这种意识了。我读《红楼梦》比较晚,大学时开始读,读一半,又读胡适的《中国章回小说考证》什么的,胡先生评《红楼梦》结构不完整,那时候年轻呀,幼稚呀,一下子就没兴趣了。自己动手创作,到了三十岁,再读《红楼梦》发现老胡错了。胡先生是大学问家,学问跟文学是两码事。胡先生不大懂文学,胡先生的文学修养与朱光潜、李长之、李健吾相比有天壤之别。如果一个大师出了差错,就不是一般意义上的缺陷了,就不是一道裂缝了,那是大峡谷,要摔死人的。《红楼梦》是全息式结构,我教写作,我太明白结构是怎么回事了,结构就是主题就是语气叙述方式,结构主题语言是一体化的,是血肉相连的。《红楼梦》是写一群不想长大的小孩的,跟儿童文学似的,肯定了少儿世界,同时否定了成人世界。大观园里一群少男少女,如果长大了,结婚了,大观园外边的成人世界就是他们的未来,这就是他们不想长大的理由。两个世界同时展开,又交叉又分开,完全是东方式的结构方式。胡先生用欧式眼光看中国小说,用牛眼睛看马,怎么看都不舒服,牛眼大而无神呀。

长篇是对整个世界的一个表态

马季:有评论家用"诗性风格""意象叙事"来概括你小说的特点,你对此如何看待?

红柯:评论家有评论家的道理。

马季:大众阅读习惯以故事推动叙事。以情感推动叙事往往"吃力而不落好"。上海作家张旻和福建作家陈希我、须一瓜,在这方面做过一些很有意思的尝试（他们都是以城市文化为背景，而你则以大漠和草原为依托）。你是致力于这样，还是尊崇内心、顺其自然？

红柯：生逢其时，也要生逢其地。逢其时逢其地就活得旺，不逢其时不逢其地就活不旺就僵硬，甚至心如死灰。古人所谓天地人三才就是这个道理。小说本身是城市的产物，是一种交流，是动态的，是工商业的需要，小说兴起意味着封建时代的结束。城市文明与大漠草原外在反差，也有内在的一致，就是流动，就是开放性，不是封闭与静态。大漠草原的诗性抒情是含有大量叙事成分的，神话传说浓于历史。中国二十四史中最有浪漫气息的当属《史记》。《史记》为中国传统小说提供了最高的技术装备，《三国演义》就是一例。纯粹的史书应该是《汉书》之类。《三国志》与《三国演义》完全是两种眼光，也就是非虚构与虚构的区别。

说到故事推动叙事与情感推动叙事，我在写作课上给学生总结为因人写事与因事写人。情感是人的成分，对小说来讲，不能让事把活人埋了，人是第一位的，以人物为主，让人物活起来，活下去，活得有声有色，甚至由不得作者，"独立"了，儿大不由爹了，也就成功了。《乌尔禾》的几个人物就是如此，写到最后，都超出我的意料。很钦佩《花城》的插图，美编在小说的前边如此传神地画出了一个老头、一个丫头、一个骑马的小子。康定斯基给美的定义好像是内在的东西吧，十几年前读的，记个大概。顺其自然与内心与内在性是一致的，自然对于人，不就是天性嘛。

马季：你的早期作品淡于故事，侧重氛围烘托。近年来叙事逐渐转向结构故事，这个变化是有意识的吗？

红柯：因为早期小说大多都是短篇。短篇可以不要故事，写一种氛围，一种情绪即可。写中篇《库兰》时就有故事了。当时还写了一个创作谈，大意是要写新疆的百年风云。我也是由易而难，大材料，怕浪费，脑子里琢磨很久了，迟迟不敢动笔。长篇是一种积累，创作的、生活的、生命的，长篇是对整个世界的一个表态，有哲学的东西，有理性的东西了。结构就是一种眼光，一种价值观。

马季：有批评家担心你在现有的题材上会陷入"局促"，你认为存在这个问题吗？假设存在的话你将如何突破呢？

红柯：这个提法大概在1999年吧，那时我出了第一本小说集《美丽奴羊》。有评论家好意提醒我，新疆题材还能写多久？其实那时我对西域的创作刚刚开始，所谓九牛之一毛，这种提醒是很必要的。2000年我写了中篇《库兰》，2001年写了长篇《西去的骑手》《老虎！老虎！》，中篇《哈纳斯湖》，2002年写了中篇《古尔图荒原》，后来就是长篇《大河》和最新的长篇《乌尔禾》。就长篇而言《西去的骑手》《大河》《乌尔禾》，三种题材三种格调，区别很大。2004年我出过一本短篇小说集《野啤酒花》，收入三种格调的小说，即诗意小说、批判现实的小说和荒诞幽默小说，一个集子三种味道，也是少见。最新的这部《乌尔禾》是写我在技工学校教书那段生活的，但不是写我自己。西域题材还有许多，留给以后写吧，太早怕写不好。西域是个富矿地区，我倾心收集思考的素材能在有生之年写出来就很不错了，常常感到时间不够用。与人交往，若是闲人我就怕，人忙了，没工夫与闲人周旋，恨不能生有十只手同时写。

读书写作只用十分之一的时间

马季：请谈谈童年时代的阅读，哪些图书留在了你的记忆里？

红柯：最早读的是《三国演义》《水浒传》，读了七八遍。上中学就买了《梅里美小说选》《呼兰河传》《月亮宝石》。

马季：阅读在你的日常生活中占据的比例如何？你最近在读什么作品？

红柯：到这个年龄，上有老下有小，又是个业余作者，大量时间是上课，职业是教师，从业以来没有专业作家那么幸运的创作时间，我所有的作品都是半夜熬出来的，节假日挤出来的。上海有个李肇正，也是个教师，活活累死了。所以从时间上讲，我读书写作的时间仅占我所拥有的物理时间的十分之一。2002年在鲁院半年，有一种天堂般的感觉。世界上竟然有这种好事，不用上班，完全摆脱杂务，一个人一个房子，我就很集中地写出了《大河》。最近读历史书、宗教书，都是业务所需，要给学生上课。

马季：除了文学作品，你还经常阅读哪些图书，能具体说说吗？

红柯：大三时就读完了图书馆的文科书，以后的岁月里与时俱进地读文学书的同时大量读非文学的书。有一次开会，有学者给我建议该读什么书，我点头心想这些很红的书我好像当年就读过了。《围城》购于1978年，《万历十五年》读于1983年，《大师与玛格丽特》1987年购于新疆昌吉，《普宁》1983年购于旧书店一毛五分钱。上中学时在小县城的几家图书馆就读了普希金、莱蒙托夫、别林斯基等"三基"，大学上文论课老师讲"三基"，同班同学一头雾气。上大学时笔录的《庄子注》、叶嘉莹的《迦陵论词丛稿》、古波斯的《哈菲兹抒情诗选》，大约有几十个本子，满满一箱子，后来写了一篇短文《抄书》。自然科学的书就更多了，不讲了，讲多了惹人烦。打住。

因祸得福说读书

我的读书生活是这样开始的：小学一年级那年，同学朝我打纸枪玩，人家一枪射我脸上，我一枪射中人家眼睛，闯了大祸。我成了家乡父老告诫子女的反面教材。我的顽童生涯就这样结束了。一个十岁的儿童，难以忍受别人指指点点，而天性又很顽皮，索性沉醉于书籍。

我读的第一本书竟然是《水浒传》，第二本是《三国演义》。"少不看《水浒》，老不看《三国》"，我的启蒙书血腥味十足。后来我写黑色幽默小说《阿斗》，就是早年读《三国演义》的结果。20世纪70年代，在我周围能找到的各种小说也大都读到了，《红岩》《红日》《红旗谱》《金光大道》《艳阳天》，没有封面的外国侦探小说、苏联惊险小说、杰克·伦敦的淘金小说……还读到了竺可桢先生早年编的地理书，另外还有残缺不全的光绪年间的史地课本，还有带迷信色彩的《雨夏经》，总之课本以外能找到的文字都读。

老师的个人爱好对学生的影响很大。有个教农业基础课的老师喜欢搜集图片，他把书刊报纸上的各种插图剪贴成册，让我们看。我从中受到启发，搜集好的文章剪贴成册。"文革"前的中学语文课本，如《文学》，我从中抽出喜欢的篇目装订起来。

最早激发我写诗的是《革命烈士诗抄》，其中陈辉的《晋察冀诗歌》和维吾尔族诗人穆塔里甫的诗歌对我影响很大。穆塔里甫简直就是中亚的普希金。好多年以后，我来到穆塔里甫的故乡——伊犁河谷的大草原，这不能不说是一种心灵的投缘。

我感谢那位带我去他家看《水浒传》的同学。他家是地主成分，跟我一样受歧视，两个孤独的儿童跟兔子一样惊慌失措，躲进书页。后来我当了教师便对犯错误的学生特别关注。因为差生最渴望老师指导，而这些学生往往有个性。

1978年也就是初中毕业那年，我从报纸上读到介绍外国文学名著的专栏文章，是介绍波兰作家显克微支的杰作《十字军骑士》的，学校图书馆竟然有这本书，上下两卷。我连读两遍，惊骇不已，抄了几大本。那种剽悍而高贵的骑士风度，令人惊叹的爱情故事，恢宏的战争场面，与《水浒传》《三国演义》很不相同。于是不知不觉有了一种初恋般的神圣冲动，鬼使神差自己编造了一个爱情故事，一口气写了五万多字。准备升学考试当中也没中断写作，一直到高一，以手抄本形式流传于同学中，极大地满足了高中生的浪漫情怀。到后来，我写了一批西域草原小说，写奔马写鹰写草原骑手，很可能也是少年时代的梦幻所致。

高中几年除了读过《围城》，其余读的几乎全是外国小说。托尔斯泰、帕乌斯托夫斯基、契诃夫，就是那时接触的。《梅里美小说选》《金蔷薇》《月亮宝石》是我攒分币购买的。

早年的读书生活给我最大的收获是不迷信课本。大学四年，我几乎没有翻过讲义，中文系的所有课程几乎都是读原著有所悟得以完成的。考分一直保持在前五名。写作知识得之于《金蔷薇》与莫洛亚、欧文·斯通的艺术家传记，文学理论得之于沃尔夫冈的《语言的艺术作品》以及贝尔的《艺术》……，一所大学有一个好图书馆就够了。

大量的课外阅读使我常常沉于梦幻。梦幻、激情使人振奋，也使我变得外表平和而内心桀骜不驯。从大一到大三，我竟然想在人文科学的各个方面都有所建树，我做了大量笔记，大三时我力不从心，终于在学者和作家之间做出抉择。我选择了创造性的文学，而放弃考研究生。我的农村同学一跨入高校,便使出吃奶的劲儿使自己"洋气",我是一身土装不加修饰上完大学,毕业时购书一千册,都是用从生活费中挤出来的钱购买的。留校工作一年,《十字军骑士》带给我的浪漫情怀再次发作,我带着我的一千册书和我的梦想,悄然西行,漫游中亚。十年后我带着三千册书和百万字的作品回到故乡,而我的魂魄依然飘荡在群山、草原和大漠上。

文学与人的成长

一

早年的人生规划里没有当教师的想法，跟大多数农村学生一样，求学的目的就是离开农村，只要能离开农村有一份职业，上什么学校上什么专业都是次要的。当年的高考志愿都是远方的大学，既然要离开土地，就越远越好，北至黑龙江吉林，南至广西云南广东，东到山东江苏，专业都是历史专业，结果录取到离家门口最近的宝鸡师范学院中文专业。这所大学离家一百多里，当时没有历史系，调剂到中文系。我一直喜欢历史，中学时找不到历史课本，就把吕振羽的《简明中国通史》、范文澜的《中国通史简编》当课本看，通读好几遍做大量笔记，地理课本就是从同学家里找的两本"文革"前的《世界地理地图册》与《中国地理地图册》。喜欢文学，但不喜欢中文系，更不喜欢当教师。西北，尤其是陕西关中西部农村，千百年的习惯：男人大都沉默寡言，滔滔不绝、喋喋不休是娘儿们的习惯。你想想啊，周秦故地，对男子都是斯巴达式的教育，男人意味着行动，多说一句话都是可笑的。整个求学期间基本上没有在台面上说话的勇气与能力，我的那些农村同学亦如此，临到大学毕业，要去中学实习该多么恐惧与狼狈！大学四年的大多课程成绩都在前五名，毕业论文也是优，唯独实习讲课是良，实习讲课城市同学的优势一下子就体现出来了。幸好大学毕业留校编院刊,一年后远走新疆,我真正热爱教师这个职业是从新疆开始的。

后来回忆西域生活,估计是大漠的缘故。西域大漠瀚海绿洲就像大洋里小小的岛屿,安静孤独,就有说话歌舞的愿望。我所居住的奎屯小城两万多人,所执教的伊犁州技工学校也就六七百人,马群羊群常常涌入校园,雄鹰从绿洲上空滑过,发出长长的啸音,哑巴也会说话的。绿洲给我的最大感悟就是文学是个有机体,与天地阳光空气息息相关。深入大漠,对着干枯的梭梭红柳呼气,这些沙漠植物眨眼会活过来,仿佛给溺水者做了人工呼吸,生命从来没有像在大漠中这么脆弱这么神奇,对我这个关中子弟来说太震撼了。西域大漠另一启示:中国文学包括草原诸民族,他们跟汉文学一样灿烂辉煌,在内地大学所学仅仅是汉语言文学以及外国文学,在西域,文学的肌体总算完整了。我所执教的学校一半师生是少数民族,各种语言交融,耳濡目染,汉语的特点就尽显无余。执教数年后,我在上海《语文学习》杂志上发表《意会和感悟在语文教学中的意义》,同时在课堂上讲授"文学与人生",我把文学的形态与人生的成长结合在一起,即人生的童年时代对应神话传说童话科幻儿童文学,核心是幻想与想象;青少年时代对应诗歌,核心是情感;中年对应小说戏剧,核心是经验;老年对应散文,核心是智慧。当时接触到《江格尔》与《玛纳斯》,准噶尔盆地大致属于《江格尔》史诗发生的地域,卫拉特蒙古人心目中的宝木巴圣地即阿尔泰草原。我所居住的小城奎屯与乌苏相邻,以奎屯河为界,乌苏是我常去的地方,乌苏草原的蒙古族有许多江格尔齐即民间歌手,演唱的声音近于呼麦,沉郁悲壮;而柯尔克孜族的《玛纳斯》演唱慷慨激昂,史诗格调近于秦腔,史诗人物几乎都战死沙场,听玛纳斯齐演唱让我这个关中子弟马上想到《金沙滩》《李陵碑》《下河东》。柯尔克孜人的起源据说与李陵有关,李陵及残部二百多人降匈奴后,娶匈奴女子为妻,北方草原上就诞生了一个新民族,黠戛斯人,这个民族崛起大漠后,纵横叶尼赛河与大兴安岭之间,一举摧毁回鹘汗国,迫使回鹘人迁居天山以南。产生过艾特玛托夫的吉尔吉斯人即柯尔克孜人，读艾特玛托夫的小说有一种特别的亲近感。每次去塔城、博乐，从阿拉套山下经过不由让人想起艾特玛托夫。当时我给学生总讲的是人生的童年时代，草原民族相对于汉族总显得青春如同朝霞。1995年年底回陕西执教于宝鸡文理学院，讲文体写作时很自然地加入这一章节，内容趋于完善；2004年年底调入陕西师范大学，继续讲授"文学与人生"，其核心依然是"文学形态与人生成长过程"。

二

我清楚地记得1995年我回到阔别近十年的小城宝鸡时的情景。全家年底回陕西，我先打前站，走出火车站到经二路口，正好学生放学，孩子们背着大书包，目光苍老，脸色苍黄，我都惊呆了，回到故乡整整一年都难以适应。老气横秋的内地孩子与西域大漠的儿童反差如此之大！我本人对童年格外敏感。我高一时才读到安徒生童话，从学校图书馆里借了《安娜·卡列尼娜》《复活》《十字军骑士》，偶尔借到《安徒生童话》，如获至宝，不怕同学嘲笑，看完选集，再一本一本借分册，叶君健翻译的《安徒生童话全集》全部读完，才松口气不再嫉恨城里同学，他们在幼儿园时就读过了。我意犹未尽，高二时读完格林童话、豪夫童话、贝洛童话，上大学读到《快乐王子》《彼得·潘》《杨柳风》《爱丽丝漫游奇境记》《夏洛的网》《木偶奇遇记》《骑鹅旅行记》《神驼马》《希腊的神话和传说》，见一本买一本。大多是在古旧书店两毛三毛买到的。

初中时同学讲维吾尔族民间传说《艾力·库尔班》，后来在新疆读到各民族的神话与传说，彻底反思汉文化的优点与缺点。欧美学者认为中国没有史诗，对汉族可以成立，对少数民族就不合适。少数民族三大史诗《江格尔》《玛纳斯》《格萨尔王传》，新疆就占两部；而藏族历史上的吐蕃王朝，其势力一直延伸到中亚腹地，塔里木盆地尤其是和田一带深受藏族文化影响。

　　神话、传说、史诗的核心是想象力，文人创作的童话科幻儿童文学的核心是幻想与想象。这正是人类童年时代的精神生活。人类的童年如同一个民族，一个个体人的童年。最完整的神话传说应该是希腊神话，有楚图南的译本，有周作人的译本，马克思把希腊神话称为人类的童年。西方文化的根即两希文化，希腊希伯来，希伯来人的神话与历史全部包容在《旧约》全书中。此外就是印度神话《摩诃婆罗多》《罗摩衍那》，北欧神话《埃达》《萨迦》，巴比伦神话《吉尔迦美什》，印第安人丰富的神话传说直接引发拉美文学爆炸。各民族史诗也都带有神话特点，与神灵相通。最具代表性的还是古希腊的《荷马史诗》，神干预人类的生活，有王焕生、陈中梅、罗念生、傅东华先生的译本。欧洲各大国几乎都有其民族史诗，英国《贝奥武甫》、法国《罗兰之歌》、德国《尼伯龙根之歌》、西班牙《熙德之歌》、俄罗斯《伊戈尔远征记》。相比较中国神话少且内容散，《山海经》《穆天子传》《搜神记》神奇怪诞，过于简略。应该感谢袁珂先生，收集整理中国古代神话，著有《中国古代神话》，文字优美通俗，适合孩子们阅读，编有《古神话选释》适合学术研究；陈穉常先生著有《中国上古史演义》也是不错的通俗读本；林汉达先生的《东周列国故事新编》《前后汉故事新编》也可以当作早期汉民族史诗与英雄传说。先秦诸子百家有大量的寓言，近于希腊的《伊索寓言》、法国的《拉封丹寓言》、俄国的《克雷洛夫寓言》。韩非子的许多寓言说理性太强且直奔主题；庄子应该是最具想象力的，整部《庄子》可以当作神话小说来欣赏，可《庄子》文辞古奥，一直是知识分子的所爱，也是中国古代的艺术哲学，无法走近孩童世界。《易经》应该是汉民族的摩西五经，完全是远古巫师们的杰作，至周文王姬昌成书，古奥至极。《史记》总结了整个先秦那个大时代，接近希罗多德的《历史》即《希波战争史》。希罗多德记录了希腊以及地中海东岸小亚细亚到波斯高原诸民族神奇的传说，枝枝蔓蔓引人入胜；司马迁也是如此笔法，从帝王将相到刺客游侠，融入种种传说，既有神话色彩又有英雄史诗的特点，运用了当时的口语，传神生动。古希腊历史学家修昔底德修正了希罗多德，班固也修正司马迁，他们共同的特点是严谨规范，但那种神奇与浪漫消失殆尽。

童话科幻儿童文学都是我们民族的一大缺憾，不像神话传说尚有资源可供搜集整理，《西游记》勉强可以拉入儿童文学，孩子们喜欢孙悟空猪八戒，但那毕竟是成人视角；《千字文》开头极好，"天地玄黄，宇宙洪荒，……金生丽水，玉出昆冈……"有《创世纪》的味道，不过还是太简略。真正的儿童文学开始于五四时期，五四运动的贡献之一就是几大发现：发现了人、妇女、儿童。周作人功不可没，他大量译介希腊罗马的神话传说，对儿童文学更是情有独钟。后来就是叶圣陶的《稻草人》、张天翼的一系列童话以及茅盾先生的专著《神话研究》。

有几个因素影响中国人神话思维与想象力：（一）先秦以后儒家独尊。子不语怪力乱神，儒家修齐治平入世讲当下，对神话玄虚的东西不感兴趣，中国历史上三个大时代各具先秦思想、魏晋风度、五四精神，它们都是儒家不再独尊或者微弱的时代，先秦与魏晋又是玄学、老庄、志人志怪野史笔记发达的时代。（二）历史学发达。中国文化几乎是历史文化，中国人对历史的重视世界各国难以比拟，相邻的印度屡遭外族入侵，几乎没有历史，玄奘的《大唐西域记》反而留下古代印度的历史，印度人的精神生活全贯注在宗教神话戏剧歌舞中。历史讲实证、考据，影响到文学，即使诗歌这种最具想象力的文体，也讲究无一字无来处。（三）宗教意识淡漠。汉族没有严格意义上的宗教、人格化的一神教，人与上帝之间有辽阔的心理空间，上帝之下君父并不是至尊权威，想象力是需要空间的，如果说中国人有宗教的话，那就是世俗化的人间生活，即天地君亲师。天地不是人格神，很抽象，且多元，后来君王先去权威，师道尊严也荡然无存，我们唯一的神灵与至尊就是父母与祖先，父母兼有上帝与弥赛亚降世者耶稣的功能，与我们形影不离，中国人没有西方人那种彻骨的孤独与绝望，也不怎么需要神话与童话，上帝与我们朝夕相处。孔子说："父母在，不远游，游必有方。"父母丧，子女守孝三年，是有道理的。西方的文艺复兴、启蒙运动、走出中世纪，也就是人走上前台，人在上升。中国人的上升历程，天地不在，皇帝倒了；"五四"以后，反封建、摆脱家族，巴金先生的《家》影响几代人。但摆脱上帝与摆脱父母是不一样的，上帝可以让其进教堂，父母就在我们身边，中国人的孝子相当于西方的圣徒，中国人的"家"相当于西方的私宅与教堂的结合。西方人的探险家舍身异域，甚至走向太空，有《圣经》有教堂就有家园；中国人的家园有父母有祖先的坟墓，古代的中国人通西域走西口下关东都得落叶归根。中国人骨子里对异域不感兴趣。中国人的"家"意识对父母是双刃剑，一方面对子女极尽关爱，一方面父母离异子女失去的是"天堂"与"家园"，是物质与精神与心灵的多重失落。西方的人之上升，我们一直强调与神的对立，几乎看不到神与宗教对西方文明的积极作用。文艺复兴那些大师们，画圣母画耶稣，这些形象的原型几乎都是大师们的心上人，不是父母亲人就是情人，神性走向人性；而牛顿、爱因斯坦这些科学巨匠都是虔诚的教徒，研究的物质中有神有上帝，如同《创世纪》在创造科学，斯宾塞《教育论》中有专门的章节讲科学与宗教的关系。我们有四大发明，李约瑟博士专门有十几卷的《中国科技史》，但严格意义上的科学应该包括科学技术、科学试验、科学理论，后者我们没有，传统主流文化中我们的文化不讲究科学，没有形成系统的理论，我们有算术，鲜有数学，古希腊欧几里得的《几何原本》我们没有。科幻小说在古代跟儿童文学童话一样也是缺失的。中国古代科技走不到现代意义的科学，其中原因之一是宗教的缺失，"彼岸世界"提升人们的思维走向遥远的未来，走向更辽阔的未知领域。生活在别处，家在远方至少不是我们的主流。我们总拿古希腊与先秦诸子百家相比，孔子与苏格拉底有许多相似的地方，但区别也是很大的：苏格拉底首先宣称自己无知才求知，古希腊哲学的原意就是"爱智慧"，不是智慧的化身；我们的先哲、圣贤，智慧人格化，我就是真理，我就是智慧。古希腊人说：我们仅仅是智慧的追求者。把智慧置于很高很远的地方，追求它而不占有它，智慧跟弥赛亚一样是悬置的。西方人后来信奉上帝以及上帝之子，因为古希腊人的智慧空留着，上帝及上帝之子很容易填上去，于是上帝成为大创造者，这种心理模式没有变。而且试图用几何与代数去计算去证明神的存在，一批精神探险家托勒密、哥白尼、布鲁诺们就出现了，再后来就是达·芬奇们、米开朗琪罗们、但丁们、麦哲伦们、哥伦布们。科学民主需要巨大的幻想与想象力。（四）权术过度发达。我们没有严格意义上的政治学，亚里士多德早在古希腊时期就有这样的专著，我们不是政治学是《商君书》《韩非子》，核心词就是法势术，王元化先生20世纪70年代初粉碎"四人帮"前夕，写有《韩非论稿》，专论韩非的"术"。中国人对"术"太感兴趣了，这也是历史文化丰厚的结果，也是历代官场宫廷生存发展的关键问题。"术"的畸形发展，倾心于心术心计，阴谋诡计，绝不是一个健康的标志。每每读《韩非子》，我感到无限的悲哀，一个知识分子倾其毕生精力写出这么一本书，几乎把人当畜生，人完全被工具化，不管是被治的万民，还是治人的帝王与官吏，都成为工具，都丧失了人性，这也是以韩非子为治国大纲的大秦帝国迅速瓦解的原因。《韩非子》与大秦帝国奉行的是丛林原则，即古老的自然法，自然法意味着对敌人对战败者对占领区不讲正义不讲人道。汉承秦制，但其治国策与文化先黄老后儒家，与周文化接轨。礼制是儒家的核心，讲道义讲仁爱，接近西方的万民法。罗马帝国与野蛮时代的日耳曼人决战时，恺撒与日耳曼王的理念冲突，前者行万民法，占领区人民与罗马人享有共同权利，后者行自然法，对所占领的高卢地区实行野蛮统治。秦帝国其武力不亚于罗马帝国，但其治国策没有罗马的正义与文明。东罗马帝国最后奉基督教为国教又延续千年。西方直到文艺复兴晚期才出现马基雅弗利的《君主论》，大意与《韩非子》相近，也是讲统治技术，但区别在于《君主论》中有人的尊严，即使这样，这种技术文化绝不是人类的福音。近代意大利给人类的贡献是艺术，不是政治学，后来出现法西斯墨索里尼以及那么多黑手党绝不是意大利人民所愿。我们的技术文化早了一千多年，先秦时代就趋于完整，历朝历代更是蔚为大观。到了《三国演义》几乎全民化了，《三国演义》与《水浒传》所崇尚的权术与暴力对中华民族的影响太大了，四书五经也难以抗衡，今天的宫廷戏职场竞争术就是其结果。刘再复先生写有《双典批判》，笔者有长篇小说《阿斗》。

心术的高度发达使得一个民族过早地成熟，童年极其短暂，中华民族尤其是汉族，春秋战国时代还有血性有英雄气概有童心的率真单纯，南北朝五代宋元明清，那些频频入主中原的游牧民族身上也能看出先秦时代汉人消失的豪勇与纯真。童书业先生的《春秋史》中有一个细节：两个男子追求一个女子，一个男子抬金银珠宝去女子家显摆；另一个男子骑骏马入女子宅院，朝院中大树射一箭，箭头扎进树干好几寸，女子惊讶：伟丈夫也！择为佳婿。这种故事只能在周秦汉唐以后的北方草原上存在。童心的丧失是我们民族的一大悲哀。仔细想想屈原所受的苦难在几千年中国历史上算什么呀！司马迁、杜甫、苏东坡，以及明清的文人所遭受的坎坷都是屈原无法相比的，屈原就像个孩子，受了委屈又是《离骚》又是《天问》，刨根问底上下求索的劲头完全可以跟后来的但丁媲美。屈原有赤子之心，童心未灭，绝不委屈自己；屈原的继承者李白又是一个长不大的孩子，顽蛮可爱。我专门写过一篇有关李白的文章——《天才之境》，大意是李白五岁前在中亚碎叶度过了金色童年，那么大的酒量，死的时候也是大醉捞水中月淹死；那么大的胆量，"十步杀一人，千里不留行"，要知道想象力是需要胆量的。有气魄有胆量才能不拘小节才能打破常规，以至于打破了诗歌的文体写下最早的词；唐宋词选大多都是从李白的《菩萨蛮》"平林漠漠烟如织"开始，明清李卓吾、袁宏道提倡童心说性灵说，就是缘于我们民族的少年老成老气横秋城府极深，陷阱深成坑，躺里边睡觉而不觉。曹雪芹的《红楼梦》最引人注目的是儿童视觉，大观园里完全是一群孩子，林黛玉到外婆家时也就十三四岁，宝玉的人生也近乎童话与神话。一块玉有了灵性，求道人与和尚带入尘世走一遭，惹一段孽缘，然后又回到玉石，全书基本是插叙，两头是玉石，中间是入世后的红尘生活。用刘再复先生的说法，大观目光即赤子之眼光，童心即心灵，心无气如行尸走肉。说到底是童话是儿童文学，在儿童的视野里，成人世界荒诞可笑，英文nonsense、汉语童趣即有意味的没意义，大人觉得没意思的事情孩子兴味盎然。格拉斯《铁皮鼓》里的不愿长大的奥斯卡也是由孩童视角看成人的可笑与荒谬。有意思的是中国古典文学从屈原开始到曹雪芹结束，两人气质个性遭遇如此相似，都是贵族，从九天之上跌入人生低谷，反差极大，都跟孩子一样率真单纯童心未灭，放声大哭，其作品都是神话思维富于浪漫主义的想象与神奇。不同的是屈原的香草美人，其美人并不指美丽的女性而是品性高洁的君子，心之所向，君王也；把政治诗写成爱情诗。曹雪芹专写美丽聪慧的女子，还有天使一样的贾宝玉，有人把贾宝玉与陀思妥耶夫斯基《卡拉马佐夫兄弟》中的阿辽沙相联系是有道理的。《红楼梦》与《三国演义》《水浒传》《金瓶梅》不在一个档次，后者的核心是政治权谋是江湖是世俗化生活的庸俗不堪，没有人性更没有神性，《红楼梦》有诗意有神性，大观园里的孩子们有精神世界有灵性。民间所谓孩子是精灵通神灵，《红楼梦》把我们民族的精神世界展示出来了。刘再复认为五四运动应该打出《红楼梦》这张大旗，就像文艺复兴打出了古希腊文明一样，《红楼梦》里有"五四"要发现要寻找的人、妇女、儿童。曹雪芹如同但丁，是中世纪最后一位诗人，也是近代第一位歌手。何不把《红楼梦》当一首哀歌一首长诗来欣赏。

儿童文学在中国缺失。中国是农业文明，农业种庄稼，天时天象节气很重要，中老年农民个个是农业专家，所以农业民族尊老，以老人为主。游牧民族工商业民族交流迁徙，年轻力壮者胜，尚青春活力，尚未来；游牧民族以及欧美国家直到现在也是儿童的天堂成人的地狱。游牧民族古代还有一种习俗，老人年老体衰就悄悄离开群体到荒漠去自生自灭。周人最先从游牧转入农业，也最先尊老爱幼建立最初的礼仪，后来走向极端；到了宋元明清，全民族老人化，暮气弥漫，鲜有朝气与青春活力。

结论是儿童时代，即幼儿园到小学阶段应该让孩子们阅读本民族以及人类所有优秀的神话传说史诗童话科幻儿童文学,让孩子们充满幻想。幻想再进一步就是想象,想象与幻想的区别是,幻想完全虚无缥缈无实现之可能,而想象是可以实现的幻想,想象有一种内在的逻辑,有理性的因素,要让人信服。想象的一般定义是记忆通过联想产生新形象的过程,联想是平面的,是物理反应,想象就是立体的,是化学反应;康德给想象下的定义是:强有力地从自然现实中获取材料形成第二自然,即艺术世界。想象是一种能力,是创造力,是生命力,也是概括的能力。想象力的主要特征是:(一)把不可能变为可能;(二)在貌似混乱毫不相关的事物之间建立内在的联系;(三)打破常规,超越平庸与一般,大起大落直达事物的本相。这种能力与素质应该形成于人生的童年即黄金时代。维柯把人类历史划分为神的时代、英雄时代、人的时代,童年是人的神性时代,那时我们每个人头上都有三尺神灵。

三

中学到大学正好是人生的青少年时代,关键词是青春,对应的是诗歌,诗歌的核心是情感。诗歌在文学中最古老也最接近音乐,文学源于生活源于劳动,源于原始人的巫术。巫师是连接上天与人类的通神的一类人,也是原始知识分子。巫术的仪式载歌载舞,歌词分离为音乐与诗,诗最初是歌唱的。所有民族的文学都从诗歌开始,也都从爱情诗开始,这是人类从野蛮走向文明的标志。闻一多先生把《诗经》时代称为中国人歌唱的时代;孔子给我们的诸多贡献之一就是编纂《诗经》,有点近于希伯来人的先知与士师。《旧约》全书最感人的篇章除上帝《创世纪》外就是《雅歌》,所谓雅歌即诗歌中的诗歌、最优美的诗歌。希伯来人历史上的黄金时代,繁荣强大的所罗门时代,智慧与雄才大略的所罗门王看中了一位美丽的牧羊女,牧羊女被带到富丽堂皇的宫殿。牧羊女不快活,牧羊女怀念在旷野牧羊的日子,风餐露宿中,牧羊少年赤裸温暖的胸脯远远超过所罗门王的宫殿，希伯来人就把牧羊女的歌收为经典，与摩西五经并列。编纂《诗经》的孔子远比后人想象的要丰富要有情趣，那些爱情诗篇让全人类都能感受到我们的祖先有那么丰富美好的情感生活。原始孔子绝对是一个感情深沉细腻丰富的人，读《论语》也能感受到孔子的风趣与幽默。司马迁在《孔子世家》的结尾情不自禁地写道："高山仰止，景行行止。虽不能至，然心向往之，余读孔氏书，想见其为人。……天下君王至于贤人众矣，当时则荣，没则已焉。孔子布衣，传十余世，学者宗之。自天子王侯，中国言六艺者折中于夫子，可谓至圣矣！"先秦时代的孔子应该是这样子，不是董仲舒修改过的孔子。五四时期一句口号"打倒孔家店"，陈独秀等"五四"先哲也特作说明打倒的不是先秦的孔子，是被历代统治者改造过的孔子。孔子最富于人性光辉的篇章在《诗经》与《论语》中，编《春秋》次之，到了他的弟子们作《中庸》《大学》，所谓形象大于思想，艺术家孔子远离了我们。儒家诗意的部分消失殆尽。到荀子儒学转向纯粹工具理性，以前的儒家没有操作性，故处处碰壁，孟子应该是最后一位大儒，尚有理想主义的余温，荀子应该是儒家转向法家的关键人物，他的弟子韩非彻底剔除掉儒家人文主义的理想色彩、仁爱慈悲以及世间所有的温情与诗意，把人性恶发挥到至极状态，秦始皇以此为治国策平天下，儒法相通，前者纯理论，后者纯技术。与此相应的古希腊，苏格拉底相当于孔子，柏拉图相当于孟子，亚里士多德应该对应荀子韩非子，但亚里士多德不是荀子韩非子，亚里士多德没有背离苏格拉底柏拉图们的古希腊文化传统，亚里士多德有《诗学》《物理学》《动物志》《伦理学》《政治学》等一系列巨著。《伦理学》探讨何为善；何为幸福与道德；《政治学》探讨何为最好的政府形式，认为国家必须有超乎强权之上的道德目的。亚里士多德也是古希腊学者中在亚洲伊斯兰世界影响最大的人，直接影响了伊斯兰哲学哈兰学派、凯拉姆学派、苏菲主义，形成阿拉伯亚里士多德学派，代表性哲学家有肯迪、拉齐及出生在中亚的伊本·西拿、法拉比，法拉比被人们称为伊斯兰世界的亚里士多德，第二导师；他们又反过来影响了欧洲的阿奎那，伊斯兰世界保存了希腊文化，也成为文艺复兴的思想来源之一。亚里士多德生前最得意的学生亚历山大大帝，一手执剑一手执《荷马史诗》，征服世界，其武功绝不亚于秦始皇，亚历山大大帝所到之处几乎都被希腊化，把希腊文明传播到欧亚非三大洲。直到汉武帝那个时代，大月氏人西迁，灭大夏，那个大夏就是希腊文化在中亚的最后王朝。张骞通西域，促进了印度文化希腊文化与中原文化的大融合。大秦帝国有军功，有政治制度建设，有经济力量，唯独没有文化，所谓楚有三户可以亡秦，战国晚期，楚国的政治军事一败涂地，可楚文化远在秦之上。《诗经》之后《楚辞》让长江流域人民的精神大放异彩，老子庄子也是楚文化的一部分，秦的遗民司马迁基本上继承的是楚文化以及浪漫主义与道家思想。李长之先生的《司马迁之人格与风格》有很好的阐述；李长之另一大作《孔子的故事》仅八万字，是我所读到的最朴素感人的书。

我总以为农业文明封建社会诗歌是一体化的，中国封建社会的顶峰盛唐也是人类农业文明最辉煌的顶峰了。所谓盛唐之音，非诗歌莫属，一首《春江花月夜》极尽青春与生命的美好，韩愈所谓"李杜文章在，光焰万丈长"。诗歌这种文学形式在唐人笔下，穷尽了中国人最具生命力的部分，所谓周秦汉唐，中国人慷慨豁达豪迈勇武，而宋元明清老迈体衰暮气沉沉。人类各个民族传统文化中最精华的部分不是政治思想哲学，而是充满想象力与情感世界的文学艺术，所谓取其精华，去其糟粕，糟粕大多在哲学思想领域。文学史告诉我们，李白是屈原《楚辞》浪漫主义的继承者，杜甫是《诗经》现实主义的继承者。笔者以为三十岁前读李白，那种天真单纯热情飘逸与青少年的青春相呼应，离开校园步入社会，有了阅历，再读杜甫，人世之沧桑情感之沉郁体会更透彻。这种沉郁厚重的情感其因何在？我以为孔子以后，原始儒家那种仁爱思想的真正传人是杜甫，不是董仲舒郑玄不是古文经学今文经学不是韩愈不是宋明理学乾嘉朴学，他们改造孔子改造得面目全非。不要忘了《诗经》是经孔子之手留传于世的，《诗经》与原始孔子诗意的人文意识弥赛亚降世一样降临在杜甫身上。笔者有幸中学时买到傅庚生先生的大作《杜诗散绎》，后又在旧书店购得傅先生另一大作《杜甫诗论》以及冯至先生《杜甫传》和萧涤非先生《杜甫诗选注》。其中一个细节令人难忘：杜甫幼时由姑妈抚养，瘟疫流传，姑妈把最好的房间让给杜甫，她的亲生儿子、杜甫的表弟染病身亡，也就是说杜甫的命是表弟换来的，这种童年记忆影响了杜甫的一生，也是杜甫诗歌的元气所在，这种舍身的义举，近于佛教故事中的以身饲虎。杜甫的人生注定为灾难所准备，比他年长十多岁的李白是为盛唐而生的，行云野鹤一般，安史之乱爆发，李白很快离开人间，杜甫走上前台，动荡不安颠沛流离几乎是他大半生的写照，自己的孩子都饿死了，他还惦记着皇上吃饭了没有？泪水打湿了手中的野菜团子。每当读杜诗，心中的酸楚难以诉说，几乎是耶稣的化身，替人类承受苦难，唯独忘记自己在苦难中。我更多地想到的是孔子，仿佛孔子再世，也只有杜甫把原始孔子的仁爱提升到信仰又还原到日常生活。儒家的仁爱与佛教的慈悲、基督教的怜悯是人类最美好的精神资源。

　　当我们把想象力当作创造力的时候，情感就是人生的动力，动力比创造力更重要，应该是人生第一要素。人生开始的时候情感教育太重要了，我们生命的第一缕曙光应该有爱有温暖；爱是一种艺术一种素养一种能力，情感世界中最高的状态是爱。诗歌是表达情感的最佳文学方式，戏剧小说散文，这些叙事艺术最完美的状态也是包含了诗性元素的状态。

　　情感是有层次的，激情、情绪也能导致恨，情操情怀就属于高层次了，有了境界，有了理性的因素，最高的层次是爱，爱是无须质疑地接近信仰，达到爱的层次的情感其关键词是真诚、虔诚。好的艺术品本身就是爱的教育。托尔斯泰听完柴可夫斯基的《悲怆交响曲》泪流满面；海涅在断臂的维纳斯雕像前唏嘘不已；俄罗斯人听完夏里亚宾演唱的《伏尔加船夫曲》没有欢呼没有鼓掌，而是默默地站立，然后默默地离开，从此，终其一生那美好的歌声久久回荡心底难以消散；拿破仑戎马生涯中随身携带《少年维特之烦恼》，战争也无法抵挡他对爱情的渴望……文学艺术使人成为真正的人，提升人，丰富人。现代主义艺术一味地哲理化一味地深刻，一味地排斥感情一味地零度写作，哲学一样深刻到人性的本质，本质并不是人性的全部，黑格尔早就警告过：知性把握不了美，酒精不是酒，人生丰富的情感世界的丧失也是现代主义艺术的一个教训。

　　回到伟大的李白以及所有中国古代的诗人们，其作品大部分抒写了自然的美，抒写了家国情怀，抒写了友情。尤其是田园山水诗，连同中国画，表现了大自然的神韵。大自然大地意味着母爱，对大地对大自然的尽情讴歌背后隐含着中国人浓郁的母子之情。前边讲过父母是中国人世俗生活的上帝，父母扮演上帝的角色。如果说神话传说英雄史诗童话科幻儿童文学所包含的幻想与想象力追求的是神奇的话，与诗歌以及一切充满诗意的艺术品相关联的情感世界，所追求的则是真诚。中国人情感世界基本是天地君亲师，与西方文学相比我们缺失的是夫妻之爱。杜甫与苏东坡给妻子写过少量的作品；清代江南一个叫沈复的小商人有一部记录他们夫妇生活的小册子《浮生六记》，生动感人，堪称杰作。大多文人写尽了歌妓，柳永是这方面的高手；李商隐的爱情诗篇大都写的是与情人的隐秘生活，极其朦胧如同密码。大胆直白的是《金瓶梅》《肉蒲团》以及各种房中术、采阴补阳大法，足以让以性文化著称的欧美各国目瞪口呆。我们作品中的女性形象，从貂蝉潘金莲潘巧云王婆到《金瓶梅》系列到曹七巧，不是女间谍就是恶妇淫妇毒妇，我们的罗密欧与朱丽叶何在？我们的安娜·卡列尼娜何在？我们的《简·爱》、《呼啸山庄》、简·奥斯汀何在？更不要说但丁与贝雅特丽齐、彼得拉克与劳拉了。不得不再次提及《红楼梦》，曹雪芹总算以一系列光辉灿烂的女性形象把中国古典文学推上了高峰。曹雪芹是一个伟大的浪漫主义作家也是伟大的现实主义作家，贾宝玉与林黛玉心心相印，但没有成为夫妻，曹雪芹无法解决这个难题。我们无法想象林黛玉的家庭生活，林黛玉追求的是爱情不是婚姻。倒是托尔斯泰的《战争与和平》解决了这个难题，十五六岁的少女娜塔莎爱上了安德烈公爵，安德烈公爵快三十岁了，妻子去世，这个成熟的男子请求娜塔莎一年后再公开他们的婚约，这一年娜塔莎经历过种种磨难，最伤心的是受流氓诱惑差点与其私奔，幸好被亲人们劝阻，后来安德烈公爵去世，小说结束时娜塔莎二十五六岁与安德烈公爵的朋友皮埃尔结婚。女性从少女到少妇这种巨变绝对是文学世界的珠穆朗玛峰，相当于从林黛玉到王熙凤；老托完美地写出了这惊心动魄的一幕。中国汉族文学没有这一幕。笔者在西域十年，读到大量少数民族的作品，像《纳瓦依》，像《十二木卡姆》，那么多爱情诗，都是几百首几千首，或者几万首的爱情长诗。

爱情诗、爱情小说，与情感有关的杰作应该是青少年时代的精神食粮。情商很重要，一个人一个民族的品格更多地体现在对女性的尊重与赞美上，所谓绅士风度、骑士精神也应该体现在东方男人身上。弗洛姆有一本小册子，《爱的艺术》。童年是充满神灵的黄金时代，青少年则是半人半神的英雄时代，在进入理性之前，应该有想象力这双翅膀，更应该有情感这个发动机，一个人在进入社会的时候，在展示他的能量与才华的时候，就应该懂得生命有三种力量：以力制人，以理服人，以情动人。特别强调童年到青少年最好的导师是大自然，以前的苏联有教材《学前儿童认识自然》、法国有埃德加·默林与安娜·布里吉特·凯恩的《地球祖国》。

四

这里所说的中年指青壮年，即青少年时代结束，步入社会，也意味着真正生活的开始。社会与生活是辽阔的复杂的，诗性的美的元素沉潜在生活深处，与之对应的是小说戏剧。

小说戏剧的出现标志着封建社会的衰落，尤其是小说，基本上是城市的产物，是工商业的产物。宋元明清城市大量出现，像武大郎这样的人凭手艺可以在城市谋生，不再依赖土地。《三国演义》中的关公是义的化身，这种义已经是包含了近代工商业的元素，关公对大哥讲义，对曹贼也讲义，对所有人都讲义，所谓义薄云天，既是财神也是武圣，倒是张飞李逵这些人是真正的封建奴才，张飞李逵只认大哥，大哥以外全不是人。关公这种义无界限是封建文化的异类。封建文化是封闭的、固定的、静止的，工商文明是动态的开放的。动态开放的文明形态，其诗性的美的元素深含在客观冷静的叙事中。西方从《荷马史诗》开始，就是叙事性很强的史诗，有人物有情节有细节，写实功夫很深，完全可以当小说来欣赏。从古希腊开始就是工商业立国的城邦国家。希伯来人也是从游牧到商业，《旧约》全书里全是动人的民间故事。这些叙事文学是正儿八经的经典。与之相反的农业立国的中国有悠久的抒情传统，古典诗歌基本上是抒情诗，叙事文学不发达。历史文化极为发达，历史是集体的声音，而小说是个人的声音。抒情诗也是个人的声音，但抒情诗的主人公是诗人自己。中国文学史基本是诗人自己的历史，欧美文学史既是作家史也是作家创作的人物形象史。中国古代，人的形象是缺失的。五四运动发现了人、妇女与儿童，这些有血有肉的个体"人"。

中国少数民族三大史诗跟《荷马史诗》相比毫不逊色。《荷马史诗》一旦成形就成了死史诗，中国三大民族史诗都是活史诗，从诞生那天起一直在发展，一代又一代民间歌手"与时俱进"，这个民族存在到什么时候史诗就发展到什么时候。它几乎是一个民族的活历史，又比历史生动传神，是由一个个鲜活的人物传奇的故事构成的，加上众多艺人的想象创造，既是个人创造又是集体创造，体现出民间艺术的风貌，即作者彻底消失在他所塑造的人物与故事后边。敦煌壁画和蒙古、藏民族的唐卡宗教画也是这种古老的风格，真正接近艾略特所说的客观化非个人化。

中国少数民族史诗的这种叙事艺术对中国叙事文学的发展意义巨大。本人当年的西域十年实在是一种机缘。初中时听一位同学讲艾力·库尔班的故事，后来在阿尔泰草原再听到熊的故事就萌发了给额尔齐斯河写一部小说的念头，就是后来的长篇《大河》。小学五年级在村子里找到一本《革命烈士诗抄》，读到维吾尔诗人穆塔里甫的诗，第一次感受到诗歌的美妙，后来我成为伊犁州技工学校的教师，来到伊犁河谷穆塔里甫的家乡尼勒克县。尼勒克在蒙古语里的意思是婴儿，尼勒克大草原就像一个生机勃勃的婴儿静静地躺在中亚腹地天堂般的伊犁河谷。尼勒克种羊场与石河子紫泥泉种羊场都是新疆美利奴羊的产地，后来我写了短篇《美丽奴羊》，再后来写了长篇《西去的骑手》，直接写到了穆塔里甫。这位优秀的维吾尔诗人，被盛世才杀害时仅二十多岁，他的笔名卡依那木-乌尔戈西，卡依那木就是波浪的意思，西域瀚海里的波浪，生命如朝露鲜美烁亮。笔者数百万字的天山系列小说都是汲取少数民族活史诗的结果。这种方式的叙事艺术比欧美文学更容易为我们所接受，都属于中华民族，在一块土地上生活。有意思的是柯尔克孜人的《玛纳斯》里的英雄，有柯尔克孜人，有哈萨克人，有卡勒马克人（即蒙古人），有契丹人，有汉人，任何一个草原民族的形成崛起都是好几个民族融合的结果，那个时代的草原歌手就有朴素的人类意识。在唐朝那个大时代，李白杜甫们都有壮游天下的经历。古波斯诗人萨迪说过：一个诗人应当前三十年漫游天下，后三十年写诗。诗歌如此，比诗歌更丰富更复杂的小说更需要一个人的社会阅历。元曲兴盛的一大原因就是蒙古人建立了世界帝国，欧亚大陆连成一体，人类空前的大交流，催生元曲的繁荣。草原游牧民族的这种动态开放式文明很接近欧洲工商业文明。

　　从来没有像我们今天这样强调作家的地域性与户籍，连封建时代的文人都不如。有谁审查过司马迁李白杜甫白居易罗贯中施耐庵的作品内容与籍贯？小说是一种他者的艺术，从封闭走向开放，从我走向他，从故乡出发走向异域；小说是个野孩子，好奇、喜欢冒险，具有堂吉诃德精神，不再闭门苦读，要骑着瘦马执着破枪去挑战风车。小说是世俗世故的老江湖，又是天真的孩童，这种天真让小说骨子里保留了古老的诗意。中国传统小说的三大中心：宋话本以及《水浒传》的中心在中原开封汴梁，今天中原河南的小说底色就是活脱脱的《清明上河图》；"三言二拍"的中心在江南吴越之地，今天的江南小说底色就是说不尽的风花雪月；比这更早的唐传奇，其中心在长安，丝绸之路的起点，西北及北方游牧民族梦寐以求的繁华世界，周秦王朝起自西戎，关中及长安深深打上了西域以及北方草原的印记。诗歌在长安走向顶峰，然后是唐传奇，西北再西是河西走廊的宝卷，敦煌卷子，处在《江格尔》《玛纳斯》《格萨尔王传》这些东起兴安岭西至天山昆仑山的草原史诗带上，今天的陕西以至大西北小说不接受其影响实在说不过去。汉唐长安可是与罗马并列的国际大都市，尤其是唐长安，儒道释三家并重。伊斯兰教兴起不久就传到中国，学术界认定具体年代为公元751年，而化觉巷的清真寺建于公元742年。基督教也传入唐长安。这种黄金时代开放的意识旺盛的生命力，应该是真正的中国小说精神，成熟自信健康豪迈。从唐诗到唐传奇秉承的是司马迁的《史记》风格，太史公以奇取胜。相比之下沈从文汪曾祺格局气象过于狭小，汪曾祺曾有写汉武帝的凌云之志，无奈太近宋话本与宋人笔记，无法走进汉人世界。体现一个民族伟大精神的应该是其生命力最旺盛的黄金时代，而不是暮气弥漫的衰落期。陕西应该对中国文学有更大的贡献。

小说戏剧对应的青壮年属于维柯所说的人的时代，神灵远离人类，人还原为人本身，经验丰富脚踏实地，真实而充满理性。

五

中国古典文学的正宗应该是诗歌散文，所谓诗文大国，小说戏剧是不登大雅之堂的，它们是鸦片战争以后接受西方文明的结果，尤其是王国维梁启超大力推动小说戏剧与诗文并列，才开始有了文学史的意识。古代文人所有的艺术理想基本上都倾注于诗词歌赋，诗言志，志者抒情。散文是要载道的。先秦诸子百家都是以文阐述自己的理念。包括极具想象力的《庄子》，基本上是个大寓言，在无限的时空里阐述君子不器回归自我的理念。先秦那个大时代很容易让我们想到希腊罗马。中西文化的差异再次显现：苏格拉底跟孔子一样都是述而不作。孔子生前经手的就一部《诗经》，不学诗无以言，诗可以兴观群怨，往载道上扯；另一部就是《春秋》，孔子作《春秋》乱臣贼子惧，中国人很在乎青史留名，伟大的历史传统从此确立，春秋笔法，微言大义。孔子自己的原创性言论死后被弟子们编为《论语》，也相似于柏拉图编写老师苏格拉底的对话集，区别从这里开始。中国最初的文都是子曰子曰，《老子》《易经》《尚书》，孟子庄子荀子韩非子公孙龙子墨子们都是独言独语不容置疑，个个都是全能全知王者风范。从苏格拉底柏拉图开始的对话体，在西方形成了最初的平等对话传统，文本里至少有两种声音，古罗马人将其发扬光大，元老院的公开辩论，西塞罗的散文就是其代表；还有罗马的法律，真正现代意义上的法律意识，给双方都提供辩白的机会，即使战争也有国际法庭给对方以说话的平台与机会。辩论演讲也一直是西方教育的主要课程。从古希腊罗马戏剧发展而来的法国的拉辛莫里哀德国的莱辛一直到英国的莎士比亚的话剧，演员的基本功是说话，这种本领得之于辩论与演讲。话剧直接导致电影的产生，有人把中国皮影当电影的起源，而其仅仅是技术上的光影手段，那种平等对话的精神元素我们没有。对话传统的另一发展就是小说艺术中的复杂的心理独白与复调，两种以上的声音，音乐里有复调，绘画里有美丑对立、立体多元，叙事艺术就不是一种声音。

散文是叙事艺术的基础，散文从本质上讲不是一门艺术，《美文》杂志好多年前打出"大散文"的口号是有道理的。这本来是中国古代散文的传统，八大家的散文也好，前秦诸子的散文也好，《史记》也好，《古文观止》也好，作者都没有把所写的文章"艺术化"，"第二自然"与"第二现实"与此无关，打的报告上的奏章书信墓志铭题跋，总之诗词歌赋韵文以外的文字统统都是散文。散文这个概念直到宋代才出现，以前就是文章，所谓晋字唐诗宋词汉文章。两汉就司马迁、班固、扬雄、刘向们的历史书学术书。有人想远离生活形式主义一下，六朝华丽的骈文让韩愈愤怒，韩愈要搞古文运动，文起八代之衰，文风就改过来了，古老的散文再次复兴，唐宋八大家，真正的大师也就韩愈、柳宗元、苏轼、欧阳修。宋人好理，韩愈本身好说理，他的诗基本上都是哲理诗。韩愈开辟了宋人风格。韩愈竭力反佛，从此中国文人吸收异域文明的传统基本上也停止了。有趣的现象是唐没有爱国主义诗人这一说，这个桂冠从宋人开始。关中及长安在周秦汉唐多次被异族攻陷，也多次吸纳异域文明。宋代开始我们的心灵封闭起来。八大家以后，散文也渐渐衰落了，清朝出现过桐城派，不敌明清的野史笔记小品文。

散文是人生的冬天与老年，春花夏日秋收冬藏，人到老年生命之火不再熊熊燃烧，也不再折腾不再经历大风大浪，该经历的都经历了，生命用最后的热量把青壮年的经验提升为智慧，老者智。古人常常说智叟，张良年少轻狂，需要老人的一番教诲；李白年幼顽劣，老婆婆以铁棒磨针启发之；让韩信大悟的那个妇女，大概也是五十多岁的老妈妈。现当代的散文大家也都是季羡林金克木张中行这些老学者，知堂老人周作人早年就比他的兄长鲁迅老气，所谓少年老成。鲁迅到死也有一股子年轻人的血性与火气。杂文即所谓文艺性的社会论文，真不是一般常人所能及，那是散文中的散文，以思想的锋芒见长。专家学者的散文太文人化，丰子恺倒是到了一种化境，书画文俱佳。

还是以维柯的观点，人类从神的时代到英雄时代到人的时代，老年人以中国人的习惯应该返老还童，返璞归真，陶渊明所谓"此中有真意，欲辩已忘言"，神灵再次降临，生命画上圆圈，这也是生命最后的辉煌。笔者在西域见过无数的维吾尔老人哈萨克老人蒙古族老人，老头子们个个像千年不死千年不倒千年不朽的胡杨，老太太们个个像温暖绵软的老绵羊，那一刻我才发现老有一种罕见的美。笔者也在沙漠深处、在天山大峡谷看到过辉煌的落日，太阳不是落下是出生，是一个巨婴在天地间爬行，我相信任何一个见识过天山落日的人都会泪流满面，都会产生这样的念头，生命如此美好，看了这人间美景此时此刻死了也值，那是一种可以跟爱情相媲美的生命体验。这就是中国人的生命意识，生命是轮回的，时间是循环的，春夏秋冬一年四季二十四节气六十年一甲子，王朝也是兴衰轮回，我们今天依然用公元纪年，但骨子里还是农历这种古老的时间观，生命不就是时间吗？西方的时间是线性的。古希腊文明最终以亚历山大大帝殖民扩张希腊化而衰落。特洛伊人突围到意大利成为拉丁人的祖先，建立罗马及罗马帝国，在殖民扩张中耗尽元气为蛮族所灭。欧洲的近代文明，文艺复兴发于意大利，向北到法国启蒙运动政治大革命，到德国宗教改革产生新教，到英国就是工业革命，扩张成世界帝国，产生了一个美国，大英帝国就此衰落。勇往直前线性发展。英国有戏剧有小说，但也有悠久的散文传统，兰姆《伊利亚随笔》、吉本《罗马帝国衰亡史》等，王佐良先生著有《英国散文的流变》，有详尽的介绍。希罗多德的《历史》、蒙田的随笔、法布尔的《昆虫记》、普鲁塔克的《希腊罗马名人传》、爱默生的散文随笔、普里什文《大自然的日历》、帕乌斯托夫斯基《金蔷薇》，都值得一读。更要强调的是，中西都有大散文的意识。西方有达尔文的《物种起源》、牛顿的著作、维纳的著作、南丁格尔的《护理札记》、马尔萨斯的《人口原理》、洛伦茨《灰雁的四季》，中国的竺可桢、茅以升、胡适、顾颉刚、史念海这些自然科学社会科学大师们的作品也都是极好的散文，千万不要拘泥于所谓的专业散文作家作品。再重提一下，李敬泽的观点，散文根本不是艺术，而是生命本身。

每一个人每一个生命无论成败，都有充满幻想的童年（幼儿园到小学），都有感情丰富敏感多变的青少年时代（初中到大学），都有青壮年丰富的社会阅历与人生体验（走出校门进入社会），都有充满智慧的老年即耳顺之年，这也是人类以及个体人的神的时代英雄时代与人的时代，也是从神话童话到诗歌到小说戏剧到散文贯穿鲜活生命的过程。喀喇汗王朝伟大的诗人哈斯·哈吉甫写了一部长诗《福乐智慧》，意即追求幸福的智慧，也就是今天我们说的幸福指数，这个观念来自于喜马拉雅群山中的小国不丹。东方人追求智慧，追求幸福的智慧，这才是生命的价值所在。

2012年5月4日于西安南郊大雁塔下

一个剽悍民族的文学世界

跟其他马背民族不同,满族曾两次入主中原。他们的祖先女真,把契丹人赶到西域,挥兵南下,摧毁了纸醉金迷腐朽不堪的北宋王朝,让那个很有艺术天分的徽宗皇帝在北国草原放了十年羊。在成吉思汗旋风冲击下,女真人又回到白山黑水间,休养生息,终于在17世纪再次崛起:降服蒙古,推翻明朝,剿灭李自成、张献忠,然后进军中亚,收回疆,平西藏,完成了马背民族对中原的最后一次冲击。凶悍的哥萨克和廓尔喀兵也难以招架满族铁骑,沙俄的远征军被遏止在外兴安岭以北,廓尔喀兵被赶到喜马拉雅山南麓的大吉岭外。

清的兴起是从《三国演义》开始的。努尔哈赤早年流浪于山西河北一带,懂汉语,听说书人讲"三国"故事,如醍醐灌顶茅塞顿开,英雄气概勃然而起,回关东后便如此效法。八旗将领人手一册,《三国演义》成为满族人的用兵指南。

努尔哈赤对中原文化可谓独具慧眼,对儒学儒生他深恶痛绝。他认为明朝就坏在士人手里。在辽东时他曾下令捕杀士子,直到范仲淹的后人范文程入幕,这种坑儒政策才有所收敛。当是时也,大明王朝的精英分子哪个不是饱学之士,可正宗的文化典籍里没有《三国演义》。小说是不入流的,属于街头巷尾的野民百姓。朝廷的大员们可以不理这部具有英雄气息的大书,旷野的农夫在读它,李自成张献忠们在读它。这些汉族农民英雄跟关东大野那位满族豪杰一样，他们同时发现了《三国演义》的价值，并以此书为用兵方略，发动对明朝的战争。官兵一败涂地，崇祯皇帝至死不明白原因何在。跟"三国"故事一样，共同的敌人惨败后，剩下的两方就要决一雌雄了。拥兵百万的李自成被数万八旗兵打得大败，他们甚至不屑于去追他，把消灭残敌的任务交给了吴三桂。整个明王朝浓缩在一部《金瓶梅》里。李自成和他的弟兄们不一定读过此书，可他们在京城的作为俨然西门庆第二，淫逸之声遍地。

李自成只英雄了一半，就油干灯灭了。清王朝是明白这一点的，清初几位新皇帝曾不遗余力地"扫黄"，八旗铁骑也曾给萎靡的中原带来一阵清新刚健的气息，顺康雍乾之雄才大略也毫不逊色于秦皇汉武唐宗宋祖。皇帝为了保持八旗兵的剽悍勇武，把白山黑水划为禁苑，用以操练满族劲旅；在蒙古大草原与华北大平原的过渡地带设"木兰秋狩"，让皇子皇孙们熟识骏马钢刀与弓箭。

就在王朝兵强马壮、边境战争连连获胜的乾隆盛世，那位世受皇恩的满族才子曹雪芹，蜷居在皇城根下的小屋里，一把鼻涕一把泪抒写王朝的哀歌：骁勇善战强悍无比的满族豪杰变成了一身女儿态的贾宝玉。贾假相通，暗指满族不再有真男子真豪杰了。笔者绝没有染指红学的意思，红学太神圣太复杂了。面对复杂的世界，最好的办法就是简单化。《红楼梦》一言以蔽之，写的是满族人蓬勃的生命如何委顿。作家所预见的首先是个体生命的衰竭，正如《尤利西斯》描述白种人的种族衰退一样。

《红楼梦》脱胎于《金瓶梅》，两本书有一种内在的血缘关系。兰陵笑笑生，是以笑当哭，灵魂深处战栗出的冷笑，绝望得发抖发狂的干笑。当是时也，宰相张居正将军戚继光女色过度，气绝身亡；具有胡人血统的回族哲学家李贽，用刀切开血管，流淌出腐朽王朝仅有的一点生机和亮色。面对北方大野的八旗劲旅，明朝的男人们全成了土鸡瓦狗。即使满族劲旅，仅仅几代人就雌化了，成了细皮嫩肉的宝哥哥。满人比汉人直爽，不绕弯子，不以笑当哭，有泪直接流，大放悲歌。

在《红楼梦》中，晴雯之死竟让宝玉悲痛欲绝，悼文洋洋洒洒长达千字，以曹氏的手笔，在黛玉死时将会出现地崩山裂宇宙毁灭般的大哀痛，那将是哀歌的高潮。在众女子中，黛玉是远远超过晴雯的，晴雯之死仅仅是哀歌的序曲。一部《红楼梦》写的就是美与生命的毁灭，就是死亡，不是生命的自然衰亡，而是生命在蓬勃状态中的夭折，这就显得格外鲜烈。晴雯之死，黛玉之死，最后是宝玉的灵魂之死，那块通灵宝玉灵气尽失，变为顽石，是谓《石头记》。小说以开天辟地的五色石开始，以灵气散尽的石头结束，生命就这样僵硬了。

《红楼梦》与《金瓶梅》一样，写的是一个民族在人种上的退化与衰亡。

汉族从《三国演义》那种充满王者之气的英雄豪杰，到《水浒传》中流落山野的绿林好汉，再到《金瓶梅》里的市井无赖西门大官人。

满族英雄的祖先努尔哈赤也是从《三国演义》吸取王者之气，到《红楼梦》就彻底地衰竭了。满族毕竟带有关东林莽的率真与朴实，不至于沦落到《金瓶梅》中那些婊子无赖下三烂的程度，那种奸邪油滑还未浸入他们的肌体，大观园里的人物还有某种高贵与美。到老舍先生笔下，纵观驰骋的满族健儿只能在烈日与暴雨下拉洋车卖苦力。《骆驼祥子》最初的版本里，祥子最终变成一个街头无赖，混在黄色工会里，尽干些丧尽天良的事情。修改后的版本只写到祥子破产，没有写黑暗世界把人变鬼的过程，这不能不说是艺术上的一种遗憾。

相当长一个时期，我们忽略了满族另一部杰作——《儿女英雄传》。抛开它的正统思想不谈，有两点是可以肯定的：此书的语言是一流的北京话，以武侠小说而论，金庸古龙们是望尘莫及的；此书另一个特点就是文康敏锐的感觉。跟曹雪芹一样，文康显然觉察到了满族人生命力的衰竭，所以他竭力写人的强悍，而且是女人的强悍。十三妹何玉凤不但有一身好武功，还跟须眉男子一样站着撒尿。尽管作者把十三妹写得如何英武豪迈，男子气十足，但作者心里很清楚：十三妹是女的。塑造这个人物形象的本身就意味着满族没有男人了。十三妹所倾心的安公子，跟贾宝玉一样是个水做的人儿，处处需要女人保护。

男性的软化便意味着英雄气概的消失，《金瓶梅》《红楼梦》《儿女英雄传》写的是一个主题：生命的衰竭和退化。

满族人崛起的时候，他们倾慕的中原文明已经提早衰竭了。《金瓶梅》所写的大明王朝，男人形同虚设；七十多名倭寇从沿海登陆，横扫苏浙皖赣，直逼明朝陪都南京，那里驻扎着二十万装备精良的官军，围追堵截才将倭寇消灭。

1840年，曹雪芹文康所预见的灾难终于出现了，比倭寇凶悍数十倍的英国舰队逼近王朝，满族和蒙古的铁骑甚至包括汉族的绿营溃不成军，数千洋鬼子打败了王朝的百万大军。于是变法搞洋务购置坚船利炮。很少有人理解曹雪芹与文康的用心。于是开始八年抗战，拥有新式枪炮的民国军队依然一溃千里。日本兵一个大队可以抗击中国一个军，台儿庄大战也是四十万中国军队与三万日本兵的血战，除过牺牲与爱国激情以外，生命所应有的剽悍与野性我们太少了。我们的剽悍与野性，全都体现为市井无赖对同胞的蹂躏；在民族整体的生命意识里，却没有一种精神。那是须眉男子的一种原始血性，也是兰陵笑笑生曹雪芹文康们渴望的生命气象。

1994年4月

丝绸之路开始的地方

丝绸之路开始的地方——这就是我喜欢西安的最大理由。

有两本书对我的生活影响很大，一本是帕乌斯托夫斯基的创作札记《金蔷薇》，书中所描写的作家普里什文放弃大都市的现代化生活，扛着猎枪背着行囊到北方草原，到"飞鸟不惊的地方"去了。这本书购于关中渭北那个叫岐山的小县城，当时高考失败，进补习班以利再战，心情郁闷，六角四分购得此书，算是艰难岁月的一丝温暖吧。

另一本书《蔷薇园》，大学一年级读的，古波斯诗人萨迪所著。更要命的是萨迪所言，一个诗人应该用三十年时间走遍大地，然后用三十年时间写作。1985年我大学毕业留校，一年后，听从内心的呼唤离开关中老家，西行八千里，来到天山脚下，在那个叫奎屯的小城生活了十年，漫游天山。十年后，1995年年底回到秦岭脚下的小城宝鸡，又是十年。2004年冬天迁入西安。也就是说，我居住西安仅仅两年，按萨迪的要求，我到省会城市太早了一点。沿着天山向东到甘肃是祁连山，到陕西就是秦岭，一脉相连，起源于中亚腹地的群山，终于渭河与黄河交汇处，即终南山，山在这里停止了。古长安就筑于河山交汇的地方，史地专家史念海先生的著作命为《河山集》是有原因的。丝绸之路基本上沿着这条山脉向西延伸，直到地中海边的罗马。2005年，也就是我居住西安一年后的夏天，陕西历史博物馆展出了古罗马的文物，我带着儿子参观了两次。

我三十岁以后就敬畏万物神灵了，遇寺庙圣迹，一定要光顾功德箱。迁入西安刚刚安顿下来，就带老婆孩子逛鼓楼北边的回民小吃街，紧挨着的是有名的化觉巷大清真寺，唐玄宗时伊斯兰教就传入长安。那真是一个大时代，佛教、伊斯兰教、景教汇聚长安。我们一家喜欢逛回民街，完全是天山脚下的生活习惯，除腊羊肉腊牛肉外，能买到烤馕。古长安在唐以后衰落，到明朝变为西安，多少文人学士为此浩叹。民国初年，鲁迅先生来西安讲学，观看秦腔戏，把讲学所得捐给戏班子，古长安的破败据说冲淡了先生创作长篇《杨贵妃》的灵感。我以为先生放弃长篇写作的更大的原因应该是个人的气质，先生取法魏晋格调冷峻奇崛短促，适合短篇而不适合长篇。古长安的衰落更多的是政治经济这些外在的因素。用法国学者布罗代尔的观点，在政治军事经济这些中短期因素外，文化是一个长波段，是一种更内在化的因素。周秦汉唐那个大时代所积累下来的原创性的文化因素散落在三秦大地的角角落落，也渗透在西安的一草一木之中。一位出租车司机曾经跟我探讨《史记》的版本，对秦始皇的家世了若指掌，我开玩笑，"你可以当个大学教授了"。这位老兄是个下岗工人。对西安的最初印象是在大学二年级，我在宝鸡上大学，假期去西安同学那里玩，让我吃惊的是西安人大都说西安话，不说普通话。我求学的宝鸡是抗日战争兴起的新城，河南难民居多，河南话一直是宝鸡的普通话，甚至在天山脚下，那个叫奎屯的小城，农七师的军垦战士也以河南人居多，河南话理所当然成为奎屯的普通话。

农村长大的学生到城市读大学，最让人头疼的是讲普通话，舌头都是硬的，就是学不好。特别羡慕那些能说一口流利普通话的人，西安人让我第一次见识了在普通话之外还有一种方言可以盛行于大都市。后来才知道陕西话是周秦汉唐的"官话"，自信心大增，腰杆也直了。

后来到天山脚下，尽管兵团的军垦战士流行河南话，可在新疆当地老百姓中间，陕西方言就是土著汉语就是西域普通话。我曾在一篇文章中把秦腔花儿十二木卡姆看成一条民间音乐纽带，三者之间有共同的旋律与节奏，从古回鹘乐、古龟兹乐到汉唐乐舞，安史之乱，乐人散落民间，同时也是乐曲的垂直交融。人们一直把丝绸之路当作商道，商道之外还有音乐，还有宗教，还有语言即陕甘方言，东起潼关，西至天山尽头，所以唐朝的疆域，应当在咸海里海岸边了。

我居住在西安南郊大雁塔下，每天清晨，雁塔广场有两大景观让人爽心悦目，一是用拖把蘸着水在地板上写书法的老人，左右纵横，一气呵成，既练字也练了身体；一是唱秦腔的中老年人，唱得声泪俱下的是《李陵碑》，唱得慷慨激昂的是《包公赔情》《铡美案》，唱得委婉动人的是《三滴血》，唱得凄凉徘侧的是《寒窑》。

王宝钏的寒窑就在大雁塔南侧几百米的地方。据说那个在西凉国当了驸马的美男子薛平贵压根就没有回长安接王宝钏，王宝钏望眼欲穿，化为尘埃。寒窑就寒在这里，超越生死的等待，至死不渝。秦人倔强有余，通脱不足，更不要说圆滑机巧了。也许正是这种死倔，这种一根筋的精神，才产生了凿通西域的张骞，牧羊北海十九年的苏武。那个取经的和尚玄奘一直到了天边以外，过瀚海，越葱岭，这种孤胆精神让人想起资本主义兴起时的哥伦布，哥伦布带给美洲的是火与剑，是印第安人的灾难，玄奘带来的是文明。

汉唐的宫殿全都败落了，成为文物工作者发掘整理的对象，玄奘译经的大雁塔依然完好，完全可以跟古希腊雅典神庙相媲美的伟大建筑，庄严朴素。古代中国的土木建筑总是随着王朝更替化为灰尘，这种易朽的物质隐含着东方人看待世界的眼光，包括长城以外那个草原帝国的创造者成吉思汗，大汗把这个世界也看成"易朽的世界"。易朽的是物，不朽的是精神。蒙古人入主中原后，从《易经》中取"大哉乾元"的"元"作为王朝的符号。

居西域十年，沐浴了草原文明以后，回过头来审视我的家乡关中平原，完全有理由把这个夹在秦岭山脉与黄土高原之间的小盆地看作一个熔炉，周秦王朝翻越北方高原，进入温暖的关中平原，走下马背，变成农耕民族。他们总是沿渭河东向，从中上游到下游的古长安，完成原始部落到文明状态的巨变，然后走出潼关，席卷天下，然而又把深情的目光投向西域投向北方草原。

《穆天子传》与《山海经》所记载的是多么有想象力的世界啊！稍一抬腿就是葱岭就是阿尔泰山就是昆仑山，就是美丽的女王西王母。古代关中所孕育的眼光就如此辽阔深邃，不狭隘不短视。那个写《史记》的司马迁，那些生于古长安的唐传奇，让人联想到古希腊神话传说联想到《荷马史诗》。自宋以后，政治经济文化重心移向东南，我们的文化再也没有想象力了，视野变窄了，空间变小了。唐诗是想象力也是雄性的，宋词优美，但总让人感到太多的阴性，太多的被动，潮乎乎的。2001年我有幸参加中国青年出版社组织的考察黄河的活动，沿黄河源一直走到华山脚下，对黄河有了一个基本的了解，也满足了我梦寐以求的走遍北方草原的梦想。

北方草原民族史诗《玛纳斯》《江格尔》以外，还有藏族的《格萨尔王传》，"走马黄河"的途中补上了《格萨尔王传》。黄河第一个大拐弯的左岸孕育了藏族的《格萨尔王传》，右岸孕育了周秦王朝的《诗经》；黄河的第二个大拐弯，南岸的鄂尔多斯高原与北岸的辽阔草原孕育了匈奴与蒙古王朝；黄河的第三个大拐弯就是渭河汾河汇入黄河的地带，古长安就搭在黄河这张弓的弦上。秦直道从关中平原直插河套平原，成吉思汗越过黄河来到鄂尔多斯高原，走的也是秦直道这条南北中轴线，大汗情不自禁萌发了在此处建造寝陵的念头，成吉思汗陵跟关中长安周围的周秦汉唐的皇陵遥遥相望。我在阿尔泰在伊犁河谷所见到的乌孙人匈奴人的王陵，其形状基本上跟乾陵、昭陵一样，都是山岳似的土堆。

一个漫游了西域大漠的关中子弟，迁居西安后总是把目光一次次地投向丝绸古道。有好几次离开陕西的机会，我都放弃了。我也有机会可以早早地调入西安，我一次次推迟。最后让我下决心进西安的原因，是2004年春天，随大陆作家代表团赴台湾地区进行文化交流，在西安办赴台湾的手续，时间已晚，住了一宿，在北大街逛书店，翻到了画家石鲁的资料，相当完整的一套资料。之前我已购得长安画派另一位大师赵望云的资料，回到旅馆熬了一夜。四川人石鲁河北人赵望云落脚西安，还有好几位秦腔艺术家都不是陕西人，他们都在西安生根开花，到底是周秦汉唐那个大时代诞生的国际大都市，西安的大气是藏在骨子里的。诗人作家艺术家的故乡，一定在其成就艺术生命的地方，也肯定是他最大的幸福所在。

文学的力量

文学的影响越来越小了，文学越来越边缘化了。文学深刻吗？人文科学中最深刻的是哲学。文学宽广吗？那是社会学的事情。文学能解决什么具体问题吗？那是新闻报道、是媒体的事情。文学能总结经验展示未来吗？那是历史学的事情……科学求真，宗教求善，文学只剩下美了。美是不实用的，美是多余的，美是无用的，美不以成功论英雄，美纯粹是一种吃了五谷想六谷的东西。欧洲人讲得更有意思，上帝创造了世界，上帝开始社会大分工，商人、地主、国王们分别夺走了金钱、土地和权力，诗人什么都没拿到。因为上帝让人们回答他们需要什么的时候，我们的诗人没有提任何要求，我们的诗人跟傻瓜一样只注意着上帝的表情和上帝谈话时的语调，我们的诗人对上帝说话的方式产生了巨大的兴趣。所以我们的先民在黄河边挖窑洞种庄稼的时候，观天象测气象、观水文浇土地的时候，另一些人开始唱歌了。北方是艰难的，只适合简短的语调，《诗经》大体上都是四言诗，调子凝重朴实，基本是土的颜色。《诗经》以后，老子孔子孙子们基本上都是短句式，基本上都是片断式。以后的两百年，没有文学作品了，基本上是苏秦张仪这些纵横家的天下。孟子、荀子、庄子们再也不能用短句了，都开始滔滔不绝，这就是我们历史上第一位作家屈原出现的文化背景。屈原长歌当哭，南方人开始歌唱了，那是水的声音，长长的细细的，美的因素大增。浪漫本来就是天上的东西，从大地到天空，我们的文学最终完成于先秦那个大时代。屈原在仕途上是大失败者，连他自己都没有想到他在文学上会有这样的壮举。但是文学在他那里摆脱了实用的价值以求灵魂的获救。很有意思的是欧洲的第一个作家荷马，是个盲人，这种人往往有一双心灵的眼睛，尘世的眼睛注定是合上的，行吟于地中海，一个盲人歌唱的却是特洛伊战争的英雄。两个诗人有更多共同的东西，给他们的民族注入了一股灵气，一种纯精神的东西，提高了一个民族的品质。一个民族可以被毁灭，被伤害，但精神不朽！据说英法联军火烧圆明园的目的之一就是要伤中国人的自尊，这些清朝的子民已经失败两次了，两次鸦片战争败北，依然把欧洲人当野蛮人。据说第一次鸦片战争失败后签订《南京条约》，清朝只派了一个知府，也就是地级干部，更让英国人愤怒的是，咱们的谈判代表把英国人当不开化的蛮夷，给"英国"的"英"加一个"犬"，即"獁"。五口通商了，传教士来了，汉学家也有了，人家也就明白"獁"的含义了，就要再打一次仗，就烧中西合璧的圆明园，那是康乾盛世的标志啊，形象工程啊，一下子就毁了。雨果先生写文章说：欧洲有两个强盗，一个叫英吉利，一个叫法兰西，谈的就是对圆明园的毁灭。毁灭美就是对一个民族心灵的伤害，所以希特勒军队兵临莫斯科城下的时候，斯大林以普希金、格林卡、柴可夫斯基来唤起苏联人的自豪与自尊。作家、艺术家的手艺就是这种精神性的东西。最近看了几集《汉武大帝》，片名打着《史记》《汉书》，就有点胡说八道，完全是苏秦张仪纵横家拍的嘛，最多也就是《汉书》，跟《史记》不沾边。司马迁说到底是中国文人的最后一位贵族。秦是最后一个贵族王朝，从刘邦开始进入平民王朝，是没有贵族精神的，要独尊儒术了，实际是对孔子的大篡改，实用主义了，先秦文化止于《史记》。鲁迅说《史记》是史家之绝唱，后无来者了。人们总是把《红楼梦》当百科全书，实在有些勉强。《史记》才是真正的百科全书，三皇五帝、三教九流、刺客商人、江湖术士、野心家阴谋家、英雄壮士、孔子屈原这些文人，什么都有，更重要的是司马迁的笔法，跟庄子一样，"齐物论"，对笔下人物等量齐观，视野之大，也是后无来者。包括他的民族观念，对匈奴东胡这些草原民族，不丑化不贬低，体现的是一种真正的"艺术精神"。最近重读莫泊桑的《羊脂球》，忽然想到鲁迅。鲁迅在日本侵略中国的时候说：做外国人的奴隶不好受，给自己人做奴隶也不好受。莫泊桑笔下那个弱女子受到的伤害大都来自她的法国同胞，内寇往往胜于外寇。文学也能深刻，美也是有力量的。文学艺术的力量往往来自于读者中最有阅读能力的人，阅读也是一种创造，也是一种能力。我曾听过一个农民对一部欧洲电影的分析，三言两语击中要害，镜头、音乐、色调，一点也不比专家差，只是没有用专业术语罢了。那是我上小学的时候，20世纪70年代末，我们村一个初中毕业的农民讲电影艺术。所以我走上文学之路后，总能感觉到读者中有一道睿智的目光。忽略读者智力是对读者的侮辱，根本不是尊不尊重的问题。尊重是你的手艺好不好，手艺好是对自己而言，进入读者视野就是另一个问题了。纵向文学的历史，重复了没有？增加还是减少？横向同时代，有没有特色？更不用说用文学的加法加一下，再用减法减一下，最后剩下什么。贡布里希在分析了许多艺术作品后得出结论：许多大师仅仅比前辈增加了一点点东西。用弗莱的话讲：艺术模仿艺术也是一条伟大的艺术规律。回到常识，我讲写作课时常常给学生讲到白居易，白居易如果没有《长恨歌》与《琵琶行》会怎么样？

做父亲的感觉

男人最美妙的感觉是做父亲。那是一种伟大的创造，所有做了父亲的人都有一种豪迈的王者气度。陕西方言里就有我儿某某某。这是陕西人的口头禅。陕西人兴奋至极就一句我儿，你这我儿。其实东南西北普天下的男人都有这么一股豪迈粗犷的创造冲动。后来，我到了新疆，从维吾尔族人嘴里听到一句"帮肩"，从蒙古族人嘴里听到"波罗盖"，先是发呆，接着恍然大悟，这是很土的关中方言么，帮肩是差不多，波罗盖是膝盖。那个有名的突厥汗王帖木儿大帝致西班牙国王的信是这样开头的："吾儿西班牙国王菲利普……"帖木儿用的是标准的西北方言。

西北是我们的血脉所在，母亲河黄河的源头在青海，青海以西，那条有名的塔里木河以及上源叶尔羌河从雄性的帕米尔高原呼啸而下，入大漠，潜行数千里又从青海冒出来。这就是母亲河的力量，越万里黄沙而不竭，从巴颜喀拉绿茸茸的草坡冒出来，给我们选择了一个多么富有诗意的襁褓！青海，青色的生命大海。她的身后是地球上最有创造力的伟丈夫——昆仑山天山帕米尔高原。

我很幸运，大学毕业一年后来到天山北麓一个叫奎屯的小城，不是旅游观光，是落地为民。也没有什么雄心壮志或者体验生活的计划，与这些虚招无关。我是来西域过日子的，我很满足做一奎屯市民。我上的是中文系，而我的文学入门书是帕乌斯托夫斯基的《金蔷薇》。1980年我高考败北,入补习班,缴学费后尚余一元钱,花六角四分购此书,它如同防毒面具一般保护我的心性没有被"课本"所摧垮。我很羡慕帕乌斯托夫斯基笔下的农艺师普里什文,突然"扔掉工作,带一个背囊、一支猎枪和一个笔记本,步行到北方,到卡累利河去了"。1986年秋天,我带十五箱书来到奎屯,我的单位是技工学校,与文学无涉。单位给每人分一块菜地,上课之余种茄子辣子西红柿,南望天山雪峰,西边是滔滔奎屯河。清晨听不到雄鸡报晓,从天山腹地传来悠扬的马嘶,中亚腹地的太阳是从马背上升起来的。从阳台上可以看到农七师一三一团的条田,被林带隔开的方格子庄稼就像先秦时的井田。我那小块菜园子如同沧海一粟,蹲在菜地里人就成了虫子。地边的骆驼刺扎你脚脖子,你就发出虫子的叫声。

1988年春天,我肩扛刚出生的儿子,昂首阔步走向菜地时,也接到了中篇小说的用稿通知。那个中篇两年后才刊出,但它的孕育过程与儿子是同步的。在此之前我发过诗和散文,但没有这一天这么真实。软肋后那块肉猛跳一下,我感觉到我是一个新疆人了。儿子骑在我的肩膀上,我还是抬头看了看天,新疆的天总是那么蓝那么辽阔,辽阔得像要弯下来,覆在人的头顶上了。真有上帝的话,上帝肯定看见亚当夏娃的肩膀上有个让他老人家吃惊的小生命,上帝怎么能控制人的生命呢?人对伊甸园的放弃是为了不独占生命,不万寿无疆,要短寿,在短暂的生命中创造延续新生命,照自己的形象创造一个崭新的人。我的心狂跳。

我儿子及时浇一泡热尿,从这个憨笑的年轻父亲头上飞流直下……芳香的童子尿啊!上帝肯定醉了,上帝闻到了啤酒的味道,中亚大地生长着世界上最好的啤酒花。我儿子的热尿就散发着这种清醇的味道。啤酒花开始出现在我的笔下,后来是骏马、鹰、靴子、羊和苹果……整个大地向我涌动。

1995年冬天回关中,距离与记忆使西域的风物更清晰更具美的意味。1998年儿子十岁时,我的小说二百万字,选出天山系列短篇编为《美丽奴羊》《跃马天山》,由百花文艺出版社、长江文艺出版社出版。儿子只能生一个,而西域的美可以让你永远生下去,文学就是一种生殖。

对一条河的向往和想象

我曾写过两个短篇《乔尔玛》和《雪马》，写奎屯河上游水文站和破冰人的故事。在奎屯河边生活了十年，两个短篇实在太少了。我总是喜欢拉长距离写东西，我的故事背景大多都在阿尔泰和伊犁，尤其是阿尔泰，《鹰影》《狼嗥》《金色的阿尔泰》《哈纳斯湖》这些为大家所注目的小说都是以阿尔泰为背景，但我总是把额尔齐斯河一笔带过。1988年秋天，我和一位同事去阿尔泰招生，这条清澈温暖的大河给我的印象太深了，大地豁然洞开，金黄的树叶在河水中跟活鱼一样，捞到手里叶片还在颤动，大群的红鱼逆流而上，农十师的农工告诉我这些鱼是从北冰洋来的。地理书上有关这条河的文字全被淹没了。2000年我已回到陕西，走马黄河，我在黄河上游就不想往中下游走，我喜欢积石山下清澈的黄河，积石山下的撒拉人来自中亚撒马儿罕，这种浓烈的中亚气息很容易让我想到阿尔泰想到额尔齐斯河。苍天助我，我搜集到了撒拉硬汉哭媳妇的民歌。《额尔齐斯河》的雏形就出来了，女人河流孩子和一只传说中的熊。两年后，2002年9月，我带着这部长篇的初稿来到北京八里庄鲁迅文学院，一边修改一边读书，四个半月闭门不出，偷偷地读童话，读安徒生、格林、豪夫和贝洛。阿尔泰很适合做一个童话的背景，有这个背景额尔齐斯河才有可能流到北冰洋，那些冰雪世界的鱼也有兴致回游到大河的源头。大河都是向东流的，额尔齐斯河却悄然西行，变成一座座冰山，河流站起来就是冰山。

从边缘到中心的伟大复兴

好几年前我写过《浪迹北疆》，把天山当作亚欧大陆的心脏。我喜欢听大地健康的跳动声。在《天才之境》中我想象李白在中亚度过的金色童年，诗人的想象力是在草原大漠里孕育出来的，还有那酒量。在《龙脉》中，我直感到，中原与西域的交往绝不是一条丝绸之路，远在人类之初在神话时代就开始了，《山海经》为证。据说古巴比伦王国一个王子来到中国做了国王。西部的音乐呢，回鹘古乐、十二木卡姆，与花儿与秦腔一脉相承。很感谢郑振铎先生的巨著《文学大纲》，大二时从该书中读到古波斯四大诗人，我一下子就喜欢上哈菲兹的诗，抄了满满一大本。这位苏菲派诗人简直是李白的知音，是个大酒仙，歌颂明月、玫瑰、美人与酒。比大学更早一些，大概是快上初中了吧，读到民国时新疆的维吾尔族青年诗人穆塔里甫的诗，跟普希金的诗相似。后来我干脆落脚新疆，读到了《玛纳斯》《福乐智慧》《江格尔》，也读到了阿拜与纳沃依。遗憾的是没有阿拜的诗集，也没有《突厥语大辞典》的汉译全本。但这足以使我这个来自陕西关中的大学生大开眼界，所谓中华文明，汉文化只是其中之一，在天山南北有丰厚而伟大的中华文明。我是个性情中人，我对我的学生这样讲：不要以为莎士比亚有多了不起，《罗密欧与朱丽叶》与中亚大诗人内扎米的《莱利和梅季侬》相比逊色多了，中亚另一个大诗人纳沃依的爱情诗足以使欧美现代诗相形见绌。

这就是黄金草原，包括那里的戈壁沙漠。荒漠有大美，有人类更高贵的一种精神。从先秦到汉唐，到明清，我们的祖先总是向往西域，东土西天，这就是古代中国对西域的概念。即使那个关闭嘉峪关的明朝，也有一部神游西天的《西游记》。历史上版图更小的宋朝，竟然在辽金夏这些北方马背民族的冲击下潜心于哲学。早已与中原隔断的西域，也崛起一个喀喇汗王朝，也称黑汗王朝，汗王自称桃花石汗，意即中原的国王，黑汗王朝给我们贡献的也是一部哲学史诗《福乐智慧》，哈斯·哈吉甫与朱熹张载二程一样思考宇宙人生。

这些年来我不停修订着对西域对大漠的思考。对漠北蒙古、对成吉思汗，最初我直感到一代天骄是人类另一类文明，另一种文化。成吉思汗不但识弯弓，他更识大地人心，在他的征伐中透出一种古朴的人道与怜悯。民国时有一个叫万耀煌的中国将军，在美国西点军校讲学时把成吉思汗与春秋时代的兵学大师孙子相提并论，自《孙子兵法》诞生以来，只有成吉思汗用其天才与智慧完善地实践这部东方兵学圣典。所以波斯人志费尼在《世界征服者史》中说：如果亚历山大大帝再生，也只配给成吉思汗当学生。亚历山大大帝的智慧来自亚里士多德，来自整个希腊文明，是孔子所说的学而知之。成吉思汗是孔子所说的生而知之，是天才，是纯粹的东方式智慧，不立文字直抵人心，抛开任何逻辑直达事物的本相，也就是我们今天所说的洞察力感悟力。来自不儿罕山的天之骄子，其寝陵位于鄂尔多斯高原，黄河从三面环绕这块宝地，黄河在这里不再咆哮，静悄悄的，宁静而宽阔，成吉思汗陵也正好与秦直道相邻，与关中汉唐时代的帝王陵墓遥遥相望。关中的皇陵都是一座土山，伊犁大草原的古乌孙古突厥王陵也是土山为陵。成吉思汗的寝室不是一座土山而是一座高原，黄河在其额头上闪闪发亮。大汗降生时就以通体发亮手握血块让世人惊骇。蒙古人的马蹄子把黄金草原把帕米尔高原把喜马拉雅山与中原紧紧连在一起。中国人最有血性最健康的时期总是弥漫着一种古朴的大地意识，亚洲那些大江大河，那些名贵的高原群山就是我们豪迈的血管与肢体，奔腾着卓越的想象与梦想。

中国文学有一种伟大的边疆精神与传统。这是近百年来我们所忽略的。我们总是把目光盯着所谓的发达国家,却忽略了自己家园另一种高贵而美好的东西。西部的现代化也是西部从边缘走向中心的伟大复兴。

国境线上

1986年秋天，我离开关中远走新疆。伊犁州劳动人事局何处长告诉我：20世纪50年代中苏关系正常时，他曾在边境线上，一脚踩中国一脚踩苏联，痛痛快快撒一泡尿："我灌溉了两个国家，哈哈哈哈。"这个长相酷似陈毅元帅的老新疆，笑得这么开心。我一下产生了去国境线的冲动。

几年以后，也是在秋天，在阿尔泰，我坐在山坡上，山下是俄罗斯。屁股底下是中国最西边的一座山。我在琢磨如何迈出双脚？该不该撒一泡尿？湖光山色告诉我：这里很美很肥沃，任何人也不会做出不雅的举动。我轻轻走过去，轻手轻脚。我感到落下去的不是脚而是手。一只从心灵深处颤抖的敬畏无比的手在靠近美和高贵。大地静悄悄的，我不敢向四周看，我在感受那种美妙无比的时刻，我用手抓摸大地，石头和土告诉我：这是祖国的皮肤。我在抓摸母亲的皮肤。

好多年以后，我还在庆幸我当时的选择。因为我是在阿尔泰，在地球最美丽的地方实现了我的梦想。我可以告诉你阿尔泰是一座什么样的山了。阿尔泰不是以高度和险峻而著称的，她有一种贵族的气质，那种高贵和美，是瑞士与北欧的风光无法比拟的；她也不是以她的黄金与宝石来震撼你，虽然她的含义是金子；她也不是以她的湖光山色来感染你，虽然她有中亚细亚最美丽最丰饶的草原湖泊和森林。她是那样一种美，大地以牧草的形态，从北亚草原展开，倾泻出暴雨般的马群；从呼伦贝尔从科尔沁从贝加尔湖向西、向南，飓风般呼啸而去，在接近中亚大草原的地方，也就是两个大草原的过渡地带，出现了郁郁苍苍的群山，蒙古人大呼："阿尔泰！阿尔泰！"那个伟大的蒙古人叫成吉思汗，那肯定是他喊出的最豪壮的语言。阿尔泰山以品字形摆开，马蹄正好是三趾。成吉思汗喊出的是骏马与大地的神韵，是人性中最富有的金子。汗王一生灭国无数，但在阿尔泰山下，在喀纳斯湖畔，汗王匍匐在大地上，以一颗敬畏之心整肃他的大军，然后挥兵西向。如果成吉思汗不越过阿尔泰山，他顶多是个冒顿单于似的部落酋长；成吉思汗之所以成为成吉思汗，是因为在阿尔泰，高贵与美征服了他。

1997年11月13日

梦江南

对一个陕西人来讲秦岭以南就是南方了。我生长于陕西宝鸡岐山，大学毕业后居西域十年，回陕西后又居小城宝鸡十年，秦岭就在宝鸡境内。我曾两次登秦岭主峰。最早是大一刚入学不久，春游去的就是秦岭。老家在渭北台原地带，所谓岐山，典型的黄土高原丘陵山脉，土多树少，我们本地人称之为北山，秦岭便是南山。上大学之前我只能遥望南山。十九岁登南山之巅，印象太深了，山陡且高，陡度近八九十度，林密。更奇怪的是秦岭主峰，南坡皆大树，河流宽且长、水势浩大，这就是嘉陵江上源；北坡树矮近灌木，河流短促水急且浅，入渭河立刻变黄。中国大地的南北分界线仅一山之隔差别就这么大。

大学毕业后离开关中平原，居天山脚下戈壁环绕的小城奎屯。新疆人一律把嘉峪关以内叫口里。口里是湿润的，口外辽阔干燥。大漠十年，没有回过关中老家，记忆中的故乡温暖湿润植物茂盛，近于江南。若干年后我重返天山，在草原上一位摄影师为我拍照，就在草原小河边，照了五六次，摄影师都笑了，不就是一条河嘛，恋恋不舍照这么多。那条草原小河宽度不足一尺，也就是一股子小流溪，可草原上的河流总是流速很慢，几乎不动，好像跟草原难以割舍，不忍心离开。西域瀚海，对水对植物的依赖太强烈了。所有的湖泊都称为海、海子，哪怕巴掌大一片水，也叫海子。许多地名都是一个泉、三个泉、四棵树、八间户、五家渠。蒙古人伟大的史诗《江格尔》中的宝木巴圣地指的就是阿尔泰一带，那里有流入北冰洋的额尔齐斯河，有乌伦古河、乌伦古湖、哈纳斯湖，那里是整个北亚、中亚罕见的森林草原湖泊之地。我在《大河》《哈纳斯湖》《金色的阿尔泰》中写过宝木巴圣地。这种地方在大西北太罕见了、太稀少了。

后来我回到陕西，居小城宝鸡，二上秦岭，在嘉陵江源头重见江南的影子。

今年春节刚过，有机会下扬州，又是三月。买到车票那刻起脑子里就是李白杜牧姜夔的扬州，就是石涛八怪的扬州，就是朱自清陈从周的扬州。在我的意识里苏州杭州扬州应该是江南的核心，是北人眼中的正宗江南。

行前西安大雪，车上人很少。安徽也是白茫茫一片。车过南京雪变雨。途经安徽就已经是水乡泽国了，到处都是水世界。

还是我的老习惯，到扬州住下，自己先自由行动一番。一张地图就行，我就满大街串起来了。先到护城河，看了一会儿古城墙，再沿护城河走半天。西安也有城墙，更完整，完全像个军事要塞，扬州的城墙小巧精致，全被树给遮住了，城墙下的护城河更有气势，河两岸树多、河水清澈干净。我印象中的城中河都是脏兮兮跟沥青差不多，扬州城中心的河水这么干净还真少见。行人全都雨衣雨伞，我不用伞，我来江南就是要让唐诗宋词明清小品文中描述千遍万遍的江南细雨淋个透。在北方、在大西北也有细雨，但没有扬州这种天鹅绒般滑腻温和的细雨，北方更多的是迅猛短暂的暴雨，西北人称之为白雨，新疆人叫豪雨，打在身上如箭镞一般。走了两个多小时，差不多让细雨舔湿了，返回住处。

第二天扬州的朋友带我们乘船沿护城河去观赏瘦西湖。昨天我刚刚在岸上观赏过护城河，现在置身水上了，两岸是另一番风景。水浪拍岸，岸边的石头细草灌木发出的声音如同动物的呜咽声。护城河在北方要算一条大河了，这么多的水。记得有一年在云南，站在澜沧江边我发出一声浩叹，上天给这里这么多水，这些水稍匀一点到大西北、到黄土高原、到戈壁大漠那是什么样的景象！

扬州的城中河弯来绕去，沿途有许多植物茂盛的小岛，有楼台亭阁，有重重叠叠如同八卦阵的桥洞。水有了节奏，有了旋律，有了韵味。这里太适合古筝琵琶与箫的声音了，这里太适合轻歌曼舞闲情逸致优雅精致的文人生活了。春江花月夜应该在这里，李白应该在这里一掷千金，杜牧"十年一觉"也不觉其长，那是我们长安诗人瑰丽无比的江南梦啊！南宋文人姜白石忍不住写下"十里扬州，三生杜牧"的佳句。

扬州籍现代文人朱自清，在北大校园写《荷塘月色》时，情不自禁地想起江南故园，想起古代民歌里的湖光莲影，北大校园里的荷塘只是个引子，朱先生借这块小池塘在"忆江南"。这是中学语文课本的名篇，也最早启发了我们的审美感觉。朱自清一系列的散文精品比如《绿》《匆匆》《背影》对中学生，特别是北方、特别是干旱荒凉的大西北学生来说，那种优美那种精致和细腻应该是刻骨铭心的。

另一位扬州高邮文人汪曾祺离我们更近，用精美朴素淡雅的笔调创造了一个"水世界"。我购有《汪曾祺短篇小说选》《晚饭花集》。

余冠英也是扬州人，从中学起就购有余先生译注的《诗经》《汉魏六朝诗选》连同傅庚生的《杜诗散绎》《中国文学欣赏举隅》，最早激起我对古典文学的兴趣。他们都是文人，汪先生被称为"中国最后一个文人"。文人之后，都是作家，都是诗人、小说家、戏剧家，再直白一点都是文字工作者，都不是文人了。文人需要气氛，老北京、古长安、古扬州、南京、洛阳、开封，传统的积累，即使搞建筑的梁思成、搞园林的陈从周、搞桥梁的茅以升、搞气象的竺可桢，他们有文化大师的气息，他们是文人。

沿途不停地上岸观景，都是水中岛屿，建有古楼，从高俯视八卦阵一样的河流以及夹岸环绕的树木花草，水波与阳光交织闪射，阳光也是潮润的，温软的，羽毛一样，太阳到了江南就是一块玉了。可以推想明月下的扬州是什么气象了。园林专家陈从周先生著有《说园》《苏州园林》《扬州园林》，他说过："江南园林甲天下，二分明月在扬州。"上大学时购有《说园》，一直当美文欣赏。

扬州的朋友问我，你写新疆的小说为何书名都是地名？我从"哈纳斯""乌尔禾"讲到"四棵树"。游客中有人过来大声说：我就是奎屯的，农七师公安处的。一下子围过来许多奎屯人。四棵树河就是奎屯河的一条支流，源于天山，入准噶尔盆地与奎屯河汇合，入博尔塔拉境内的艾比湖。大漠人来口里出差，肯定不会放过让江南水色滋润一番的机会。

喝茶的时候欣赏了扬州姑娘的古筝表演。多少年来一直听录制的国乐古曲，现场欣赏的机会很少。2004年冬迁入西安，听长安古乐，再回岐山老家，发现关中平原东西差别很大。以杨陵、武功为界分东府、西府。西府与甘肃、宁夏相连，大沟大壑纵横于野，更适合秦腔的高亢苍凉。一种音乐是要有环境有背景的。求学的时候听秦腔就烦，全是大吼大叫的乡音，全是锣鼓轰鸣，太粗犷不细腻。大学毕业后，远走新疆，在伊犁听到十二木卡姆，听到了苍凉悲怆，听到了大地游子的哀号，听到了秦腔中的旋律，关中老家一下子与西域大漠对上了暗号。古长安本来就是丝绸之路的起点，多少胡乐落长安，又有多少长安曲子随商队入西域，混合交融创造出鲜活永恒的生命。向达先生著有《唐代长安与西域文明》，岑仲勉先生认为周人来自塔里木盆地。西域十年，沉醉草原文明的同时，也是秦腔在我心中复活的过程，因为那些戈壁沙漠草原群山，那些大起大落的大自然更适合秦腔。秦腔大爱大恨，有血性有豪气有英雄意识，这些基本元素同样渗透在《江格尔》《玛纳斯》与《十二木卡姆》中。

晚上游了古运河，后来又去了高邮，站在古运河边上，还有邗沟，让人想起隋炀帝杨广。大运河跟古长城齐名，两个大工程也把两个王朝拖垮了。杨广向往江南的繁华，死在扬州。杨广的坏处是说不完的，但这个人也有顽蛮可爱之处，阳气太足阳亢而亡，这是一个盛世到来之前的宏伟蓝图的草稿，粗糙零乱，却是大家气象，直接连着盛唐。盛唐怎么来的？有隋有南北朝的前期准备。古运河的水势与气象比扬州城里的护城河瘦西湖大多了，一个优美一个壮美。在江南烟雨中发现壮美不易呀！我才明白水是有骨头的，扬州十日的史可法、孔尚任的《桃花扇》，江南总是抵抗最惨烈的地方。

  精致可口的扬州菜中有一道肴肉，用猪肘子做的"农家香肠"，竟然与我家乡岐山农村的肘花肉一模一样。岐山肘花肉是特产，西安都没有，陕西其他地方也没有，只有岐山及相邻的凤翔扶风有此绝活，是待客的珍品。不同的是扬州人吃法别致，跟吹口琴一样反反复复让人着急。岐山人吃肘花肉浇上醋汁，就可以喝烈酒了，比如西凤太白，都是一口一大块吃。岐山把吃叫"咥"，把打架也叫"咥"，干出惊天地的大事业也叫"咥"。问扬州的朋友，知道扬州春秋属吴国，据说周文王传位三子，长子远走江南吴地，把吃喝也带去了。历史变迁入乡随俗，反复改造，肘花肉流传下来了，用一个很雅的词：肴肉。

文学是一种解读

我一直从事教学工作，讲授基础写作、文件写作、应用文写作，一边教写作课，一边自己动手写作。常常是这种情况，创作状态最好最出活的时候也是人家给我拼命加大工作量的时候，我也常常如此告诉我的学生，人的潜力是巨大的，腹背受敌勇者胜。两扇磨盘压顶就会磨出精粉来。思想的火花、灵感之类有拔高的嫌疑，还是用我们陕西人的通俗说法叫磨面，磨出很多的面。所以，文学是需要压力的，是需要大气压强烈地挤压，处于一种紧张状态感觉就会灵敏、思维就会活跃，就不会僵化、麻木、死气沉沉，即便遍体鳞伤也乐在其中。文学不但有美感还有快感。我是个快乐的人，快乐之余，给学生们开了一门公选课"文学与人生"。20世纪30年代，吴宓先生在清华大学开过"文学与人生"，有书《文学与人生》清华大学出版社1993年出版，2000年已再版五次，可见此书受欢迎的程度。此书我购于2005年冬天，刚开此课，顺便就介绍给我的学生。有先贤在前，我也就言之凿凿，因为现代文学专业对文学的研究离文学的本义与人生可是太遥远了，确实有极大的必要把文学与人生的距离拉近一点点。我辈没有吴宓先生的天纵之才，老牛破车能拉多少就拉多少吧。我把这门课分为五章，即文学的本质、文学的标准、文学的体验、文学的观念、构思与表达。每章后附有参考书目，共计一百多种，将内容风格相近的列在一起，诗歌、小说、散文，哲学、历史、经济、地理、美术、音乐、自然科学，让学生明白这些大师不仅在各自领域有伟大创造，他们的表达方式更属于艺术。给我们一个美的形式，就是贝尔《艺术》说的有意味的形式。内容可能有过时的一天，但这种表现方式既科学又完美。这都是学者与自然科学家。今天，我们的作家可能还没有解决"怎么写"的问题，也就是表达方式的问题，有多少名为小说实则应用文的东西啊，浪费了多少材料啊。又回到文学专业上，我们欠缺的是指导学生读作品，从作品去理解体会的理论是原创的，从理论到理论、从观念到观念是再生性的。小时候常常见村里的老婆婆把饼子嚼烂喂到孙子嘴里。我们更多的时候不是学生吃到嚼过的馍馍，是教师把别人嚼过的馍馍喂给学生，几乎就是空对空导弹。还是回到常识，回到最基本的问题上来。读作品，获得感性的东西，才有提升到理性的必要。理性肯定是有的，但理性必须有激情与想象的翅膀。我告诉学生，文学与人生太密切了，形象地比喻一下，童年对应神话传说科幻童话，核心是对幻想与想象的培养；少年对应诗歌，核心是情感，诗的内核是音乐，音乐是情绪；中年对应小说，核心是经验；老年则是散文，核心是智慧。如果以学校论，幼儿园与小学是童话时代；中学是诗歌文学作品；到大学因为有想象与激情做支撑，大学生就以此展开理性思考。散文则是人到老年人生智慧的结晶。小说是一种他者的艺术，进入社会也是进入他人的世界，最适合青壮年，是扩张型的。文学观念之重要我想搞文学的人是明白的。文学观念意味着你的见识、你的视野、你的思想的规模有多大，你的眼光是十年？百年？卡尔维诺就有一本小册子《千年文学备忘录》。我有几篇小说，文学专业的人读不懂，理工科的甚至打工的却能读懂。可能与我在技工学校执教十年有关，那都是搞锅炉的、搞车床的、修汽车开汽车的、做饭的。文学就这么有意思，比人生精彩吧！

走进江南

这是一个很吓人的标题,好像红柯又要进行"宏大叙述"了,要知道"宏大叙述"是有悖于"文学行情"的,对我而言,却完全是个人化叙述。我的文学之路开始于诗歌。20世纪80年代,基本上是一个诗歌的时代。那种阵式就不再渲染了。那时候我正在上大学,上课都不好好听讲,一节课下来,本子上常常有几首诗。疯狂地写啊。当然要投寄出去,然后是发表,手写体变成印刷体。大学时发表了几十首小诗,大致有三个地区,一是老家陕西,二是东北,三是浙江椒江。所以接到去浙江参加作家节的通知,就有点回首当年青春时代的意思了。常年生活于内陆,生活于偏远的北方之北、西部之西,又不同于我的故乡陕西。我有过十年刻骨铭心的天山经历。我曾经是新疆伊犁州的一名教师,沿着边境线奔波了十年。大漠腹地的人们,出于对故土的感激,总是用最美好的语言来命名这片热土。天山南北有多少"西湖"啊。凡是汉族人生活的村庄、城镇都有"西湖",这就远远超过杭州那个实实在在的西湖了,成为一种美好的象征。大西北的人们渴望水,有清水、喊叫水、一碗泉、鱼河这样的地名。大西北人对水的热爱是一种精神性的因素。浙江作协的同志问我坐飞机吗?我选择了火车,二十四小时的火车,我一路目睹了信阳、南阳、芜湖、湖州这些鱼米之乡的风光,那全是水世界。对一个看惯了黄土高原与沙漠戈壁的眼睛来说,完全是一个很奢侈的沐浴过程,连空气都是湿漉漉的。沙漠的许多植物就是靠叶子在空气里吸收水分来生存，我不止一次惊叹于这种生命奇观。我就这样来到美丽的杭州。在我早年的阅读生活中，中国作家里我钟情郁达夫，我收集郁达夫的小说、散文、旧体诗，还有日记。郁达夫的日记有卢梭《忏悔录》似的坦率，又有鲁迅自我剖析的精神，这在中国是少见的。我们有一个自我掩饰传统，没有忏悔与自我开火的传统。与鲁迅的冷峻不同，郁达夫是个情种，杭州简直是郁达夫与王映霞的杭州。我在西湖边上，总是把《白娘子传奇》与郁达夫、王映霞联系在一起，与《西湖一集》《西湖二集》联系在一起。郁达夫的文字有一种宋词的精髓。他笔下的富春江总使我感到这条江是大地上最有诗意的地方，就如同沈从文笔下的湘西。读一本书与漫游一本书中的实地，感觉到的就是一个鲜活的生命。文学本来就先于文字而存在。你可以想象红柯最初的那些小诗，还有数量很少的小说散文，那完全是婉约至极，以至于有读者疑心红柯是女性，一个作家的处女作，可以说就是他一生的文字底色。再极端一点，从处女作完全可以判断一个作家的文学生命有多久？规模有多大？这已经不是在谈我了，打住。

　　车子奔向临海，才知道临海就是椒江，椒江是临海的一个区了。我当初的那些小诗，有两首就发表在椒江当年办的《现代诗歌报》与《原野》上。其中一首是写李白的，李白与天台山人人皆知，就不多谈了。对我这个西北人来讲，以前仅仅知道天台山在浙东，具体位置就糊涂了。所以天台山之行，也是与李白神交的一个过程。老天有眼，有雨有伞，我还常常在雨中淋上一会儿，这可是江南的雨啊。难怪李白在天台山会做梦，《梦游天姥吟留别》。这位出生于中亚大漠的诗人，完全是个孩子，唐诗凭什么成为诗歌的顶峰？就是有这么一个纵情山水自由无羁任性顽蛮的孩子，盛唐也就盛在这个地方，容得下这么一个大生命！安史之乱，唐王朝由盛而衰，李白的好日子也完了。该杜甫登场了。杜甫是写苦难的大师，是耶稣再世。读杜甫总是让我想到耶稣，想到在乱世中求正义与仁爱的孔子。这大概与中唐后我们的民族多灾难有关系。我们的好日子不多，李白就罕见。可我还是喜欢李白。喜欢健康、自由、无拘无束的"庄子精神"。天台山是让李白大梦不醒的地方。天台山真是个好地方。还有古刹，还有好多的风景点。有一个点我没去。我待在天台宾馆，连房子都没出。我带了几本书，一边看书，一边瞭望窗外的天台山。我总是在美好的地方给自己留下一处空白。西域十年的经验啊。我带学生去阿尔泰实习，去看哈纳斯，当那个盘绕山谷达三十多公里长的美丽的大湖出现时，我掉头就走，美是一种震撼，更是一种敬畏。如果我看到哈纳斯的全部，我就完了，我别再写一个字。这种逃离的结果就是后来的中篇《哈纳斯湖》。我正给陕西师范大学的学生开"文学与人生"课，文学之外就讲人生怎么放弃。不断地放弃，放弃许许多多，生命的本相才能"水落石出"。很幸运在作家村我得到一对石狮子，我喜欢石头嘛。整个天台山就是一块大石头。《红楼梦》就不如《石头记》扎实。最大的石头应该是大戈壁，记得我第一次看到黑戈壁时仿佛置身于月球，惊骇、沉默，然后是超脱。习惯之后，就觉得戈壁有一种超拔之美。我喜欢瀚海，戈壁沙漠犹如海洋，所以我写了一系列西域的中短篇之后，写了骏马雄鹰旱獭苍狼白熊天鹅之后，写长篇《西去的骑手》，以露珠与海洋来写大漠的世界。沙石与露珠，如此结合，生命才有灵气。绝域中的生命也是抛弃一切外在形式的本真的生命。

　　回程还坐火车，补上夜间没看到的那些江南美色。

诗酒话茅台

乘飞机到重庆，再坐长途汽车奔贵州，沿途全是隧道和桥，真正见识了贵州的群山。大西南多山，但四川与云南还有相当的盆地，贵州全是山，而且都状如利剑直指苍天。毛泽东最好的诗词全写在长征路上，仅在贵州就有《娄山关》《十六字令》（三首）。《十六字令》在古代也很少，全文三句仅十六个字。后来读到日本的俳句，更精悍，也是三行。我讲授写作课，我认为写作也有一个经济学原则，投入最少赢利最多，把这个原则运用到写作上就是用最少的文字表达最多的意思。俳句是从唐人绝句中发展过来的，用的文字比绝句更少。《十六字令》大概是最短小的词了，有民歌色彩、属于竹枝词。毛泽东用最少的文字来描写连绵起伏的群山，大概也是一种独特的生命体验，因为当时的红军从三十万变成了二万，到了临界点。其中的句子如"快马加鞭未下鞍，惊回首，离天三尺三""刺破青天锷未残，天欲堕，赖以拄其间"。毛泽东青年时的《沁园春·长沙》的结尾也这样写过，"到中流击水，浪遏飞舟"，那是他的宏愿，"粪土当年万户侯"，要做"中流砥柱"。长征时毛泽东正当壮年，来到云贵高原也就是地理学上所谓的中国地形的第一个台阶到第二个台阶之间，"刺破青天"，"赖以拄其间"，成为天地之柱。六七个小时的漫长山道上，我把早年读过的毛泽东的诗句与诗中所写的群山一一对应，就不仅仅是身临其境了。

在遵义待了一天，赵剑平带来了茅台酒，我也只是象征性地抿一下。我已经五六年不喝酒了。参观了遵义会议纪念馆，是一个军阀的宅子，我跟中国社会科学院的叶延芳先生找毛泽东住过的房子，小楼上有周恩来的、彭德怀的、朱老总的，就是找不到毛泽东的，我去找工作人员打听，小姑娘说：毛主席没有在这里住。我和叶先生就猜测毛泽东当时刚刚获得发言权，大概跟战士住在一起，不是篝火旁就是露宿在哪块石板上。

这次活动的终点是赤水河边的茅台镇，红色之旅与中国最好的酒厂奇妙地结合在一起。我生长在关中农村，后来又在技工学校工作十年，经常带学生下工厂实习，新疆的烟厂、酒厂、锅炉厂、机械厂都有我的学生，农村、工厂、学校我都比较熟悉。参观酒厂时我就格外注意茅台酒的生产工艺，其中两个环节很重要，即开放式发酵与封闭式发酵。我脑子里马上闪出《易经》的太极图式，即阴阳两极，一阴一阳谓之道，太极生两仪、两仪生四象、四象生八卦，宇宙天地全都包含在八八六十四个变化无穷神秘莫测的符号里。封闭式发酵把酒醅深埋于窖中，吸大地之阴灵；开放式发酵把酒醅堆放在地面，采纳天的阳气，通过蒸馏，化天地的精气神韵、五谷的精华营养为玉液，万物又归于一，合乎道家的"道"。茅台酒不可易地生产，因为不能带走茅台镇的阳光空气、风土万物，不能在大地上克隆一个"茅台镇"。茅台酒含有的有机化合物不仅仅是一百七十种，还有许许多多科学仪器无法测定的复杂成分，这又合乎《易经》对天地宇宙形象而又抽象的演绎。茅台酒完全是一种东方哲学、东方智慧。地中海文明有希腊神话，其中有大量的有关葡萄与葡萄酒的描写，《荷马史诗》中用葡萄酒的颜色形容落日染红的蓝色的地中海波涛。《易经》就是中国的《创世纪》，是中国的原始史诗。先秦思想的源头就在《易经》中，由《易经》过渡到《老子》，《老子》可以说是诸子百家的大纲，由《老子》分化出孔子的"儒"与《孙子兵法》，即阴性的文与阳性的武，再分化出百家思想，这些带"子"的先贤相当于希腊神话中的众神。欧洲文明有古希腊，有文艺复兴、启蒙运动、法国大革命、工业革命、地理大发现,贯穿其中的就是人的大自由、大解放,同样也是葡萄酒和啤酒的历史。中国有所谓周秦汉唐的辉煌,有所谓的先秦思想、魏晋风度、五四精神,贯穿其中的也是人的大自由、大解放,同样也是一部酒的历史。酒几乎与中国的农业文明同步,酒的始祖杜康一点不亚于老子、孔子。魏晋风度与酒的关系更密切了,竹林七贤,酒徒刘伶以及唐诗的顶峰诗人李白历来是酒家的活广告。竹林七贤中的嵇康是鲁迅先生心仪的人物,鲁迅的艺术格调直接魏晋。魏晋是中国人文意识自觉的时代,直接的结果就是为盛唐做了准备。鲁迅在"五四"这个大时代,把他的艺术之根扎在魏晋是很有意思的。鲁迅给我们留下了校勘完美的《嵇康集》,给我们留下了妙趣横生的《魏晋风度及文章与药及酒之关系》。

"五四"与先秦与魏晋的最大区别是文明的挑战。中华民族五千年历史上的危机基本上是政治经济军事层面,华夷互动,但中华的文化优势岿然不动。鸦片战争以来的百年历史最要命的是我们遇到一种前所未有的优势文化,军事经济政治一系列改良——失败,大清王朝也玩完了,民国完全是历史过渡,中国需要一种文化革新。20世纪初的几个事件是有其内在联系与象征意味的。殷墟的发现,西域以及敦煌的发现,茅台酒在巴拿马国际博览会获金奖,而且摔瓶子的举动,我理解不错的话应该是打烂以至碎为粉末,才能显露出我们的本性,显示出我们的生命力与创造力。从鸦片战争以来就是从外到里的粉碎过程,现在我们自己粉碎,我们自己显示我们自己,当酒香冲天而起的时候,五四运动很快就开始了,显示我们的思想风度精神的大时代来临了。中共的领袖人物基本都是些文化人,"五四"产生的文化人与草根民间的农民、工人、士兵的有机结合发酵,从封闭的底层到阳光下多次发酵就是一场伟大的革命。

近代史很有意思,挑战来自海洋,广东得风气之先,康梁孙中山就属于开一代风气之伟人。必须深入腹地,就到了湖南。湖南从明末清初国破家亡之际就出现了王船山,王船山的直接传人就是曾胡李左,就是黄兴、宋教仁、蔡锷,就是与之紧密相连的毛泽东。所以,湘江惨败后的红军来到贵州也是上天有眼。共产党的拜师学艺阶段在贵州结束后，开始本土化了，开始独立自主了。据说国民党军队的飞机在这里炸坏了红军的电台，共产党与莫斯科与共产国际的联系中断了。长征历时一年，也是共产党与红军独立发展的一年，到了延安，有电台了，又联系了，共产党与红军已完全成熟了、长大了。王明也回来了，毛泽东去机场接王明时很有意思："欢迎啊，天上来的客人。"王明以及二十八个半海归派，基本上是天外之物，是空中飞人与大地不粘连，没接上地气，没有发酵，是夹生饭。贵州在中共历史上的意义太大了。敌我双方的各种记载都证明，红军把茅台镇上的酒喝光了，周恩来后来对尼克松回忆长征，红军把茅台酒当药用。湘江一战，几十万红军仅存二万多，可以说是遍体鳞伤了，茅台酒可谓良药，恢复元气，医治伤口。在国际上得过金奖的最好的美酒，把古老民族的自由精神与创造精神全都贯注到这支正义之师身上。毛泽东的诗歌艺术在这里也达到了炉火纯青的地步。毛泽东的诗词大致可以分三个阶段，长征前、长征途中、长征后。长征前的代表作就是《沁园春·长沙》，是抒发宏愿的。最好的作品写在长征途中，也应了传统文论所说的诗穷而后工。

中国诗歌几乎与酒共存。李白诗歌的核心意象就是酒与月亮。杜甫以至唐代诗人全是伟大的酒徒。唐诗的主要特征就是自由与创造，就是《易经》中所说的"天行健，君子以自强不息"的创造精神。

我的家乡岐山是周王朝的龙兴之地，但周人并不是岐山土著，而是从武功迁北方、转战到岐山。周原一下子兴盛起来了，即所谓凤鸣岐山。周文王演《周易》是有原因的，《易经》夏商就有了，即连山、归藏，到周文王更系统更完整地固定下来。人在与戎狄的战争中，屡战屡失，在一次次惨败中反复迁徙。根据岑仲勉先生的观点，周人的祖先最早在西域塔里木盆地，很早就有了绿洲农业，周人东迁、北征，基本上是易经的太极图式。《诗经》里的《公刘》基本上是周人的民族史诗，是周人的《伊利亚特》，《七月流火》就是周人的《奥德赛》，前者是转战，后者是寻找并建设家园。周人的一个分支封于毛，就是毛氏的远祖，岐山现在尚有毛公寺，后来南渡就是湖南毛泽东的一支。秦腔的某些声调与西域木卡姆相同，也与湖南的地方戏曲与方言相同。陕西古周原吃辣椒，一点也不亚于湖南人。毛泽东可以说是周人的后裔，长征到达陕北，算是"寻根"来了。周人灭商后，殷商的一个分支从东夷北上西迁至渭河源头，与西戎融合，成为周王朝的牧马人，西周灭亡，东迁洛阳，这支殷商的遗民在西周的废墟上迅速崛起，这就是秦人。五百年耕战，一统天下，秦始皇显示了秦人的力量，也暴露他的远祖殷商的缺点，殷纣王的影子几乎与秦始皇合二为一。秦王朝完成了政治军事的建设，却没有文化。楚亡于秦，但楚有屈原，《楚辞》在战国中后期超过了北方的《诗经》，楚国在政治军事上败了，但在文化上处于领先的地位，就有复兴的可能。秦失其鹿，其他几国都不行，楚人却再次兴起建立强大的汉朝。陕西人司马迁骨子里是一个浪漫主义者，李长之先生有专论，整个先秦文化归于《史记》。毛泽东的《沁园春·雪》把秦皇汉武归为略输文采是有道理的。

我觉得没有必要把茅台酒的历史说得那么久远，但茅台酒绝对是后来居上，是在中原衰落以后成为龙头老大成为国酒的。欧洲的历史也是如此，文艺复兴于意大利，政治革命于法国，殖民扩张地理大发现于西班牙荷兰，工业革命于英国，科技革命于德国，整个欧洲也衰落于德国，所以斯宾格勒早早预言了《西方的没落》。中国的文明也是如此，周秦汉唐兴于关陇，后来就转向东南了，宋元明清东南也衰落了，大西南这块沉睡的土地保持了中华文明的创造力，在20世纪初以美酒的形态出现在全世界面前……

我在西域十年，不止一次醉卧草原，最长的一次三天后才清醒。草原的空气、羊肉、气氛，让人的酒量大增。回到内地基本上不喝酒了，没有了草原的气氛，喝酒就是受罪。现在，我来到云贵高原，首先感受到的是清新的空气，加上一帮好朋友，我开戒了，喝了八杯，还喝了茅台酒，我又回到西域草原的自由豪迈的气氛中了。

距离产生美

我是一个好高骛远的人。我的眼睛就像望远镜，总是忽略身边的事情，忘情于远方。上中学时我就梦想着到远方去上大学。我生长在关中渭北一个小县城，小学初中高中都在一条大街上，上到高中我都不好意思走正街，一个大小伙子还在家乡晃来晃去，比死还难受。我就变成了一个沉默寡言的人，总是绕道去上学，总是走偏僻的地方。我并不是一个不热爱家乡的人，我都奇怪我为什么如此热爱远方。高考志愿全是边境地区，最后一个补充志愿怕落选，填了一个本地区的师范学院，离家门口七十多公里，我就在家门口上了几年大学。这就注定我毕业后远走高飞，一下子到了八千里外的天山脚下。刚开始那几年，我写的全是陕西，发表了八十多万字的中短篇，还是那种好高骛远的毛病，在天山脚下写陕西，我就这样完成了最初的文学训练，家乡的一草一木做了拳靶子。这种大战前的准备是很重要的。一个极偶然的机会回到陕西，片刻休整后，辽阔的西域大地蜂拥而至。写了好几百万字以后，我才明白距离产生美。记忆重要，遗忘更可贵，没有遗忘的生活太拥挤，让人窒息，我喜欢空旷疏朗，在秦岭脚下渭河之畔遥望天山，我还是老毛病不改。读者会发现我那些西域小说的背景几乎都在伊犁阿尔泰，我所生活的小城奎屯我只写了几个短篇，如《雪鸟》《野啤酒花》，我专门写了一篇散文《奎屯这个地方》，我都要大喊大叫了，可大喊大叫是行文的忌讳。我就是在这种情况下离开小城宝鸡，迁居西安，因为西安是古丝绸之路的起点，在大雁塔下遥望西域应该更清晰一些。我比较迷信，当年我们全家离开新疆到达宝鸡是11月26日，2004年我们迁居西安也是11月26日。2005年春天我想写奎屯，写出的中篇《军酒》还是伊犁。2005年冬天，我终于把笔伸向奎屯，一口气写到2006年6月6日下午6时，这就是长篇《乌尔禾》。奎屯垦区最边远的一个团场。我再次迈向奎屯时，我的笔却写下了短篇《可可托海》，那是阿尔泰的故事。接着写出短篇《上糖》，又回到奎屯，接着就是这篇《大漠人家》。最初的标题是《土豆》，原来的打算，孩子的母亲跟父亲离婚了，孩子很难受，土豆安慰了他，使他度过了最黑暗的日子。当我投入进去时，我不由自主地抛弃了这种外在的戏剧性事件，完完全全是孩子的故事。土豆应该是这篇小说的核心。站在地头，即使到天山脚下，土豆都是不错的选择，可以描绘得很细、很实在。如果是油画呢？西域的天地似乎更适合油画，更接近鲁本斯、凡·高，更接近米罗、夏加尔，兰州以西宣纸就不如画布了，大漠风遒劲有力，瀚海是真正的海，那些零散的绿洲跟岛屿一样，在大绿洲的周围分布着珊瑚礁一样的小绿洲，小到三五户人家，也可能没有人家，已经远离人烟，沙丘与戈壁间奇迹般出现一片绿意，几丛茇茇草、两三棵红柳、骆驼刺。我在荒漠上看到过小片的庄稼地，有土豆，有葵花，就一张床那么大小，随时可能被风沙吞没。我没有问人家为什么把庄稼种在这里。我生长在农村，是干农活的好手，上大学时还是满手老茧，假期就是地道的农民，晒成一个黑人，开学报到同学们吓一跳。并不是所有农村出来的大学生都能干农活，一位好心的同学曾劝我不要再干体力活了，"已经是大学生了"，20世纪80年代初大学生还是比较金贵的，我也不是有意识地"另类"。在农村有相当一部分家庭，父亲在外工作，母亲是农民，叫职工家属，介于城乡之间，城里的好处只能分享一点点，乡村的好处同样也是一点点。父亲只能利用节假日赶回来务农，大部分农活就是我这样的长子来承担了，如果都是妹妹就意味着要干更多的农活。纯粹的农业家庭，强劳力多，能念书的那个孩子也就重点保护起来了，我曾见过不少这样的农家子弟，他们的手指又白又嫩，可以跟肖邦媲美，以出身论人如同题材决定论。有了这些铺垫，你就会明白我笔下的人物太多生活在长天大野；你就会明白我到天山脚下很容易扎下根，也很容易走进牧人农工农民和司机的世界。写作是一个无序积累，积累到一定程度，一个外界的刺激就让无序变得有序了。尤其是在大漠，外在更零散，更空旷，时间与空间都是无边无际的，生命在这里更近于神性。都市或人口密集的地方人欲横流出千姿百态的人性。地广人稀线条就简单。几棵草，三三两两的树，一两个人，赤裸于天地间，跟整个世界面对面。我以为这是偏远地区的幸运，偏远地区，即使一个孩子，那眼神都有一种天然的遥远辽阔的东西，被我们称之为视野的东西，也许只要三四岁、五六岁，好像一下子把整个天地看进去了，没什么遮拦，没什么沟沟坎坎纠缠不清的东西，直接看到了日月星辰，看到了生命的本相，看到构成这个世界的水木金火土风这些基本元素。天不变道亦不变，这种永恒的天道，可能在大漠孩子的世界就齐备了。我要写这东西，光有望远镜是不够的，还需要时间，需要思考。从理论上讲，西域一天一天会淡漠下去，我回到内地已经十年了，按照作文写作原理确实如此。可文学不是作文，是创作，是创造性写作，就不是直线的形式，就有点隔山打虎，声东击西，出其不意，水无常形，兵无常势，所谓创造就是打破常规，就是这个"常"，就是不择地而生。站在路边就可以看清一丛野草，大树甚至森林，就要远眺了，就要有一定的距离，距离产生美。我当年居住的奎屯距伊犁四百公里，距阿尔泰六百公里，距乌鲁木齐三百公里，所以我相当长一段时间无法了却我写奎屯的心愿。即使回到宝鸡，在八千里以外，也难以容下西域瀚海，继续后撤至古长安，丝绸之路开始的地方，张骞、苏武、玄奘凿通西域的起点站。我现在居于西安南郊大雁塔下，遥望天山脚下，准噶尔盆地那个远离村庄被沙丘包围的庄稼地，那个老头挖出了土豆，一个巨大的生命就诞生了，他的孙子，那个孩子把土豆向天空抛去，在孩子的眼里那是整个世界，是宇宙，只有宇航员才有的感觉，那个孩子全都具备了。至于梭梭和干牛粪燃起的火堆，在大漠里是极普通的事情，换一种眼光也许就不普通了。丰富从来都是从单纯诞生的。

在萧红的城市

接到通知立马买了去哈尔滨的机票，接着过年，忙碌之中翻阅最多的就是萧红的《呼兰河传》。我曾在一篇文章中回忆早年的阅读书目，当我是一个穷学生的时候，而且是一个农村穷中学生，一分钱两分钱积攒好久才能买一本书，中学数年间还是买了十几本书。有《梅里美小说选》《这里的黎明静悄悄》《金蔷薇》《中国文学欣赏举隅》《月亮宝石》《呼兰河传》等。我还记得读《呼兰河传》的情景，我先看了茅盾写的序，就决定买了，又看了骆宾基的后记，就合上书，匆匆走出书店，出县城，到野外，坐在渭北高原的寥天大地里，从最后一章往前读，我还记得那种雷电穿身的感觉。我给这本书包了很好看的封皮，我理所当然看了扉页上萧红的照片，下边一行小字注明在哈尔滨。上大学后就找了许多萧红的资料，更多地了解萧红的身世以及东北作家群，由萧红开始读骆宾基、端木蕻良、萧军。后来我去了新疆，执教于伊犁州技工学校，沉醉于边疆史地以及边疆风土。伊犁州是个大州，辖伊犁地区塔城地区阿尔泰地区。我最钟情于阿尔泰，我的许多长中短篇都以阿尔泰为背景。在中国的版图上，黑龙江是鸡头，阿尔泰便是鸡屁股，都是产金子的地方，也都是中国最北最冷、水多雪多的地方。我忘不了阿尔泰的冰雪，喷出的凉气有一股天地间的豪情，沐浴在冰雪世界是生命的一种奇观。

2005年至2006年在陕西写《乌尔禾》时，酷热难熬，画上最后一个句号时正是盛夏,我在这本书的后记中就坦言我对冰雪世界的向往,真想变一头北极熊或企鹅漫游在地球的天灵盖上。回陕西这些年一直暖冬,我都分不清冬天与春天的区别了,虽然去过几次新疆,都是七八月份,只能在想象中体验冰雪世界。2007年冬天,陕西跟全国大多地方一样迎来了暴雪,连下二十多天,我几乎天天外出,也稍稍满足了我对寒冷的向往。这才是冬天。

也是跟哈尔滨有缘,我本一书虫,直到中年才有了书房,这场大雪让我兴奋,转遍家具城,最后选中哈尔滨的书柜,纸箱里的一万多册书全上了架,就有了去哈尔滨的机会,就在书架上找到那本《呼兰河传》,当然还有《马伯乐》《生死场》等等。

天气出奇地好,从飞机上可以看见大地,估计是内蒙古吧,有沙漠,有雪线,有河道、山峦。东北我只去过大连,算是在东北的边上溜了一下,到黑龙江算深入到关东的腹地了。地面上没有想象中的冰天雪地、大森林,松花江也是枯水期。今年冬天东北就没怎么好好下雪,雪全跑到南方了,跑到不该去的地方了,东北也是少有的暖冬。

吃过饭,跟罗伟章去逛街。住的马迭尔饭店是个百年老店,紧挨有名的中央大街,石头地面,两边全是欧式建筑,亚洲最长的步行街,夜里十点了,行人稀少,有了寒气,也有了快感。欧式楼房都不高,四五层,许多俄罗斯商品城还在营业,专营俄罗斯特产,有浓厚的异域气息。我在中亚腹地天山脚下待过十年,在乌鲁木齐,在伊犁,在塔城,在阿尔泰的布尔津、哈巴河,这种多文化多民族的气息太熟悉了,哈尔滨更浓烈更集中。清朝末年哈尔滨就有铁路,就有十几个国家的领事馆,民国初年就有"东方小巴黎"的说法。萧红的许多小说、散文写了哈尔滨,萧红的文学生涯从哈尔滨开始,终于炮火连天的香港,都是国际色彩比较浓郁的地方。短短十年的文学生涯,辉煌的文学成就与辛酸的人生遭遇,我总是告诉我的学生,尤其是女学生,萧红的作品多么好啊,可老师真不希望你们过萧红过过的日子,老师衷心希望你们过冰心老太太的一生,多么完满的一生,母爱,巨大的爱,给孩子们的爱,近于宗教的爱。也可能是冰心老人的父亲遭受过甲午海战的大难,早早替孩子们承担了,冰心老人的一生平安而祥和,这也是中国人梦寐以求的理想生活,尤其是女性、知识女性。

另外一个与萧红相近的作家是张爱玲,可以说是民国的几大才女之一吧。也可能是阅读上的先入为主,也许是我本人是农民的儿子,生于大野,又久待大漠,我还是更偏爱萧红。相对张爱玲的热心读者而言,我读张爱玲也是比较早的,人民文学出版社1986年2月出版的《中国现代文学作品原本选印·传奇》刚出版我就买到了,也很喜欢,带到新疆,当范文介绍给学生,教学生写作文,训练技校学生最基本的写作技巧。张的作品还真管用,我的学生作文还得过全国作文比赛奖呢。文学欣赏课就只能讲萧红了,欣赏艺术与美就不仅仅是技巧能解决的问题了。

在索菲亚教堂有许多图片,有俄罗斯人,有闯关东的山东农民,有赛马,有舞会,还有一张萧军萧红的合照,在书上见过,太小,这里的是大照片可以看见萧红手里的香烟。不用去萧红的故居,对我来说,在哈尔滨就可以了,这座城市对我而言,就是萧红。我购于1980年的《呼兰河传》随身带着,扉页上就是"萧红一九三三年在哈尔滨"。在哈尔滨我也明白了为什么20世纪30年代东北作家群能写出那么高质量的作品,当时让中国文学界大吃一惊,那种意境风格语言,是内地文坛少有的。一时还不习惯,国际化的大都市,欧洲文化的影响之外,还有东北亚特有的黑土文化、原始的萨满文化、森林草原渔猎文化,互相渗透杂交而优质,古老而现代。那个年代的巴黎现代艺术正是在发现了东方原始艺术以后发生了一系列的革命,顺着大铁路又回到东方艺术的原发地,东北作家群应运而生。《生死场》《呼兰河传》的字里行间渗透着黑土地的精魂,也弥漫着现代艺术的气息,不能不使人想到康定斯基、夏加尔,这些俄罗斯流亡艺术家的艺术风格。20世纪30年代的哈尔滨曾是俄罗斯流亡者在远东的文化中心,也差不多在这个时候,失去家园的萧红,写出了杰作《呼兰河传》,真正的天鹅之歌,苍凉哀恸又有民间生活的温情。

晚上去松花江边看有名的冰雪大世界，用冰块垒起的童话世界，有天安门，有伦敦西敏寺，有法兰西建筑……冰雪世界让我兴奋的是零下十五度的寒冷，我十多年没有体验到这种寒冷了，我在阿尔泰体验过零下三十八度，呼吸就比较困难了，但身上舒服啊。在寒冷中脑子格外清晰，跟水晶一样，五脏六腑被擦洗过似的，每个毛孔都闪闪发亮。我从中学冷水浴，上大学时，没暖气，那时候冬天还是很冷的，雪也大，我早晨去长跑，回来用脸盆弄来雪，用雪擦身子，同宿舍的人就在被窝里哆嗦开了。白雪贴着皮肤，皮肤很快就热了，冒气了，穿上衣服走到户外身轻如燕，整整一天都劲头十足。我总以为冰雪、生命、青春、童话是连在一起的。太感谢哈尔滨人了，用冰块人造一座冰宫，跟梦幻一样。我也明白了，为何在北欧有那么丰富的神话史诗，有那么动人的童话，还有哲学，还有雷电般的交响乐，人类精神世界的顶峰、人类耸入云天的灵魂总会有一个大自然背景。在寒冷中沉思幻想，充满灵气。如果说水有灵气的话，雪的灵气就丰满多了，雪是飞翔的，是充盈于天地间的精灵。我曾写了小说《雪鸟》，写天山脚下一条叫奎屯河的河流，奎屯，蒙古语寒冷的意思，阿尔泰山的主峰原来就叫奎屯山，我在长篇《大河》的结尾处写到了奎屯山。奎屯的纬度应该跟哈尔滨差不多，寒冷多雪且河流湖泊环绕。我们在冰寒世界还吃了冰糖葫芦，我吃了两串，让冰进入内心。

第三天去二龙山滑雪，确实是人生的第一次。唐晓渡、熊正良、罗伟章与我都是第一次滑雪。先在平地演练，就摔了好几次，练出胆来，就到坡上去，还是掌握不了速度与方向，前边有人，刹不住，只好自己把自己放倒，放倒了三次。回到休息室，脱下滑雪鞋抬脚走路好像要飞起来了。熊正良说：我终于明白轻功是怎么练出来的。明年这时候，世界大学生冬季运动会在哈尔滨举行，全世界的青春男女到这里来一展风采，想想就让人激动，过了四十岁又年轻了一回。

哈尔滨冰雪节记

浴火重生于西部高地

大学毕业至今三十年间,沿天山—祁连山—秦岭丝绸之路奔波,去南方的机会很少,2016年5月9日至19日有机会重走长征路,沿二方面军当年的行军路线从湖南到云南。这一程在我的生命体验中,将大西北与大西南连成一片,构筑起完整的生命高地。

陕西秦腔剧作大师范紫东除写了《三滴血》等经典剧本,还有一个惊人之举——清末列强重压之下,大清王朝意欲迁都西安,范紫东上书朝廷,大意是:周秦汉唐,边患在西北,故立都于长安;元明清边患在东北,故立都于北京。大清王朝苟延残喘之际还有那么一点血性,迁都之事作罢。两强相遇勇者胜,这种剽悍血性的挑战精神和强者意识,源自古老的《易经》中的"天行健,君子以自强不息",这也是中华民族最宝贵的精神力量。自1840年鸦片战争至抗日战争,百年屈辱,面临亡国灭种的大危机,红军从南方到北方,到大西北,到黄河,到长城,到抗日前线,当时的一首歌里唱道:"东方不亮西方亮,黑了南方有北方。"万里长征就是对周秦汉唐元明清古老的勇于挑战的边疆精神的继承。陕北高原与鄂尔多斯高原连为一体,也是九曲黄河拐弯最大的地方,黄河呈几字形像古代武士的弓,拱卫环绕着陕北高原与鄂尔多斯高原。当年秦始皇一统天下,挥兵北上,却匈奴六百里,秦直道由关中咸阳直达河套五原。再后来,成吉思汗统一蒙古,挥兵向西征服世界,途径鄂尔多斯高原,大汗被黄河拱卫的鄂尔多斯高原的壮美所震撼，留下遗言，死后葬于此地，这就是后来的成吉思汗陵伊金霍洛，与黄帝陵秦始皇陵以及关中众多的帝王陵南北相对，遥相呼应，天然地凝聚起一股冲天而起的生命伟力与王者之气。1936年，毛泽东在陕北高原写下不朽的《沁园春·雪》，是有历史地理前兆的。蒙古族诗人牛汉的长诗《鄂尔多斯草原》就把黄河比喻成一张高原上的弓，射雕，射侵略中国的日寇，射一切邪恶势力。

长征有一种特殊的地理学意义。红军三大主力从东南到大西北，纵横穿越中国第一台阶、第二台阶、第三台阶，从平原丘陵到高原，到世界屋脊，到高山之巅，到雄鹰翱翔黄羊奔驰的天地交汇之地，那种跨度只有当年的蒙古马队可以与之相比。那些蒙古武士从大兴安岭直逼地中海，那些蒙古武士每人两匹马换着骑；而红军没有这么好的装备，红军处于围追堵截中，加上头顶飞机扫射炸弹轰炸，杀出一条血路从崇山峻岭江河纵横的绝域万里长征，这是中国历史以及世界历史上也没有过的远征与长途奔袭。古罗马的大军也只到波斯，色诺芬写了《长征记》，汉尼拔、拿破仑、苏沃洛夫翻越阿尔卑斯山的长征更不能与红军的相比。这种地理学上的辽阔空间给人心理与精神上的刺激就是巨大的想象力。想象力是一种创造力。几十万大军到达陕北仅剩两万多人，数量的减少反而是生命力想象力与创造力的极大提升与飞跃。周人来自塔里木盆地（岑仲勉先生所言），又在关中转战迁徙最后落脚笔者的家乡岐山周原。秦人本是殷商遗民，奔逃至胶东，又迁徙北方，一部分留赵，一部分迁徙渭河上游，然后入关中王天下。刘邦由楚入关中，张骞凿空西域，两汉的地理空间至中亚腹地。唐王朝，用蒋勋的话讲是中国历史上少有的一次"野宴"、一个游牧王朝。隋唐王朝本身就是胡汉混血，李世民既是中原的皇帝也是游牧民族的可汗，称为天可汗。岑参高适在关中时写的诗也都是王维那种禅味十足充满静谧之气的田园山水诗，到了西域大漠，生命中的野性被唤醒。边塞诗说穿了就是充满动态的大漠雄风，唐诗的核心力量就是这种野性的生命力与巨大的想象力，生于中亚长于四川壮游天下的李白就是其代表。世家子弟杜甫则注定要在安史之乱在颠沛流离中挥发生命的野性。刚刚看到一篇纪念陈忠实老师的文章，其中提到萧云儒老师当年与陈忠实老师的对话，萧云儒认为《白鹿原》中的黑娃应该作为重点，应该写出黑娃的心理世界，黑娃身上有一股野性的力量。这种力量在关中十分稀少罕见，而在陕北高原却十分强大，红军落脚陕北高原很快扎下根基就与这种野性的力量有关。泰纳在探讨艺术规律时提出有名的"种族、环境、时代"三元素，以此来研究红军长征也是有意义的。希腊联军攻陷特洛伊城，特洛伊人杀出一条血路跨越大海在意大利半岛重新崛起，建立了伟大的罗马帝国。迁徙，尤其是悲壮的大迁徙是一个民族浴火重生的天赐良机。1949年国民党败退大陆前，蒋介石曾在台湾与大西南大西北之间犹豫不决，最终还是放弃了退守西部高地的计划，选择退守台湾。西部高地不是偏安之所，那是雄鹰翱翔之地，那是骏马奔驰牦牛怒吼英雄豪杰纵横的血性之地。郁达夫诗词中把蒋介石以及江浙集团比作偏安东南的南宋小王朝是有道理的，1935年至1936年红军就已经在西部高地浴火重生了。

长征的民族学人类学意义更有价值。我们这次是沿着当年红二方面军的长征路线，从湘西出发，进入云南一直到香格里拉。湘西是贺龙元帅的故乡，也是贺龙元帅两把菜刀闹革命的地方，数万湘西子弟跟随贺龙一路长征到中华人民共和国成立，许多湘西子弟成了烈士。湘西是红区，又是沈从文的故乡。当年沈从文带着一部《史记》到北平，几经波折经郁达夫相助进入林徽因梁思成与徐志摩的文化沙龙，读到了《圣经》。这个湘西乡下人以湘人的血性勇气把《史记》与《圣经》融合在一起，创造出一个可以让人联想到"楚辞"的文学世界。

笔者来自西北来自关中来自古长安，曾西上天山十年，三十年间沿着天山—祁连山—秦岭丝绸之路奔波，都是东西走向，去南方的机会很少。2003年有机会去广西北海，专门乘火车过秦岭过河南信阳湖北武汉安徽芜湖湖南长沙，对湖南也只是匆匆一瞥。屈原以外，我特别喜欢王夫之，王夫之对关学大师张载有很深入的研究。中国近现代史就是湖南人的历史，从曾国藩左宗棠宋教仁黄兴到毛泽东；再就是沈从文笔下的湘西。湘西凤凰城有城墙，没有西安城墙那么长那么高，却更坚实，都是石头砌成的，这就是《边城》的意义所在。这里是湖南贵州重庆交界处，河对岸就是重庆，乘船到重庆地界，码头数米远的地方有一座老银行洋房，曾是二野司令部，我拍下了这个旧址。我父亲曾是二野十一军一名侦察班长，解放大西南后在西康好多年。湘西也是土家族苗族自治州，二方面军的好多官兵就是苗族土家族人，沈从文就是苗族人。红军进入云南，云南既是植物王国又是多民族地区。红军的队伍中又加入了众多彝族回族人，开始有了民族大融合的意思。我们这支重走长征路的团队，团长丹增是藏族，副团长冯秋子吕洁是蒙古族，似乎专门是为二方面军准备的。红军在云南最感人的一幕就是对回族的容纳，刚开始在清真寺发生小误会，经阿訇解说，红军马上明白了穆斯林的习俗，在清真寺侧墙上写下红军绝对保护回族群众利益的标语。红军在云南的成功为以后在四川在西北陕甘宁一带与各民族共融打下了基础。明末清初时，刘智王岱舆马注等回族学者就把伊斯兰经学与中国传统文化结合起来，实现了伊斯兰教的中国化，马注就是云南人。云南大学的民族学人类学可谓历史悠久。杨堃教授从法国留学回来，在云南大学创立了中国最早的民族学。他的夫人张若名也是第一个在法国拿到博士学位的中国留学生，其博士论文《纪德的态度》，纪德在世时就很赞赏。张若名在法国留学时曾与周恩来有过一段美好的情感经历。红军途经四川，刘伯承跟彝族首领小叶丹歃血为盟；在甘南，卓尼藏族土司杨积庆暗助红军几十万石粮草；在宁夏，同心建立最早的回族地方政权，张承志专门写过文章。长征的过程就是汉满蒙回藏等多民族共和的过程。红二方面军政委关向应是满族人。云南人杨增新，民国时期新疆首任总督，他治理新疆的经验在今天还值得我们借鉴，他理所当然成为我中篇小说《库兰》的主人公。

　　云南讲武堂对中国革命有更大的意义。蔡锷在这里把西方的军事理论与中国的军事理论结合起来，编撰了《曾胡治兵语录》，培养了朱德等一批名将，训练出一支精兵，组成护国军击碎袁世凯的皇帝梦，让帝制永无翻身之机。云南对朱德有非凡的意义。作为滇军名将，朱德不但参加了讨袁战役，更重要的是在云南剿匪中朱德使用了对付土匪的新战术——化整为零、寓兵于民的游击战术。后来朱毛一拍即合，游击战术更加成熟。毛泽东思想，不是毛泽东一个人的，是中共早期领导人的集体成果。在军事思想上，朱德无疑起了关键作用。曾国藩起初是书生带兵，胡林翼起了关键作用。朱德与毛泽东的关系类似于曾胡。军事天才蔡锷对曾胡兵法的总结研究以及对朱德的训练，其师承关系非同一般。黄埔军校创立之初，主要科目的教官都来自云南讲武堂。黄埔军校培养了国共两党最主要的军事将领。考察朱德的革命经历，云南讲武堂以及滇军这段历史极其重要。中国近代最早的水电站、铁路、多民族共融，红军长征跳出包围圈，后来的西南联大以及中华人民共和国成立以后从云南走出的冯牧徐怀中，都有一种内在的联系。20世纪50年代徐怀中在这里写下了《我们播种爱情》。笔者的第一部长篇小说《西去的骑手》就在云南出版。

长征是中国的也是世界的，法国传教士薄复礼参加了红二方面军的部分长征。美国记者斯诺与史沫特莱来到陕北，斯诺写了《西行漫记》，史沫特莱写了《伟大的道路》。20世纪80年代美国作家索尔兹伯里重走长征路，写下了《长征——前所未有的故事》，书中写道："长征将成为人类坚定无畏的丰碑，永远流传于世。长征的故事将使人们再次认识到，人类的精神一旦唤起，其威力是无穷的。"

文学需要一种精神，文学需要一种无所畏惧的力量；两强相遇勇者胜，文学所具有的激情和想象力是需要胆量的。这应该是一个作家所必需的长征精神。

文论散笔

短篇小说的结构艺术

一般说来长篇小说的关键是结构,必须有一个科学合理的框架做支撑。这个框架往深里说已经不是简单的谋篇布局,而是作者的眼光与视野,说透了是作者的世界观,他怎么看世界与叙事的宏大狭小无涉,狭小有时候更深入更有力量,也就是说长篇的结构艺术更依赖于理性与哲学,其结构框架具有稳定性。不管宏大叙事还是狭小叙事很明白的一点:长篇小说是在盖楼房,不管是摩天大楼还是小洋楼,墙角很重要,墙角有裂缝说明结构有问题,肯定是危楼,墙壁或窗台有点小毛病不影响整体效果,长篇可以粗点。中篇小说写人生,必须有一个故事,道尽人物的命运。短篇的一般说法就是瞬间的艺术。传统短篇有故事,现代短篇不再依赖故事,截取生活的一个片段,捕捉某些细节、动作、情绪、场景,甚至一段独白都能筑起一个短篇小说。短篇小说写艺术,对结构对语言更挑剔,短篇小说是细活。

相对于中长篇,短篇的结构更有弹性,更有不确定性,更开放,更自由,更有挑战性,也就是说风险很大。从这个意义上说,短篇小说更具文学性。文学有许多特性,但文学最大的特性是不确定性。文学的这种不确定性给创作者和研究者带来极大的风险,付出与收获严重不对等,很多情况下可能是零,著作等身竟是一堆废纸。究其原因,文学这种不确定性面对的是人最难以琢磨的精神世界和情感世界。如果说精神世界还有某些规律可循的话，情感绝对难以把握。所谓文学艺术大师绝对是情感艺术大师。文学所具有的巨大的想象力也难以与情感相比。想象力不是文学所独有，想象力是创造力，各行各业有大作为者都具有这种素质和能力，而对情感的把握和探索却是作家艺术家终生奋斗的目标。给人类的情感套上绳索，而且是具有审美价值的绳索，何其难也！绳索也意味着枷锁，文明的说法应该是形式，给情感以形式，就是贝尔《艺术》中提出的"有意味的形式"，"意味"指的就是一种难以言传的人生情感；汉斯力克在《论音乐的美》中所谓的音乐的美是一种难以言传的多种音乐的艺术组合；诗人里尔克则认为"艺术乃是万物的一种朦胧的意愿"；康定斯基则把美定义为"心灵的内在需要"；乔伊斯更绝对："写头脑里的东西是不行的，必须写血液里的东西。"现代主义艺术更接近艺术的本质，虽然过于阳春白雪，下里巴人的后现代应该属于艺术大众化，太过普及就会丧失艺术的许多品质和元素。

给心灵内在的需求以形式，把复杂多变的情感变成文字，更通俗的说法就是给心灵和情感排列组合编码。贾宝玉把女人比作水，浜田正秀《文艺学概论》干脆以水喻示艺术的形态，水无常形，这种无常形态的结构方式应该是一种弹性结构、开放性结构、不确定性结构，随机应变能力极强随意性很大的结构方式；这也是莫泊桑和契诃夫短篇小说的区别，前者以故事结构，后者以人物结构。莫泊桑在短篇以外写出出色的长篇《一生》《俊友》；对故事不感兴趣的契诃夫不会去写传统意义上的长篇小说，契诃夫后期的一系列戏剧作品竟然也没故事没情节没冲突，把他那种极具开放性和弹性结构的短篇小说方式带进戏剧，创造出一种不同于莎士比亚戏剧的新剧种。契诃夫戏剧对演员极具挑战性，情感更内在，由契诃夫戏剧形成的新戏剧理论大师斯坦尼斯拉夫斯基专门写了《演员自我修养》一书，强调的就是对人类内在情感的表述。

契诃夫对短篇小说艺术最大贡献就是在貌似截取生活的某个片断、某个场景，人生的某个瞬间、某种情绪，甚至一段独白中包含人的全部生活人的所有情感，也就是英国诗人布莱克说的"一沙一世界，一花一天堂；把永恒放进瞬间，把无限握在手中"。这首诗叫《天真的预言》，整部诗集叫《天真与经验之歌》。经验意味着成熟和僵化，而天真即童言，孩童近于神灵。陈丹青把艺术家的最佳创作状态定义为激情美感加一点点无知，就是对过度成熟的警觉。一般的小说家甚至包括著名小说家与契诃夫的区别就在这里，结构一下子僵硬了、结壳了，场景、片断呈现的是平面，瞬间也好，情绪也好，独白也好，跟整体完全脱节，时空完全消失，没有背景，没有历史。艺术的美妙就在这里，长河取水，水还保持奔流的状态，而不是死水，这种保鲜能力就是艺术的功夫。齐白石画的小虾大白菜和葫芦用已故学者胡河清的话讲，"会感觉到一种古篆笔意，那背后似乎一直能通到中国文化深不可测的道山"。而那种平面化的截取和脱离人生情感内在完整性的外在的惰性完整性结构，其结果就是艺术的程式化规范化和过渡成熟，完全是一种没有张力的封闭式结构。弹性的开放性结构有一种发展意识，小说的人物还在成长，还在行进中，言已尽而意无穷。俄罗斯两个伟大小说家契诃夫和陀思妥耶夫斯基同时也开启了现代小说艺术的先河。陀思妥耶夫斯基小说那种泥沙俱下乱石滚滚的状态，恰好表述了人类情感世界的丰富多变难以把握。陀思妥耶夫斯基的小说不规范，也不程式化，完全符合另一俄罗斯裔物理学家普里高津的"从无序到有序"的观念，洪水泥石流貌似无序实则有更内在的秩序。对人类情感丰富性多变性把握比较准确的长篇小说都有某些短篇特征，结构都不怎么规范都很零散，如《追忆似水年华》《红楼梦》《源氏物语》都呈现出一种混沌之美，而且描写强于叙述。

　　1857年波德莱尔的诗集《恶之花》出版，标志着现代主义艺术的诞生，诗歌不再抒写夜莺、玫瑰、天鹅，酒鬼、妓女、流浪汉、乞丐、罪犯成为诗歌的主要抒写对象，连诗人艺术家本身都成了社会的垃圾，成为流浪的波西米亚人。本雅明把波德莱尔称为"发达资本主义时代的抒情诗人"，艺术家意味着一种吉卜赛流浪汉气质，开始捕捉人类情感世界深不可测的黑色的一面。俄罗斯文学再次后来居上，陀思妥耶夫斯基把雨果的《悲惨世界》译为俄文后，以此为参照写出俄罗斯版的悲惨世界《罪与罚》，由此展开《白痴》《少年》《群魔》《卡拉马佐夫兄弟》，相比之下，波德莱尔笔下的妓女、乞丐、流浪汉、罪犯就显得相当绅士了。真正的现代主义艺术应该从陀思妥耶夫斯基开始，人类情感的神秘性复杂性多样性不可捉摸性一下子上升到哲学的高度。现代派文学的另一鼻祖卡夫卡仅仅读到译成德文的陀思妥耶夫斯基极普通的一个短篇小说就惊为天人，他所崇尚的歌德狄更斯克莱斯特就相形见绌了。德国学者研究陀思妥耶夫斯基的著作很多，从文学到美学到哲学到宗教，陀氏的文学世界直达发达资本主义时代人类阴暗心理的最深处。现代主义艺术现代派文学的哲学基础就是非理性哲学，从叔本华到尼采，尼采认为陀氏的《罪与罚》超过了所有心理学著作。19世纪文学高峰属于俄罗斯，20世纪文学由陀思妥耶夫斯基开创却属于德国了。人类的情感世界加入了哲学思考。卡夫卡的短篇小说比契诃夫更精练更凝重，契诃夫小说所弥漫的诗意忧郁哀伤在卡夫卡那里全成了坚硬冰冷的绝望与恐惧。两位大师的肖像多么传神地表达出其风格：契诃夫夹鼻眼镜后边透着对整个人类的怜悯与同情；卡夫卡则是一双兔子一样的耳朵和恐慌不安的眼睛，整个人处于惊恐中，作家本人以及人类的状况比契诃夫的时代更差。卡夫卡的这种封闭式结构艺术就是一枚结实的铁环，内部极具张力，完全是浓缩的罗马角斗场，人类堕入地狱后的呐喊和哀号，通过结实的金属管孔传播出来，封闭式的铁环式结构与开放性的弹性结构其艺术效果同样震撼人心。有意思的是俄罗斯的民族史诗《伊戈尔远征记》，远征意味着无边无际的原野，意味着辽阔；德国的民族史诗《尼伯龙根之歌》，核心是沉入莱茵河底的黄金，以及匈奴与日耳曼武士血腥的拼杀，瓦格纳给这种原始野性的力量冠以华美的戏剧形式；犹太人卡夫卡剥去一切华丽与外在的强力，呈现出罕见的内部力量，即对命运的抗争，完全可以视为现代神话史诗，两种史诗寓示了两种不同的结构艺术。这种新的结构艺术暗含着人类情感的多样性。俄罗斯人被欧洲人称为剥了皮的鞑靼人,横跨欧亚,民族的标志双头鹰,一头面向欧洲一头面向亚洲。这种巧妙的结合其结果就是俄罗斯民族的复杂与丰富,别尔嘉耶夫说:俄罗斯民族不能用理性去了解。陀思妥耶夫斯基之所以比托尔斯泰屠格涅夫走得更远,陀氏家族除有俄罗斯血统外还有波兰与蒙古族血统,还有罕见的死刑与牢狱流放岁月,在中亚腹地经受过沙尘暴与冰雪暴的洗礼,那种泥石流般的文体特征正好对应了作家本人内心的激情。卡夫卡生活在布拉格,与捷克民族相隔,犹太人身份又说德语,父子关系极度紧张,一生都在恐慌不安中,处在多种夹角的夹缝里被挤压入《地洞》以至不断上演《变形记》。从此预示后来出现的一大批身份混杂文化背景多元交叉的作家,如奈保尔、莱辛、库切、帕慕克等,无根状态或许更能印证人类情感的不确定性,也就是曹雪芹说的"无立足境"。

短篇小说与神灵附体

天地万物因结构不同各显其态，文学也是如此。长篇小说表达对世界的看法，关乎世界观关乎思想与哲学，理性的力量逻辑的力量贯穿其中，犹如房屋的大梁和宫殿的圆柱。契诃夫就感叹长篇小说是贵族的宫殿，说到底是建筑艺术，房屋尤其是楼房，墙壁几道裂缝无关紧要，关键看墙角，墙角裂缝则结构不稳不能久居。中篇写人生，关乎经验，我们从来不缺少对经验的总结与提炼。当我们结构人生经验社会经验历史经验的时候，我们胸有成竹自信有把握，对宇宙对人生的终极关怀对人类对大千世界就不那么自信有把握了，说到底是思想的匮乏，是哲学的贫困。我们有多少名为长篇实则中篇的长篇小说！何况长篇还是正在生长的艺术，不像我们所想象的那么确定。

相比之下，短篇小说就更不确定了。短篇绝对是纯粹的艺术，近于诗，捕捉人生的某一片段或瞬间，也是对作家艺术感觉的考验与挑战。短篇对结构的语言要求很高，一句话一个字甚至一个标点符号的失误都会留下遗憾，影响整体的艺术效果。如果说长篇的结构依托理性，中篇依托经验，短篇的结构就是语言本身。柏拉图把语言看作是上帝的理性世界的仆从；笛卡尔"我思故我在"，把语言从上帝的仆从简化为理性的仆从，依然是奴隶；直到20世纪初现象学兴起，尤其是海德格尔，他认为："一切艺术本质上都是诗""原始的语言就是诗"。也就是说艺术的本质是抒情的，唯本真之言才开启世界。海德格尔常常引用荷尔德林的诗句"人，诗意地栖居"，栖居的本质是远离功利，脱离世俗，必须由本真的人来完成。远离功利，脱离世俗即摆脱逻各斯和理性还原到人本身。用布罗茨基的话说：首先是美学人，然后才是伦理人。艺术说到底就是给人类巨大的想象力和感情以形式。形式感就是艺术得以存在的条件。想象力有理性的因素有逻辑的力量，也就是说想象力是可以把握的，有规律有章法。相比之下，人类最难以把握的是人类自身最不确定的情感世界。这也是艺术突出的特征，抑或是人的特征。文学与人生如此密切，原因就在这种不确定性、模糊性、偶然性上。文学反抗工具理性，文学反抗必然性，文学这种不确定性不可预测性给文学与人本身带来无限的可能性与广阔的前景。孔子说唯女子与小人为难养也，小人应该是指下层草根民众，民众心理与女性的心理都是情绪化的，都难以把握，让生于乱世的孔老夫子感到恐惧，"难养"的另一层含义应该是控制把握。孔子编《诗经》首篇就是爱情诗，诗三百中保留了那么多优美的爱情诗，与《圣经·旧约》中的雅歌相比毫不逊色。文学就是给情感以形式，探索人类情感奥秘是作家永恒的课题。苏珊·朗格的艺术哲学名著《情感与形式》中专门论述"有意味的形式"，即一种情感的描绘性表现，它反映着难于言表从而无法确认的感觉形式。短篇小说近乎诗，就因为诗的内涵是情感，而诗近乎音乐，音乐的内涵即情感，音乐用旋律用节奏用五线谱捕捉情感，文学则使用语言。当我们说文学是语言艺术的时候，首先是诗与短篇小说。旧体诗有格律这种形式，自由诗则是内在的旋律与节奏。苏珊·朗格干脆以生命的逻辑形式对应人类的情感，即生命的有机统一性、运动性、节奏性和生长性。就创作本身而言，短篇小说捕捉情感的结构方式还是不确定的。作家对一部作品的长期酝酿构思往往是长篇巨著，突如其来的往往是短篇。

对短篇的精心打磨莫过于巴别尔，倾其一生就薄薄两本《骑兵军》和《敖德萨故事》。据说巴别尔不止一次把二十多万字的小说删至数千字，万吨水压机打坦克钢板的架势。巴别尔追摹莫泊桑，给忧郁阴冷的俄罗斯注入强烈的阳光，以及哥萨克草原强悍的野性与力量。莫泊桑的短篇有令人罕见的比较确定的结构即情节，从莫泊桑开始的作家都走向了长篇。莫泊桑就写了不少精粹的长篇小说，《一生》与《俊友》就足以让他的老师福楼拜惊叹不已，福楼拜潜心打磨的长篇对莫泊桑来说自然毫不费力。福楼拜的完美是后天苦磨而莫泊桑完全出自本能和天性。欧·亨利的短篇太程式化了，结构过于完整以至于封闭，很适合当中学语文教材，易入门好掌握。该向契诃夫致敬了。契诃夫短篇的不完整完全在于契诃夫对短篇的宏观把握，因为短篇的结构是不确定的是开放的，短篇的主题结构语言是一体化的，更近于兵法里的水无常形兵无常势，善用兵者隐其形。当契诃夫感叹长篇是贵族的宫殿时，契诃夫是在感叹自己的一生，农奴的后代，暴烈的父亲，早年一大批幽默诙谐小说完全是为生存为挣钱养家，在老作家指点下，从幽默通俗的小品转向严肃高雅最后走向炉火纯青，医生的职业既了解芸芸众生又忙得够呛，而生活的洪流时时触发这颗敏感的心灵，用柏拉图的话讲：神灵频频附体，灵感一浪接一浪。最早使用"有意味的形式"这个概念的是英国的克莱尔·贝尔，比苏珊·朗格早几十年。贝尔所说的有意味的形式，其意味就是一种难以言传的情感。贝尔的《艺术》提炼总结后印象派绘画，绘画中的构图相当于文学的构思。构图能力的先决条件是艺术家头脑闪现出一个"情感意向"，贝尔把情感意向出现的时候称为灵感的到来。灵感关乎情感，灵感的产生是无意识的，但又不是随意的，它遵循着情感表现本身的逻辑，"艺术家不仅要有能力把它留在脑子里，而且要通过手的动作转化为外部形式"。中国古代画论讲：外师造化，中得心源，从内心出发。与克莱尔·贝尔同时出现的俄罗斯画家康定斯基在《论艺术里的精神》中给美的定义是："心灵的内在需要"。别尔嘉耶夫在《俄罗斯思想》中认为俄罗斯民族无法用理性去分析。俄罗斯民族把对精神生活的追求当作人生第一需求。我们也就明白契诃夫短篇小说与文学最本质的元素有多么贴近！契诃夫甚至在莎士比亚以外另开一种新的戏剧：没有故事没有情节没有冲突，完全凭借演员内在的精神气质来打动观众。他的妻子就是演他戏剧的表演艺术家，最终形成斯坦尼斯拉夫斯基表演体系。这种内在化的戏剧完全脱胎于他的短篇小说艺术。俄罗斯文学与娱乐消遣无关，诞生于一种悲怆深沉的情感世界和人类苦难的忧患意识。今天当我们热衷于零度写作以至于丧失人类古老的抒情能力的时候，其实是对冰山理论对零度写作的误解。冰山下是滚滚热流，零度下地火奔腾。另一个俄罗斯作家陀思妥耶夫斯基从短篇到长篇完全是火山是岩浆是旋风般的激情，是西伯利亚的风暴与人类内心的风暴的结合。笔者在西域十年，每次去阿尔泰，在额尔齐斯河边遥望这条大河的中下游，那里曾是陀氏的流放地，也是他第一次恋爱的地方，人们研究陀氏的苦行苦役很少涉及中亚以及西伯利亚的大自然对他的影响。这个情绪化的作家在德国则上升到陀氏哲学，激情成为岩浆就是哲学。卡夫卡小说的冷峻风格下则是感人至深的诗情。乔伊斯则认为："写头脑里的东西是不行的，必须写血液里的东西。"现代主义艺术的基础是非理性哲学，是主观的心灵化的精神性的体现。作家倾其一生与其说是语言的锤炼，不如说是对人类以及自身精神世界的探索，而最纯粹的短篇小说对心灵世界的把握、所特有的开放性往往是作家保持艺术青春的利器。托尔斯泰最后一部作品《哈吉穆拉特》以短小的篇幅再次证明作家罕见的创造力，也是他跟莎士比亚和解的见证，《复活》近于席勒式传声筒，《哈吉穆拉特》则是恩格斯所谓的莎士比亚化，读者从《哈吉穆特拉》中读出了莎士比亚的味道。西方没有中篇小说的概念，长篇以下皆为短篇。暮年的托尔斯泰以干练的《哈吉穆拉特》给人生画上了句号。当我们热衷于赫尔博斯的智力迷宫时，也不要忽略南美洲潘帕斯草原高乔骑手和阿根廷民族史诗《马丁·菲耶罗》，那种血气蒸腾动辄与人拼搏的硬汉形象，一点也不亚于海明威笔下的主人公。赫尔博斯更接近巴别尔，与衰败的欧洲相比美利坚更具锐气。无论是海明威福克纳契弗雷蒙卡佛还是韦尔蒂奥康纳，他们总能以准确简练而细腻的文字捕捉生活的微尘与情感的微妙之处，创作出一大批短篇精品。短篇小说不但验证作家的艺术敏感性，更重要的是作家旺盛的生命力。大英帝国的黄金时代曾出现过写印度大陆的吉卜林，沦落到曼斯菲尔德时短篇除了精巧只剩下苍白与做作。爱因斯坦说，时间是一种错觉。普利高津却说，确定性才是一种错觉。生活的不确定性人生的不确定性给文学带来无限的可能和广阔的前景，诗和短篇小说无疑是文学最敏感的部位，进入文学的敏感区近于神灵附体，也近于苏东坡的随物赋形不择地而生的东方艺术哲学。

契诃夫与小说艺术

一个人早年的阅读很重要，近于母乳，那时我们很幼稚，生命的可塑性很大，我很幸运在小学三四年级到初中，就拥有了《三国演义》《水浒传》《史记》《唐诗三百首》。最早购买的书中包括傅庚生《杜诗散绎》，余冠英的《诗经选》《汉魏六朝诗选》，郭沫若的《屈原赋今译》。也就是在这个时候接触到契诃夫，人民文学出版社1960年版，封面有契诃夫戴夹鼻眼镜的肖像，神情忧郁。拥有此书的同学吊我胃口，只肯借我上册，下午放学时借出，第二天一大早必须归还。家里的厨房就是我的"临时书房"，蚊蝇及老鼠窜来窜去，夜深人静时忍不住抄其中最好的篇章，《哀伤》《苦恼》《歌女》，抄到《瞌睡》时天亮了，往学校赶，《草原》只扫了几眼，同学就收走了。好多年以后，我西上天山写了一篇我自己的《瞌睡》。天山和阿尔泰的草原足以弥补中学时擦肩而过的《草原》。

20世纪80年代真是段好时光，大学校园如同天堂，师范院校包吃包住还有生活补助，还可以勒紧腰带挤压出生活费买自己喜欢的书。俄罗斯作家中只有普希金、契诃夫、陀思妥耶夫斯基值得我买他们的所有作品，各种版本，包括传记，契诃夫的传记就搜购了好几种。汝龙翻译的契诃夫小说选集、小说全集以外，还有文集，还有贾植芳先生译的《契诃夫手记》，还有分成几十本的小册子，还有小开本袋装书。几次搬家都是大迁徒。从新疆回陕西横跨近万里,家什包括书全部都托运,细软妻子携带,我一个大男人提一个大包有几十公斤重,几十本珍贵书籍跟贩毒分子一样随身携带,上厕所都要叮咛妻子这个包一定要看好,包中契诃夫最多。

西欧小说都依从逻辑,而俄罗斯小说从生活出发,车尔尼雪夫斯基所谓美即生活完全是典型的俄罗斯风格。托尔斯泰写了俄罗斯民族健康的一面,陀思妥耶夫斯基则是另一个极端即疯狂与病态,直接引发存在主义哲学与现代艺术,契诃夫综合了俄罗斯的方方面面,大街小巷角角落落,连一缕微尘都不放过。我曾经像遗憾鲁迅没有长篇小说一样遗憾过契诃夫,契诃夫有一本长篇规模的《萨哈林旅行记》,是纪实不是虚构作品。人到中年我就不这么看了,鲁迅后半生那些犀利而富有生机的杂文连串起来不就是波斯地毯一样壮美无比的画卷吗?屠格涅夫晚年来不及完成长篇巨著,就把那些长篇构思写成短篇组成《爱之路》。当托尔斯泰陀思妥耶夫斯基狂风暴雨电闪雷鸣洗涤俄罗斯大地的时候,契诃夫更像俄罗斯民歌《三套车》与《伏尔加船夫曲》,从大地深处发出低沉沙哑浑厚的胸音。

从文体上讲契诃夫的小说是不完整的,截取生活一个断面,没有故事没有情节,没有高潮,更没有结尾,主人公的自言自语,生活中的苦恼不如意,甚至一点点情绪,都被契诃夫截下,但又与生活的洪流血气相连,鲜活得如鱼在水中。伍尔夫比较了契诃夫与英国的小说,英国小说都有人们熟悉和公认的结尾,有合乎逻辑的句号,而契诃夫小说结尾处还是个问号。《带巴儿狗的女人》结尾时男女主人公还在旅馆里商量明天怎么办;托尔斯泰在长篇还没有结尾的地方就让安娜自杀了,高中时读过大学时也读过,不明白一号主人公死了还有什么好写的。直到我走出校门,在西域瀚海写《西去的骑手》时,才明白死亡的是躯体,人的精神魂魄还弥漫在宇宙天地间。也是在这个时候,重读契诃夫,发现其短篇小说含有长篇的内涵。中国小说只有鲁迅的《祝福》张承志的《大坂》有这种意味,多层次多线索,背景大,苍莽群山一只鸟,千里戈壁一棵树,绝不是精致小盆景。同样是截取生活断面,有的人刀切豆腐巨斧断石,光滑直溜,一尘不染，契诃夫绝不用刀斧甚至不用剪刀，医生这个职业用惯了冷冰冰的器械，文学绝不是医学、手术台与医疗室里的病人，进入文学角色时契诃夫就脱掉白大褂和手套，一身休闲装，直接截取生活的断面，截面毛糙，带许多根须，无法用句号自圆其说。契诃夫甚至厌恶对生活对生命下结论画句号给出路。

三十岁以后，我更喜欢契诃夫的传记。各种版本的传记都有这样的记录，契诃夫与许多女性关系密切，近于恋人关系，契诃夫也长于写男女恋情，最后一部作品就是《新娘》。契诃夫结婚不久去世了。短暂的婚姻生活给人印象也好像在恋爱，妻子也是个艺术家，夫妻分别多于团聚。恋爱中的男女是生命中最有活力的状态，契诃夫的这种生活方式与他所珍爱的小说艺术是一致的。从这个意义上讲，短篇是恋情，而长篇绝对是婚姻，需要极大的耐心与韧性。托尔斯泰的婚姻可谓波澜壮阔暗流涌动，晚年离家出走死于火车站，让妻子充当了另一种安娜。老托不善恋爱，快四十岁时与十八岁的妻子结婚，妻子单纯纯洁。老托已经相当西门庆了，不断地写《忏悔录》。陀思妥耶夫斯基也是相当糟糕的情人，斯洛宁在《癫狂的爱》中有详细的记载，三任妻子几乎代表陀思妥耶夫斯基的三个创作阶段。陀氏第三任妻子几乎综合了俄罗斯女性所有的美好品质，如同他在普希金纪念会上的著名讲演中赞美的伟大的达吉雅娜，这种机遇足以让俄罗斯其他男性作家羡慕不已。对托尔斯泰大放厥词的纳博科夫对契诃夫推崇备至，尤其是《带巴儿狗的女人》，这是具有长篇内涵的短篇小说，乔伊斯《都柏林人》的压卷之作《死者》，波拉尼奥《地球上最后的夜晚》中最感人的《安妮·穆尔的生平》都是对契诃夫的发扬光大。最让人惊叹的是帕斯捷尔纳克，《日瓦戈医生》把托尔斯泰的冗长啰唆与陀思妥耶夫斯基泥石流一样的放纵全部纳入契诃夫的节制冷静内敛深情与忧郁之中，主人公也正是契诃夫的职业：医生。跟生活保持恋爱关系的另一个典型就是卡夫卡，你看他那双眼睛和耳朵，高度的警觉与惊恐，艺术的大敌是麻木与疲软，就像猪肚皮那样。

小说艺术的成功探索

——读李建军《宁静的丰收——陈忠实论》

我是在西域那个暴风雪之夜读《白鹿原》的,不是单行本,是《当代》1992年第6期。远离故土,乡音如雷,秦腔已经不适宜关中那块洼地,吼秦腔的最佳场地应该在大漠,在血性之地、英雄之地……这是我最初读《白鹿原》的感觉。许多读者都有这种狂风怒吼的感觉。当年肖洛霍夫的《静静的顿河》也是让人震惊,人们不相信二十多岁的青年人能写出史诗,在此之前肖洛霍夫只出过一个短篇集《顿河的故事》,细心的读者不难发现,作家文字中那种大地意识,一个哥萨克老人耳朵贴在地上能听见青草生长的铮铮声,跟钟表一样……肖洛霍夫没有像其他作家一样,短篇之后写中篇,稳扎稳打,而是在初露才华之后,一下子囊括整个顿河草原,从十几万字的短篇集子一下子变成一百多万字的鸿篇巨制。要知道托尔斯泰写《战争与和平》之前做过多少艺术准备和生活积累啊。

陈忠实的《白鹿原》也是如此,晴空霹雳般出现在沉闷的中国文坛上,在此之前只有《创业史》,现在,两座高峰遥遥相对,多少浮泛之作顿成瓦砾。评论家对此做了许多工作,笔者不一一重复。笔者作为一个读者,同时作为晚生代的青年作家,期待于理论界的是一种科学而系统的论著,原因很简单:这方面的工作在我们国家几乎是空白,我们有数不尽的鲁迅专家、郭沫若专家、茅盾专家、巴老曹专家,这个评传那个评传,以及"某某某的创作道路研究",还有那种地对空导弹似的宏大理论框架,但是当你仔细琢磨时里边空荡荡的，没有或很少有实货。笔者还记得在新疆时，在乌鲁木齐南门书店读李星老师给杨争光小说写的序言，从中知道杨争光对康德哲学老庄哲学情有独钟，李星对其小说概括为"无事生非"，实则无中生有。后来又读到李敬泽对韩东小说《双拐记》的评论，题为《倒〈双拐记〉》，专讲叙述问题。文学创作有技艺的因素，许多评论家在这个层面上栽跟头。笔者至今没有跟李建军先生见过面，只在电话里交流过几次，在读《宁静的丰收》之前，读过他发在《小说评论》上的一篇文章，探讨真正的小说艺术，并对当今的许多小说家提出批评，不久就读到一大本专著，以陈忠实的创作为线索，探讨小说的艺术精神及小说修辞的技巧问题。在我看来，《宁静的丰收》至少有四个特点。语言问题可以作为首要的一点，即第一个特点。用陈忠实的话讲：作家在寻找自己的句子（见《延河》1998年第1期）。而李建军先生对陈忠实创作的把握正是从这个方面开刀的。

　　在我看来"文革"遗风的一大危害就体现在说话方式上：全民族丧失了个性化的说话方式。新时期文学相当长一段时间都是用"文革"语言清算"四人帮"，《重放的鲜花》的老右派们以及"伤痕文学"知青一代，话语方式没有变，汉语期待着新的突破，因为语言与心灵与精神是同构的。许多人把对"文革"话语方式的冲击归功于王朔，王朔在这方面确实功不可没，但王朔的精神世界与"文革"有暗合之处，精神的浅薄直接影响到语言的底气，随着时间的流逝，王朔会越来越淡，一如张恨水叶灵凤罢了。人们期待右派作家来完成这一使命，但至今鲜有成功者。事物的发展往往出人意料，又在情理之中。"文革"实际上是中国特色的反智运动，从东汉末年甚至西汉武帝对司马迁的阉割一直到清朝的文字狱，这样的民族势必发生"文革"。关中可谓传统文化最丰厚的地方，从这里走出一个叛逆者才具爆发力，从西安古老的城墙裂一道缝，对华北大平原的王朔来说不啻一次唐山大地震。李建军先生从陈忠实的失败谈起，陈忠实早期创作包括获全国短篇小说奖的《信任》，李建军大笔一挥统统归于一种外在的描述，专著中列举那个时期陈忠实的许多中短篇题目如《幸福》等，并没有自己的语言基调。客观地讲，新时期开初，许多文化人都在苦恼中，如何摆脱"文革"影响？"文革"何止十年？时代对人的影响是全方位的，但也是受害者的觉醒才有意义。李建军从小说修辞上即小说的命名，小说中的风景、反讽、距离、视点诸方面分析陈忠实早期创作的不成熟。每个作家都有不成熟的过程，关键是不成熟在何处？对症下药，即以随顺的态度和政治投诚的心理进行创作。但陈忠实之所以是陈忠实，就在于他能对自己的失败反思。在宁静中反思，这既符合陈的个性，也符合关中这方厚土的特点，陕西人不事张狂。笔者曾读过苏联学者写的《托尔斯泰创作道路》，那是一本真正的谈创作道路的书，二十多年前阅读的感受至今记忆犹新：托尔斯泰从事创作以前就琢磨一种朴素而有表达力的句子，与此同时在笔记中录下周围人的性格分析，即心灵辩证逻辑，那时老托当兵，正是这两点构成他日后文学活动的基本框架。用李建军的话讲："写出一个活的人物基源于作者对人性深刻而完整的认识与理解……也要求写作的人，在思想国有化的写作环境里，必须与自己随顺的惰性进行斗争"。陈忠实早期创作的教训就在于：缺少批判精神。这势必要导致作家丧失自己的语言特点。可贵的是陈忠实很快突破自己，迈进了创作的转型期。

第二点，既是陈忠实创作的关键，也是李建军论著的关键，即作家的社会批判意识。作家应当如此，文化人也该如此，知识分子的标志之一就是清醒的社会批判意识，正像鲁迅先生所说的那样，"真的知识阶级是不顾利害的"，"他们对于社会永远不满意的，所感受的永远是痛苦，所看到的永远是缺点，他们预备着将来的牺牲……"那么究竟什么是现实主义文学？写了现实内容？李建军的观点：当作家具有批判现实的精神时其作品才算真正的现实主义作品。新时期以来，整个生活全变了，现实有了许多新问题，早就不是五六十年代的现实了，不能说柳青王汶石胡采不对，他们忠实于那个时代也无愧于那个时代。作为柳青的传人，陈忠实要实现自我突破，其难度可以想象。

20世纪80年代陈忠实归于宁静,创作数量少了,但却写出了几个高质量的中篇。《四妹子》用陕北女子的命运和遭遇来反思关中文化,《蓝袍先生》的命意则在反思传统文化对人性的禁锢,从文化的横向对比到纵向挖掘,李建军由这两篇作品窥探出陈忠实文学世界的基本轮廓,即在文化冲突中把握人物的命运。前期创作近距离地写外在生活,陈败于此,进入过渡期以文化的视境以批判的态度写人物的命运,陈成功地抓住了小说的文体特点,用李建军的话讲,实现了小说修辞和批判精神的双丰收。"宁静的丰收",只有宁静才可丰收,古人所谓宁静致远。在《四妹子》《蓝袍先生》以及短篇《舔碗》,"圆熟的讽刺技巧,深刻的人性开掘,不动声色的叙述语调",为后来的长篇巨著打下坚实的基础。

20世纪80年代正是文化热潮风起云涌之时,在此背景下产生了一大批"寻根文学",陈忠实的这几篇作品算不算"寻根文学"?李建军将这些作品视为经典。真正的好作品也可能存在于旗帜之外,宁静既致远,也说明宁静不是中心。

写作学中有个原理:完整的写作活动由作者与读者共同完成,而读者又分一般读者与专业读者,批评家显然属于后者,真正的批评家与作家是知音。《白鹿原》与《宁静的丰收》,拒绝喧嚣与浮华,显示出古原的苍茫与辽远,真正的批评是艺术直觉与理性思维的高度统一,对陈忠实成熟期作品语言的把握很到位,陈忠实行文更如其人,追求"'史'的质实","不追求语言的空灵、跳脱,意象的丰繁、变化。他追求语言内在的冲击力、裹携力"。李建军用晋陕峡谷的黄河来比喻这种语感,非常形象。

陈忠实是以小说传世的,李建军又辟专章记述其散文创作,其用意很明显,散文是一切文体的基础,而散文近于史,中国是个散文大国,散文笔法与汉语的关联可谓血肉相依。陈忠实已不再把生活看作唯一的决定因素了,而是强调内在的生命体验的重要作用。这已经突破了胡采20世纪50年代《从生活到艺术》的观念,要知道,陕西文学作为共和国文学重镇雄视大江南北,胡老先生功不可没。这也是李建军先生倾数年心血研究陈忠实的主旨所在，对中国作家来说陈忠实的意义在于他多次的自我突破，突破极"左"思潮，突破地域传统文化的模式……许多人对沈从文巴金曹禺中华人民共和国成立以后的创作空白表示理解，理解不能永远万岁。老舍的《茶馆》《正红旗下》就是一种突破；彭柏山的女儿彭小莲写长篇回忆其父伟大的一生，其中有一细节，王元化看了彭柏山舍命保存的小说手稿，只说一句话：柏山写的什么呀！作家只能以作品说话，强调外在因素是没用的。我们的作家鲜有多次突破者。

李建军把陈忠实的第三次突破提升到哲学的高度，是这本书最引人的地方之一，也是李先生最有气度的地方。李先生攥着锋利的手术刀毫不吝情地剖析了陈忠实的失败与教训，更让人赞叹的是刀锋所指直向大学者张岱年，中国文化缺少宗教因素，张岱年等学者以为是优点，李建军毫不客气地指出："张先生没有看到缺少一个超验的彼岸世界的信仰图景，恰是孔教的严重缺陷"。权力成为终极，超乎道德之上。中国的忠孝伦理，乃是一种仰视的无我型伦理。李建军抓住白嘉轩与白孝文父子和解的细节，一下子洞穿了白嘉轩，这个古老文化象征的隐秘的虚伪，用李建军的话讲这是"道德体系中的不道德"。官本位就是一切，大江南北哪块土地都不像陕西这样看重官位。评论家邢小利在《文学世界》上披露，以《白鹿原》而轰动海内外的陈忠实，担任省作协主席因公去省政府，我们可爱的省长却整整一上午谈他对一折戏的看法，不谈正题，陈忠实走到大院连骂这个省长是个二球、大二球。陕西就是出这伙二球的地方。白孝文当个小营长就让白嘉轩显出本相；而白孝文又是中华人民共和国成立后的第一任县长，不由让人毛骨森然。这就是史诗，你去想吧，何以有"文革"？你也就理解李建军对张岱年先生的不客气中包含多大的愤然。学者，尤其文化人，"识"是要紧的。曾国藩教子书中教娃娃读书第一要义就是"识"。李建军先生博而有识，在博士层里是很少有的。一般而言，读书与见识成反比。这也难怪，学海无涯，泅渡大洋者毕竟是少数，大手一挥横扫书山为我所用才是学者真正的风范。深刻的识见，使作家陈忠实与批评家李建军心有灵犀一点通。以过人的胆与识开拓出一个新异的意义世界，是批评家的责任。

李建军对《白鹿原》的挖掘有许多精彩之处，不一一赘述，其中还有一处即论述《白鹿原》对《创业史》的超越。李建军指出，《白鹿原》中有着"双声"即"对话"复调的意味，而《创业史》中只有一种声音。《白鹿原》中历史同现实对话，人物之间，人物自己对自己激烈地对话，并由此形成主题因素。这也使《白鹿原》中距离的远近控制得法。李建军又以阿来《尘埃落定》为例，如果说柳青是陈忠实老师，学生超越老师自在情理之中，阿来是陈忠实的晚辈了，新生代应该"新"，但《尘埃落定》的叙述角度却存在着问题，李建军很遗憾地说："《尘埃落定》中的'我'低下的心智状况和分裂的人格结构，被作者以一种极为任意的方式处理了"。

李建军又将《白鹿原》与《静静的顿河》相比较，选取景物描写作为切入点，前者是白描是极省法，后者是彩绘是铺排，国情不同，因情造景。

我们有许多书研究作家创作道路和评传，但几乎都是纪实文学，或无限崇拜或掩饰些什么。李先生既有真正学者风范又有陕人的刚直，对陈忠实这样一位大作家，该贬则贬该扬则扬，不虚美，不隐恶，有太史公治史的风骨。更可贵的是李先生自始至终执持一种令人信服的小说精神，从小谈修辞，到小说家的社会批判精神再到哲学高度，成就一个大作家的内在因素及理论框架，清晰而深刻。在解开《白鹿原》成功之谜以外，这应该是最重要的。

以笔者猜度，李先生在探索陈忠实的一次次自我突破过程中，自己的理论向度肯定随之而动，向纵深发展。笔者一直以为，即使学问，心志气度不和者无法从事某种学术的探讨，多少白痴在研究鲁迅实为亵渎鲁迅。无高洁之志者岂能望屈原项背。李先生专著的最后一章总结出一整套小说精神，我以为可以算本书的第四个特点："小说的精神及当代承诺。"什么是小说精神？李先生如是说："小说的精神是一种以否定性的态度向生活提出质疑的精神。"对寻根小说对智者王蒙的批评极为深刻,对王朔可谓一针见血:以无聊的调侃贬损弱者。而真正的小说精神,常常显化为对当代生活的积极承诺。加西亚·马尔克斯和米兰·昆德拉是这种小说精神的守护者和体现者;而被青年作家奉为神明的博尔赫斯,在李先生笔下则是一种"躲避的文学";对余华格非的批评也极富现实意义,李先生认为他们的创作:缺乏现实依据的智性投入,缺乏有力的精神支撑,做作而不自然。

以李先生精辟的见解来结束:"在一个价值失范的时代,小说的智性承诺,显得更为迫切和重要。"

文学的杂交优势

新疆这个名称是清末左宗棠征西后出现的，宁夏青海更晚，民国十八年即1929年前后设省，元明清整个西北就是陕甘行省，西汉开始嘉峪关以西叫西域。最早通西域的都是陕西人，从官方到民间，直到今天，天山南北的土著族大都是陕甘籍，整个大西北都叫秦，秦腔是西北剧种，通行陕甘方言，风俗习惯差不多。最早出现在西域的汉族人，普通百姓就不用说了，有名有姓的如张骞班超父子苏武玄奘都是陕西人。秦腔也是新疆少数民族唯一接受的汉族剧种，常有维吾尔人扮演角色。十二木卡姆里就有秦腔的旋律。我对秦腔的喜爱不是在家乡关中，我是农家子弟，刻苦读书的实用目的就是跳出农门，进入城市，中学时这个愿望强烈得不得了，全中国农村学生跟我差不多，那时我听到秦腔就头大。父亲当了先进，奖了一台小收音机，归我所有，每天晚上做完作业我一个人躲在厨房里听世界名曲，以抗土得掉渣的秦腔，这个小收音机一直用到大学毕业。我根本没想到大学毕业后我能西行八千里，我更没想到我在伊犁街头听到木卡姆时，会被其中古老的秦腔旋律所击中。在天山脚下用一千年的目光遥望我的故乡陕西关中渭河北岸那个叫岐山的小城，那也是历史上周王朝的龙兴之地，所谓凤鸣岐山。岑仲勉先生考证周人来自阿里木盆地，周人的原始农业与塔里木盆地的绿洲农业有这种遥远的"血缘"。这大概就是文学的根。就更不要说丝绸之路了，从长安到西域一直到罗马。向达先生著有

《唐代长安与西域文明》。公元8—9世纪从北亚蒙古高原分三支西迁天山南部的维吾尔人的祖先——回鹘人，跟周人一样也在这块热土上从马背民族成为定居的农业民族，天山所孕育的绿洲农业对人类功莫大焉，以致人类学家把塔里木盆地称为人类文明的摇篮。11世纪维吾尔族诞生了两个文化巨人：马合木德·喀什噶里与哈斯·哈吉甫。喀什噶里的《突厥语大词典》里把中原称上秦，大西北至西域为中秦，西亚至罗马为下秦。有《福乐智慧》的哈斯·哈吉甫近于孔子，更近于同时代的北宋大儒关学创始人张载，他们思考一个共同的问题，知识造福于人类，造福于每一个人，也就是今天所说的幸福指数。所以一个陕西人在天山，那种亲和力跟一个山东人河南人上海人是不一样的。

费耶阿本德《征服丰富性》一个主要观点，大自然本来是丰富多样的，理论则相反，旨在简化自然的丰富多样性。韩少功《爸爸爸》中的丙崽心中只有爸妈，张飞李逵心中只有大哥。德勒兹在《差异与重复》中提出"他者理论"，即他者是一种可能的世界。小说就是写他者进入他者的世界，小说是城市文明，是资本主义精神，是工商业，而不是农业；是开放性的、公共性的、交往性的，而不是封闭的——唯我独尊一山不容二虎；相比之下，关公更有近代工商业精神，关公的"义"包括了"异类"，在大哥之外有曹操，汉贼不两立，关公破了戒，容忍差异，尊敬他者，要高于存在主义的"他人即地狱"。《文心雕龙》里那颗"文心"，显然不是张飞们、李逵们那颗封闭狭隘的心，不是丙崽那颗简化到干骨头的僵化的心；"心"之为心，应该是开放的、丰富多样的，方可"雕龙"，雕的是龙不是井底之蛙不是地头蛇。吉尔兹为此专门著有《地方性知识》，地方性知识完全可以跟普遍性知识平起平坐，知识形态从一元化走向多元化。这种知识观的改变意味着必须学会容忍他者与差异，要有一种"在别的文化中间发现我们自己"的通达的心态。在弗莱眼里，人类学家弗雷泽的《金枝》可以当作文学批评著作来读，《金枝》体现的是文化的整体观，文学也是一种整体关系，不要把疆界绝对化，这些疆界有无数的缝隙，可以接受来自世界上任何地方的影响。这种相互间的掺水与影响是文学发展的动力。"愈是生动有力的文学，就愈要依靠杂交授粉使自己繁茂地成长。"植物学、人种学上的杂交优势已成为一种常识，文化与文学上的封闭与偏执依然盛行。而越是同一化越带有地方性的社会里，我们从中学习"杂交优势"对应所得到的，就越只能是一些在朋友那里不断被重复，然后又接收到媒体一再支持的偏见。"杂交优势"对应的就是"近亲繁殖"，强烈地排斥他人，从感情到血缘只有我爸妈我大哥，整个家族只有一个精神到肉体的"种父"。在此，我们才能意识到司马迁《史记》的伟大，司马迁没有中心主义。"齐物论"众生平等，成者败者，皆有尊严。《红楼梦》更明显，大观园即刘再复所说的"大观"眼光，是禅眼，慧眼，天眼，不是猪眼。王国维《〈红楼梦〉评论》里所说的"宇宙意识"，用林黛玉的说法就是"无立足境，是方干净"。故乡在哪里？故乡就是茫茫宇宙，一个赤条条来去无牵挂的生命，到地球撒花那个走一回，还找什么"立足之境"？这就是《红楼梦》的宇宙境界，弗莱的加拿大多伦多大学校友传播学家麦克卢汉干脆把地球称作地球村，庄子跟曹雪芹一个意思。

谎言里的真实

——有关长篇小说的一些想法

我在陕西出生，在陕西上大学，我的文学之路也从陕西开始，写诗，很婉约很柔美的那种诗，后来远走新疆，在天山脚下的十年，写诗的红柯一下子酷烈起来。大漠雄风改变一切。你可以想象一个关中子弟置身于西域的情景。其实一个人最本质的东西是永远改变不了的，改变的仅仅是文明的外壳。我生长于农村，很小就是一个干农活的好手，手指粗短弯曲至今合不拢。我是很适合在大漠生活的人。毕竟上了四年大学，读了不少书，职业又是教书，从中专教到大学，教的还是写作课，很危险的一门课。为了有利于创作，我时刻注意防范职业病。在我的意识里，文章没有文体之分，诗歌、小说、戏剧以及学术在本质上是一回事。诗歌、小说不说了，戏剧没写过，但我喜欢读剧本，迪伦玛特、奥尼尔、威廉斯的大作比小说好看多少倍！《天演论》与马尔萨斯的《人口论》绝对是一流的美文。回想一下，我从诗歌转入小说时也是一团混沌，没有长中短的意识，一个念头冒出来，写多高是多高，有意识写短篇是1996年以后的事。

我觉得一个人的基本欲望决定他的创造力。我是个贪吃的人。这下就谈到搅团这种吃食，通俗一点就是糨糊，玉米面倒到开水锅里，不停地搅呀搅，煮熟为止，搅得越黏越好。火不能太猛，最好是麦草火，慢慢煨着，木权子不停搅着，锅里咕咚咕咚哧儿哧儿冒气泡，跟火山口上的岩浆一样，地球的大肚子里就装着这么一团滚烫的热搅团。别人喜欢吃漏鱼，我喜欢大块大块吃，铁勺刮出来，倒入凉水盆里，都是手片大的厚块块，在十七八岁时，我一口气可以吃掉一大盆。三伏天，一场农活下来，我的饭量差不多顶一头牛，全村人目瞪口呆。

马仲英这个角色很适合我，在兰州不远的临夏城里，民国初年，十七八岁的愣头小子，与冯玉祥的西北军开战，失败后，远走新疆，出入大漠如同儿戏，在乌鲁木齐郊外，全歼苏军一个骑兵师，那种快感跟吃大盆搅团是一样的。

这种剽悍和野性的力量正是小说的一种精神，尤其是长篇小说。街谈巷议，道听途说，或者如略萨所言小说就是一种谎言里的真实。从1996年我的天山小说开始，我执迷于这种西部的野性的力量。我不是一个优雅的人。即使在我的教师职业里，我也喜欢把课讲得野一些，我的课堂常常挤满许多外班的学生。系领导三番五次勒令我把课讲得臭一些，说同事们有意见，我问他学生有没有意见？他无语，过几日又很执着地告诉我，你最好不要上课了。

把课讲臭确实比较难，把小说写臭，我想也不容易。

2001年6月

学者作家化

竺可桢先生编的中学地理书中有这样的句子：北方的秋天，空寂辽远，野兔奔过原野。考古学家黄文弼先生在他的学术文章中写道：在中国极西部有一大子午山脉，向西毗连一广阔高原，诵称为帕米尔高原。看到这些文字，散文家有何感想？从《俄国工人阶级状况》和《设计结合自然》中，能读出诗的韵味。而马克思在《共产党宣言》中说：一个幽灵，一个共产主义幽灵在欧洲上空徘徊。

大师对人类思想的冲击，首先是语言的力量。孔子、苏格拉底、佛陀、耶稣、穆罕默德虽然述而不作，但他们的思想被弟子整理后，成为各民族最典范的语文书。马丁·路德改革宗教的同时也改变了德语，卢梭伏尔泰狄德罗这些启蒙运动大师给法语注入暴风般的活力，《拿破仑法典》以语言凝结革命的成果……

伟大的思想得之于强有力的语言。语言失去张力失去元气，也就意味着民族的思想失去锋芒。剑桥牛津的学者们同时也是大作家，德国的哲学大师们同时也是语言大师。俄国19世纪一百年间产生几十位大作家，俄国的现实远远跟不上民族语言一泻千里的势头，罗曼诺夫王朝被摔下马。

我们当代的学者，多不是作家。不论其学术思想发明创造有多么辉煌，写成的专著却味同嚼蜡，尤其是人文学科的教材，很难让学生得到美的享受和阅读快感。而现代学者茅以升、竺可桢、梁思成的科学著作同时也是散文，华罗庚的旧体诗写得相当好。朱光潜、宗白华可谓真正的美学家，著作和译著都是一流的白话美文。美学家写不出美文是很可悲的。新美学家们提供给我们的几乎都是学术观点，其文字功力离老先生们差得太远。

1999年6月

现代派文学的误读

现代派文学是技术革命的结果，高科技带给我们的是以少胜多是极大的功效。现代派文学区别于传统文学的就是功效极大。传统画一组画，立体画一幅就够了，更不用说充满梦幻和高度抽象的画面，几乎是对材料原子裂变式的深加工。巴尔扎克一百部小说到福楼拜手里，一部《包法利夫人》就可以了，《包法利夫人》标志着现代小说艺术的诞生。伍尔夫的那些长篇，其长度几乎是我们今天的大中篇，可其容量让我们的作家百万字拿不下来。今天，我们许多写苦难意识的作家还停留在17世纪流浪汉小说阶段，离陀氏十万八千里，离鲁迅老爷爷就更远了。用余杰的话讲：不如读鲁迅一篇小散文的几句话。寥寥数语给人的感动抵得上几十万字。美是一种力量。差距太大就容易产生豪言壮语。别人小说结尾的地方鲁迅小说刚刚开始，《伤逝》就是在民国所有爱情小说的基础上诞生的。张爱玲永远罩在《红楼梦》的阴影里，我把张的作品作为大学一年级学生练笔的第一课，即对技巧的把握。对张爱玲病态的痴迷，只能说明我们的作家还停留在学艺阶段，还在学前班。

我们的作家总以为现代派与写实相对立。现代派之所以高于传统文学，就在于那些现代派大师们在学艺阶段就掌握了传统文学的精髓。乔伊斯薄薄的一本《都柏林》凝聚了契诃夫与莫泊桑的艺术精华，以《一个青年艺术家的画像》为桥梁，写出《尤利西斯》。卡夫卡的《美国》

是从狄更斯的《大卫·科波菲尔》里爬出来的。海明威笔下的尼克是从密西西比河畔那个叫汤姆的孩子身上衍化来的，尼克离开印第安营地和小城，到欧洲非洲去了。现代派小说在整体上是朦胧不清的歧义的，但细部真实细致而清晰。我们的现代派刚好相反，整体上明明白白得跟白开水一样，细部模糊不清，就像从喜马拉雅山上摔下来模糊得分不清面孔和手脚。

　　枯燥无味几乎成了现代派文学的代号。我听过一位朋友的妙论：人家现代派文学专门写理念，专门制造阅读障碍。卡夫卡《变形记》第一句："一天早晨，格里高尔·萨姆沙从不安的睡梦中醒来，发现自己躺在床上变成了一只大甲虫。"简直是一个传奇神话，在这个新神话里人类如此孤苦无助，不再是奥维德的英雄豪杰了。《城堡》《审判》有一股阴森之气，像走进大墓地，这种窒息和紧张不安给人的是阅读快感的另一种——荒诞。存在主义小说也是宏观理念，而具体作品则是形象与激情的统一。《词语》就是现代人的《我的大学》。《局外人》母亲去世，主人公无动于衷，这才引起我们极大的阅读兴趣。博尔赫斯给我们创造的是充满想象力与诗意的迷宫，是对《一千零一夜》和加乌乔的超越。

　　相当长一段时间，我们的现代派作品无处不在晃动着洋师傅剽悍的身影。模仿阶段需要一大批踏地雷的人，当号角响起，冲锋陷阵者密如蜂蚁，冲上山顶的总是极少数，更多的人陈尸半山腰。1998年我有幸读到东西的《耳光响亮》。这是一部真正的现代派的小说，响亮的耳光宣告现代派学艺阶段结束，书页里再也看不到洋师傅的影子。东西创造给我们的是中国特色的现代荒诞故事。"文革"本身就是一个大荒诞、一本正经的荒诞。牛红梅经历了十种不同的爱情，母亲何碧雪梅开二度，这种疯狂的爱是"文革"留在我们民族记忆深处的一个噩梦。这是剧痛后的荒诞，是高度抽象变形和想象后的荒诞。想象力的另一大特征是令人信服，东西的想象力是骨子里的。这也是一部语言的艺术作品，幽默反讽和感性意味，足以改变人们对现代派文学的种种误解。我的妻子以及周围的人都是在捧腹大笑中读完这部书的，一部现代派小说走进老百姓生活，读者确实是上帝。这是我一定要告诉东西先生的，他写了一部好书。

1999年7月

《水浒传》与解构主义

梁山好汉中相当一部分人如林冲杨志等,上山前是很有社会地位的,所谓"逼上梁山"在这些人身上体现得淋漓尽致。像李逵阮氏兄弟,本是好事之徒,放在哪个朝代治他们的罪都不过分。

《水浒传》中最感人的故事莫过于林冲与武大郎。这是《水浒传》的精华所在。在《水浒传》众流氓系列中,高俅是个特殊人物,算得上众无赖中的佼佼者,来自流氓高于流氓,是有政治头脑的高级流氓。赵佶与高俅投缘,从深层意义上讲,是中国文化由盛唐之音走向纤细圆滑的必然。赵佶是个大艺术家,诗词书画都是一流,而赵佶艺术的内韵却是苍白无力的。赵氏后代赵孟頫仕元,其人书法媚态十足。把握了赵氏一门艺术品位,就不难理解高俅的发迹了。从这个意义上讲,赵佶算是中国艺术的解构主义者,中国艺术由此一变,而明清艺术境界的残山剩水,死鱼眼睛,甚至近代的大师们也只能以虾葫芦驴子来立足艺坛。赵佶又是个皇帝,有人说赵佶不是政治家,这是误解,赵佶的使命是解构北宋王朝,他登极后的首要任务是重用高俅等一帮解构主义专家。看他是如何解构林冲的,"误入白虎堂""野猪林""风雪山神庙",一环扣一环,很有章法,林冲的武功压根不是对手。即使林冲上了山,宋江招安还得找高俅,又让高俅解构了一回。高俅可谓入渊驱鱼。金兵必须南下,在金兵南下之前,必须有一个人来剪除北宋王朝的有生力量,此任非高俅莫属。这绝不是说高俅是金人奸细,高俅是忠于赵佶的。因为没有形式上的间谍关系,却办了间谍办不到的事情,这才有意思,这大概叫默契。金兵南下之前,中原的血性汉子一个一个被剔出来,上山为寇。所以说高俅是赵佶艺术理想在政治上的完美体现。

《水浒传》中另一个人物武大郎,与林冲反差极大,但两人有一点是相同的:那就是逆来顺受、忍气吞声。武大是个小人物,小得连生存条件都丧失殆尽。这正是《水浒传》最打动人的地方。王朝的崩溃首先从家庭开始,林冲与武大家破人亡,而武大连反抗的资本都没有。一个连林冲和武大这样的人都容不下的社会,就可想而知了。这也是高俅、西门庆的使命所在。

《水浒传》中高俅与西门庆不认识,到《金瓶梅》里他们成了兄弟,很有些好汉上梁山的意味,不过他们上的不是梁山,而是社会的主宰。宋朝西门庆死于武松之手,同理可得,大宋一定灭于战火,辽夏金元的马蹄就是一例。明朝西门庆死于女色过度,明朝的顶梁柱子张居正戚继光也死于女色过度,崇祯帝面对如花似玉的陈圆圆连神都提不上来,李自成刘宗敏也因陈圆圆之故误了大事。总之,到了明朝,个体生命到民族整体油干灯灭,性功能丧失。有意思的是,这个明朝是由和尚朱元璋建立的,最后也竟败于色。

1998年4月

《水浒传》与虎

虎年谈虎是很有意思的。有关虎的描写莫过于《水浒传》了，武松之所以有名，之所以能在梁山占一席之地，景阳冈打虎功不可没。

《水浒传》高出《三国演义》者，关键不在于谁打死几只老虎。《三国演义》中打虎者不少，曹操手下的勇将典韦，就是猎手出身，只身一人在山中追赶猛虎，老虎跟兔子一样。另一个英雄孙权，也以打虎闻名天下，苏轼便有"亲射虎，看孙郎"的佳句。飞将军李广，误石为虎，把一支箭都射进去了。更远一些的秦朝，章邯手下的大将也曾徒手缚虎。人的剽悍与虎的威猛是一体的。虎啸山林，永远是中古时代的辉煌。近代是英雄消失的时代，近代有了动物园，把虎弄下山关起来，笼中虎与羊何异？而群山无虎，也是元气尽失，黯然无光。

文学是血性消失时的哀歌，这正是《水浒传》的价值所在。景阳冈上的虎只是有形之虎，在有形之虎出现之前，无形之虎已四处游荡。高俅之于林冲，牛二之于杨志，便是人世之虎，孔子所谓"苛政猛于虎"。如果武松只在景阳冈打虎，他连李广孙权都比不上，关键在于他打了西门庆蒋门神张都监。这已经是第二层意义上的老虎了，超出了自然界的虎。武松打虎的同时他自身的虎性也张扬开了，聚义梁山也如虎归山。

好汉聚集梁山，确实有虎啸山林的气概。上山之前，好汉们个个元气充沛个性鲜明，往山上一聚，就没个性了。金圣叹批《水浒传》只到七十二回，梁山泊英雄排座次。我以为后几十回也是有意思的，这就是《水浒传》中的第三只虎，这只虎不但超出景阳冈的自然虎，也超出了高俅牛二西门庆张都监这些人间老虎，那是历代农民起义首领所面临的难题。封建文化既是地主文化也包括农民文化。王朝衰败，而好汉们又无力构建一个崭新的如同梁山的王朝。众好汉在山上还可以"你有我有全都有"，真要进了东京就不一样了。

梁山的第一任首领王伦，纯粹一小寇；第二任首领晁盖也是黑社会色彩很浓的人，只宜过渡，不能长久；第三代宋江，就要比落魄书生王伦和乡村豪强晁盖高明多了。宋押司上山前可是县衙一员，对政权机构是很在行的，他考虑问题就要复杂些。从聚义到忠义，便是宋江也是众好汉的悲剧所在。招安打方腊，一百〇八将只剩几十员，武松也丢了一条胳膊。有意思的是方腊这只猛虎也是武松捉住的，打虎英雄捉老虎，武松算得上成也虎败也虎。最后这只虎把好汉们难住了。

1998年4月

英雄末路情更浓

——读《陈独秀江津晚歌——一个人和一家人》

陈独秀的晚年生活也可以理解为他的日常生活。五四新文化运动的旗手，创办《新青年》，缔造中共，大时代的风云人物；中国历史三个黄金时代的先秦思想、魏晋风度、"五四"精神、三道金光集于其一身，倡导科学和民主，至死恪守知识分子的节操，至其风度，孙郁在《狂士们》中对"五四"那一代人有精彩的描写。笔者迁居西安后，有幸在旧书店淘得三联书店1984年内部版的，上中下三册《陈独秀文章选编》，其文笔犀利老辣雄辩恢宏恣肆荡漾犹如先秦诸子之老庄荀韩。那些精彩的篇章如《欢迎湖南人的精神》《新文化运动是什么？》《克林德碑》所散发的青春气息与身边的青年学子交相辉映，实在是一种难得的精神享受。读其文想其为人也，不但想见其叱咤风云神采飞扬的辉煌，也想见其英雄末路的壮丽余晖。这种体验得之于本人十年的西域生活，戈壁瀚海群山草原辉煌的落日能让人泪流满面。陈独秀鲁迅那一代"狂士们"挟电带火犹如夸父再世，他们的人生舞台很适合在北方之北，在西北之西，十万个凡·高挥舞大笔策动群山大漠如虎如豹喷射生命的火焰，即使暮年也火光冲天。钟法权的《陈独秀江津挽歌——一个人和一家人》（人民出版社2012年6月版），写的就是陈独秀抗战时期在重庆郊区江津小城的最后时光。

陈独秀一生曾五次入狱，抗战爆发，提前出狱，国土沦陷，陈独秀偕老带幼随难民潮入川暂居陪都重庆，依然锋芒毕露，在报刊上一边呼吁抗日，一边针砭时弊，国民党受不了，骚扰不断，又没有固定收入，重庆物价飞涨，且有日本飞机空炸，贫病交加年老体衰弱的陈独秀近于安史之乱中颠沛流离的杜甫，乱战中只求一安居之所，重庆郊区的江津县就成了陈独秀人生最后的驿站。当时陪都重庆及周边地区是全国沦陷区人民的避难所，江津县聚集大批安徽老乡，跟老乡住在一起有家的感觉。寄居好友邓仲纯家不久，女主人不待见，陈独秀一家陷入绝境，江津当地富商邓燮康慷慨相助，由此拉开邓氏家族与陈独秀晚年交往感人的一幕。用书中话说，属于红色资本家。邓燮康早年与妻子求学上海，听过陈独秀讲课，倾向革命，加入共青团，大革命失败，邓燮康依然从事地下工作，后来组织遭到破坏，邓燮康与组织失去联系，回到四川老家搞实业搞教育，抗战兴起，竟然给邓燮康提供了援助陈独秀的机会，末路英雄一代豪杰，"五四"风雨人物中共的缔造者的晚年才有一丝温暖。挖掘这段鲜为人知的往事，正是这本书的价值所在。湖北荆门人钟法权也是得地利之便，川东与湖北荆门相邻，陈独秀正是从武汉逆流而上过长江三峡入川避难陪都重庆，这本书是接地气的。钟法权钩沉史料实地考察就能探寻到历史最隐秘的肌理。邓燮康的女儿邓敬兰，中华人民共和国成立后执教于西安第四军医大学，是全国知名的核医学专家一级教授，邓燮康曾在第四军医大学治过病。湖北荆门人钟法权在山西当兵，后调到西安第四军医大学，写过《大师大师》，全是第四军医大学大师级专家学者，很自然对邓氏家族与陈独秀的交往产生兴趣。作者序言写陈独秀晚年的这段经历，吃力不讨好。作者完全出于对伟人的敬仰，更重要的是对邓氏家族仗义慷慨古道热肠的感动。

　　陈独秀狂放不羁，霸气十足，穷困潦倒也气势不减，不好相处。许多书中都写了陈独秀叱咤风云时的狂放和霸气，虎落平阳英雄末路人生谢幕，从车水马龙到门可罗雀，钟法权笔下的一个个细节都给出了符合人物性格符合生活逻辑的解答。陈独秀拒绝国民党的诱惑，拒绝委派和日本人，很想回到党的怀抱到根据地去，董必武以老朋友的身份来看他并代表组织只求他写一份检查做个姿态，被他一话回绝，当年的好友胡适帮他去国外做学问，同样被拒绝，理由是全民抗战不想躲国外当寓公，傅斯年热情相助反遭嘲笑，至于叛徒张国焘的相邀他理都不理。早年好友邓仲纯的太太之所以不待见陈独秀，一方面担心祸及丈夫，一方面也由于陈独秀生活不检点。陈独秀有逛妓院的嗜好，如日之中天时可以忽略不计，虎落平阳时就会给自己带来许多麻烦。陈独秀即使寄人篱下也是不拘小节，大热天裸露上身让邓太太一顿数落，陈独秀曾在法庭上把法官律师驳得哑口无言，面对一家庭妇女，雄辩大师也品尝到了哑口无言的滋味。陈独秀在江津小城也是一波三折，离开安徽老乡邓仲纯，在江津富商邓燮康帮助下，陈独秀的生活稳定下来，革命一生亏欠家人太多，两个儿子为革命献身，身边只剩下儿子一家和继母，伟人开始了日常生活和天伦之乐。陈独秀对继母极为孝顺，继母把他养大，也为他担惊受怕一辈子。最感人的是继母的葬礼，陈独秀平生第一次违背了自己的意志做出了让步，伟人身上有了烟火气。伟人实际生活能力极差，钟法权在书中大书特书陈独秀的最后一任妻子潘兰珍，也是书中亮点之一。陈独秀的情感生活也极为精彩，结发妻子去世后与小姨子结婚，轰动一时。与最后一任妻子潘兰珍的相识充满传奇色彩。陈独秀从上海出狱在街头巧遇上海烟厂女工潘兰珍，潘兰珍压根不知道这个当时年届五十的中年人的底细，不久陈独秀再次入狱，潘兰珍从报纸上知道她相识的陈独秀是民国政府的要犯，这个没多少文化的上海女子从此死心塌地跟定了陈独秀，多次去南京探监，陈独秀出狱即结为夫妻。潘兰珍成为陈独秀晚年生活的支柱，一生为科学民主为工业大众奋斗的伟人，最终由一普通女子陪伴。上天，既有好生之德也有一双慧眼。潘兰珍总让我想起陀思妥耶夫斯基的最后一任妻子，那个凝聚了俄罗斯女性所有美德的速记员安娜。邓燮康既是企业家，又是教育家，给陈独秀的儿子儿媳在中学安排了工作，在生活上慷慨相助，也利用自己的影响介绍当地各界人士与陈独秀相识，不至于使伟人的晚年太寂寞，川人不但为抗战做出了巨大的贡献，也厚待了一代伟人陈独秀，陈独秀也把江津小城当成了世外桃源，不再谈论政治。每遇盛宴，放开肚子大快朵颐。书中一个细节，天子门生胡宗南特务头子戴笠求见，陈独秀坦然相待，不言及政治，其实他一举一动都在特务的监视下。他已远离政治进入更大的政治：民间。邓燮康不但介绍江津小城的各界人士还把自己整个家族拉进来，包括自己的子女。邓燮康显然是把陈独秀当作孩子们学习的楷模。邓燮康的家人子女后来都学有所成，与他们的精神导师有大关系，晚年的陈独秀用他的独特的魅力影响了江津小城。这本书写的不但是一个人与一家人的友情，也是与江津县的友情，蛛网一样井然有序，这就是生活的力量和民众心中永恒不变的民间道义，钟法权以湖北人的精细和医科大学专业的严谨把这种人物命运与社会生活的逻辑关系编制得严丝合缝令人信服。

　　这本书的第二个特点是结构。开篇写邓燮康带子女去参加陈独秀的葬礼，叮咛孩子们着装朴素不许戴花，孩子们不解，邓燮康告诉孩子们是去参加那个讲安徽话的老爷爷的葬礼，十二岁的邓敬苏和更小的邓敬兰马上告诉父亲，她们读过陈爷爷的文章，陈爷爷当过北大教授，是五四运动的旗手，这个陈爷爷在他们家吃过无数次饭，早就成为她们的精神导师。第二章就写1938年穷途末路的陈独秀从重庆坐轮船到江津。由此往下，单章写邓燮康，双章写陈独秀，交叉进行至陈独秀离开人世前夕，两股力量合为一处，邓燮康在中华人民共和国成立后，把所有财产献给公家，子女全部参军革命，邓燮康担任长江航运管理局重庆分局副局长，"文革"爆发，下放当油漆工，红卫兵抄家，红色资本家家里没有金条只有书，借红色风暴发财的红卫兵失望至极。在西安第四军医大学执教的邓敬兰也受到牵连。陈独秀与邓氏家族可谓亡戚与共。至第229页陈邓两家命运相合，陈独秀离开人世的大限也到了，这本书的结构力量也显示出来了。即使在生命之火熄灭时，陈独秀晚年拼命完成的《小学识字教本》在商务印书馆压积数年，仅为书名一个字陈至死不相让，书若出稿费有数万大洋，完全可以使全家摆脱困境，陈就是不改一字，仅印数百册油印本，这种死倔硬犟实在令当今我辈汗颜。

第三个特点即语言。史传而且是伟人的晚年，风云不再，日常琐事，作者采用平实朴素极具理性的语言——道来，既有理性逻辑的因素也是所抒写的主人公的精神气质使然。

最后要说的是第四军医大学。古城西安第四军医大学前身是国民党中央大学，医学系国共合作，大师辈出，湖北人钟法权的几部代表作全部写第四军医大学。第四军医大学绝对是一座写不完的富矿。笔者2004年年底迁居西安，执教陕西师范大学，深居简出，只去过三个大学讲过课，老西军电一中学校友请求讲过一次课，省作协的任务去西安工业大学讲过一次课，另一次是第四军医大学。让我大开眼界的是第四军医大学的标本展览馆，我平生第一次看到生命从精子卵子到米粒大到豆粒大到手指蛋大一直到婴儿成形有头有脸，一部生命的史诗，对我的震撼只有当年天山康家门子原始岩画上的生殖崇拜能与之媲美。湖北人钟法权的第四军医大学系列作品给陕西文学带来新气象。报告文学纪实文学陕西李若冰老人属开路先锋，后有冷梦、莫伸，钟法权也应该算一员大将。西安本来就是包容性极强的地方，汉唐时就是一座有大视野的国际大都市，西安人身上流动古波斯人古阿拉伯人的血液，长安画派的领导人物石鲁是四川人，赵望云是河北人，秦腔大师魏长生是四川人，湖北人钟法权居西安十余年，已经暗通司马迁《史记》的遗风，写人写物的传神细致实在是陕西文学一大亮色。

方言与小说创作

　　乡土小说有鲁迅的传统，有沈从文的传统，有孙犁赵树理的传统，乡土、大自然是我们古老的家园，包括亲切无比的家乡方言，在小说中来几笔方言跟吃家乡饭一样解馋，有淋漓酣畅之感。这些庞杂的内容如果写成诗歌，就有许多限制。沿着中国现当代的乡土小说进入古典文学，进入《水浒传》《三国演义》《金瓶梅》《红楼梦》《儒林外史》包括冯梦龙的"三言二拍"，都是封建时代的"城市小说"，《西游记》则是中国版的《堂吉诃德》，去异域探险；再远一点，宋话本、唐传奇、魏晋志怪志人小说，班固与庄子对小说的定义，《庄子》本身也与乡土无关，甚至可以把《庄子》当长篇小说看，有故事有人物有巨大的想象力。小说绝对是中国传统文化的异类、野种，小说成熟的时候，中国封建时代衰败了，小说骨子里就不乡土。中国古代的小说精神接近西方小说，是城市的产物，摆脱了乡土，在城市里凭手艺生存。《水浒传》里顶窝囊的武大郎卖炊饼谋生，还能吃到天鹅肉。小说骨子里有一种开放的意思，不再守望故乡、祖坟，固定在村庄的人们由于种种原因开始了迁徙，从熟人团体走向陌生世界，走向他者，预示着现代文明的开始。西方更显著，《荷马史诗》怎么看都像小说。鲁迅的小说开始于北平，结束于上海，另一个写过《春蚕》的茅盾进入上海留下了《子夜》。张爱玲笔下的上海怎么看也不是现代化的上海，而是地主大庄园，至少我感受不到上海的活力。倒是萧红，乡土的外壳下奔腾着现代文明蓬勃的生命力，《呼兰河传》写于香港很有意思。更有意思的是卡夫卡与辛格都是犹太人，辛格充满犹太人的"方言土语"，而卡夫卡则用德语写作，很少涉及犹太人身份，更不用说布拉格犹太社区的气息，而卡夫卡骨子里更有犹太民族的气质。另一个犹太画家康定斯基对美下的定义是：心灵的内在需要。好像专门给卡夫卡说的。犹太身份，寄身于奥匈帝国的捷克民族中心布拉格，异质文化无疑开拓了卡夫卡的心理空间，而不仅仅是父子间的冲突，前者是反潜意识，后者是有意识，潜意识的影响更久远更深厚。我们一味强调小说艺术的"时间"，是否忽略了"空间"？小说的野性气质自由精神应该体现"时间"与"空间"，无限的时间与空间构成宇宙，宇宙比社会更有立体感。

西北之北

——《绚烂与宁静》序

1986年夏天,我离开故乡关中西上天山,具体的日期应该是1986年7月28日从宝鸡上车,三天两夜后到乌鲁木齐,两天后从乌鲁木齐碾子沟长途汽车站乘车去遥远的伊犁。途中夜宿呼图壁,两天后到达伊犁。在伊犁州劳动人事局报到后,确定到伊犁州技工学校工作,直管单位是在美丽的伊犁河谷有花园城市之称的伊宁市,就职的单位在几百公里外的戈壁小城奎屯。开学还有半个月,我们就住在伊宁市绿洲饭店,逛遍了伊宁市的大街小巷。在阿合买提江大街的书摊上我花五毛钱买到了中华书局1955年版的《蒙古秘史》,黄铜色封面,没有图案,只有"蒙古秘史"四个黑字,古朴冷峻大气,犹如古代草原武士的黄铜头盔。开篇第一句话就把我打晕了:"成吉思合罕的祖先是承受天命而生的孛儿帖赤那,他和妻子豁埃马兰勒一同渡过腾汲思海子来到斡难河源头的不儿罕山前住下,生子名巴塔赤罕。"旁边的注释这样写道:"旧译'孛儿帖赤那'作苍色的狼,'豁埃马兰勒'作惨白色的鹿。"后来我拥有四种版本的《蒙古秘史》,大都如此开头:"当初元朝人的祖先是天生一个苍色的狼,与一个惨白色的鹿相配了,同渡过腾吉思名字的水,来到位于斡难名字的河源头,不儿罕名字的山前住着,产了一个人,名字唤作巴塔赤罕。"这就是大漠草原给我的最初印象,读完这句话,我就取钱买下,我无法读第二句,就已经进入迷醉状态,从阿合买提江大街走到斯大林大街走到汉人街,走到有名的清真寺陕西大寺,西天山的夏天,阳光瀑布般喷射。好多年后我在长篇《生命树》中把西天山伊犁河谷的阳光形容为太阳雨，西北以及中亚对暴雨的称呼为白雨，阳光炽热到极端状态就是这种电光闪烁的浩瀚无垠的炽白。好多年后回到陕西我写下了短篇《美丽奴羊》《过冬》《奔马》《鹰影》《靴子》。《人民文学》《山花》《作家》重点推出时，李敬泽写的评论《飞翔的红柯》如此结尾：红柯的语言让读者有一种挨揍后的痛快。追根溯源，这种被打晕的感觉始于1986年8月初的伊犁河谷，那本古老的《蒙古秘史》。成吉思汗的二儿子察合台当年修筑了西天山通往伊犁河谷的果子沟通道，察合台汗国的都城就在伊犁霍城阿力麻里，即苹果城的意思，后来我专门写了小说《阿力麻里》。苍狼与鹿相交生下草原英雄，这种野性思维远远超过布留尔的《原始思维》和施特劳斯的《野性的思维》，最初启动我西上天山的斯文·赫定的《亚洲腹地旅行记》也不能与之相比。9月初开学，我落脚小城奎屯。技工学校的图书馆大多都是实用性很强的技术书，文学书不多，但有不少内地大学图书馆无法看到的少数民族图书，我看到了《福乐智慧》，这是打开我眼界的第二本西域名著。这两本巨著完全改变了我的视野，我开始有意识地收集购买草原游牧民族的神话史诗传说，民间故事歌谣《玛纳斯》《江格尔》《格萨尔王传》，包括周边国家的典籍，包括欧洲的民族史诗《伊戈尔远征记》《罗兰之歌》《尼伯龙根之歌》《熙德之歌》《贝奥武夫》《埃达》《尼亚尔传说》，印度的《罗摩衍那》《摩诃婆罗多》《五十奥义书》，伊朗的《王书》，格鲁吉亚的《虎皮武士》等。我执教的伊犁州技工学校不以课堂教学为主，大多时间都在野外实习，我就有时间漫游天山，跑遍天山南北，等于变相的田野考察，十年之久，收获很大。

1995年年底举家迁回陕西老家，执教于母校宝鸡文理学院，1998年陕西省教育厅批准我的"草原文化研究"课题，教学科研创作互动互补收效极大。一百多万字的有关西域大漠草原的小说学术随笔在全国各大重要期刊发表，收入各种权威选刊选本，《光明日报》称之为"一场冲天而起的沙暴"。2000年我又有机会参加中国青年出版社组织的"走黄河"活动，我专门负责考察黄河中上游各民族民间文化，从青藏高原到黄土高原到内蒙古大草原。我的祖父曾是一位抗战老兵，在内蒙古跟随傅作义将军抗战八年，我的父亲曾是二野一名老兵，在青藏高原五六年，我终于有机会去考察祖父的内蒙古草原和父亲的青藏高原，加上我本人生活了十年的天山大漠，中国西部草原游牧民族全部进入我的生活，成为我生命的一部分。2004年年底，我迁居西安，执教于陕西师范大学，到了丝绸之路的起点。天山系列延伸到天山—关中丝路文学系列八百多万字的文学世界。从2005年开始我招收"中国少数民族文学"硕士研究生，开三门课，专业必修课"中国少数民族文学史"，专业选修课"中国少数民族经典导读"与"中国少数民族文化与哲学"。教学科研创作良性互动，收效最大的是创作，但创作一直处于业余，我是职业教师，教龄近三十年。

欧洲学者把来自于大兴安岭阿尔泰山至高加索山的游牧民族称为上帝之鞭，来拷打人类，同时也称他们为滞留在晨曦与黎明中的民族，无法度过中午，更不可能堕入黄昏或者黑夜。从匈奴王阿提拉到成吉思汗及其子孙，给欧亚留下的是一张张"火红的面孔"，如同天神一般具有无限的勇气与生命力。德国民族史诗《尼伯龙根之歌》中的匈奴王艾柴尔就是中国史书上的阿提拉，曾经把罗马帝国打得落花流水的日耳曼勇士面对匈奴大军噤若寒蝉，历史上的阿提拉兵临罗马城下，罗马人送一美丽女子，阿提拉与罗马新娘共度良宵突然死去。《尼伯龙根之歌》中的日耳曼人也是以美人相邀诱艾柴尔上套。日耳曼译成汉语就是勇敢的战士之意，日耳曼人骁勇善战世人皆知，罗马人更是武功盖世，但也上演了一幕幕中国历史上反复出现的公主出塞。中西方世界的文明中心面对北方蛮族都是这样以美女和亲来化解战争。一个关中子弟西上天山，所见所闻所观所志所思可是太深刻了。1998年我的第一本小说集《美丽奴羊》出版时，崔道怡老师以《奔驰的黑马》为序，内容提要有一句："这是一个陕西人眼中的西域。"关中是周秦汉唐的故地，是大西北伸向中原的桥头堡、丝绸之路的起点、北方游牧民族与中原农耕民族的交汇点、胡汉交融的大熔炉。陕西师范大学历史系孙达人教授最早提出"历史跳跃式发展论",孙教授认为人类历史运动的基本步伐从纵向看绝不是按部就班、循序渐进的,从横向看也绝不是平衡发展的,而总是以先进变落后、落后转先进的形式,跳跃式前进。关中历史上的三次崛起就是如此。最初周人受夷狄压迫,几经转战最后在岐山脚下周原落脚,相对于殷商的高度繁华,西戎之地是相当落后的,所谓西伯侯就是掌管西北诸多小方国的,周人苦心经营以落后变先进,所谓殷人敬鬼神,周人尚德敬天保民,人摆脱了巫神,最终克商。笔者作为周人之后,在天山脚下把《诗经》中的周人史诗《大明》《绵》《生民》《公刘》《皇矣》与《江格尔》《玛纳斯》《格萨尔王传》放在一起重新阅读时,对岑仲勉先生的观点深信不疑,岑仲勉先生认为:周人来自于塔里木盆地。笔者在大漠绿洲见识了原始农业是怎么一回事,"周"就是"田"中长出的庄稼,就是"井田",凿井取水方可生存,西域坎儿井就是这么来的,离开故土叫背井离乡,张骞通西域叫"凿空",干旱缺水的大西北,人们对打井的记忆特别深刻,打井太不容易了,高原以及大漠都是凿。关中的第二次崛起就是秦汉,秦人从渭河上游秦安崛起,最初山东六国就把秦人当西戎,不是一般的落后。周秦基本一致,农耕游牧混杂诞生一种罕见的新生力量,沿渭河东下席卷天下。关中第三次崛起就更了不起了,五胡乱华魏晋南北朝几百年的前期准备,最终是鲜卑北魏全方位汉化,隋唐杨氏李氏皇族基本上是汉人与鲜卑混血形成的强大无比的关陇政治军事集团,中国封建社会走向黄金时代——盛唐,长安成为国际性大都市,人口百万,波斯人阿拉伯人定居长安的有几十万,儒道释并举,谁也不独尊,伊斯兰教、基督教也纷纷入长安,化觉寺大学习巷清真寺景教碑保存至今。中国台湾学者蒋勋先生把唐朝称为中国历史上的一次"野宴",农业文明中罕见的那么浓烈的游牧气息。被称为独篇压全唐诗的《春江花月夜》核心就是对青春的赞美,晨曦,曙光,朝霞,少年,青春,骏马,生命,爱情以及巨大的想象力贯穿整个唐代文明。胡汉,农耕与游牧完美结合。宋元明清,中国历史从东西走向转为南北走向，整个民族步入老年，青春不再。大清王朝灭亡之际梁启超大声疾呼"少年中国"，梁启超甚至感叹：中国自古儿女情长多，风云男儿少。一身英雄气的关中五陵少年已成为过眼云烟。尼采对马丁·路德的宗教改革持有异议，尼采认为在当时的德国，宗教还没有彻底腐烂，宗教改革反而让德国保留了全欧洲最完整的宗教体系，不像意大利英国法国宗教集团彻底腐烂掉，堕入地狱，新的生命新的社会力量才有可能崛起。中世纪最后一位诗人新世纪第一位诗人但丁在写《神曲》之前就写过《新生》，充满对青春对新生命的无限渴望，少年时代暗恋的威尼斯少女雅特丽齐成为诗人上天入地的引路人，后来的歌德普希金托尔斯泰都是如此，塑造出一大批充满青春与生命气息的少女少妇形象。

农耕与游牧与工商业的最大区别是，农耕是静态的，庄稼从播种生长到收获固定于一地，对节气的掌握很重要，一年四季二十四节气经验很重要，中老年几乎都是农业专家，大地真正的主人，农耕生活方式中对老年的崇尚敬仰天经地义，形成的主体文化儒家就是最有代表性的尊老情怀。游牧生活逐水草而居，一年几次转场，包括驯马，青壮年才能胜任。遇到天灾，就要转场几百公里上千公里，甚至几千公里，游牧民族没有国境意识，哪里有草奔向哪里，为争草场不惜动刀枪发生决战，否则牲畜倒毙，整个民族就灭亡了，战争与流动需要强力者需要勇士，最好的食物装备必须给战士，强力即权威而不是老朽。工商业亦如此。我们就会明白那达慕大会三项比赛射箭摔跤赛马，全是青壮年，没有老年人的份，而赛马连大人都不行，全是十二三岁的孩子。笔者1987年7月在赛里木湖畔观看蒙古族哈萨克族那达慕大会，赛马冠军是一个十二三岁的初中生，夺冠下来爷爷爸爸老师把他当作神一样抬起来，孩子昂首阔步骄傲自豪得跟公鸡一样，大家都把他当英雄。要在内地，大人们会告诫他不要骄傲，越有成绩越要夹紧尾巴做人。你就会明白我们的古典文学中为何没有童话神话科幻儿童文学，这几种文学都是给孩子的，核心词就是想象力，想象力是一种伟大的创造力。这种童心未泯充满朝气与生命力的元素也是唐诗的关键。唐诗充满想象力，而宋词长于抒情，核心是情。笔者专门给本科生开的一门选修课"文学与人生",其中一章专讲童话神话科幻与儿童文学,孩童所特有的好奇心、猎奇心、求奇求新正是人类追求、探寻宇宙天地万物以及生命奥秘的关键,许多天才的艺术家科学家直到晚年还保持着巨大的创造力,就因为他们童心未泯,一旦他们身上这种童心好奇心消失了、麻木了、守旧了、保守了,他们的创造力也就消失了。

五四新文化运动有三大发现:发现了人,发现了妇女,发现了儿童。鲁迅借狂人之口救救孩子,我们可以理解为对新生命的召唤。古老民族的新生,我们吸收欧美文化的同时,也应该把目光投向西部,投向高原大漠草原瀚海,草原文化有一种不亚于欧美文化的健康的元素,从大兴安岭到阿尔泰山,从天山到青藏高原正是人类学民族学所称道的中国北方游牧民族史诗带,即《江格尔》《玛纳斯》《格萨尔王传》的诞生之地,完全不同于《荷马史诗》,是不同于英法德西班牙与印度史诗的活史诗,那些史诗一经产生就固定下来不再发展变化,而中国的三大史诗,有开始没结尾,与民族共存亡,这是中国少数民族给中华民族的伟大贡献,从诞生到现在充满无限的朝气与活力。回到1986年8月初的西天山伊犁河谷,在中亚腹地瀑布般的阳光下,我翻到《蒙古秘史》的第一页,读到第一句时我就晕了,那强烈的生命气息让人类回到了童年,回到了太初有为的黄金时代。蒙古的原始含义就是萌古,就是从柔弱到强大。成吉思汗大军的军歌就是:"我们的军队是群羊,翻山过海万里长。敌人好像是草场,我们一定会把他们吃得精光。"1997年《人民文学》第4期发表我的小说《美丽奴羊》,一个细节就是羊在戈壁滩的石头缝里跟渔民钓鱼一样钓出一棵棵青草。草原的底色是羊不是狼,"狼图腾"是内地汉人对草原的变态想象,征服了世界的蒙古人更不是内地人推测的凶悍无比,而是那么纯朴谦逊和善温情。看到草原人的善良才真正了解了草原大漠。

校园文学与文学创作

——第五届校园文学论坛发言

许多作家的传记与回忆录中总要提到中小学语文老师对他（她）们的影响，作家的童年青少年时代不管其他课程怎么样，他（她）们都能写出好作文，受到语文老师的表扬。文学是语言的艺术，这种对语言的敏感应该出现在人生的幼年。语文老师可以说是作家成长最初的引路人。从小学三年级写作文开始，到初中高中，作文写作就有可能突破到小说诗歌散文，而进入到真正的文学创作。感谢第五届校园文学高峰论坛在西安中学举行，给我这个机会跟各位老师和同行进行交流。我是职业教师，业余作家，1985年大学毕业，从教三十年，我曾经在新疆伊犁州技工学校担任十年语文教师，也曾发表过有关语文教学的论文，一直把叶圣陶朱自清这些集教学科研创作于一身的大师视为自己学习的楷模。叶圣陶老师关于语文教师要"下水"写作的忠告，我终生难忘。我至今还记得对我影响很大的几位中小学老师。小学时我是个调皮捣蛋的坏孩子，唯一的长处就是爱看课外书，三年级时就读《水浒传》《三国演义》，五年级时读到了《革命烈士诗抄》，其中有维吾尔族诗人穆塔里甫的生平介绍和诗歌，后来读普希金的诗就觉得穆塔里甫是中国的普希金，我最初的创作冲动来自于这个维吾尔族诗人。我写出了生平第一篇被老师表扬的作文。好多年以后我大学毕业西上天山，带学生实习时途径伊犁州尼勒克草原，尼勒克在蒙古语里的意思是婴儿，也是穆塔里甫的故乡。穆塔里甫二十多岁就被盛世才杀害了，多么年轻而旺盛的生命，我写长篇《西去的骑手》时就写到了穆塔里甫，小说的叙述基调采用穆塔里甫的笔名卡依那木，即波浪。初中毕业时"文革"结束，恢复高考，我沉迷于读小说乱投稿的作家梦中，一部五万字的小说在同学中流传，自己很得意。教语文的庞老师警告我：你个农民娃考不上高中考不上大学，种地当农民连媳妇都娶不上还想当作家？我一下子惊醒过来，收起作家梦，第二年考入重点高中。高中教语文的王滋祥老师教我们写复杂记叙文时"写自己熟悉的生活""写自己身边的亲人"，我就写了母亲的《手》，从小到大从来没有注意过父母的辛劳，王老师把我的目光引向自己身边的亲人，这篇作文传遍全校，一直被我视为创作的第一篇作品。王老师还告诉我们，不要太看重文言文的白话翻译，文言文自有魅力，白话翻译韵味尽失如同吃别人嚼过的馍，读书百遍其义自现。在王老师的建议下我买了《古汉语词典》和《古文观止》，死记硬背，大多古文读到十几遍基本就明白了。上大学后我们的古汉语老师，中华人民共和国成立初给陕西师范大学高元白教授当过助手，功夫扎实，对学生要求极严，我能轻松过关跟高中死啃《古文观止》有关。我在大二时发现了叶嘉莹老师的《迦陵论词丛稿》，上海古籍出版社繁体字竖行排印，我如获至宝，抄了一遍，高中时读过的《古文观止》与学者论述中国古典文学的专著互相应和，很快就体会到汉语最根本的元素，如叶嘉莹老师所说，汉语不同于欧美语言，欧美语言分重音轻音，汉语则是节奏和旋律。文学是语言的艺术，古文是最成熟的汉语，一个从事汉语写作的作家没有古文基础是很可笑很滑稽的事情。我执教三十年，我告诉学生要学好外语，一定要学好母语，尤其是古汉语和古文，古汉语古文与拉丁语语法有内在的联系。中国近现代一大批出色的翻译家都有深厚的中国古典文学修养和扎实的古汉语功夫学贯中西，给我们翻译那么多那么精美的外国名著，刚刚去世的草婴先生，读他翻译的托尔斯泰作品，也几乎是一种汉语语言美感的享受，自然流畅朴素典雅高贵大气。

中小学语文教学不但培养学生的语言能力，更重要的是对学生创造力的培养。美国中学专门给学生开一门课——创造学，用的教材是阿瑞提的《创造的秘密》，核心是培养人的想象力，想象力是一种创造力。这种能力在青少年时代进行专门的培养与熏陶。比创造力更重要的是激情。陈丹青说：最佳的创作状态是激情敏感加上一点点无知。而这种状态恰好是青少年时代。所谓金色童年，无论贫富贵贱，激情与想象就萌芽于这个金色摇篮。我在陕西师范大学专门开一门课"文学与人生"，其中一章专门讲文学与人生成长过程，大意是人的一生正好对应文学的文体结构，文学是有生命的，神话传说童话科幻儿童文学对应童年，核心是幻象与想象，幼儿园学前班小学要让孩子读全世界最好的神话传说童话科幻儿童文学。五四新文化运动的重大发现就是发现了人、妇女和儿童。叶圣陶先生不但是语文教育专家、作家还是儿童文学家，写过《稻草人》。青少年中学生最重情感，诗歌的核心是情感，包括与情感有关的文学艺术作品，亲情友情乡情甚至包括朦胧的爱情，青少年时代情感陶冶很关键，情操情怀情志以及情感的丰富充沛影响人的一生。校园文学的重点也在中学生群体中，校园文学有几个关键词，青春、生命、力量，所谓力量就是想象和激情。有想象和激情这双翅膀，才能翱翔于蓝天在未来的人生有所作为。上大学毕业后走向社会进入青壮年，对应的是小说，小说重在经验，人生经验与社会经验，建功立业大展宏图实现自我。散文属于老年，则是人生的智慧，收获于秋天大彻大悟于冬天。文学与人生紧密相连，文学即人学。

  校园为文学提供人才，即作家的摇篮；校园为文学提供素材，即青少年生命力量的主题与关键性元素；校园还为文学提供能力，即激情与想象力，想象力是创造力，激情即动力。

小个子大手笔

建东是个小个子。2002年我在鲁迅文学院学习，建东从石家庄赶来组稿。我们相识好多年了，都是在电话里交流，在文学期刊上交流，也见过建东的照片，真正见面我还是吃了一惊。建东这么小，跟个小孩一样，这确实是我当时心里的真实感觉。我如实交代不知建东会不会生气。建东是华北大平原的燕赵汉子。也许与他年轻有关系。更深的原因，我刚刚读了他的短篇小说《自行车》，写得很精致，不但有传神的细节，整个气氛语调都是低沉入微的，让人以为出自南方作家之手。我一直对江南怀有敬意，江南意味着精致和细腻，如果这种特质出现在北方作家之手，我就格外注意了。我不记错的话，《自行车》发表在2000年左右的《青年文学》上，因为有刘建东这个姓名，我就浏览一下，反而给吸引住了，一口气读完了，建东也让我刮目相看了。其实2002年秋天，建东最引人注目的是他的长篇《全家福》，发表在《收获》杂志上，陈晓明等评论家的撰文评价，使他成为2002年度文坛的一个亮点。这部长篇的诸多特点我就不讲了，建东显然在《全家福》上实现了一个小说家的突变、羽化，把早期小说中最核心的元素裂变成一声巨响。我不知道建东的处女作是哪一个，我固执地认为处女作决定一个作家的终生创作，不管它多么稚嫩，其中一定包含了作家最原始的生命力和底气。我不是批评家，但我是一个教师，讲授写作课二十余年，专门给学生剖析古今中外的文学经典，讲台即手术台,大拆大卸,重新组装,摸索出了一些规律性的东西。《自行车》是建东最早的一批作品大概不会有错,我也只是读了他个别的极小一部分作品。在长篇《全家福》发表前,建东的中短篇小说集入选中华文学基金会的"21世纪文学之星丛书",这是一个标志性的丛书,许多作家由此起步进入创作辉煌时期。几年后,建东又在山东文艺出版社出版代表性的作品集。这个名为"新活力作家文丛"的丛书有点专门供专家研究的意思,有作家的代表作,有创作谈,有作品目录,有评论目录,著名评论家施战军在总序中对每位入选的作家进行了中肯而公允的评价。不久前,另一位著名评论家吴义勤主编的《2006年中国长篇小说经典》推荐的2006年中国最有影响的长篇小说中有建东的长篇《女人嗅》。建东的创作势头之猛可见一斑。2007年第7期《山花》上又见到了建东的中篇《糖果与棺木》。这应该是建东的最新作品,在评论家尚未发出声音之前,我可以自由随意地发挥了。这部中篇写的是"文革"时期的故事,是儿童视觉。几条线索交织在一起构成很复杂的故事网,讲述"我"这个六七岁的小孩跟父亲的紧张关系。小说开头就告诉我们,小孩恨父亲,专门跟父亲作对,不惜自残,让大车压断自己的小腿,躺在医院里,大人肯定会忙起来的。不过也让人吃惊,小孩何以如此对待父亲?随着故事的展开,我们明白了,这个孩子是母亲与另一个男人的产物,母亲早早死了,死得不明不白,因为那个男人是局长,局长特意把怀孕的情人安排给父亲,父亲的软弱无能可见一斑。孩子有理由对抗这个名不符实的父亲。孩子的小姨,一方面寻找孩子母亲的死因,一方面又爱上了孩子的可怜至极的父亲,这是小说的第二条线索。这种爱注定是绝望的。接着就引出小说的第三条线索。小姨绝望中不断受到剧团男同事的骚扰,骚扰久了,也就有戏了,小姨的名声坏了,成了一个"开放"的姑娘,甚至怀了孕找父亲,也就是要姐夫帮忙打掉孩子,也可以看出小姨对姐夫的爱没有变。第四条线索,父亲续弦,继母是个病秧子。一个让局长如此摆布的男人,无恨无爱,娶一个这样的后妻也在情理之中。第五条线索理所当然就是孩子真正的父亲,那个大权在握可以安排别人命运的局长，小姨数次追逼毫无结果，局长大人只能在"文革"的风暴中毁灭。母亲死了，继母死了，小姨的结局也好不了。父亲徒有虚名，生不如死。小说还有另一条线索，赶车的老汉以及他做棺材的儿子。如此多的故事压在一个小中篇里。建东从糖果开始下刀，一以贯之保持了《自行车》与《全家福》中照片这些微小的物件，从容不迫地把众多故事装在了"中国盒子"里。小说的"小"本身就是鸡毛蒜皮，捕风捉影，撒豆成兵；小说另一个"小"就是不同的声音，我刘建东的声音，我刘建东的目光，我刘建东如是说，这是一种哲学，哲学的定义为世界观，世界观者，观世界也。刘建东就这样来写他自己童年记忆中的"文革"。更让人称道的是弥漫在众多的故事里的气氛。糖果，每个时代的孩子都喜欢糖果，甜中有苦涩，棺材意味着毁灭，众多的人生毁灭了。绝望与压抑。绝不是故事会，不是老掉牙的讲故事的方式。在建东的叙述中我们可以强烈地感受到现代派文学、先锋文学的某些特质，建东是讲究叙述手段的，是注重"怎么写"的。一个小说家应该穷其一生关注"怎么写"，我情愿把它称为写作哲学。文脉是山水相连的，是有源头的，河北众多作家的特点恕我不一一点评价，有专家公论。在我有限的阅读记忆中，河北作家应该多多少少与韩愈有些关联。唐宋八大家之首，换一句话八大家真正称为大家的也就韩愈、柳宗元、苏东坡。过去有韩涛苏海之说，大意是韩愈的文章跟波涛一样汹涌有气势，因为情感深沉敦厚，苏东坡则是恣肆汪洋自由潇洒。据说毛泽东当年写文章新闻味太浓、太时髦，老师建议他读读韩愈，一下子有分量了，毛文体可以说是新闻体加韩愈。韩愈的《送孟东野序》可以看作创作心理学；《送董邵南序》《祭十二郎》，其情感的沉郁真挚，感人肺腑，直逼太史公自序与《报任安书》。我们的散文有悠久的传统，很难想象一个陕西作家不受司马迁的影响，也很难想象华北大地的文学之子不受韩昌黎的影响。一句"燕赵多慷慨悲凉之士"，让我们油然而生英雄之气。从建东的文字中可以感受到这种遥远的气脉。康定斯基对美的定义是"心灵的内在需要"，我以为与韩愈的沉郁风格是同样的道理。美不是外在的东西,是内在的精神,甚至不是历史,所谓历史真相,第一历史,美和真还是有区别的。沈从文笔下的湘西与《乌龙山剿匪记》中的湘西哪个真实?但沈从文的湘西给我们湘西的美,这就够了。建东从日常生活的普通而平凡的家什写出了华北大地的美,小个子刘建东显示出了他的大。

我和建东2002年见面于北京八里村,但相识更早,1999年左右吧,在电话里联系了好多年。有时候是建东的母亲接电话。知道他曾经在兰州上大学,与西北有缘。知道他是一个很敬业的编辑,一旦约稿,便锲而不舍,极有耐心。他编发过我好几部小说,印象最深的有这么几篇:中篇《跃马天山》,发表在《长城》2000年第2期,反响不错,转载并收入各种选本;接着是长篇《老虎!老虎!》,1997年第6期《黄河》以中篇形式发表了一半,另一半在《长城》2000年第1期头条发表。春风文艺出版社出了单行本。建东是个不错的编辑,他主持的栏目,全国许多作家的作品都在此发表。我的职业是教师,教写作课,批改作业,每年有几百节课要完成,写小说纯属业余。建东是职业编辑,副主编,编杂志、看稿子,跟教师批作业没多大区别,其中辛苦我是理解的,这也是我乐意写建东的原因。

长安风物的歌者

——读阿莹近期散文

乡村与城市相比，乡村的好东西全在田野上，在野外，包括开发出来的良田以及未开发的无尽荒野，构成乡村生生不息的美与情感；而城市不管古代还是近现代，好东西全在房子里，全是一些器物。以物质论，乡村永远不是城市的对手，不是一个重量级。诗意情感永远属于乡村，而理性与物质则是城市的关键词。资本主义的扩张发展史就是物质与新型城市的胜利。我们至今在现代城市文明的物质发展上不具备原创性，不要说汽车飞机楼房轮船这些大家伙，桌椅板凳日常生活用品的绝大部分也是西方的仿制品。我们没有理由不缅怀我们辉煌过的周秦汉唐，我们曾经有过国际性大都市，长安、洛阳，尤其是长安，堪称中国古代文明的珠穆朗玛峰。去年读了阿莹有关陕西大工业题材的散文作品后，最近又读了阿莹刚刚发表在《人民文学》《十月》《中国作家》《芳草》的系列有关长安风物的散文，最突出的感觉就是古长安细微精美的零部件从历史厚厚的尘埃中一一闪现。

有关古长安的描写太多了，兵马俑、华清池、碑林、书院门、陕西历史博物馆，周秦汉唐的历史故事，这些"宏大叙事"应该是对古长安以至整个关中的习惯性抒写，已经模式化了。常识告诉我们，唐以后的长安衰落了，每次王朝更替，长安都难免兵灾战火，唐末黄巢入长安以及叛黄巢降唐又灭唐的朱温朱全忠对长安的摧毁是最彻底的，拆光了长安所有的房屋，砖瓦横梁顺渭河而下，去营建后梁的都城洛阳。周秦汉唐辉煌了千年的与罗马相媲美的国际大都市彻底败落了，古长安再也没有恢复元气。1924年鲁迅来西安讲学，本打算写一部大型作品《杨贵妃》，古长安的衰败冲散了先生的创作兴趣。古长安的昔日辉煌或埋于地下，或散落民间，从另一个意义上讲一座伟大的城市是无法消失的，它需要后人的发掘整理使其重新闪烁出应有的光芒。阿莹就像一个建筑师，精心营造他心中的古长安，最有代表性的九篇作品分为三类。

（一）古长安的物质生活。阿莹发挥他老军工的职业特长，首先从建筑材料入手，《陶管》首当其冲，就是古长安最普通的建筑材料——下水管道的陶管。此文讲的是阿莹的甘泉宫之行。位于淳化县的西汉甘泉宫早是一片废墟，值钱的文物也早被淘尽，连古代的碎砖烂瓦都被磨粉涂胶制成赝品骗人钱财。作者还是独具慧眼，在农民家的猪圈发现这只圆柱状的陶制管筒，一米多长，一头粗一头细，直径四五十厘米，布满粗细均匀的绳纹，内径光滑。显然是当年甘泉宫的建筑材料。这种下水管筒，周人在岐山脚下建城筑屋时就有了，汉代更完备，但也不为人所注意，农民把它放在猪圈也碍事，一分钱不要让作者拉走，作者硬塞给主人几十块钱，拉回西安送给一位老画家。老画家不识货，丢在院子里当废物，作者几次想讨回，画家外出不在家又不好意思擅自搬走，结果被画家当垃圾处理掉了。作者陪外地朋友参观陕西历史博物馆，唐代部分的第一件展品就是一只陶管，以此证明唐长安城建筑艺术的发达与辉煌，其品相还不如作者从农民家猪圈里发现的汉代陶管，老画家也傻眼了。这也是作者阿莹最后悔的一件事。此文就像一篇元小说，不需要虚构。《瓦当》《瓷碗》《酒具》把我们带入西安古玩市场，这里边水很深，但有意思。作者与画家王西京考古专家呼先生一起玩古董，还真玩出了水平。作者自己单枪匹马去淘宝，铭文瓦当太贵，就挑选工艺简单出土量大的云纹瓦当，购回家中，仔细玩赏，作者竟然发现这些工艺简单的云纹瓦当恰恰反映了秦汉之际的一种时尚。那时的王侯还残留着游牧民族的遗风，到汉帝国，王侯们要脱俗登天，高坐云端的云纹应运而生，这些发现让考古专家呼先生拍案叫绝。更绝的是作者购得破损的宋代瓷碗，店家当废品，作者却看中瓷碗上的太白醉酒图。二百元成交。回家仔细观赏，越发喜欢太白醉酒的传神生动，作者突然大悟，八百年前的宋金绘画能见到几张真迹！瓷碗上的这幅精致绘画小品哪一个装裱大师也达不到这种水平。作者又去古玩找店主购买所有破损的小瓷器，但作者太兴奋说漏了嘴，这些宋代绘画哪儿去找呀！店家立马翻脸不认账，说好的每件二百元飙升一千元。奸商嘴脸一览无余。《酒具》复原的是古代的生活细节，饮酒的青铜爵并不是直接用来喝酒的，先放炭火上加热保温，再倒入杯中，再倒入"杯"中饮下，之所以这么复杂，是因为古人喝的是米酒，反复倒会由混浊变得清澈透亮，喝到嘴里酒香四溢。电视剧里出现的执爵饮酒镜头都是导演没文化的缘故。这组散文完整地勾勒出古长安日常生活纯物质的方面。

（二）古长安的精神生活。《古琴》以琴写人，写画家江文湛。长安自古多高人，而高人多藏于长安南边的终南山中，那里有汉武帝的离宫，有唐代诗人们的"终南捷径"，更多的是仙风道骨的高人。画家江文湛因迷恋古琴，每年总要在终南山深处的红草园召集古琴雅会，南来北往的古琴手皆披长衫携古琴会之，上演伯牙与钟子期嵇康与《广陵散》的千古绝唱，作者阿莹有幸成为古琴手们的知音。已经不能用仙风道骨来描摹这一人间美景了，应该近于庄子笔下的大痴之人，大痴高于西方的信仰，得庄子真传的曹雪芹就给我们塑造了贾宝玉这么一个大痴形象，一个民族的精神生活应该有这么一方净土。作者与江文湛有三十多年的交情，在江文湛七十岁时，作者用三张抢手的书画跟一位搞收藏的朋友换了一把古琴，无奈江先生一眼看出这是一把仿制品，有时候也是知音易得真货难觅。难得的是作者阿莹毫不避讳这件伤心事，心诚则灵，要的是心灵的真诚。埙，贾平凹《废都》反复提及，等于给这种七八千年前新石器时代的原始乐器做了广告。西安的音乐家刘宽忍更是把古埙演奏得出神入化。作者阿莹早在20世纪80年代就在陶艺馆一位老师傅那里得到一只鹅蛋大的真正的古埙，让刘宽忍验证，这五个孔的古埙应该是西周以前的宝贝，放在作者的书架上，作者时时感受到的是与祖先神灵的交流。《杂技俑》仅一拃高，一位女子倒立，整个身体曲线与今天杂技演员动作一模一样，这件唐代杂技俑无疑是当年丝绸之路传来的西域杂耍风格。向达先生《唐代长安与西域文明》美国学者谢弗《唐代的外来文明》全方位地介绍了唐长安这座国际大都市的生活。穿越历史的风尘，阿莹只用一拃高的杂技俑就让我们感受到那个大时代的生命气息。

（三）战争与和平。李清照的父亲李格非写过一篇有关洛阳的文章，把洛阳的兴衰作为天下兴衰的标志，天下由治而乱，由乱而治，逐鹿中原，洛阳以至整个狭义的中原河南就首当其冲，长安也是如此。一部中国历史，长安经历过多少战乱，最终毁于朱温之手。《箭镞》在阿莹这个老军工眼里既是历史也是纯粹的武器，作者以专业的眼光区分了战国时六国的燕形箭头与秦国的三棱箭头；燕形箭头好看有气势，但发射后飘忽，冲力与准确性减弱，而三棱箭头的三条弧线与今天的子弹头抛物线一致，速度快冲性好，血槽和倒钩更让人胆寒，秦国那时就掌握了空气动力学的基本原理。《补印》写的是作者二十多年前出版第一本作品时，画家王西京亲自插图，二十多年后，王西京的画成了收藏家们的宝贝，当年这些插图画稿均没有拓印，作者要求补印，画家见到自己十多年前的精细的作品，感慨万端。

阿莹的创作由小说转纪实报告文学再转散文，其散文就有小说的细节与纪实文学报告文学的写实风格，每篇散文都有故事有人物有细节，这些细节又带有老军工的职业特点，即自然科学的准确与节制。呈现给我们的这些古长安的风物仿佛进入《世说新语》的境界，人物栩栩如生，物件充满灵性，寥寥几笔神韵尽出；又那么写实与节制，这又是孟元老《东京梦华录》的氛围了，移居江南的南宋遗民日日夜夜梦想着中原汴梁的繁华世界，孟元老就真实地再现了一个纸上的东京汴梁。阿莹给我们呈现了古长安的一角，是纸上的艺术世界也是活生生的社会生活，就存在于西安的大街小巷，就存在于西安的细碎生活中。从这个意义上，这组散文从骨子里更接近美国作家怀特的《这就是纽约》，而不是不食人间烟火的《瓦尔登湖》。

韩天航小说创作初探

新疆作家韩天航以他的中篇力作《回沪记》奠定了他在西部文坛中的地位。纵观他十几年的创作实践，我们不难看出，他的这一"爆发"不是偶然的，我们不妨从他的众多小说中选出几篇来加以分析，看看他走的是怎样一条艺术道路。

小说是有技巧这个层面的：有了生命的激情之后，必须让它很科学地奔流，不至于泛滥。《克拉玛依情话》便是一篇技巧大于内容的小说，这也是作家走向成熟的必由之路：激情—技巧—无技巧。文学最大的技巧是无技巧，说这话的是巴金。

《克拉玛依情话》写的是都市生活，属于工业题材，故事比较一般：写钻井工人的爱情故事。两条线索：一条是感情；一条是事业和工作，男主人公精通业务，连年先进，技术考核名列前茅。就情节和故事而言，相类似的作品很多。但小说的赢人之处不在故事也不在情节，这既是作家艺术功力的所在，也是通俗作品区别于纯文学作品的地方：《克拉玛依情话》的高明之处在于平常的故事情节下的细致和精到，在处理恋爱、失恋这些复杂曲折的情绪过程中，细节描写显出它独到的魅力；情绪的跌宕与环境气氛的变化相映成趣。第二个特点是语言，明快简短，既符合都市化的快节奏，也符合青年人的心理特点。小说从男女主人公的"相遇""相恋""失恋"到"尾声"情节发展与情绪发展融为一体，叙述的节奏时快时慢，显示出都市打击乐的铿锵与响亮。

作为兵团作家，韩天航完全适应文学氛围的变化，原野的哀伤没有了，出现在文学中的是火热的激情和明快的风格，即使写失恋写痛苦，也是甜蜜的哀伤，是积极愉快的。这就是作家的本领，一切以时间地点条件为转移，不像有些作家，到了海南特区，写文章还是黄土高原味。作家要善于进入角色，演员是从外到里的千面人，作家是从里到外的千面人。《克拉玛依情话》的语言、结构、情节、细节这些技巧性因素是较成功的。

《变艳了的蒲公英花》是一个沉重的故事，也是垦区历史的一个缩影。年轻漂亮的内地姑娘巧梅，被组织上安排给革命功臣老李。这安排就把人的命运给变了。老李是个绝对的好人，对革命有过贡献，残酷的战争岁月把他的婚姻大事给耽搁了，他把一切献给了革命，也把一切交给了组织，组织给他找老婆也是合情合理的。而悲剧就是在合情合理中产生的。巧梅姑娘找不出反对的理由，尽管她喜欢年轻的农工柱儿，可嫁给老李太有道理了。作者给我们一个命运的悖论：合理与合情的矛盾。古希腊的悲剧和悲剧理论告诉我们：正义与正义的冲突往往造成个人悲剧。中国历史上也同样有过情与理的冲突。唐明皇不谓不英明，他稍微忠于一下爱情，江山就乱了，一个美丽的爱情故事带来的是八年安史之乱，杨玉环的丰腴和美艳后边是盈于野外的白骨。爱情这劳什子硬是无规律可循。

巧梅姑娘面对又老又丑而又战功卓著的老李"心里一沉"，感情难以接受。陪她来的柱儿，年轻高大英俊，使她感到一种男性美。女人天性爱美，感情之水哗啦啦奔流。可组织上首先要考虑老同志，你不能说组织上不对。巧梅姑娘大胆追求柱儿，柱儿也喜欢她，却有罪孽感。老李意外死去，而且是为别人死的，他的一生都很光荣，可青春与爱跟光荣不是一回事。老李死后，巧梅主动嫁给跟老李一模一样的吕排长，从无序走向有序。她的心再也不沉了，已经沉过了。这就是《变艳了的蒲公英花》高明的地方。

文如其人，对有些人有用，对有些人不一定有用。你能从董其昌的画中看出他的劣绅本质吗？你能从汪精卫的字中看出他的汉奸嘴脸吗？文如其人不一定适合所有人，对韩天航却绝对适用。面对别人的挑衅，他会愤怒会反击，但绝不过分，他属于那种经历过苦难而又乐观自信的人。在坎坷与磨难中保持一种情趣。

《淡淡的彩霞》就是这样一篇作品。赵家主人在"文革"中受压，被打断肋骨，被罚去喂猪，主人因祸得福，摸索出一套养猪经验。改革开放，发家致富，技术型的农工得天时之利，赵家很快发了，成了富户。李家是个权力型家庭，李副连长只会放水浇地，对种庄稼养猪一窍不通，又看不起挨过整的赵家。赵家的丫头赵霞偏偏喜欢李家的儿子。不能不承认韩天航笔下的女性形象比男性丰满生动有魅力，《变艳了的蒲公英花》中的巧梅虽然是个内地姑娘，一进入新疆就有了新疆人的特点，但还不典型。赵霞就不同了，她是垦区土生土长的姑娘，辣而不野。她可以戏弄意中人的父亲，但绝不过分；鼓动情人反抗父亲，但却要情人既当男子汉又当好儿子。这种辣而不野的特征正是作者理想中的女性形象。生活中有许多苦难、有许多沉重的东西，但人的伟大在于承受苦难而不被苦难所压垮。赵霞的野性表现在嘴上而不是在心里，"是刀子嘴豆腐心"。小说是这样结尾的："彩霞红红的，艳艳的，让人感到一种说不出的欢乐和舒心。"

在《唐娜》之前，韩天航的小说都是以某一方面取胜，其共同点是：女性形象鲜明生动，男性则略显平板，大多都是被动的，需要女性来带动；另一点就是配角形象模糊，这些缺点在《唐娜》中都已得到较好的解决。

唐娜身上融合了前期小说中所有女性的特点。巧梅追求爱情，犹豫又彷徨；赵霞追求爱情，大胆而有分寸；李烨追求爱情，还要耍点小计谋。这些绿洲女性都有一种须眉气概，泼辣热烈大胆而又聪明伶俐，一看就是新疆女子，是闯天下的角色，绝不是多愁善感以泪洗面毫无主见呆头呆脑的弱女。

《唐娜》的故事平淡而真实。背景是远离市区的综合服务部，孤零零地坐落在滚烫而荒凉的戈壁滩上。新上任的副主任要到基层干一番事业,作为提拔的资本,下来时连关系都未转。综合服务部的职工也都想回市区工作、有关系有门路的唐娜快要离开这里了。作者把故事的调子定得不高,生活本来就是这样,人人都想过舒服一点。背景是荒凉的戈壁,主人公的动机不怎么高尚。小说成功的地方就在这里:背景与人物的骤变。这在新疆小说中尤为重要。人物是小说的核心,人物进入小说的关键是变化。君不见,好多小说,人物从开始到结尾,变化的只是换了几身衣服,交了不少朋友,从少年变成老头的自然变化,人物的灵魂一点没变。跟农村人的谚语说的一样:老头吃豆子,圆溜溜下去又圆溜溜出来。艺术家的本领就在于他有个好胃口,什么东西经过他的咀嚼消化都变样了,不是形变而是质变。《唐娜》就是这样的小说:一个任性泼辣闹着要走的姑娘把生命交给了戈壁滩,副主任改变初衷把所有关系迁到这里。连刁钻古怪心理有点变态的李玫梅也变得有点人情味了。《唐娜》充分显示了艺术中"变"的力量。光有变化还是不够的,艺术的灵魂是美:科学求真,宗教求善,艺术求美。美是有规律的。中国最古老的经典《易经》讲的就是这个:易者变也,经者规律也,《易经》讲的就是变化之道;《易经》的要旨是万物皆流,不是乱流,而是流得美而有道。

  男主人公副主任,不满意机关的沉闷到基层来干点事,女主人公唐娜不满戈壁滩的荒凉枯燥,向往都市生活,而人的心都是骚动的,都有强烈的变的欲望。小说开头那张变形画就是这种心理暗示。唐娜给"我"的画,极端变形,眼睛小成绿豆,而嘴巴大成南瓜,眼小有神嘴大有福。刚开始,唐娜与"我"彼此有好感,几件工作中的小事,"我"显出与"锅底油"主任的不同,令唐娜刮目相看,男女之间的两情相悦便有了某种灵魂的震颤。"我"又显出某些世故与妥协,唐娜毫不客气地刺"我","我"的勇气与胆略是被逼出来的。由唐娜牵头,姑娘们把货送到野外钻井队,跟工人搞联欢,跳舞唱歌,商业服务加进文娱活动,工人们得到的不仅是物质,而且是一种精神的娱悦,戈壁便有了花园的气息,荒漠便有了色彩。唐娜与"我"的感情达到一种"形而上",即真正意义的两情相悦，彼此都把对方改变了。人们追求艺术美的目的就在这里。黄色小说激起的是人的性欲是原始欲望，而纯文学激起的是美妙的情欲。把少女变成妇人，每个男人都可以做到，而只有极少数杰出的男人才能把少女变成风景，变成高贵典雅热情奔放的少妇，使女人显出她天性中的美丽。布哈林的夫人嫁给布哈林时只有十九岁，布哈林已经五十多岁了。父亲告诉她：跟布哈林过上一天，比跟别的男人待一辈子都要幸福。唐娜与"我"把生命的激情和美喷发到了极限。

　　《唐娜》的另一成功之处是背景。我们评价一部好小说，总是说把人物写活了，要知道活的不仅仅是人，还有物；物就是背景，是人所生存的社会环境与自然环境。人是环境的产物，而人对环境又不是消极应付，是积极改变。小说刚开始："我"走进一个新单位，这里人心涣散，主管领导平庸呆板，手下几个姑娘斗心眼跳槽。这种沉闷的局面就是"我"所面临的社会环境。自然环境更恶劣，那是地球上最荒凉的地方，除了石油工人，连个鬼都没有。一群姑娘待在这种地方，那种压抑和孤独就可想而知了。唐娜被新来的副主任激起了热情，走出柜台，到荒天大野去送货上门，按劳取酬，工资资金高出柜台好几倍，更主要的是工人们的欢迎。这种新奇的工作方式，一下子把单位带活了，她们进入戈壁，戈壁不再显得荒凉，而是显出火热的壮美，唐娜把命都搭进去了，大自然融入了人的生命，便成了一个全新的人化自然，所谓物我同一、情景交融是也。

　　这种艺术化的诗境画境，不可能平铺直叙，所以小说的语言完全是诗化语言，充满音乐的节奏和旋律。文学是有层次的，用语言符号表现出生活的真实，是文学的第一层，第二层是自我的真实，第三层是艺术的真实。当然第三层是很高的，那是莎士比亚、托尔斯泰的世界，是罗曼·罗兰在《贝多芬传》中所说的充满英雄气息的高山之巅。我们无法到达那种境界，但我们可以仰望，可以在创作中显示那种趋向。韩天航的路子是对的，《唐娜》通篇弥漫着生命的辉煌和青春的气息，戈壁与人互通互融，进入化境，我看青山多妩媚，青山看我亦如此，重要的是这种生命的冲力直接化入文字。文字也活了，有了生命。艺术说到底是一种形式，是英国人贝尔所说的"有意味的形式"。这种意味就是美就是生命的激情。生命是一种混沌状态，是一种无中生有的东西，刚开始没有地球，大气环流的运动结果在太空形成一个星体，《老子》中讲的也是大自然给了宇宙生命一个最美的形式地球，浩大的宇宙生命具体到身体身上就是我们形态各异的人，个体人从外形到精神都完美地体现了天道即自然规律，混沌的生命演化成人，便是从无到有、从无序到有序的过程。艺术创作也是如此，所以周涛说他的《游牧长城》中的长城是从空气中抓出来的，也就是说文字中的长城不是砖块砌筑，而是文人周涛胸中的浩然之气。小说家韩天航很谦逊地称自己的文字是纪实的、朴素的、现实主义的，他讲的是文学精神，绝不是文学形式，就像左拉屡屡反对想象，而莫泊桑说左拉小说最动人的地方恰恰是想象。评论一个作家，只能看他的文本，文本就是一切。《唐娜》是一篇生命力作，在这篇小说里我们看到的是一个艺术化的韩天航，他找到了艺术生命的航道，任何一个本土作家都必须经过这个驿站，向境外突击。

张贤亮的《灵与肉》既是新时期文学的名作，也是西部小说的名作。《灵与肉》与《回沪记》有许多相似之处，《灵与肉》讲的是知识分子被打成右派，流放西北荒原，在苦难中得到爱情；后来，在海外当了富翁的父亲回来接他去继承家业，他拒绝了金钱，回到美丽的草原与美丽的女人身边。《回沪记》的主人公"我"在"文革"中被迫下乡，先江西后新疆，回沪后又受尽兄嫂和邻居的刁难和白眼。也是在难中遇一红粉知己，也得到了海外家族的一笔巨大财富。故事的大体轮廓都差不多。《灵与肉》产生于80年代文学最繁荣的时期，《回沪记》产生于90年代商品大潮波澜壮阔的时期。我们把这两部作品在不同角度来做些比较，是很有趣味的。

金钱。《灵与肉》面世的时候，金钱已经把这些人的腰包鼓鼓囊囊塞满了。这些人多是社会底层的无业游民，包括一些劳改释放员。有正当职业的人看不起他们，文人对他们更是不屑一顾。尽管他们肥得流油，可他们没地位，远不像现在这么扬眉吐气。在《灵与肉》的年代，作者对金钱的态度可以说反映了文人的整个心态。主人公许灵筠这个名字就是从屈原的字中取来的，屈原名平字灵筠，贯以香草美人喻君子之高洁。世皆浑浊，唯我独醒，许灵筠在金钱面前的这种清醒到20世纪90年代就糊涂到家了。作家张贤亮扑通一下跳入海中，成了商海里矫健的蓝鲸，重新寻找他在作品中曾经拒绝过的东西，戏与幕的界限一下子消失了，要知道，张贤亮为文以前一直搞政治经济学，是个很有经济头脑的人。但在《灵与肉》中，我们透过主人公对财富的蔑视，也看到了主人公的虚弱。战争年代，我们尚且知道夺敌人的枪炮武装自己，和平时期，拿资本家父亲的钱来建设社会主义有何不可？

　　《回沪记》比较圆满地解决了这个问题。主人公"我"的外公是上海有名的实业家，外公临终前给母亲留有一笔遗产，委托舅舅照管，舅舅把钱投入产业，越赚越多，几十年后回上海找外甥即主人公"我"。母亲之所以选中"我"做财产继承人，是因为"我"的身上有外公的影子，属于创业的人。母亲对长子长媳分文不给，用老太太的话讲就是不能让他们把钱挥霍了，而是要干一番事业，重振家族雄风。"我"不但有外公的雄心，更重要的是有生活的磨难与经验。新疆的生活经历使"我"具备了上海人所缺乏的气魄与果断。《回沪记》从文化上讲是把上海人的精明与新疆人的勇猛往一起揉，揉得天衣无缝。当然，这不是一部家族小说，但有这种痕迹。家族观念是东方尤其是中国人的一大特征，顾炎武总结历史兴亡的教训时，发现齐赵一带在国家沦亡时总能自保，就是因为那里有强大的家庭势力，海外华人也是以家庭为轴心开拓事业的。这是《回沪记》比《灵与肉》高明的地方。

　　爱情。无论是《灵与肉》还是改编的电影《牧马人》，最为读者心动的莫过于那个美丽善良的秀芝姑娘。中国自古有秀才落难必有美人相助的故事，但那毕竟是故事，不是现实。现实中的美人都是属于攻城略地的大王英雄或高官富商的，属于项羽、刘邦、西门庆、吴三桂的。中国现代文人一方面继承这种虚妄的传统，另一方面又心仪俄罗斯文学的传统。俄罗斯文学中有一批杰出的女性形象，如普希金笔下的达吉亚娜，涅克拉索夫笔下的十二月党人的贵族妻子，托尔斯泰笔下的安娜·卡列尼娜。令中国作家汗颜的是：俄罗斯历史上确实出现过这种杰出女性，十二月党人的妻子们抛弃上流社会的生活，到荒凉的西伯利亚去陪丈夫服苦役。中国是怎样的现实呢？"反右"及"文革"中，文人们大都妻离子散，不但女人背叛他们，连子女也划清界限了。这种秀才落难红袖添香的故事，从《灵与肉》中道出，无非是那一代人可怜的自我安慰。张贤亮本人也是小说打响后成家的，我不相信他在劳改生涯中有什么美丽的女性飘然而至。这不能不说是一种时代的悲哀。

《回沪记》的主人公"我"是个支边青年，比《灵与肉》中的"右派分子"许灵筠的境遇要好些，起码没有政治压力，即便如此，"我"的妻子不但背叛了"我"，连亲生女儿都不认，跟情夫享乐去了。这样的故事，真实可信。生活就是这个样子，生活甚至比文学更深刻更生动。"我"回上海后，连生存都成问题，根本无法浪漫，但爱情故事还是开始了。上海姑娘余婕与"我"是由同情开始的。她同情"我"的遭遇，安慰鼓励我，她不可能像戈壁滩姑娘那样去生搏硬拼，她只能在没人的时候与"我"交谈。告诉一些真相，余婕对"我"的关怀，完全是由于同病相怜，她年轻时曾遭受过不幸。这是一朵历经冰霜的鲜花，灾难没有摧毁她，她对"我"由同情而生爱慕之情，有着坚实的生活基础。她爱上"我"时，"我"身无分文，这种感情与金钱、地位无涉。

人情味。这是韩天航小说最显著的特点。他在讲故事的同时，总是竭力表达一种浓烈的人情味，令人感到温暖亲切，使人不禁想起明朝人沈复的《浮生六记》和英国作家康拉德的作品：康拉德把人类的友情理解为一门哲学。韩天航的温情不是哲学化的，绝不玄虚，是地道中国式的温情，是对尘世的无限眷恋和热爱。他是上海人，上海人无论到哪里，总是显示出他们的聪明与美，整洁温馨的小屋，美观大方的衣着。韩天航把这种天性融入小说，形成令人叹服的艺术美。

第二个原因是他的主人公大多都是女性：是热烈泼辣而有见识的戈壁滩女子。即使写上海姑娘余婕，也流露出一种须眉男儿的胆识与豪气。余婕的形象融合了西部人和上海人的所有特点，人间的至情至美在她身上显得尤为醒目。

第三个原因是作者本人，他既有上海人的共性，又有自己的个性。跟他打过交道的人，即使初识，也全感受到他的宽厚与和善。《回沪记》中，这种人情味尤为浓烈，火车站母子相见泪流满面，读者不能不为之动容。在写兄嫂们的丑恶时，也是以人性的恶来衬托人情之美与母子之情，以及余婕、蒋老师、雪莲姑娘等人那种人情的纯真与高尚。正如作者创作谈中所说："人间自有真情在，人性的善与美毕竟高于金钱。"作者坚信："'文革'时残暴与黑暗没能毁灭人性，而金钱那可怕的负面效应也同样不会把人性湮没。"

《灵与肉》中也写了下层老百姓的善良与友情，但那是一种居高临下的贵人落难。不仅仅是《灵与肉》，大批"伤痕小说""右派小说"都是如此，老百姓关心爱护他们，是因为他们不是老百姓，是遭奸人诬陷的贵人。总有出头的一天：小说结尾，平反昭雪，扬眉吐气。就像三毛女士笔下的撒哈拉沙漠，完全把土著人当成自己生命的陪衬。《回沪记》中的"我"，不存在平反问题，本身就是一个老百姓，与新疆是水乳交融的，是一个地道的创业者开拓者。那种感情是从大戈壁大沙漠大群山里渗出来的，而不是玻璃瓶里的蒸馏水。大漠人重回上海，上海滩对他来说是一块需要开拓的荒地；即使舅舅带来大笔财富，也仅仅是把坎土曼换成了康拜因，那种大漠人的坚毅与奋进是不变的。这种浓烈的大西北之情注入黄浦江，显得多么雄壮辉煌！人们为之疯狂的金钱也被人情净化了，变成一种延展主人公生命世界的疆土，任其驰骋。

太阳回落,而人诗意地居住于大地

——评长篇小说《太阳回落地平线上》

我曾评论过韩天航的中短篇小说,在我写那些文字的时候,韩先生的长篇《太阳回落地平线上》早已完稿,且修改数遍。那时我们同在天山北麓的小城奎屯,属同一部落。我们信誓旦旦,很狂热地构筑西部文学新的地图,那就是在乌鲁木齐、石河子之后,奎屯的文学崛起之必要。后来,由于种种原因,我举家内迁。但我的笔墨所染,全是北疆辽阔的土地,尤其是奎屯的一草一木。回故乡一年后,我收到由漓江出版社作为国家"九五"重点出版规划项目"原野系列"出版的韩先生的这部长篇。我是以同部落将士的激越之情读这本书的。

其时,长篇高潮不断,这部书不属于晴空霹雳,跟它的丛书名称极为相符,属"原野系列",是写土地的,诸如《种子》《饥饿的山村》《往事温柔》等等,单从书名就能感受到一种温热。

文如其人,韩先生是温情的。文字原本不属于我们,文字是一笔遗产,有仓颉造字之说,有河洛出书之说,然后《说文解字》《尔雅》《康熙字典》,演汇为种种名著杰作。总之一句话,文字与我们关系不大。但我们总是那么执着于文学,总想跟文字发生些什么,就像一个单相思的痴汉。有些人著作等身,你细细琢磨那些文字可能也是被迫委身,灵魂从未属于过他们。真正的文学应该是什么?真正的文学就是我们的性情穿上了文采的衣裳,无论款式和色彩足以使人们生辉,放出异彩。当我们的生命和性情如此这般渗透出来时，文学也就不再神秘，因为它成了你的伴侣。不论古典还是先锋，真正属于自己的句子并不多。

温情的韩天航写了一本又一本温情的书，我为此而高兴。他西上天山的时候，我还未出生；我踏上这片土地的时候，他和众多的"兵团人"已经在大漠深处开垦出"阿拉尔""石河子""奎屯""北屯"等等星光灿烂的新城。有一年，我和《绿洲》主编刘岸喝酒时，刘岸就告诫我说：你千万不要在新疆人跟前谈什么苦难，新疆人都有自己难以言说的磨难与经历。我也不止一次在文学界的座谈会上见识过青年作家如何痛说革命家史，大谈他如何卧冰雪傲寒风，感动得女作者们大流其泪。回内地后，亦如此，文学会不谈文学几乎都是诉苦会。我就想，既然文学那么让你伤心让你吃尽苦头，你不搞文学行不行？韩先生肯定是吃了苦的人，五六十年代走天山者不可能不吃些苦，韩先生的书中也写了苦难，但韩先生其人其文最终流露出的是一种人间的温情，是沙土的温热。

从他的中短篇到这部长篇，这种温情如冬日的土块火墙一样是原始而持久的。

20世纪初，一群参加过一战的美国青年，聚集欧洲，他们酗酒斗牛钓鱼，无所事事，却难以抚平战争的创伤。他们中的一个叫海明威的小伙子写了一本书《太阳照常升起》，而人却被毁了，一代又一代生命，面对万古常新的太阳，人一下子惆怅了迷惘了。

20世纪中叶，一大批上海知青奔赴边疆，天山南北也是他们最主要的聚散地。差不多半个世纪过去了，他们青春已去，在历经磨难的地方出现大片大片的绿洲。这是不同于海明威的炮火，但他们有他们的伤痕，就像俄罗斯神话中说的那样：巨大的伤口中爬出一个武士。太阳回落，而人上升。人站在地平线上，太阳跟舞台灯一样映射出人的诗意。

海德格尔的学说中，人是诗意地居住于大地。

土地可以是荒凉的，人可以是野蛮的疯狂的鄙琐的怯懦的虚伪的无奈的呆傻的，而生命最终要流露出其高贵尊严和美。

这就是生命的太阳。

小说无论怎样发展，也不管有多少主义多少风格流派，最基本的要义是不变的，那就是鲜活的人物。写不出人物的小说家就像不下蛋的鸡，无论嗓门多么嘹亮，总归要沉寂。而那些人物以及渗透人物生命灵气的细节却永远留下来。

韩天航是善于写人物的，尤其是他的中短篇小说中的女性形象，唐娜等女性形象饱满生动，以至于男主人公显得单调单薄。而且那些女性都是青春与生命的象征，都是"正面人物"。我们知道真正的小说家写人物，同时也是还原升华后又还原的生活人物。在这种小说中，人物无所谓好坏，而只能是写得好与坏。这正是《太阳回落地平线上》的成功之处。

小说是这样开始的。十九岁的上海知青冯洲与三十多岁的丑婆娘徐爱莲在夜里加班装苞谷棒时发生了一场没有感情色彩的性生活。用书中的话讲是对冯洲的一次再教育。这确实有点像王小波似的"革命时期的爱情"那种反讽意味。冯洲是领导眼中有问题的人，上夜班是一项政治任务。冯洲与大批上海知青是带着理想来新疆的，而农场的现实很快击碎了天真的梦幻，那是荒凉岁月的荒凉故事。丑婆娘徐爱莲主动上夜班的理由是"用不着跟她大二十岁的'瘟男人'睡在一起"。徐是逃避麻木的夫妻生活来野外作业的。这确实是一次再教育，没有文化的粗俗的丑女人要比小知识分子冯洲深刻得多。冯以为他是在缩小三大差别，徐告诉他："你同农场的距离是缩小了，可你同城里人的差别不就拉大啦？你在缩小你自个儿的差距……你变了，别人可没变，你缩小了，别人可没缩小。"这道道徐爱莲看出来了，冯却没感觉到。徐便利用这缩短的距离，百尺竿头再进一步，一下子与冯洲交在一起，让荒凉的秋夜进入了这个不开窍的小青年的生命。对充满浪漫情怀而又多才多艺的冯洲来说，这种性生活的伤害是巨大的，冯对爱情的热望，对上海少女方洁的不断回忆，对身边另一个沪籍姑娘吴玉珍既有好感又冷漠，都与这一夜有关。这是一种双重失落，生命与政治热情的双重失落。徐爱莲拍拍自己的胸脯说："啥叫再教育，再教育就是由我们来教育你们。今晚呢？就是我教育了你。"徐爱莲不但破了这傻小子的童贞，而且授以各种技巧，使他有了"耐力"，而他一方面极端厌恶这种事，又一方面主动地找徐爱莲，由被动到主动，完成了再教育的过程。万物灵长的人不再高贵，情感因素被剔除浓缩为单纯的性欲与技巧，机械时代的僵化是全方位的僵化，包括男女的关系。所以王小波笔下的男女全没有情感，只一味地做那事。"革命时期的爱情"女团支书与坏小子性交时，高潮中反复叫嚷：流氓，快强奸我。强奸完全成为一种信号。韩先生写这书时，王小波的书尚未风行，不存在借鉴的问题，有的只是那个年代的可笑与无奈。韩先生又不是王小波，韩先生写这种事情有点哈谢克和辛格的宽容与幽默，这是上海人的长处，不管境遇如何糟，热爱尘世的热望丝毫不减。这是我最钦佩上海人的地方，也是新疆人对上海籍人士印象极佳的原因之一。在韩先生笔下，徐爱莲这个丑婆娘丑中有美，她厌恶瘟男人丈夫，下意识地向往年轻漂亮、整洁而文明的上海青年冯洲。她把上夜班看成天赐良机，这一夜无疑是她人生最美好最辉煌的时刻，她流露出了她全部的丑陋也流露出她全部的美与可爱。大她二十岁的丈夫，把她只当泄欲工具，我们可以想见她的心灵是如何不甘，而丈夫又没生育能力，徐的母性力量面临绝境，怀一个心仪已久的男人的孩子，对徐来说是梦寐以求的生命——终归在荒凉中战胜一切卑琐与苦难。后来，徐果然生下一个聪明漂亮的男孩，冯洲看着这个婴孩时感慨万千，喜耶悲耶，这已经不是文学能够说得透的问题了。此章，作者又加入一小节狼的故事，开荒时，狼窝中一狼崽被打死，母狼为雪仇，咬死农工。使这片新垦地充满血腥味与肃杀之气，人生受挫的冯洲在狼故事中感受到了现实的严酷，也在狼故事的恐惧中接受了徐爱莲疯狂的挑逗，徐爱莲如同母狼一下子显示出生命的原始意味。你很难用道德是非或好人坏人去把握徐爱莲，这是个西部荒漠奇崛的一个女性，仅此而已。

这是整个小说的开端，我以为小说的开头之所以重要，是因为首章既是结构又是基调，同时也是主题的胚芽。基调畅否？结构稳否？主题的成长势头健否？全在于此。

　　这本书是一系列女人的故事。由徐爱莲开始，而吴玉珍，而李美兰，同时贯穿着一个傻小子走向成熟的过程，由性冲动、性怜悯到情爱的上升，如但丁笔下的《神曲》，女性引导我们上升到生命的至美境界。这样的结构是与生命的激情同构的。与徐爱莲的交往发生在阴森的秋夜，发生在杂草不生的盐碱地。与吴玉珍的交往发生在病中，发生在地窝子，仅仅是同病相怜。与李美兰则在旷野，在茂密的苜蓿花丛。长篇小说的成败在某种意义上取决于结构。

　　冯洲的上海老乡吴玉珍几乎在冯洲被徐爱莲"蚕食"的同时，被陈指导员破身。吴玉珍跟冯洲一样属学生，很单纯，陈指导员不断地勉励吴进步。其进步的手段就是干轻松活，许愿，直到指导员很生动地解开她的裤带，用另一种语言"教育"她时，她跟冯洲一样一下子懵了。她也跟冯洲一样完成了由被动到主动的再教育过程。所不同的是，与冯洲不同，开垦她的不是徐爱莲那种俗而善良的农工，而是农场指导员，她的受伤面积就要大得多。与冯洲不同的另一点，她没有冯洲的圆滑与机灵。荒凉年代的荒凉故事，生存是首要的。冯洲很快适应了，而吴玉珍的生存技巧是在灵与肉的大面积磨难后才掌握的，而她直到老也仅仅剩下生存。生活永远抛弃了她。书中的"破身"显然有其特定的意味。那就是生命的失秘、失重，心灵的失落，诗意的消失。《太阳回落地平线上》，太阳便是这种使命的童贞。冯洲幸运的是在圆滑的同时，得到李美兰这样的女性以情爱之火相援救。李美兰作为陈指导员的妻子，她接近冯也是自救，生命的太阳不是任何力量可以击落的。生命永恒！

　　吴玉珍的苦难就在于她太单纯、太软弱，她与冯洲的失身，几乎同时开始，而同时又因为她是个女人，女人注定要比男人更不幸。她的生身父母抛弃她、养父养母又很体面地打发她去新疆，其他上海知青还有家可恋，她是无家可恋的。她的依赖性就比别人大得多，当陈指导员以组织的身份"关怀"她时，她是实心实意依靠组织的。她对冯洲有好感，处处关心照顾冯洲，冯洲也能感觉到这种感情，冯也动过心，但冯一直对远在上海的女友方洁恋恋不舍，冯的浪漫与不切实际也在于此，而恰恰是对方洁精神的依恋使他有勇气不甘沉沦，即使暂时忍让，甚至受良心的折磨，少年时代的恋情毕竟给他的心灵留下一片片宁静的园地。这也是吴玉珍的障碍。吴玉珍在心灵上依恋冯洲，但冯洲不能给她任何帮助，冯自己时时面临生存危机。她与陈指导员的不正常关系快要暴露时，陈指导员做主把她嫁给恶棍毕留宾，她再次放弃反抗，任凭陈指导员的安排，怀着陈的孩子嫁给蛮狠刻毒的毕留宾，过了一段牲畜般的生活。吴玉珍的身上有《创业史》中素芳的影子，素芳甘愿受姚士杰摆布，素芳身上有旧中国女性的愚昧与麻木，而吴玉珍是长在红旗下的新女性，但吴玉珍面对的是代表组织的陈指导员，她的悲剧浓缩了整个时代的不幸与愚昧。陈指导员以残暴压制人，玩弄女性取乐。"文革"起，毕留宾以暴制暴，陈死于毕留宾之手也是情理中的，但不幸的是吴玉珍，善良勤快漂亮，应该有个好归宿，但她的归宿是又丑又傻的赵玉田，个中便有"人定胜天"的因素在。违反自然本性的做派直到两性关系，吴玉珍的形象让人感伤让人心灵发颤。与吴玉珍相对应的另一个女性赵巧霞，被陈指导员约到粮场，指导员要指导她的生活，要帮助她，要向纵深发展，她巧妙地诱敌深入，又出其不意地扯下陈指导员用以指导女性的阴茎包皮，进而要挟他，使其就范。赵的身上闪烁出来自田野的北方女性的强悍泼辣、勇于自卫。可敬可佩，同时也叹息吴玉珍没有这种魄力。因为除自身的个性因素外，吴玉珍的全部教育来自学校，而赵巧霞的教育来自实实在在的生活。

在吴玉珍的问题上，冯洲是无可奈何的，也多少有冯洲自身的弱点，同病相怜，不爱她，但应该帮助她，帮她出点子，但我们看到的是冯洲市民似的世故与圆滑。吴玉珍几乎孤苦无援。这也是冯洲这一形象最无能软弱的地方。面对吴玉珍的灾难，冯更多的是心灵的忏悔与搏斗，在内心与良知上同情怜悯。

冯洲与李美兰的关系，是命运开的一个大玩笑。李美兰是陈指导员的妻子，而陈指导员对冯洲具有生杀予夺的权力，冯也最怕陈指导员，陈也处处在指导冯洲的生活。陈做梦也想不到妻子李美兰会与冯洲发生恋情，既不是徐爱莲那种性欲也不是吴玉珍那种终身依靠，而是两性关系中最纯洁的情欲，纯纯的两情相悦。年轻漂亮、斯文有才华的上海知青唤起不少女性的青春与生命，李美兰在冯洲身上看到的是丈夫身上所没有的人情美与青春美。李美兰舍身相恋，随着与冯洲交往的加深，她对男性魅力的理解也更深。这也是韩天航小说始终坚持的特点，无论生活如何艰辛，人情人性的至爱是不变的。李美兰对冯洲的爱是不带任何功利色彩的。这也使得陈指导员的权势与专断显得苍白无力，因为真正的情爱火焰才是中亚腹地千里荒原上最有价值的东西。女性的真正的美与高贵也是独立存在的，她使夫妻关系形同虚设，女性对美的追求比男人更执着更大胆更热烈。就连疯子江水莲也是"女人不怕苦，就怕脏"。被生活压弯腰的冯洲冒名去完成政治任务——骗婚，骗江水莲嫁给半大老头尼排长，而冯自己也是受骗者，理想与心灵的失落，又让另一女性陷入不幸。

随着"文革"的到来，毕留宾把他身上的蛮狠全部回报到陈指导员身上，陈的惨死，是一种恶行的解脱。李美兰无法在农场存身，远走内地，那正是太阳落西的时辰，也是冯洲与李美兰情火完结的时辰。

冯洲的形象如同一条链子，由以上几位女性相串，他的可爱可叹也有可悲——显示出来，这样更符合生活的逻辑。冯洲是个不完美的生活人。

书中另一个人物赵玉田值得大书一笔。如果说以上几位女性人物对韩先生以往中短篇有所突破的话，那么赵玉田这个人物则是韩先生对自身的大突破。他以前小说中没有这种人物。赵玉田有点类似托尔斯泰《战争与和平》中的彼埃尔，彼埃尔是与主题无关但又魅力无穷的人物。赵玉田也是，看似与主题无多大关系，但却是书中很有意思的人物。他力大无穷，令恶棍毕留宾胆寒，他又是个呆傻人，只有他敢打陈指导员的耳光，让领导的权威失去效力，他既保护了冯洲，也保护了吴玉珍，似乎也只有呆傻而力大的人在那个年代可以活下去。他使权势野蛮理性等等令人生畏的东西全都失效，他又那么痴迷吴玉珍，到了可笑的程度。吴玉珍吃尽指导员与毕留宾的苦头，但指导员与毕留宾怕赵玉田，而赵玉田只听吴玉珍的话，吴玉珍在赵玉田跟前可以颐指气使，活得像人又不像人，让人辛酸又可叹，这大概是命运的辩证法。写出这么一个人物，此书便有光彩。

韩天航以《唐娜》形成自己的风格，以《回沪记》冲出新疆，让读者感受到沪籍新人的温雅与坚韧，最终以《太阳回落地平线上》达到西部文学辉煌的高度。这不是哲学与美学的高贵，而是小说艺术本身的"生活还原"性即鲜活的一群人物。

看破上帝的伎俩 痛饮生命的佳酿

——读白麟诗集《风中的独叶草》

在技术货币网络化时代，诗意大片大片死亡。青春、爱情、童话如同天方夜谭，日益远离我们的生活。诗人在今天，绝对是一种稀有元素，对生命而言，能把纯真的童心保持到死神降临那一刻，那将是最辉煌的篇章，也是人生最大的幸福。七十高龄的歌德狂热地爱上妙龄少女，只有上帝在苍穹顶上发出会心的微笑。走出伊甸园的人类一天天萎缩自己的生命，诗人却能看破上帝的伎俩痛饮生命的佳酿。

白麟就是这样一位诗人：看不破红尘却能看破上帝的伎俩。

白麟和白麟的诗至少有这么几个特点：

第一，音乐人生。这是白麟散文诗的标题，也是他的自画像。他是诗人也是音乐人，这就还原了诗歌本来的面目。真正意义上的诗是唱和的，闻一多说《诗经》的时代是歌唱的时代。删编《诗经》的孔子是教育家也是音乐家，听《韶乐》三月不知肉味。唐诗更不用说，是那个年代英雄意识、人杰意识与民族激情梦想的大融合。诗是离音乐最近的一种文学样式。这本诗集的首章以音乐为主，写舒伯特写肖邦写《诗经》，可以看出诗人的创作意图。在这些篇章外，作者有大量的歌曲作品，有音乐创作实践，有一种自信。艾青以画家的眼光写诗写得很成功。音乐以情绪为灵魂，需要处子之心。我们从白麟的诗句中感受到的是一种追远的声音，这是从他的家乡太白雪峰和林海里过滤出来的。身居都市的诗人依然保持着山野的纯真，实在是一种幸运。梁启超有感于中国青年少年老成油滑奸诈才写《少年中国说》。

第二，哲理意味。对情绪情感的处理易于浅淡轻浮，白麟的诗比较成功地克服了这种通病，比如早期《湖畔》诗与这几年流行的青春诗。这种成功得益于音乐。音乐既是情绪化的又是高度抽象的。音乐的一极是与文学艺术相通，另一极与数学相通，音乐与数学完全可以摆脱外界而想象。这就是大音乐家为什么诞生在哲学民族德意志。爱因斯坦的小提琴艺术可以与梅纽因相匹。所以，我们在青春诗人白麟的笔下能读到："优美的柔板花枝烂漫，像年轮的唱针，轻而易举引我重返纯真年代。""平静的海面下，涌动的暗流，多么强劲。"

哲理隐含在丰沛的意象与单纯的情绪中。

第三，历史意识。诗歌的思维方式是跳跃性的，在诗人白麟的笔下，植物的年轮与音乐的唱针结合在一起，形象的夜露与抽象的品质相连接，村庄是大朵大朵的，因为村庄里的人是缤纷的鲜花。这是诗人的特权，他可以打破语言的常规，屡屡犯规，上帝允许他犯规，与人类的繁文缛节相比较，上帝更喜欢自由生动的生命气象。钱锺书先生回顾了中国古典文学之后，从一句"红杏枝头春意闹"发现了一种新表现手法通感，也叫联觉，人的各种感觉神经大联网，人的解放就是感觉的解放。创作或者欣赏就是一次次心灵世界的大解放。既然是大解放，就不能仅仅拘泥于词句间的跳跃、章节间的穿越，而是时空的跨越。最成功的范例是诗人余光中。而在白麟的诗中，同样可以读到："青梅竹马的妹妹，幸好没被选进宫去。/在民风淳朴的故乡埋头耕读，最大的心愿就是娶她为妻！"灵感来源于《诗经·国风》。"连一枝伸进唐诗里准备探营的红杏，也来不及逃出抢拍的镜头/咔嚓咔嚓/被饱餐一顿。"古老的唐诗进入现代生活的镜头。

历史意识使诗有了纵深感。

第四，绝望中的祈祷。这是作者最隐秘的部分，就是我们说的内心深处。"在异乡漂泊，行吟诗人惯于内心歌唱"（《音乐四季·肖邦》），歌唱的是《风信子》："你听见我行将枯萎的心声么？/如今，童话以及远离我初恋的地方，它们都以陌生的眼神蔑视我"。

看破红尘的人都是行尸走肉，看不破红尘的人注定要受到伤害。诗人的代价就是累累伤痕。尘世对心灵的污染，从来没有如今这么严峻！都市生活一次次伤害我们的诗人，诗人也一次次地祈求凤凰再生，祈求都市里有一片绿色庄稼。

上帝不存在，愿望没有兑现的承诺，灵魂像一棵草，摇曳于风中。这就是法国哲学家帕斯卡尔说的人若芦苇，命若游丝，易折易碎，但人的可贵就在于他知道自己的毁灭，而那些摧毁人的力量不知道。

我们为什么需要小说

今天我要讲的是"为什么我们需要小说",这个话好像我们的小说马上就要死。这个主题,其实也就是小说为什么存在这个话题。这个问题比较大,我会讲一些"题外话"使其不要过于干巴。

刚才林白讲到"自闭"。我生活成长的陕西小县城非常封闭,教育也是让人非常拘谨的。等到懂事以后就发现很悲哀,那种感觉和林白是一样的,因为小县城的缘故。这也是我后来到新疆去的原因。我感到这样的生活很可怕。在我读了很多小说以后,知道外面的世界非常精彩。长期待在一个小县城让我觉得很恐怖,在那样一个地方当一个"土著"是非常痛苦的。我不想几代人总在一个地方。所以,当年我报考大学的时候,我报的大学都是沿着边界线报的,非常远,最后我也报了宝鸡师范学院保底,因为分不太高,结果它把我录取了,我当时非常气愤。我想到非常远的地方生活,可结果在这个离家只有七十里的地方念了四年大学,一直在"家门口"转悠。1985年大学毕业后我被留校了,照理来说,作为一个农村学生我应该满足了,但是待了一年以后,又回到了刚才说的那种状态。20世纪80年代真的是理想主义,我当时血一沸腾就给校长留了一封信,说"我要支援大西北去啦",于是就到了新疆伊犁。我站在伊犁河边遥望碎叶城,边境线对我充满着神秘感,在那里的两三年里我始终是一个陕西娃,这些在新疆老百姓眼里都不算什么。其实,在最初的日子里,我也后悔过,面对着哈密车站外的戈壁滩,我想过回陕西"吃回头草"。结果,到了乌鲁木齐以后就感觉不一样了,那里非常有特色,几乎像个中亚古城,很有味道。我当时就决定留下了,但是当时乌鲁木齐有政策的限制,所以我就到伊犁去了。因为林白讲到的"自闭",所以,这是我的一些经历。

我在陕西师范大学开了一门公选课,叫"文学与人生"。我通常教导我的学生:你们毕业以后要给你们的学生补上这样一课——让学生多看看童话。我对童话是特别喜欢的。我说:一个孩子在童年时期应该多读童话、多读科幻,童话和科幻给人以想象力,想象力这一招应该在学前班就学到,幻想和想象是一种创造力;到青少年时期,重点是诗歌。我的文学创作是从写诗开始的,我对诗人非常敬仰,到新疆也是去写诗的,边塞诗,陕西的诗歌不发达,陕西是小说发达,有陈忠实、贾平凹……去新疆以后,诗歌写不下去了,两年都不写东西,结果写小说。所以,我对诗歌充满敬意。我觉得诗歌的关键词应该就是情感。诗歌接近音乐,人的情绪变化又大。我认为李清照是宋词里最好的词人,她最好的是《声声慢》,这里的情感起伏多达六次。一般的词部是上阕写景,下阕抒情,但女人的思维是非逻辑的。因此,我对诗人很敬佩。现在的学生不知怎么了,20世纪80年代满校园都是写诗的,不但是文科,理工科的有时也很厉害。从文体上来讲,我觉得大学这个年龄段对诗歌应该有些感觉。诗歌是对人情感的一种陶冶。大学时代的年轻人就应该是感情饱满的。去年,我写了篇短篇小说,叫《可可托海》,发表在《青年文学》上,写了一个女孩子爱上一个男生,那个男生爱的是另外一个女生。毕业之后,他们之间的关系很好,都是朋友。但后来第二个女孩在可可托海冻死了,冻死人在新疆是很普遍的,第一个女孩子知道以后就和她的丈夫商量,把那个男同学请到家里接待。她如此宽广的胸怀就连她的母亲都没有料到。虽然他们曾经好过,最后没有成功,但是就是这个不成功就像沉淀一样把她的情感世界撑得非常饱满,是这种饱满带给了她动力,使她有勇气去爱上第二个人。所以,我就觉得,女孩子对你的伤害不应该去计较。因为,女人的生命很脆弱，男人应该有极大的胸怀去包容，而不是去报复。男人如果给女人留下很美好的印象，作为男人来说，下一次的恋爱会是很"健康"的，作为女人，她的下一次恋爱也从这一次当中吸取了"营养"。其实，新疆的民歌里面经常有这样的民歌，我觉得这个和汉族文化还是不一样的，汉族作家的作品中，如果这个女人没有嫁给他，他往往就很后悔，多少年以后，他很发达，而这个女同学却很倒霉，她的丈夫很潦倒，而他的形象是高大的。但如果你去听蒙古族、哈萨克族的很多歌曲，它们不是这样的。它会这样告诉你：一个男人骑着马在草原上晃悠，到了一个帐篷才发现他的初恋情人是帐篷的主人。这个女人居然非常热情地要招待他，她的丈夫回来以后，知道了这个男人是自己妻子的初恋情人，就会对他更好。这个女人表现的是：现在我过得更幸福，因为当年你对我好，所以我现在更好。最后，这个男人骑上马之后，那种彷徨、惆怅啊，那种情感是非常之复杂，我们只能用复杂两个字来讲，但又非常美好。我觉得，它的这种情感比汉族要沉一些。所以，恋爱的时候不应该目的性很强，就像那《红楼梦》里一样。薛宝钗和林黛玉最大的区别是：林黛玉生活的目的是没有目的，是为了爱情；薛宝钗是为了婚姻。我们不可想象林黛玉的婚姻生活是什么样子的，而薛宝钗是可以想象的，她一定是一个善解人意、懂得在社会上周旋的人。这是一种现实，但从文学角度来讲，恋爱是痛苦的，恋爱是互相之间的一种折磨，有时相互之间仇恨，恨就说明在乎。

第三个问题是，刚才说到的，我最后很不幸堕落为小说家。我觉得小说是中年人的事情。小说与诗歌不同，小说确实是人生经验，它有成功，也有失败。有些成功里边还包含有失败，有些成功还不如失败，反而得不偿失，很让人感慨，你在世俗成功了，你在精神可能失败了。所以，我觉得小说是中年人的事情，要有社会经验。散文，我不敢随便写，我觉得散文好像是老年人的事情，比如季羡林，提起笔来满腹经纶。散文的核心是智慧，智慧和经验不一样，智慧不是随便什么人可以有的。当一个老人回首往事，不管他一生做过什么事，任何一个老人都是一部伟大的书，我特别喜欢观察老人，你总能在他们身上看到过去的痕迹。所以，你可以把人的一生——童年、中年、老年和人类社会的原始社会、奴隶社会等等这一些联系起来看，所以孔子讲"七十而不逾矩"，到最后是一个自由世界。

话又倒回来，我是对童话特别喜欢的。我是上高中才看到童话的，正儿八经地接触儿童文学是高中，我一口气看完了《安徒生童话》，我当时很难受，在离儿童时代那么遥远以后才见到童话。所以，我从此以后见到童话就买。我特别喜欢上海的一个童话翻译家任溶溶。现在世界各国的童话我都有。我曾说过，我从卡夫卡小说里读出了童话，虽然大家都一致认可它是一种严肃文学。其实，安徒生童话对社会是批判和怀疑的，很多童话的结局都不太好，童话里面的生活也很严峻。按照我的理解，《红楼梦》也是童话，《红楼梦》和《金瓶梅》的区别在于《金瓶梅》里写的是成人世界，而《红楼梦》里面大观园里的都是孩子。这一群孩子在大地上营造出了一个大观园，这在中国的其他小说里面是没有的。《红楼梦》高于《三国演义》《水浒传》也就是因为它绝无仅有的孩子的世界。而成人世界是乌七八糟的，像贾琏、贾赦、王熙凤。《红楼梦》就像鸳鸯火锅，一面臭气熏天，毒药里面长出的鲜花如此之灿烂鲜艳，一面却清新可闻。所以，《红楼梦》是绝书，真让人吃惊。

我们还是回到我们这个话题：我们为什么需要小说，或者说我们为什么需要文学。文学现在已经非常边缘化了，现在是网络时代、读图时代。放大一点来讲，文学何尝红过？我觉得也没怎么红过，古人把唐诗放得那么大，这真的是过了，老太太怎么可能读白居易的诗？回忆一下中国文学史，当世者并不清楚，后人来评判才一目了然。现在我们来看先秦时代是非常清楚的。"时代"和"时髦"是两个概念。整个春秋战国，时髦的人物何尝是屈原、孔子、孟子这些人？那时候根本没有人理会他们，而苏秦、张仪这些人却是春风得意的，他们用三寸不烂之舌搅得天下大乱，他们无论到哪里都被奉为贵宾。所以，我说：中国的文学非常有意思。从屈原开始，由《红楼梦》结束。这有一种意味。中西文学史完全不一样。要讲欧美文学史开端的话,我认为是《荷马史诗》。荷马和屈原都是第一个伟大的作家,但两人很不一样。屈原展现的情感世界,到曹雪芹也是以情感世界画上句号,非常优秀。从中国的几大名著中完全可以看出一个民族从政治、经济、社会、家庭到情感世界,一层层深入。这也就是为什么一个民族需要文学的原因。

西方的小说为什么如此发达?按我的说法,《荷马史诗》跟小说无异,里面有人物、有故事、有情节。我从《荷马史诗》和很多古罗马的小说里面看到今天西方的很多精神。《荷马史诗》中所有人都是英雄,这一点,司马迁的《史记》也是。《史记》几乎秉持了罗兰·巴特所说的"零度写作"的精神,我们完全可以撇开太史公言。他对所有人都是一视同仁的,包括对少数民族。其实,少数民族的风俗习惯是有非常人性的一面的,已婚妇女——"羊缸子"还有自己的节日,显示生命之美好。他们的婚礼也很简短,非常文明、非常科学、非常人性。现在有很多人研究沈从文,沈从文到北京去的时候,随身带的一本书就是《史记》,到了北京以后,又看到了《圣经》。我觉得沈从文的文学创作就受益于《史记》和《圣经》。所以,沈从文的创作那么出色是有原因的。我觉得《荷马史诗》也是一样,所有人都是英雄,不分敌我双方。西方小说的发展与其工商业的发展关系密切,尤其是"公民精神",这在中国古代是没有的,我们只有"奴"和"臣",我们直到辛亥革命才引进了公民的意识。所以,我们可以说文学,尤其是小说,对我们的现代公民精神有很大的贡献。

最后一点,小说之所以好,因为它是超越理性的,它是超越科学的,它是超越想象的。文学之所以伟大,是因为它有不确定性,我原来看茨威格的《昨日的世界》对这一点感触良多。一部伟大的作品从不知道开始,结局还是不知道。《安娜·卡列尼娜》看完以后,我们就会想:"列文怎么办?"我们并不知道。海明威的《弗朗西斯·麦康伯短促的幸福生活》中妻子打丈夫的那一枪是出于她对丈夫的爱还是不爱?我理解她是爱上了丈夫的,因为丈夫从一个胆小鬼变成了真正的男子汉。好的小说都没有结尾，都是开放式的结构，都是不确定的，我们不知道主人公后面会怎么样。所以，我理解《红楼梦》可能只有八十回，没有一百二十回。陀思妥耶夫斯基最后的长篇小说《卡拉马佐夫兄弟》也是一样。好多小说就像是维纳斯的胳膊一样。用"想象力"来说，我觉得也并不恰当，它完全是一种不确定性。生活之所以美好就是因为这种不确定性。生活世界和文学世界是一样的。我为贫困学生打气时就说："我们生命之所以美好就是因为贫穷。我们想象一下，如果一个孩子家很有钱，从出生开始一条道路已经为他铺好了，不需要努力，一切都能计算出来，这样的生命你喜欢吗？"人之所以可贵就因为有好多偶然性，就像西方一个故事中不停往上搬石头的人。我现在才能理解为什么庄子在那样一个黑暗的年代能够写出《齐物论》。一切都是一样的，但是同时又承担一种偶然性，科学再发展也不足以涵盖情感的偶然性。举个例子来说，女人之所以伟大，是因为女人偶然性太多了，女人变化多端，女性是非理性的，是超逻辑的，女人和文学最近，作为男作家，其实和文学还隔了一层。

关于如何看待异域文化对当下写作的影响和作用的问题，可以这样讲，我是看了大量的西方作品，我的诗歌和早期小说都受其影响。我现在回忆一下，我出的十几本书，写陕西的只有两三篇。让大家称道，我自己也认可的，几乎都是写新疆的。道理很简单，我的老家在岐山，那是封建文化非常发达的地方，而一下子西行八千里以后，读了很多少数民族的文学作品，接触了很多少数民族的风俗习惯，和少数民族的学生、同事生活在一起，我也收集了几千首少数民族民歌以后，我完全脱胎换骨了。现在我们讲写作难度，其实，那个难度不是技术上的难度，完全是一种世界观，少数民族的东西就是让我改变了世界观。我现在很羡慕女性，对她们来讲，嫁人是生命的第二次开放，而男人可能一辈子都没有第二次升华的机会。戈壁滩给了我机会，把我全改变了，使我发生了全方位的变化。所以，这种文化资源，对我来说，是我的一种心灵资源。

评点后记

　　《大坂》有三个故事。"他"雇用向导老李翻越天山冰大坂的故事。这是明线，也是第一个故事。第二个故事，"他"动身之时，接到妻子的电报，妻子在内地医院分娩，向他发出呼救，孩子夭折了。也就有了折磨心灵的隐痛。妻子在生死线上苦斗，这是第二个故事。小说前半部分反复出现尘土中玩耍的小孩，跟鼓点一样敲击"他"的神经。小说开始就是救急电报，就进入紧张状态。在中亚腹地生活过的人肯定知道中亚的激流是怎么回事。即使在烈日下，从深山冲向盆地的雪水也能顷刻把人畜冻僵。这篇小说的语调给我的感觉就是从首句开始，让读者置身于寒气凛冽的激流中。对妻子的思念独白，我们知道这是知青一代、"文革"一代、被荒了十年青春岁月的一代，于是就有了生命的紧迫感。小说的语调有内在逻辑与心理基础，小说的底盘是坚实的。在这个层面上，丈夫、妻子，还有夭折的孩子，让我们联想到海明威著名的短篇《白象似的群山》，小车站上一对欧美的男女，也面临这种要不要孩子的问题，女人是要上手术台的，是过生死关的，全人类都一样。张承志不是海明威，张承志笔下的"他"与"她"是知青一代，那种沧桑感完全是中国式的，有辽阔的"文革"背景。《白象似的群山》仅仅止于男女之间，没有这个背景，海明威有，但不在这个短篇里，在长篇《永别了，武器》里，有一战的背景。所以张承志是骄傲的，给短篇提供了一个大背景。我们今天的某些读者对大背景有一种病态的不适应，那我就告诉你一个小小的文学常识，这就是杰作与一般作品的区别。必须有空间感，离开空间的时间是僵死的，是小儿科的。鲁迅最好的短篇《祝福》，写妇女命运的小说在民国时期有多少啊！比祥林嫂悲惨的多多了。光有眼泪不是艺术，小孩大哭也是一种情感；穷凶极恶，气急败坏，胡言乱语，狼哭鬼嚎都不是艺术，可它们是情感。鲁迅笔下的祥林嫂身边还能站鲁四老爷这么一个"老知识分子"，故事的叙述人"我"这么一个"新知识分子"，还有精通各种民间鬼故事的民间知识分子，这多重背景就使得祥林嫂的故事有了层次感，小说就不能叫《祥林嫂》而叫《祝福》了。这是中学语文作业题，玩笑开大了，收住。开始第三个故事，张承志给向导"老李"一个故事，正是张承志之所以成为张承志的地方，也是区别于知青一代的地方。其实，从《黑骏马》开始，他的作品就跟知青文学不一样，《黑骏马》散发一种纯美的趣味，那么地道那么纯正，确实让人感到惊叹。在天山脚下待过的人知道，"老李"这种人太多了，中亚许多秘史隐含其中，不经意间就是一条坎儿井，水流涌动，一泻千里。"老李"来自青海，给盛世才当过兵，跟一个哈萨克妇女有过婚姻史后来又重逢又分开，断断续续，状如散乱的小块绿洲。三个故事三条线索交织在"他"的视野里，直到冰大坂，也就超越了《白象似的群山》，短篇的故事却有长篇的含量。我们今天有多少"短篇似的长篇"？还真有评论家从长篇中读到了短篇的感觉。

　　我写过许多中亚小说，我甚至在冰大坂上多次逗留，还留有一张照片，我最终没有写冰大坂，有张承志的《大坂》在，目前以至若干年后不会有人写《大坂》。在这一点上，艺术与科学相类似。我们今天有多少别人脚印里的花朵啊，有多少车辙里的高速公路啊。这是我看重《大坂》的理由之一。第二呢，《大坂》充分地尊重了读者，因为老张给我们讲述了一个20世纪的故事，即有意味的故事而不是《故事会》的故事。故事和小说是有区别的，小说更多的是神韵、是精神。故事呢？是女娲用泥巴捏小鸡鸡的故事？是庄子极富想象力的故事？是《山海经》里荒诞离奇的故事?是汉魏南北朝志怪志人的故事?是唐宋传奇?明清小说?至少在魏晋《世说新语》寥寥几十字几百字的小小说里就写人物的神韵了。

人类的情感与智力需要有味道有内涵的内在的故事,这样才能羽化为小说。

成为经典的理由

执教二十多年,给学生介绍讲解的经典无数,其中之一就有《祝福》。李健吾在《福楼拜评传》中说:巴尔扎克伟大,福楼拜完美。《狂人日记》伟大,但有观念化之嫌;《祝福》完美,包含了一部经典小说的基本特征。以今天的文学行情,《祝福》应该是"底层"写作,祥林嫂就是一个底层妇女,嫁过两次人,失去一个孩子,给人打工为生。但祥林嫂好像不怎么注重物质生活,只要肯干,她就能活下去,她在鲁四老爷家不是白了胖了吗?鲁四老爷也好像没有在物质上压榨这个妇女,更不可能打她的坏主意。鲁四老爷与祥林嫂发生的纠葛完全是隔山打虎,暗中较量,两个人没有正面冲突,但两个人关心的却是一个问题:祭祀活动。这是一种没有实用价值的精神活动,却是传统社会非常重要的活动。孔子当年在鲁国好像没有分到祭肉,愤而出走。打击你就在精神上打击,这是致命一击。无论高低贵贱都看重这个。鲁四老爷要祭祖,就不能让伤风败俗的祥林嫂介入祭祖活动。鲁四老爷在暗中吩咐过四婶,四婶就不让祥林嫂动祭品。尽管这些祭品是祥林嫂辛辛苦苦做的,但要端上台面,供奉上去时就不让祥林嫂插手了。鲁四老爷有一句有名的"可恶,然而","可恶"的是一个女人多次嫁人不从一而终,"然而"的是这个女人有一双能干活的手,一个顶几个。鲁四老爷看重的是祥林嫂的实用价值是物质力量,祥林嫂看重的是精神力量,东家与仆人严重错位。鲁四老爷压根就意识不到祥林嫂有什么鸟精神。这就是说，好小说的特征之一就是写人的精神生活。小说要写人物，人与物是两回事，好小说就是要把两回事变成一回事，让其发生化学反应产生新的东西。这个物就是背景，好小说有一个多层次的背景。过年祝福祭祖仅仅是外围，是情节，在祥林嫂身边有三种力量，也就是三个层次的背景，因为小说的核心是精神痛苦，极少写物质。就看这三种知识分子吧。鲁四老爷是老知识分子，用老传统不让祥林嫂"祝福"。柳妈是民间知识分子，民间文化中妇女多次嫁人在冥府中很麻烦，得捐门槛。捐了还不行，还不让动祭品，小说用了一个传神的词，四婶一提醒，祥林嫂"炮烙似的缩手"，"失神地站着"，失神了，精神垮了。最后一个知识分子就是小说的叙述者"我"，新知识分子，"五四"新一代，见过大世面，与祥林嫂相逢于故乡的大年年氛中，以为祥林嫂要钱，已经沦落为乞丐的这个女人不要钱，要的是灵魂，人到底有没有灵魂？什么是五四精神？李大钊的"劳工神圣"，周作人的"人的文学"，这个偏远小镇的小人物就一下子问了这么一个大问题，完全是典型的知识分子问题。从今天的文学DNA标准来看，鲁迅能不能写"底层"都是个问题。鲁迅又不是底层出身，还是个海归，鲁迅有没有干过体力劳动都是个事，怎么就写了一个打工妇女呢？还写得这么好，你说气人不气人？鲁迅是个他者。但小说就是写他者的艺术。我的生命进入另一个陌生的生命，于是扩大了生命。所以盲人荷马那么动情地传唱与他生存状况极其遥远的《伊利亚特》，写《奥德赛》。特洛伊战争与一个盲人有鸟关系。没有关系就让它们发生关系，这是经典之所以成为经典的地方，即事物的内在逻辑关系，抑或精神生活。精神从来都是内在的。他者荷马就进入了一个陌生的众英雄行列。诗歌是真正的自我，主人公就是作者本人。屈原的所有作品就是写自己，没有他者，因为这是诗歌。小说兴于明清，是封建社会衰败的标志。城市起来了，不封闭了，要交流，要进入他者的世界。不想在这里普及文学常识了，许多雄文没有常识，没办法。经典的特征之一是应该"先锋"的同时也有常识。鲁迅的三本小说集很有思想，先是狂人们的

《呐喊》，然后陷入知识分子的《彷徨》，《祝福》就是《彷徨》的首篇，最后进入神话，《故事新编》全是历史，太初有为的时代，从远古到春秋战国。五四精神一下子接通了先秦思想，而鲁迅本人具有典型的魏晋风度，中国历史上三个黄金时期融于一身，不经典都没办法。

世纪末情绪与《废都》

谈《废都》不能不谈世纪末情绪。这种颓废情绪最早出现于19世纪末，缪塞那本有名的《一个世纪儿的忏悔》，写的就是这种悲观失望的情绪。另一位画家洛普斯，画了一幅惊世骇俗之作《娼妇来了》。画面上那位娼妇，丰腴妖艳，乌发与黑长筒袜下，肉色苍白，浑身荡漾着淫逸之火。妙就妙在她的眼睛用布蒙住，却昂首阔步雄视百代，坦克车一般轰轰而来，牛气冲天。因为在世纪末，真理在贬值，下三烂成了英雄，正直善良诚实成为笑柄，无赖痞子横行于世，艰辛劳作者抬不起头。《废都》的价值就在这里。如果平凹给我们写一位叱咤风云的英雄，那只能用金庸的笔法了。

我们有过一系列光辉形象，乔光朴、李向南……，这些响当当的英雄而今魂归何处？颓废不一定不忠诚。鲁迅先生讲过，读中国书令人窒息，读西洋书虽然颓废，但不至于使人麻木。郁达夫先生的《沉沦》里，那个留学生纯粹一个性变态。《沉沦》产生于新旧交替的五四时期，进步分子志在打碎一切旧价值旧观念。所以，没有人怀疑《沉沦》的价值，而对《废都》则不然。我们现在不也面临新旧转型吗？人的各种欲望大爆发，人性兽性交杂一起。《废都》真实地描写了这一现实，起码不虚伪。

我们没有写颓废的传统，几千年封建文化，虚假伪善成习惯。波德莱尔《恶之花》诞生后，邪恶、丑陋、娼妓之类成为审美对象，这合乎文学自身的发展规律。翻一下我们的小说史，看看那些大部头名著：《三国演义》中，我们祖先都是称雄天下的豪杰；《水浒传》里，他们撤退到绿林山寨占山为王，但也不失英雄本色；《金瓶梅》里，他们丧失了人所有的神性和辉煌，沦为邪恶的流氓无赖。所谓无三分流气枉为男子汉，西门大官人就这样成为中国男子潜意识里的楷模，同样也是中国娘儿们暗恋的王子形象。因为是第一本写邪恶写颓废的书，爱面子的中国人不好公开承认，所以立志补天的曹雪芹先生，便在《红楼梦》里给我们塑造了一个不男不女的宝二爷形象。到了《孽海花》，已经没有男人了，直接在妓女赛金花的小肚皮上摆战场，把联军统帅都打动了。我们终于露出了媚态。

你想，平凹先生在《废都》里能给我们提供什么形象？你最好把《浮躁》也括出来，那里边的金狗确有几分豪气，但那是在山里；要到了千年古都，只能是庄之蝶了。这是没办法的事情。

社会公敌

我曾经跟许多人一样喜欢王朔的小说,《橡皮人》《我是你爸爸》《玩的就是心跳》,令我们激动,令我们神往。然而,当我看了《渴望》以及他的个别谈话后,却感到不舒服。他向人们透露,他之所以把知识分子写得那么坏,那么令人作呕,是因为他数次高考未中,由此而恨上了知识分子。这大概是他创作的原动力之一吧。

据说雨果先生有志于文学的最初动因是,他在广场上目睹警察用皮鞭抽打女人赤裸的背。这残酷的景象刺疼了雨果的心,他不惜笔墨写巨著《悲惨世界》,跟法律较劲跟不公道的资本主义世界过不去。可见刺激对人的影响很大。据说拿破仑打俄国,是因为新娶的奥国公主看见了他身上的牛皮癣。拿破仑要抖抖威风给新皇后看,要证明一下自己的价值,于是百万大军进攻俄国。欧洲历史就这样被改变了。

相比之下,刺激王朔先生的对象就不怎么样了,既不是威风凛凛的警察,也不是高傲的公主,而是一群不堪一击的书生。在《渴望》那个年代里,书生何许人也?跟犹太人差不多的拳靶子。《渴望》播放后,全国人民激动得乱跳。就在全国人民咚咚乱跳的时候,物价悄悄飞涨着,形形色色的倒爷用捕鲸船捞票子,这些豪杰里边好像没有书生们干瘪的身影。

真正令人作呕让人恨之入骨的社会公敌是谁?老百姓清楚,王朔先生也不糊涂。这年头没有糊涂人。然而王朔巧妙地给社会公敌们找到了替死鬼。希特勒就是这样给德国人找出气筒的。找谁呢？犹太人！犹太人没有祖国，谁都可以欺负。我们的知识分子是人群中最软的一个，王朔先生正好有恨"老九"的情结，灵感的火花就这样迸发出来，而且相当辉煌。

鲁迅先生有篇文章，大意是文人很少影响中国的历史，不是帮忙就是帮闲。文人的作用远不如流氓无赖。历史上流氓无赖很厉害。如刘邦、刘备、朱元璋等，做了皇帝。蒋介石先生如果仅仅在日本学军事，他也是干不成大事的，关键是他老先生有过一段辉煌的青帮经历。"文革"时期，红卫兵小将不可一世，很快作鸟兽散，真正大显身手的是王洪文、陈阿大这些流氓无赖。

当年那些红卫兵们出了不少作家，写了不少忏悔文章。殊不知真正的作恶者是永不忏悔的，你见哪个流氓认过错？

意会和感悟在语文教学中的意义

汉语具有超语言性。所谓"心有灵犀一点通",是因为心灵中有一双内在的眼睛与耳朵,完全摆脱了外在的凭借手段。听觉和视觉本身没有意义,有意义的是视听以外的东西,即弦外之音言外之意。

阿根廷作家博尔赫斯和美国诗人庞德在不识汉字的情况下,竟能从汉字的字形上领悟艺术的真谛,把汉字称为"大自然作用的生动速写"。他们面对陌生的文字,能抛其形而得其神,主要是因为汉字讲求意会和感悟。

东方文化注重感悟,注重心领神会,汉语更是如此。心领神会凭借的不是书上的知识,也不是教师传授的知识,而是我们心灵中未曾泯灭的感悟能力。

最好的学生是那些最早摆脱并超越老师的学生。教学效果的好坏,很大程度上在于学生脱离教师的远近,远而且完全脱离,瓜熟蒂落,独立运行。像跃入蓝天的飞机,它的世界属于天空而不是跑道。

学校教育就起跑道作用,教师在这方面工作做得越多,教学效果就越好。

我们的教学,尤其是语文教学,教师一边、学生一边,无论教学方法多么新颖、学生主动还是被动,不外乎是在两边打洞沟通让知识从教师这边流到学生那边。所谓好教师,也只是流得畅顺些。学生领会的范围很少超出教师的意料,或者很少超出教材的范围。而学生真正的能力是在教师和教材之外。我们用教材培养了学生，学生却不能解决教材以外的问题，就像飞机始终在跑道上滑行。我把这种教学方式称为"交叉式"。

交叉点的密度越大，学生的能力越差，密度小跨度大，学生的实际能力就强一些；但要独立行走，不是摇摇晃晃，就是功力不济。那些独立性强的学生，一般是自学，他们很少依靠教材与教师。

能力的大小与知识的多少并非正比例关系。对那些卓有成效的人来说，知识仅仅是起点，知识与创造性能力往往成反比：吸收得少，输出得多，用最少的知识孕育启迪最多的能力。苏轼曾说过：读书很多，可能成为一个学者但不能成为一个诗人。这里讲的诗人是那些创造能力强的人，真正的学者也是悟性很好的创造性学者，读书很多而没有建树或者成绩平平，只能说明他仅仅把书当作书，没有看到"书不尽言，言不尽意"，没有看到书之外的感悟功能。真正的学者与诗人都是悟性很好的人，人类所从事的一切哪样不需要创造？

培养创造能力是现代教育的重点。强调"双基"并没有错，但有一条，基本能力的范围应该超出教材。在语文教学上，应该把握两点：（一）汉语具有超语言性；（二）汉字音形义三者兼备。这两点正是中国语文的特征，它在开发人的感悟能力上意义很大。体现在教学上，就要求我们要打破"交叉式"，采用"平行式"。

教师与学生的思路平行发展，特别是在古典文学作品教学上。中国古典作品最能体现汉语言文学特点。最能体现东方文化的感悟功能，如顿悟、意会、神韵等。尤其是盛唐诗文，理性趣味的宋代诗文，意境深远形象空灵的田园山水诗、山水游记小品，它们把汉语的超语言性与汉字的音形义发挥到了炉火纯青的地步。

古典作品的教学非"平行式"不可，它本身就是感悟式的非逻辑的心灵观照。中国美术讲神似，中国文学讲含蓄，它们有别于西方文化的科学分析；如绘画，讲透视讲比例讲凭借手段与工具。东西方文化的差异决定了教学方式的不同，特别是语文。中国语文是感悟式的，是非逻辑地抛开凭借手段的心灵观照,"不立文字,直接人心",教师尽可能少地打扰学生的思维,教师与学生的思维平行发展。

语文教材中古典诗文数量少,但有两点值得商榷:(一)讲授古典作品只注重古文常识教学,如实词虚词句法,而不是有针对性地培养学生的悟性,忽略了中国语文的特点。(二)教学方式的错误。教师的一切工作都是给学生掏耳朵抻眼皮,打通这两个器官。没有看到隐于心灵中的内在的耳朵内在的眼睛,忽略了教材与汉字的内在联系,忽略了这种内在联系对教学方式的独特要求。

这种独特要求在教学方式上体现为"平行式"而不是"交叉式",具体做法:

(一)讲课。我们应该重视古人的教学经验。古人识字习文,教材上的文章没有标点。第一步断句,第二部诵读。读书百遍,其义自现,讲的是感悟是心领神会。根据这条经验,我在讲授古典作品时,把握三个原则:一是不翻译。白话翻译与原文之间,犹如橘子粉与鲜橘子,依赖白话翻译,古文中的感悟功能尽失。二是后看或少看注释。三是先意会全篇要旨,然后逐词逐句讲解。

一首古诗一篇古文,诵读默读数遍不可能理解词句,但却能略通文章神韵及要旨,目的就在于训练学生心领神会的本领。教师的工作是清理文本中的障碍,如典故难词难句,疏导学生的思维。教师是学生的工具,而不能把学生当工具。

教师从词到篇,学生从篇到词。学生先意会,再参照老师的指导。如此,尽得文章的要旨与神韵,同时也掌握了文章的材料:字、词、句。

答案的界定采用"堤坝式"。在有明显错误的地方设防,让学生的思维呈河流状,而不是线型流动。线型流动往往是从教师那里放出一条线,学生像瓢虫密匝匝粘在上边,粘的越多,教师显得越有水平。而实际情况是:一个问题的答案往往很少是唯一的。汉语的词汇极为丰富,对同样一个事物可以用好多个词来界定。而每个人都有自己一套内在的语言系统,老师不能越俎代庖。不能面对春天的来临，只让学生回答冰雪消融，而不能说燕子筑巢、小草发芽、身上长虱子、风筝可以上天。我让学生回答问题只求近似，不求完全重合，就像立体几何中的一条原理：平面中的一条线段与另一平面的线段垂直，那么这两个平面互相垂直。教师与学生的求知关系也是如此。

（二）考核。考试从两个方面把握：一是部分考题超出教材范围。超出的幅度随毕业的临近而加大，让学生从根本上走出教材走出学校。二是答案只求近似。

（三）作文。文贵神韵灵气。作文要有灵气，其次才是字词句。谋篇构思，以意为主，保持真气元气，下笔才能文从字顺。古典文论就讲：炼词不如炼句，炼句不如炼意。错别字病句等零部件错误，作为作业处理。

"平行式"教学在古典作品课熟练以后，可以在白话文教学中运用：遵从先意会全文，再段落再字词句的原则，答案的界定也是采用"堤坝式"，只求近似不求重合。

我1989年开始，从教材中抽出八至十篇各类体裁的课文进行"双基"训练，重点从《论语》、唐宋诗词、魏晋山水游记、明清小品文中选出最能体现汉语特征的篇目，进行"平行式"教学。这种自选教材与"平行式"教学，不但训练了学生的感悟能力，同时也调动了教师的主观能动性。教师在浩如烟海的文化典籍中独具慧眼，筛选教材，这本身就是一种职业训练。

流云划过高原

——宋碧波诗歌的高原气象

三十多年前,碧波兄与我同在陕西宝鸡师院(现宝鸡文理学院)读书,碧波兄高我一级。那是个诗歌的年代,校园里全是诗人。老校区位于宝鸡市西北角长寿山下,校园后边就是有名的长寿道观,已破败不堪,丘处机的弟子曾在这里撰写《长春真人西游记》。这股亘古以来的遗风启发了两个热血的关中弟子。

1984年7月5日,碧波兄告别关中故土去了遥远的青海格尔木。临行前我给他写了两首诗以壮行。两年后我去了更远的西天山。我们不但是校友还是同乡,我的家乡岐山与他的家乡凤翔是邻县,我外婆家对面就是凤翔县。中间一条河从两县交界处自北向南流向了渭河,这条河叫凤鸣河,河流过的那条沟就是凤鸣沟。外公当年在凤翔生意做得很大,抗美援朝曾给志愿军捐过一架飞机。在天山脚下,我写了长篇小说《百鸟朝凤》,就是一个远方游子对故土的依恋与感恩。碧波兄在《远方》中写道:"月光弥平记忆的山冈,时空丢失了马群。"柴达木盆地跟天山北部的准噶尔盆地都是蒙古人的牧场,西域自成吉思汗征服世界以后,大多地名都是蒙古语,包括青海、甘肃等地。地域的辽阔空旷苍凉是内地人无法想象的,同时也无限拓展了远赴边塞的关中子弟的视野。碧波笔下:"这个冬天还没有下雪,山顶的雪已经羽化成仙。"天山深处的雪则在我的笔下成为小说《雪鸟》。大漠自有大美。碧波《向晚的骊歌》中写:"西风烈烈,高原如虎，需要一种什么样的洪荒之力？"

美也是一种力量。这种力量源自于地气。自20世纪80年代开发大西北的口号响起，内地文化人一批一批涌向边疆朝圣于青藏高原，写下浩如烟海的巨著雅文，用当地人的话说都是走马观花的旅游观光心得体会，比民族学人类学民俗学学者们的田野考察报告都差很远。清末民初西方探险家们到中国西部一待都是八年十年。今天我们讲扎根人民扎根生活，用西部人的说法，你把户口工作关系迁来，成为当地居民，与你的生存密切相关，进入正常的日常生活，才是真正的"体验"，才能与这块热土血肉相连。碧波早已成为格尔木的一部分成为柴达木的一部分，他的诗弥漫着大漠戈壁刺鼻呛人的沙尘气息，这也是一种源自心灵深处的高原气象。

2017年5月4日于陕西师范大学

作为教师的红柯

（后记）

造化弄人，我从小口拙，秦人尚武尚行动，巧舌乃吾乡大忌，更有趣的是我小时顽皮，五六岁小小年纪推架子车上坡，力不胜，车轮压我趴下，压断舌头，送医院缝十几针，再抽线。从此口更拙，好多字咬不准。这么一个口拙之人，上师范，毕业实习勉强过关。

1983年发表处女作，1985年毕业留校当校刊编辑，一年后西上天山，成为伊犁州技工学校一名语文教师。天山十年，与能歌善舞的草原民族为伍，童年伤痛大愈。1994年有幸入选上海《语文学习》"全国优秀青年语文教师"专栏，留下一句话："像叶圣陶那样教与写。"1986年至今，从伊犁州技工学校到宝鸡文理学院，再到陕西师范大学，沿天山—祁连山—秦岭这条中华民族之龙脉，奔波三十多年。这条龙脉也是丝绸之路的人类大地之歌。

在陕西师范大学给中国少数民族文学专业研究生开三门课："中国少数民族文学史""中国少数民族文学经典导读""中国少数民族文化与哲学"。这部《龙脉》与北京十月文艺出版社去年出版的《绚烂与宁静》

就是这三门课的讲义，也是我1986年至2017年三十多年来考察丝绸之路的结晶，也是国家重大科研项目结题作品。这些文章发表在《人民日报海外版》《光明日报》《文艺报》《文学报》《人民文学》《收获》《当代》《作家》《美文》《文艺争鸣》《当代作家评论》《小说评论》《文学自由谈》《东吴学术》《新文学评论》等报刊。这些丝绸之路上的所见所闻所感所思所想，大多写成了小说，部分成了散文随笔。而学术性的散文随笔，算是向我心仪的帕乌斯托夫斯基那本有名的《金蔷薇》致敬。1980年高考失败，上补习班时报名费余下一块钱，我壮胆走进新华书店，买到了《金蔷薇》。上大学中文系之前，这本书给我垫了底，使我摆脱了中文系刻板的教学模式，也为我后来从事教学工作做了前期准备。《金蔷薇》就是帕乌斯托夫斯基在高尔基文学院的授课讲义，《龙脉》与《绚烂与宁静》也是讲义。

是为后记。

红柯

2017.9.20